J. FitzGerald McCurdy

LA COURONNE DE FEUX

de fet   *en flamme Rouge*

Traduit de l'anglais par
Yanick Farmer

Joey Soulière

Éditeur : François Doucet
Traduction : Yanick Farmer
Révision linguistique : Willy Demoucelle
Révision : Nancy Coulombe, Nicolas Pineault Girard
Design de la couverture et animation de Muffy : RPM Creative
Carte géographique de l'intérieur : © 2002 Saratime Publishing Inc.
Graphisme : Sébastien Michaud
Illustration de la couverture : Sandy Lynch
ISBN 978-2-89565-393-6
Première impression : 2007
Dépôt légal : 2007
Bibliothèque et Archives nationales du Québec
Bibliothèque Nationale du Canada

Éditions AdA Inc.
1385, boul. Lionel-Boulet
Varennes, Québec, Canada, J3X 1P7
Téléphone : 450-929-0296
Télécopieur : 450-929-0220
www.ada-inc.com
info@ada-inc.com

Diffusion
Canada : Éditions AdA Inc.
France : D.G. Diffusion
ZI de Bogues
31750 Escalquens - France
Téléphone : 05.61.00.09.99
Suisse : Transat - 23.42.77.40
Belgique : D.G. Diffusion - 05.61.00.09.99

Imprimé au Canada

Participation de la SODEC.
Nous reconnaissons l'aide financière du gouvernement du Canada par l'entremise du Programme d'aide au déve-
loppement de l'industrie de l'édition (PADIÉ) pour nos activités d'édition.
Gouvernement du Québec - Programme de crédit d'impôt pour l'édition de livres - Gestion SODEC.

Catalogage avant publication de Bibliothèque et Archives Canada

McCurdy, J. FitzGerald (Joan FitzGerald), 1943-

[Burning crown. Français]
La couronne de feu
Traduction de : The burning crown.
Suite de : L'oeuf du serpent.
Pour les jeunes de 10 à 13 ans.
ISBN 978-2-89565-393-6

I. Farmer, Yanick. II. Titre. III. Titre : Burning crown. Français.

PS8575.C87B8714 2007   jC813'.6   C2007-940391-3
PS9575.C87B8714 2007

Ce livre est dédié aux éducateurs et aux bibliothé-caires enthousiastes que j'ai eu le privilège de rencon-trer pendant mes tournées à travers le Canada. Et aux enfants, bien entendu.

TABLE DES MATIÈRES

Merci à Laine Cooper pour son amitié et son soutien continu, et à Grégoire pour avoir travaillé dur — tu es digne d'être le roi des Nains.

Lorsque tous les hommes du monde ont su apprécier la beauté,
alors la laideur a paru.
Lorsque tous les hommes ont su apprécier le bien,
alors le mal a paru.

— LE LIVRE DE LA VOIE ET DE LA VERTU,
Lao-Tseu, 2

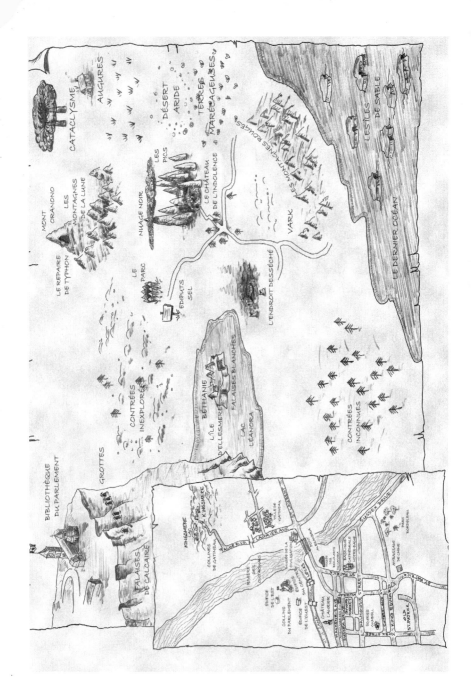

PROLOGUE

LE BAPTÊME

ans la coquille d'obsidienne, le serpent s'agitait, ses minuscules yeux rouges scintillaient, tels deux phares dans l'enceinte noire comme de l'encre. Complètement formé, et aussi noir que les plumes d'un corbeau, il attendait qu'on prononce son nom, attendait qu'on l'appelle pour fendre l'amnios et le chorion, les parois membraneuses de l'œuf, et se libérer en se frayant un passage à travers la coquille dure.

Durant les premiers mois de son développement, le serpent embryonnaire avait flotté avec contentement dans l'albumen, une extension nutritive de lui-même. En grandissant, ses glandes salivaires, des sacs spongieux situés derrière ses yeux, s'étaient modifiées pour produire un venin mortel. L'œuf amniotique était alors son univers. Si la créature avait été capable de penser durant cette période, une seule chose aurait alors occupé ses pensées : survivre. Sans l'œuf, le serpent mourait.

Mais bien vite, les choses avaient changé. La matière gluante qui nourrissait le serpent s'était épuisée, il n'en restait plus. Son corps dépourvu de membres se ratatinait, il se desséchait alors que ses fluides vitaux s'évaporaient. Privée de nourriture, l'enceinte où il se trouvait devenait une prison, la cellule d'un condamné à mort. Chaque seconde durait une éternité. Si jamais la faim ne le rendait pas fou, l'ennui le tuerait à coup sûr.

En désespoir de cause, et guidée par des millions d'années d'instinct, la créature planta finalement ses crocs dans sa peau sèche et irritée, la déchira encore et encore, jusqu'à ce qu'elle pende autour de lui comme une fine pelure d'oignon. Alors, le serpent rampa hors de son ancienne peau et la dévora en un éclair, avalant jusqu'au dernier les morceaux couverts d'écailles. Rassasié pour le moment, le serpent noir et luisant se tortillait frénétiquement... et attendait... et attendait...

« DAUTHUSSSS ! »

Le serpent devint immobile, comme l'air peu avant l'aube.

« Viens à moi, mon DAUTHUSSSS ! »

Entendre *son* nom faisait plaisir au serpent : il sentit une bouffée de chaleur envahir son corps lisse et soyeux, alors qu'il s'empressait d'obéir à l'ordre de sa Maîtresse. La créature racla les parois membraneuses de ses longs crocs pointus et creux, faisant bien attention de ne pas laisser échapper une seule goutte du venin mortel, et les coupa en longues lanières visqueuses. Alors, il recula et fixa son regard sur la paroi de la coquille noire. Des yeux du serpent, de minces rayons de feu jaillirent, faisant voler la coquille en un million d'éclats qui vinrent pleuvoir sur Dauthus.

Dauthus cligna des yeux, son corps s'immobilisa à nouveau alors que la voix de la Haine emplissait son minuscule cerveau, elle l'emplissait avec ses souvenirs *à elle*, avec son but *à elle*. En se servant de mots, qu'elle ne prononça pas à voix haute, et d'images saisissantes, le Démon dépouilla le serpent de sa nature ophidienne, écrasant sa volonté et la recréant à son image *à lui*. Une violente douleur éclata dans le cerveau de Dauthus alors que la Haine accomplissait son acte malfaisant. Tandis que la vie du serpent se drainait, ses yeux ronds se convulsaient. Son long corps recula violemment, se pliant et se nouant. Il se débattait comme un possédé, il attaqua sauvagement encore et encore, ses crocs mordant futilement dans le vide. Ses souffrances ne semblaient pas vouloir prendre fin. Et lorsqu'elles s'arrêtèrent enfin, le corps de Dauthus se paralysa, en état de choc. Le serpent était complètement vidé, sauf du besoin urgent de libérer sa Maîtresse, et de faire payer de leurs vies ceux qui étaient responsables des terribles tourments qu'elle endurait.

À bout de forces, le serpent se reposa. Il dardait de façon intermittente sa langue fourchue tandis que ses yeux rouges parcouraient avec une attention renouvelée l'intérieur caverneux de son hôte froid et silencieux. Dauthus cligna des yeux. La créature savait où elle se trouvait : sur l'île d'Ellesmere, le royaume des détestables Elfes, profondément sous la cité de Béthanie, dans la cavité abdominale du Roi des Elfes, mort récemment. Il savait ce qui lui restait à faire. Maintenant, il savait tout.

Savoir que sa Maîtresse était enfermée dans une prison infiniment plus sombre et vide que l'œuf noir d'où il avait émergé faisait souffrir Dauthus, comme si c'était lui qui était incarcéré dans ce néant infâme. Les Elfes l'ont chassée à cet endroit, mais d'autres les ont aidés. Le serpent ouvrit sa bouche et cracha son venin à l'image qui lui traversa l'esprit en un éclair, celle d'une mince jeune fille blonde, avec des yeux verts limpides. C'était elle — la jeune humaine qui s'était mêlée des affaires du Démon et qui allait bientôt perdre la vie.

Oui, pensa le serpent, *ma Maîtresse a des projets pour toi, sssale, sssale petite importune.* Le corps de Dauthus se convulsait de plaisir. Oh ! oui, sa Maîtresse avait des projets pour la fille, c'est sûr. Et cette fois, elle n'aurait pas la magie des pierres de sang pour venir à son aide. La créature siffla doucement. Sans ces pierres précieuses, la jeune humaine était une moins que rien. Dauthus avait l'intention de les lui enlever, et une fois les pierres en sa possession, il comptait bien la mordre et la tuer. C'était l'ordre de la Grande Dame et lui, son serviteur, n'avait pas d'autre volonté que de faire sa volonté.

Le serpent chercha des yeux, puis trouva le corps mou et immobile d'un serpent plus grand que lui. Il le fixa longuement du regard. C'était un parent, celui-là même qui avait planté ses crocs empoisonnés dans le cou du roi qu'ils appelaient Ruthar, tuant la mauviette en une fraction de seconde. Dauthus siffla avec contentement pendant qu'il se rejouait la scène dans sa tête : de la masse vivante de serpents qu'elle portait comme une ceinture autour de sa taille, sa Maîtresse s'était emparée brusquement de son parent et l'avait jeté à la figure du Roi des Elfes, le malfaisant.

Mais à présent, il ne pouvait plus faire de mal à personne. Si le serpent avait pu rire, il aurait ri à cet instant. Au lieu de cela, il siffla à nouveau. Ruthar ! pensa-t-il, que ce nom exprime la mollesse et la faiblesse ! Mais un nom qui convient ô combien au chef des Elfes, cette méprisable race inférieure.

Dauthus ne connaissait pas le nom de son parent, non pas que cela lui fit quelque chose. La créature était

morte. Même l'odeur écoeurante de sa carcasse en putré-
faction ne l'avait pas empêché de dévorer ce qui en restait. Après avoir terminé, il regarda autour de lui jusqu'à
ce qu'il trouve les quatre autres œufs noirs que son
parent avait déposés dans la cavité abdominale du Roi
mort, et ce, peu de temps avant qu'il ne succombe, à son
tour, aux blessures infligées par un petit chien rose —
un stupide jouet humain.

Le serpent avança petit à petit son corps boursouflé
jusqu'à ce qu'il touche à ses futurs frères et sœurs. Il
attrapa chaque minuscule œuf et les tint dans sa bouche,
déchiré entre les ordres de la Haine et la forte envie qu'il
éprouvait de les broyer avec ses dents pointues et d'engloutir leur contenu. Finalement, il les relâcha et se lova
autour d'eux, les attirant vers lui en prenant une position étrangement protectrice. Alors, il s'endormit et rêva
qu'il se trouvait avec le Démon, qu'il était un de ses élus,
se tortillant comblé de bonheur autour de sa taille, telle
l'écorce qui enveloppe l'arbre.

Dans sa prison, le Démon remua. Deux yeux rouges
et ardents clignaient dans l'obscurité. Lentement, il se
leva, étirant ses quatre bras, ouvrit sa bouche énorme, et
bâilla paresseusement. Alors, il empoigna le long pieu
noir sur lequel un crâne humain était embroché à sa
pointe, et le souleva par-dessus sa tête. Les orbites du
crâne s'enflammèrent, le feu crépitant se propagea le
long du fer froid et poursuivit son chemin le long des
bras de la créature.

Lorsque les flammes moururent, elle planta profondément ses crocs crochus dans sa chair et siffla avec plaisir. Elle avait mis ses plans en branle. Celui qu'elle
appelait Dauthus savait ce qu'il avait à faire pour rompre le charme qui scellait sa prison sombre et vide.

Lorsque le charme serait rompu, les murs fondraient comme neige au soleil. La Haine et les autres qui étaient enfermés dans le Lieu sans nom s'abattraient alors sur le monde comme un orage violent, et ils en finiraient une fois pour toutes avec les ennemis du Démon. Leur sang inonderait le sol.

Elle avait pensé à tout. Son plan était à toute épreuve. Il ne pouvait pas échouer. Bientôt, très bientôt, la victoire serait sienne. Et cette fois-ci, lorsqu'elle émergerait de son trou sombre, elle serait libre à tout jamais — libre de piétiner ses ennemis et d'étendre son royaume jusqu'à ce qu'elle règne sur les anciennes terres des Nains et des Elfes. Ensuite, lorsqu'elle aurait anéanti ces races méprisables, elle tournerait sa vaste armée vers l'autre monde — celui que la jeune humaine appelait son chez-soi.

CHAPITRE 1

L'AVÈNEMENT DU MAL

'était le beau milieu de la nuit lorsque Elester, unique fils du regretté Roi des Elfes, se réveilla soudainement, son cœur battant à grands coups dans le silence inquiétant. Il entendait le sang battre ses oreilles. Tout près, un son — un pas furtif sur le plancher de bois — résonnait dans son subconscient. En un mouvement, il leva son bras puissant pour se protéger et bondit hors du lit, s'écartant du danger qui, il le pressentait, le guettait de l'autre côté du lit, entre lui et la porte. Retombant sur ses pieds en position accroupie, le Prince s'immobilisa, tendant l'oreille, à l'affût du moindre bruit. En même temps, son regard perçant scrutait les robes de la nuit à la recherche de la source du mal, d'une plus sombre noirceur au cœur des ténèbres. Il n'entendait rien, ne voyait rien. Aucun bruit. Aucun mouvement. Rien.

Silencieusement, il s'éloigna du lit à reculons — les nerfs à vif, à l'affût du moindre mouvement, du moindre bruit. Mais il ne voyait et n'entendait toujours rien.

Puis, pendant une fraction de seconde, sa gorge se noua et il faillit avoir mal au cœur à cause de l'odeur nauséabonde qui se répandait dans la chambre comme un gaz empoisonné.

Elester avait maintenant peur.

Il connaissait cette odeur aussi bien que son propre nom. C'était l'odeur gangreneuse de la mort — la puanteur maléfique qui ne pouvait dire qu'une seule chose. La Haine, le Démon, était ici, *maintenant*, dans la chambre.

Alors même que son esprit traitait ces informations et identifiait la source du danger, la partie raisonnable de son cerveau refusait d'y croire. *Ce n'est pas le Démon*, pensa-t-il. C'est impossible ! Elester savait que le Démon ne pouvait pas être ici, sur l'île d'Ellesmere. Ni maintenant, ni jamais. Personne ne le savait mieux que lui. Il était présent lorsque la Haine et ce qui restait de ses serviteurs morts vivants avaient été chassés dans le Lieu sans nom pendant la Bataille de Dundurum. En fait, c'est lui qui avait usé de la magie pour sceller les frontières de la sombre prison de la créature.

Le prince Elester sourit amèrement, la bouche crispée. Oui, il avait enfermé le Démon, mais pas à temps pour sauver son père. Maintenant, presque trois mois s'étaient écoulés depuis la mort du roi des Elfes, loin de l'Île d'Ellesmere, dans la contrée des Nains ; mais chaque détail déchirant de la bataille de Dundurum était à tout jamais gravé dans la mémoire d'Elester. Des nuits durant, il avait revécu ces moments douloureux pendant son sommeil, comme un film d'horreur interminable.

Dans ses rêves, Elester voyait l'enfant, Miranda, se recroqueviller de terreur, tandis que l'énorme silhouette noire de la Haine, le Démon, descendait la rue parsemée de décombres de DunNaith. La fille n'était qu'un grain de poussière à côté de la créature imposante. Le prince souffrait pour elle : elle avait vu des choses horribles, des choses que personne, ni adulte ni enfant, ne devrait jamais voir. Les rêves se terminaient toujours par la même image douloureuse — Naim, le druide, berçant dans ses bras le roi des Elfes, tandis que le monarque âgé agonisait.

Pendant une fraction de seconde, Elester se demanda s'il ne serait jamais tenté de libérer le Démon, s'il apprenait qu'une telle action pouvait ramener son père à la vie. Il écarta cette pensée avec colère. Bien qu'il mourût d'envie d'entendre la voix de son père, de tendre la main et de le toucher une dernière fois, il connaissait la réponse : *jamais* !

Brusquement, le Prince d'Ellesmere tourna son attention vers le danger immédiat. Il n'était pas seul dans la chambre sombre. Mais si ce n'était pas le Démon qui l'attendait, immobile, de l'autre côté du lit, alors qui ? Il renifla, mais l'odeur abominable s'était évanouie comme par enchantement. Le danger qu'il avait pressenti lorsqu'il avait bondi hors du lit avait disparu lui aussi. Était-il possible que tout cela fut le fruit de son imagination ?

« Prince... »

Le bruit soudain fit sursauter Elester, mais il reconnaissait en même temps la voix de celui qui lui parlait. Hors d'haleine, il se leva et laissa ses membres se détendre. Malgré la noirceur, il traversa la chambre sans problème, puis appuya avec sa main sur un médaillon rond qui se trouvait sur le mur, à la droite de son lit. Une des quatre lampes en fer forgé qui ornaient les murs s'alluma et éclaira la chambre d'une douce lumière dorée, chassant les ténèbres et révélant l'homme de grande taille qui attendait au pied du lit.

Elester regardait avec surprise l'aîné des Erudicia —
les conseillers du roi — et l'ami le plus proche de son
défunt père. « Mathus ? » La question laissée en suspens,
Elester bougea rapidement, de manière à se placer
devant l'autre homme. Le prince scrutait du regard les
quatre coins de la chambre, ce qui démentait son apparence détendue. « Qu'est-ce que tu fais ici ? J'aurais pu te
blesser. »

Pendant un instant, un regard suspicieux ou confus
traversa le visage du vieil homme. « Jeune homme, je ne
serais pas ici si tu ne m'avais appelé, » dit-il, ses yeux
verts fixant le prince sans broncher. « J'ai pressenti qu'un
grave danger te guettait. »

À l'instant même où leurs regards se croisèrent,
Elester chancela. Et il serait tombé si le vieil homme ne
lui avait pas empoigné le bras. Clignant des yeux, il se
remit d'aplomb et saisit les épaules de Mathus, le dévisagea tout en le tenant à bout de bras. Rien. Le prince
frissonna. Pendant une fraction de seconde, lorsque leurs
regards se croisèrent, il aurait pu jurer que les traits du
conseiller le plus digne de confiance étaient devenus
flous et s'étaient métamorphosés en un trou noir avec
des yeux rouges ardents et une bouche béante montrant
des crocs ressemblant à des pics.

Mathus était vieux, mais fort. Il s'empara des poignets d'Elester et se dégagea. Puis, il relâcha doucement
les mains du Prince, recula d'un pas, et regarda le jeune
homme en fronçant les sourcils. « Qu'y a-t-il, Elester ?
Tu agis comme si j'étais un inconnu. »

« Il m'a semblé que... » Elester haussa alors les épaules, secoua la tête comme pour dissiper la brume, et rit.
Mais il riait jaune. « C'était seulement un rêve, Mathus.
Tu m'as pris au dépourvu, c'est tout. Et je ne t'ai pas
appelé, à ce que je sache. » Il jeta un coup d'œil à la porte

et constata qu'elle était fermée à clé. « Au fait, comment es-tu entré ? »

Mathus indiqua de la tête la porte à deux battants qui s'ouvrait sur la terrasse couverte de gazon. Elester constata alors qu'un des battants était en effet ouvert en partie.

« De toute manière, pourquoi te promenais-tu à cette heure de la nuit ? » demanda le Prince. Il était assis sur le bord du lit et passait ses mains puissantes dans ses cheveux blond doré.

« On dit que plus vous êtes vieux, répondit le vieil homme, moins vous avez besoin de sommeil. » Il rapprocha une chaise plus près du lit et s'y installa confortablement. « Je n'arrivais pas à dormir. J'ai pensé qu'une petite promenade me détendrait. Les derniers mois ont été... »

« Oui, je sais », interrompit le Prince. « Les derniers mois n'ont pas été faciles. »

Les deux hommes restèrent assis en silence plusieurs minutes. Puis, Mathus se leva, replaça la chaise contre le mur, et se dirigea vers la porte de la terrasse. « Mon ami me manque, tu sais. Quelquefois, comme ce soir, je peux jurer l'avoir entendu m'appeler. » Il poussa un profond soupir. « Oui, oui, je sais que c'est impossible, mais c'est pourquoi je suis venu ici, croyant que tu étais en danger. »

Elester se leva et mit son bras autour de l'épaule de Mathus. « Et mon père me manque à moi aussi » dit-il, doucement.

« Crois-tu que les morts ont une voix ? » demanda Mathus. « Euh, je sais, on croirait entendre un enfant qui s'interroge pour la première fois sur la vie et sur la mort. Mais sa voix... Elester, elle m'a l'air terriblement réelle. »

Elester sourit tristement. « Je pense que c'est nous qui refusons de rompre nos liens avec les personnes disparues. »

Elester lui montra le chemin jusqu'à la porte de la terrasse, le cœur lourd. À l'extérieur, c'était une chaude nuit d'été. Il donna au vieil homme une tape amicale sur l'épaule. « Essaye de prendre un peu de repos, Mathus. Ce n'est pas mon père qui t'appelle. Sa voix s'est tue. »

Elester suivit le vieil homme du regard jusqu'à ce qu'il disparaisse dans l'obscurité. Maintenant réveillé, il marcha jusqu'au bout de la terrasse et leva sa tête vers les étoiles. Un météore traversa le ciel — une boule de feu éclipsant les étoiles se trouvant dans son sillage ardent. Mais le jeune Prince n'avait remarqué ni les étoiles ni le météore. Sa main, qui était appuyée sur une des colonnes soutenant le toit qui surplombait la terrasse, était ferme en apparence. Mais il la sentait trembler tandis qu'il revoyait le visage grave de l'aîné se métamorphoser en un monstre avec des crocs, dont les yeux rouges brûlaient comme la glace.

« Je dois avoir les nerfs à vif, » dit-il à voix haute. Mais ces mots n'aidaient pas à dissiper le sentiment de crainte qu'il éprouvait en un moment aussi mal choisi. Son couronnement était dans moins de deux mois. Laury, capitaine des cavaliers du roi, était parti pour l'Allée du Druide à la tête d'une troupe de deux cents hommes. Leur ordre était d'escorter la couronne du roi pendant son voyage de la chambre forte — où elle était étroitement gardée — jusqu'à Béthanie, capitale de l'Île d'Ellesmere. Elester n'avait jamais vu la couronne de ses propres yeux. Et il lui serait permis de la voir pour la première fois seulement quelques secondes avant qu'il ne la prenne dans ses mains et la dépose sur sa tête. Mais il avait vu des images et il en avait entendu parlé toute sa vie.

La couronne d'or avait été amenée de l'empyrée par les premiers Elfes, il y a plus de cent millions d'années. Certains ont déclaré qu'elle était un charme puissant, vieux comme le monde. Elester prenait ces affirmations avec un grain de sel. Mais chose certaine, elle était vieille, et elle était magnifique — dotée d'une série de cercles en or entrelacés, ornée de feuilles de chêne en or, parsemée d'émeraudes de la taille de grosses pièces de monnaie. Dans toutes les images de la magnifique coiffe, comme on avait coutume de l'appeler, elle luisait d'une lumière inquiétante, un peu comme si elle avait été façonnée à même le feu.

Réprimant une envie de bâiller, Elester se dirigea vers la porte ouverte de la terrasse. Peut-être allait-il réussir malgré tout à s'endormir. Il était content de savoir que le druide, Naim, allait revenir avec Laury et les cavaliers. Revoir son vieil ami lui ferait plaisir. Mais en attendant, il comptait faire examiner la salle souterraine où son père dormait du dernier sommeil. Non pas qu'il croyait que le roi mort appelait Mathus, mais parce que quelque chose tenait l'ancien éveillé la nuit et il comptait bien savoir quoi.

CHAPITRE 2

LA COIFFE

aim, un des cinq druides, voyageait en silence aux côtés du capitaine des cavaliers. Il caressa distraitement la crinière d'Avatar, et le grand étalon rouan lui témoigna sa reconnaissance en hennissant doucement. Le druide était de bonne humeur. Ils avaient quitté l'Allée du Druide il y avait maintenant cinq jours. À ce rythme, ils arriveraient au royaume des Elfes dans moins d'une semaine.

C'était un magnifique matin d'été. Le ciel d'azur était sans nuage et, même à cette heure matinale, le soleil brillait dans le ciel, réchauffant le corps et le cœur des voyageurs. Naim sourit. Pour une fois, on lui avait confié une mission agréable. Il était en route pour l'Île d'Ellesmere afin d'assister au couronnement de son bon ami, Elester.

Dans une boîte en fer placée sur un chariot tiré par deux chevaux gris reposait la couronne d'or d'Ellesmere. À l'époque du premier druide, le Démon et sa vaste armée de créatures mortes vivantes vinrent des contrées des ténèbres et se répandirent à travers la terre comme la peste. Se croyant immunisés contre le mal, les Elfes vaquaient à leurs affaires sans trop se préoccuper des événements qui se déroulaient au large de leur île. Ils ignorèrent le Démon — jusqu'à ce qu'il franchisse les frontières de Dundurum, contrée des Nains, et dirige son attention vers Ellesmere.

C'est seulement à ce moment que les Elfes avaient décidé d'agir. Ils s'étaient alliés avec les Nains et s'étaient préparés à faire la guerre à l'armée maléfique de la Haine. La *coiffe*, comme les Elfes aimaient appeler leur couronne, fut transportée à l'Allée du Druide et placée dans une chambre forte spécialement conçue. La chambre forte fut verrouillée, puis transportée dans un monde secret, hors de la portée des êtres morts ou vivants. Par mesure de sécurité, les druides combinèrent leurs pouvoirs afin de placer des défenses autour de la chambre forte. Puis, tard dans la nuit, ils effectuèrent une dernière chose.

La coiffe avait fait ce voyage à seulement deux occasions durant la longue vie de Naim. La dernière occasion avait été lors du couronnement du père d'Elester, Ruthar. Mais la mort avait emporté le roi âgé et c'est son fils qui allait maintenant porter la coiffe.

Le druide se tourna vers le capitaine des cavaliers. « Pour ma part, je vais être soulagé lorsque nous en aurons fini avec ce couronnement. »

« C'est exactement ce que je pense ! » approuva le capitaine Laury en souriant. « Mais le temps file, et avant qu'on ait le temps de dire *ouf*, le grand jour arrivera. Il fera un excellent roi. »

« Je suis d'accord, » dit le druide. « Mais je n'approuve pas la coutume d'attendre six mois après la mort du roi avant de couronner son remplaçant. Le monde change, Laury. Un pays ne peut demeurer sans dirigeant pendant la moitié d'une année, c'est trop long. »

« Nombreux sont ceux qui partagent ton opinion, » fit Laury. « Mais tu connais les Elfes. Nous ne prenons pas les changements à la légère. »

« Les changements sont parfois pour le mieux, » dit Naim.

Le capitaine regarda le vieux druide et rit. « J'ai entendu dire que tu t'es... euh... disputé avec les anciens à ce sujet. »

« Hum ! » grommela Naim. « J'aurais aussi bien pu parler avec Avatar, » dit-il en flattant le cou soyeux du cheval. « Au moins, il écoute, lui. Et je soupçonne qu'il est plus intelligent aussi. » Avatar s'ébroua bruyamment, ce qui fit rire les deux hommes.

« Si je comprends bien, les anciens ont dit non ? »

« Exact », dit Naim d'un ton sec, toujours contrarié par les Erudicia, qui lui avaient dit, poliment mais avec fermeté, de se mêler des ses affaires.

« Ne t'en fais pas, » dit Laury. « Le prince ne porte peut-être pas encore la couronne, mais il ne fait aucun doute qu'il est notre chef. »

Naim hocha la tête. « Je suppose que tu as raison, mon ami, mais depuis que nous avons découvert le serpent du Démon sur l'Île d'Ellesmere, je ne dors plus sur mes deux oreilles. Le mal est parvenu, pour la première fois, à se faufiler sur l'île. »

Laury hocha à son tour la tête, pensivement. Il se demandait comment il avait pu oublier l'incident du serpent. C'était arrivé à Béthanie, peu après la bataille de Dundurum. Il le voyait clairement maintenant, l'image était gravée dans sa mémoire. Ils se trouvaient dans le parc, à l'extérieur du Hall du Conseil, faisant leurs adieux à la fille, Miranda, et au garçon, Nicholas, et aux autres. Soudain, un petit chien, appartenant à un des jeunes, avait attrapé un serpent dans sa gueule et pourchassé les filles affolées, avant de lâcher finalement le corps sans vie du reptile sur la pelouse.

« On n'a jamais retrouvé le serpent, Laury. »

« C'est vrai, » admit le capitaine.

Devant, un des cavaliers, un jeune homme nommé Aaron, jeta un coup d'œil par-dessus son épaule. Puis, il immobilisa brusquement sa monture. Il pointa derrière eux, vers le ciel. « Capitaine, nous devrions nous diriger vers les arbres. Une tempête s'en vient dans notre direction. »

Naim retourna brusquement Avatar dans la direction indiquée par le jeune cavalier. Le visage de marbre, il regardait le nuage noir se propager dans le ciel. Ce qu'il voyait lui donna la chair de poule. Instinctivement, il savait ce qui venait dans leur direction. « Ce n'est pas une tempête », murmura-t-il.

Ils arrivaient des contrées des ténèbres, telle la mort portée par le vent : d'énormes créatures ailées traînant leurs corps hideux dans le ciel, leurs impitoyables yeux rouge sang braqués sur le convoi au loin. Du battement de ces milliers d'ailes palmées s'élevait un grondement comme celui du tonnerre. Le sol et les arbres tremblaient ; les fières montures des Elfes trépignaient nerveusement.

Ils étaient des werecurs. Les chasseurs du Démon.

Ils étaient venus à lui au fil des années, des humains contaminés par les actes inhumains dont ils avaient été responsables. Ils étaient venus à lui de leur plein gré, assoiffés de grandeur, de pouvoir et de puissance. Et le Démon s'empara d'eux et les ruina, leur arrachant l'esprit et les privant de ce qui restait de leur humanité. Il draina leurs corps, puis transfusa en eux son propre sang noir. Et ensuite, il les remodela.

D'abord, il étira leurs mains et leurs pieds, et dota leurs doigts et leurs orteils de longues serres acérées. Ensuite, il déforma leurs visages, leur donnant un museau pour mieux mordre. Il cassa leurs mâchoires, arrachant leurs dents, qui étaient inutiles, et équipa leurs bouches de longs crocs pointus. Avec leur peau, il confectionna d'énormes ailes comme celles des chauves-souris, et les greffa sur les werecurs. Enfin, il arracha leurs yeux puis remplit leurs orbites vides avec du feu. Lorsque les hurlements cessèrent, le Démon recula pour admirer ses créations, sifflant avec plaisir à la vue de ses chasseurs de sang.

Et ils chassaient en ce moment.

Les cavaliers, en soldats professionnels, ne laissaient pas la peur se lire sur leurs visages. Mais Naim savait très bien qu'ils avaient peur du gigantesque nuage noir. « Et ils ont raison d'avoir peur », pensa-t-il.

« Au galop ! » hurla-t-il, en talonnant sa monture. Avatar partit au grand galop, en direction des arbres.

Les cavaliers n'hésitèrent pas. Ils crièrent hue ! à leurs chevaux pour les faire galoper à la poursuite d'Avatar, comme si leurs vies en dépendaient.

« Qu'est-ce que c'est ? » cria Laury.

« Des werecurs, » répondit le druide.

« Mais cela ne me dit pas ce que j'ai à combattre », répondit Laury, d'un ton sec.

La bouche du druide se pinça, et il grimaça avec amertume. « Les chasseurs du Démon sont en chair et en os », dit-il. « Et, oui, ils peuvent être tués. Mais nous ne sommes pas assez nombreux pour les combattre, mon ami. » Il jeta un coup d'œil par-dessus son épaule aux ténèbres qui approchaient. « Non, pour le moment, nous devons fuir et nous cacher. Ils ne peuvent pas voler ni se déplacer aisément dans la forêt. »

« D'où viennent-ils ? Que veulent-ils ? » demanda Laury, tandis que son cheval gris suivait celui du druide.

« Ils viennent des ténèbres », répondit le druide, d'un ton cassant. « Ils veulent la couronne, et ils sont affamés. »

« Comment est-ce possible ? » dit Laury, en jetant un coup d'œil sur le druide. « Le Démon n'est plus. Comment ces créatures volantes peuvent-elles agir de leur propre initiative ? »

« La Haine a peut-être été emprisonnée », dit le druide en hochant la tête, « mais il lui est encore possible de communiquer avec ses serviteurs. Je n'ai pas vu de werecurs à Dundurum. C'est pourquoi je ne pensais plus à eux, et c'est pourquoi il m'est sorti de la tête de les considérer comme une menace. Cela a été une grave erreur. »

Les premiers cavaliers venaient à peine d'arriver dans la forêt lorsque les créatures plongèrent du ciel. Regardant autour de lui, Laury était soulagé de voir que la majeure partie de sa compagnie avait déjà pénétré dans la forêt. Puis, il regarda derrière lui. Son cœur se mit à battre à grands coups lorsqu'il vit que le chariot et les douze cavaliers qui le gardaient étaient encore à découvert. Il tira brusquement sur les rênes, obligeant son cheval à faire demi-tour. Ce dernier se cabra un instant, puis galopa pour intercepter le chariot transportant la couronne.

Au premier coup d'œil, le druide sut, lui aussi, que le cocher et les cavaliers allaient avoir des ennuis. Il s'empara du long bâton en bois attaché à la selle, le long du flanc droit d'Avatar. Le soulevant par-dessus sa tête, il fit pivoter son cheval et chargea en direction du chariot et de la bande de cavaliers.

Les werecurs touchèrent le sol violemment. Leurs cris stridents et leurs gloussements discordants fracassaient l'air comme une explosion. Ils ressemblaient à une grande mer qui montait tandis qu'ils recouvraient rapidement le sol, chancelant et trébuchant avant de retrouver leur équilibre. Et puis, ils déferlèrent sur le chariot et sur le prix tant convoité.

Tandis qu' Avatar dépassait au galop le chariot et les gardes, Naim leur cria : « Faites vite ! Ne vous arrêtez surtout pas ! » Puis il ralentit, descendit d'Avatar d'un bond, et fit face à l'armée ailée. « Partez ! » rugit-il d'une voix terrifiante, son bâton pointant dans la direction d'où venaient les créatures. « Retournez aux ténèbres d'où vous venez ! »

La mer de werecurs hésita, puis s'arrêta net. Instantanément, un silence inquiétant s'installa dans la plaine. Les créatures regardaient, d'un air hésitant, l'homme solitaire qui bloquait leur passage. Ils devinaient qu'il était différent des autres. Il y avait chez lui quelque chose qui les faisait trembler de peur. Cet homme était dangereux. Certains d'entre eux étaient sur le point de mourir. Mais il ne suffit aux créatures que quelques secondes pour faire le calcul. Ils étaient un millier et lui, il était seul. Il pouvait en tuer quelques-uns, mais il ne pouvait pas les tuer tous, pas avant qu'ils ne s'occupent de lui. Poussant des cris de haine, les werecurs chargèrent. En même temps, plusieurs douzaines battirent leurs grotesques membres ailés, prirent leur envol, et se ruèrent vers le chariot.

Les cavaliers qui observaient la scène à la lisière de la forêt retinrent leur souffle et hochèrent la tête de droite à gauche. La magie du druide était puissante, mais il avait l'air d'une plume essayant d'arrêter une avalanche. Bientôt, il allait être noyé dans la marée sombre qui avançait rapidement vers lui.

Naim empoigna le bâton en bois avec ses deux mains, et l'enfonça profondément dans le sol. Pendant un bref instant, il ne se passa rien. Et puis, une étincelle blanche se forma sous terre, et il en jaillit une ligne de feu de la longueur du bâton. Comme un courant électrique, elle se propagea rapidement à partir du bâton et le long du sol, dans les deux directions, créant un mur de feu blanc de neuf pieds de haut. Les créatures reculèrent, hurlant de rage, battant leurs ailes répugnantes en signe de frustration. Plusieurs d'entre elles, inconscientes du danger, se jetèrent sur le mur, et prirent feu à son contact, réduites en cendres pâles en un clin d'œil.

Cela va les retenir pour un instant, pensa le druide, tout en arrachant le bâton du sol et en se hissant sur la selle. Puis, il chercha le chariot. Il voyait bien que le cocher n'arriverait pas à se réfugier dans la forêt avant que les werecurs en vol ne le rattrapent.

La première créature se posa lourdement devant le chariot, levant ses serres, s'apprêtant à couper les chevaux en rondelles. Mais les deux chevaux gris galopaient, sans broncher, droit sur la forme menaçante. Le werecur n'eut pas le temps d'attaquer. Les chevaux étaient déjà sur lui, le faisant tomber par terre, et le piétinant avec leurs sabots. La créature était déjà morte lorsque les roues du chariot passèrent sur son corps brisé.

Quatre créatures ailées se posèrent à l'arrière du chariot et saisirent les poignées de la lourde boîte en fer. Laury pressa son cheval du talon pour qu'il s'avance le long du chariot. Il attaqua les créatures avec son épée, et en toucha une dans le ventre. Mortellement blessé, le werecur regarda avec surprise l'épais sang noir s'écouler de la profonde entaille avant de trébucher et de tomber en bas du chariot. Aaron, le cavalier qui avait pris les créatures pour une tempête, sauta sur le chariot à partir de sa monture. Mais un autre werecur fondit sur lui du haut du ciel, et avant que Aaron n'ait eu le temps de réagir, elle planta ses griffes acérées dans son dos, lui transperçant le cœur. Il mourut sur le coup. Poussant un cri triomphal, la créature infecte empoigna sa victime dans ses griffes puis s'envola.

« Non ! » cria Laury, se rappelant ce que les chasseurs avaient l'intention de faire. « Ne le laissez pas s'échapper ! » Laissant les autres cavaliers combattre les werecurs sur le chariot, il se lança à la poursuite de la créature qui avait tué un de ses hommes. Les cavaliers qui savaient tirer à l'arc rengainèrent leurs épées, puis se saisirent de leurs arcs, et décochèrent une pluie de flèches dans le ciel. Une après l'autre, les flèches s'enfoncèrent avec un bruit sec dans la créature, si bien qu'elle commençait à avoir l'allure d'un porc-épic. Même criblée de flèches, la créature demeurait dans les airs.

Le druide vit lui aussi le werecur prendre son envol avec le cavalier mort dans ses terribles griffes. Il pointa son bâton sur le charognard ailé. Un instant après, une boule blanche de liquide enflammé heurta la créature maléfique de plein fouet, trouant son corps. Le chasseur de la Haine laissa tomber le cavalier sans vie et poussa un long gémissement alors qu'il tombait vers le sol, son corps en ruine laissant derrière lui une traînée de fumée.

Tout à coup, la terre trembla. Le druide retourna Avatar à temps pour voir la masse de werecurs prendre maladroitement leur envol et s'éloigner vers l'est, prenant le chemin du retour. Il ne les quitta pas des yeux avant d'être convaincu qu'ils ne reviendraient pas. Il ne quitta pas non plus des yeux la boîte contenant la couronne elfique avant qu'elle ne se fonde dans la masse noire dans le ciel. Ensuite, il prit le cavalier mort et, suivi par Avatar, porta son triste fardeau dans ses bras vers la compagnie solennelle qui attendait silencieusement près de la lisière de la forêt. Il sentait une colère terrible monter en lui alors que les Elfes allongeaient leur camarade sur le sol et l'examinaient pour trouver des signes de vie. En silence, il les regardait préparer un lit de brindilles et de bois, coucher le corps sur le bûcher, et y mettre le feu.

Bien qu'elle fût emprisonnée dans le Lieu sans nom, le Démon réussissait quand même à causer la ruine et le chaos dans ce monde, ôtant la vie à ceux qu'elle haïssait. Le druide se passa la main sur les yeux. Il était las de ce combat sans fin, des nuits blanches, et d'une vie pleine d'horreur et de tristesse. Oui, il était las. Il était fatigué à mourir des effusions de sang ; fatigué du regard impassible des morts lui rendant visite pendant son sommeil, et qui ne semblaient pas le trouver à la hauteur. Il chassa ces pensées de son esprit. Il était un druide, il s'était engagé à se battre jusqu'à son dernier souffle. Son devoir était de faire face au mal, de comprendre sa nature, mais de jamais, au grand jamais, ne laisser sa connaissance des ténèbres le corrompre ou l'entraîner dans les ténèbres.

« Ils ont pris la coiffe », dit Laury en s'approchant de lui. Son regard était un masque mêlant colère et chagrin. « Nous devons la récupérer à tout prix. »

La lassitude du druide passa. Il saisit l'épaule du capitaine. « Non, mon ami. Là où ils vont, personne ne peut les suivre. Pas un seul homme n'est revenu vivant des contrées des ténèbres. » Il tourna son regard vers le sombre nuage de werecurs qui rapetissait de plus en plus. Bien vite, il ne forma qu'une mince ligne noire à l'horizon. Il se tourna à nouveau vers Laury. « Il faut apporter la nouvelle à Béthanie, et *je* dois trouver un moyen pour entrer dans cette contrée maléfique et y récupérer la coiffe. »

CHAPITRE 3

UNE PROMENADE ONIRIQUE

'homme apparut dans la nuit, comme par magie. Bien que Miranda D'Arte fît le guet, attendant, cachée dans le bosquet de lauriers roses qui flanquait l'allée, son apparition soudaine la fit sursauter. Elle inspira profondément et retint son souffle, s'efforçant d'être immobile, de se fondre dans le bosquet. Juste au moment où il arriva à la hauteur de Miranda, il se figea sur place. Miranda ne pouvait pas quitter des yeux la silhouette immobile se profilant sur le clair de lune. La peur paralysait son cerveau, et ses jambes étaient comme du coton. Il était si proche qu'elle aurait pu tendre la main et le toucher.

L'homme demeura absolument immobile pendant dix longues secondes, regardant l'allée droit devant, inclina légèrement la tête de côté, écoutant attentivement. Miranda l'imita, mais tout ce qu'elle entendait était son cœur, battant à grands coups. Il devait certainement l'entendre, lui aussi. Comme s'il lisait dans ses pensées, il tourna brusquement sa tête vers la droite, tout droit en direction de l'endroit où Miranda était cachée. Il se pencha en avant, tendant le cou afin d'examiner le bosquet.

« S'il vous plaît, faites qu'il ne me voie pas ! » supplia Miranda silencieusement, luttant contre la panique qui montait en elle. Elle avait terriblement besoin de respirer. Mais elle avait retenu son souffle si longtemps qu'elle craignait à présent de reprendre sa respiration : elle savait que l'air qu'elle exhalerait de ses poumons allait faire un bruit à réveiller les morts.

Lorsque l'homme tendit les bras pour écarter les branches, Miranda sut qu'il lui restait quelques secondes au plus avant que la mort ne vienne la prendre. Voyant que c'était peine perdue, elle porta la main à son cou, prenant bien soin de ne pas faire trembler les branches. Sa main trouva et se referma sur un petit sac métallique suspendu à son cou par une chaînette en argent. Tremblant comme une feuille, elle ouvrit le sac et vida son contenu dans le creux de sa main. Six pierres ovales et lisses se nichèrent dans sa paume, de fines veines rouges étaient visibles à travers leur faible lueur verdâtre. Sans tarder, elle ferma la main qui tenait les pierres, ferma les yeux, et laissa ses pensées circuler dans les pierres précieuses.

Les pierres de sang avaient appartenu à son père, qui était mort avant la naissance de Miranda, mais elles étaient à elle maintenant. Le roi Ruthar les lui avait données lorsqu'elle avait visité pour la première fois la capitale elfique. Miranda savait que leur magie était puissante, mais elle était encore une novice dans leur maniement. Elle pensait qu'il lui faudrait plusieurs vies pour arriver à maîtriser leurs capacités extraordinaires. Tout ce qu'elle savait pour l'instant est que chaque pierre correspondait à un des sens. Mais personne ne semblait savoir à quoi pouvait bien correspondre la sixième pierre. Miranda croyait pour sa part qu'elle avait quelque chose à voir avec la connaissance. Pas la connaissance de n'importe quelle chose, mais la connaissance d'une chose très spécifique : le mal. Bien qu'elle ne sût pas encore quelle pierre était laquelle, la pierre de la connaissance la faisait mourir de peur.

Elle éprouvait en ce moment la sensation familière de tiraillement alors que ses pensées étaient attirées par les pierres. Lorsqu'elle avait éprouvé cette sensation pour la première fois, elle avait été malade. Elle n'aimait toujours pas leur céder le contrôle de ses pensées et de ses actions, partageant ses peurs les plus secrètes avec six cailloux verts dont elle comprenait à peine le fonctionnement.

Brusquement, elle se trouva dans l'allée, regardant à travers les branches l'endroit où elle était pourtant cachée il y a un instant. Au début, elle fut complètement désorientée, incapable de saisir ce qui venait de se produire. Ensuite, elle se rendit compte qu'elle voyait la scène à travers les yeux de l'homme. Le choc ressenti alors lui fit l'effet d'un plongeon dans l'eau glacée d'un lac. Sans trop savoir comment, elle se trouvait maintenant dans la tête de l'homme, regardant l'endroit même où elle était encore cachée. Elle savait aussi qu'elle allait voir, d'un instant à l'autre, son visage pâle comme la mort, et lire la terreur dans ses yeux verts.

Mais tandis que l'homme continuait à examiner les arbres, elle ne vit rien à travers ses yeux, sinon les ombres des branches dansant au clair de lune. *Qu'est-ce que je fais ici ?* se demanda-t-elle. *Qui est cet homme ? Pourquoi l'ai-je pris en filature ?* Il n'était pas une des créatures maléfiques du Démon. Elle en était certaine. Elle avait aussi le sentiment qu'il était profondément inquiet. Non, inquiet n'était pas le mot : il était mort de peur. Elle entendit la voix de quelqu'un dans la tête de l'homme, qui appela plusieurs fois ce dernier : « Mathus ! » Elle reconnaissait ce nom. Elle avait rencontré les douze membres des Erudicia lors de son unique visite à Béthanie. Mathus était le haut conseiller. *Pourquoi avait-il peur de la voix qui l'appelait dans sa tête ?* se demanda-t-elle. Elle envisagea d'essayer de lire dans les pensées de l'homme, mais elle pensa qu'elle aurait besoin d'un peu plus de pratique avant d'essayer d'accomplir une telle chose avec les pierres de sang.

Soudain, l'homme abandonna ses recherches. Il poussa un long soupir. C'était un son triste, vaincu, comme s'il avait décidé tout à coup de se rendre à l'ennemi. Puis, il s'éloigna. Miranda était de retour au milieu des arbres, au bord des larmes. Pourquoi avait-elle peur ? Elle ne devrait craindre Mathus, mais elle le craignait. Pourquoi ? Pourquoi ? Elle prit une minute pour se calmer. Puis, elle partit à sa recherche. Se rappelant que les Elfes ont l'ouïe fine, elle le suivit de loin, se glissant d'arbre en arbre en silence.

Mathus marchait rapidement. Miranda n'avait aucune idée de l'heure. Mais ses jambes étaient fatiguées, ce qui voulait dire que plusieurs heures s'étaient écoulées. Mathus s'arrêta finalement devant une porte d'apparence solide, se trouvant dans un renfoncement au pied d'une falaise. Miranda haletait.

Mathus regarda furtivement autour de lui, puis sortit de sa cape une grosse clef. Miranda s'approcha lentement de lui alors qu'il insérait la clef dans une serrure massive et la tournait. La porte massive s'ouvrit avec un déclic. La vue de la clef surprit Miranda. Elle s'attendait à ce que l'entrée soit défendue par des charmes ou par une autre forme de magie elfique. Et s'il fermait la porte à clef derrière lui ? Comment allait-elle faire pour entrer dans ce cas ?

Elle n'avait pas à s'inquiéter, parce que l'homme retira la clef, la mit dans une de ses poches et poussa sur la porte. Elle s'ouvrit lentement, sans faire un bruit, et l'homme disparut dans l'obscurité. La porte se referma avec un léger déclic métallique.

Miranda fonça vers la lourde porte. Appuyant son oreille contre la surface humide, elle écouta. Mais aucun son ne filtrait à travers l'épaisse barrière. Elle poussa sur la porte et, à son grand soulagement, elle s'ouvrit lentement. Elle franchit le seuil rapidement, tenant la porte entrouverte d'une main afin de laisser entrer le clair de lune.

La salle n'était pas aussi sombre qu'il lui avait semblé. À sa gauche, une pâle lueur jaunâtre filtrait sous une porte plus petite. Puis, elle entendit le bruit léger de la porte principale se fermer dans son dos. Elle pivota brusquement sur elle-même, laissant échapper un petit cri de surprise. Se rendant compte qu'elle avait laissé la porte lui échapper des mains, elle se détendit un peu. Puis, elle se figea et compta lentement jusqu'à dix, guettant la moindre réaction à sa maladresse. Convaincue que le bruit n'avait pas trahi sa présence, elle regarda autour d'elle.

Elle se trouvait dans une salle, petite et sans fenêtre, qui avait été creusée à même la falaise. Une forte odeur de moisissure se répandait dans l'air humide et froid. Miranda fit une grimace de dégoût. À l'exception de la mince table à trois pieds, appuyée contre le mur à côté de la porte, la salle était vide. Miranda traversa la salle en six enjambées et s'arrêta pour examiner la porte. Elle jeta un coup d'œil sous la porte. La lumière était trop faible pour y voir clair, à supposer qu'il y avait quelque chose à voir. Mais elle entendit des bruits, qui semblaient être des échos retentissant de loin. Puis, elle se redressa et ouvrit la porte.

De l'autre côté, il n'y avait pas de palier, seulement un escalier qui descendait. Miranda descendit, se dépêchant à présent pour rattraper l'homme. Elle avançait sans faire de bruit, ses chaussures se cramponnant à la pierre. L'escalier descendait en spirale dans le roc, de plus en plus profondément sous la terre. Elle ne savait pas ce qui l'attendait en bas, dans le silence glacial, mais elle restait sur ses gardes.

L'escalier n'en finissait plus. Miranda suivait le bruit de pas de l'homme. Parce que l'escalier descendait en spirale, elle ne pouvait voir plus loin que six ou sept marches. Craignant de s'approcher de Mathus de trop près, elle décida de ralentir. Soudain, elle frissonna. Elle se rendit compte alors que l'air était de plus en plus froid. Elle croisa ses bras, avec les mains sous les aisselles, pour se réchauffer.

Malgré l'heure tardive, elle était bien éveillée. Le froid la rendait aussi nerveuse et alerte que si elle avait bu une cuve de café. Elle inclina sa tête sur le côté, retint son souffle et écouta, tendant l'oreille. Elle n'entendait plus les bruits de pas de l'homme en contrebas. Elle affronta le froid et descendit l'escalier en courant d'un pas léger. Lorsqu'elle expirait, une vapeur blanche s'échappait de sa bouche, qui venait ensuite se coller à ses joues.

Brusquement, elle arriva au bas de l'escalier. Devant, un long corridor s'étendait jusqu'à une ouverture en voûte. Il n'y avait aucune trace de Mathus. Longeant le mur, Miranda se précipita au fond du corridor. Elle ne s'arrêta pas avant de se trouver sous l'arche, où se trouvait une autre porte. *Il est forcément passé par ici*, pensa-t-elle en regardant autour. *Il n'y a pas d'autre sortie.* Avec prudence, elle entrouvrit la porte et regarda à travers l'ouverture. C'était une grande salle. Elle se glissa par la porte et se cacha derrière une immense colonne.

Il faisait plus froid que la mort dans cette gigantesque salle souterraine. Miranda frissonna, elle croisa les bras sur sa poitrine tout en cherchant Mathus du regard. Il faisait tellement sombre qu'elle faillit ne pas le trouver. Mais elle le vit lorsqu'il bougea subitement. Il était debout devant une longue table, tournant le dos à Miranda. La table était contre le mur, à l'autre bout de la salle.

Elle plissa les yeux, essayant de voir ce qu'il y avait sur la table. Elle devait se mettre plus près. Il y avait trois colonnes entre elle et Mathus, toutes identiques à celle qui lui servait maintenant de cachette. Elle s'approcha de la table sur la pointe des pieds, se glissant en chemin derrière chaque colonne. Lorsqu'elle se glissa derrière la dernière colonne, elle regarda la table à nouveau. La salle était mieux éclairée à cet endroit. Elle vit que la table était en réalité une épaisse dalle de marbre reposant sur une base en pierre, comme un autel. Mais c'est la forme immobile reposant sur la dalle qui lui glaça le sang. C'était la dépouille du roi Ruthar, conservée ici dans cette salle souterraine glaciale.

Les idées se bousculaient dans la tête de Miranda : *Est-ce que les Elfes enterrent leurs morts de cette manière ? Est-ce qu'ils les enferment ici, sous la ville, conservés à jamais sur des pierres froides ?* Rien que d'y penser, cela lui donnait des frissons. *Et d'où venait le froid ? La température n'est-elle pas censée augmenter plus on est loin sous terre ? Y a-t-il des glaciers souterrains ?*

Mathus inclina la tête et prit la main du roi, la tenant entre ses mains, comme pour réchauffer la chair froide.

Miranda regardait, les yeux écarquillés, alors qu'il embrassait l'anneau que le cadavre portait à son majeur. Tenant encore la main du roi, il se détourna. Miranda vit des larmes sur ses joues.

Elle se demanda encore pourquoi elle était là. Pourquoi suivait-elle cet homme qui, visiblement, était encore très attaché au roi Ruthar, et qui pleurait maintenant le départ de son ami ? Une idée lui vint soudain à l'esprit. Elle ne le suivait peut-être pas. Elle était peut-être là pour le protéger. Perdue dans ses pensées, elle ne remarqua pas le torse du roi mort se lever brusquement, ni les paupières du cadavre être prises de convulsions. C'est la chaleur qui la ramena brutalement à la réalité, comme si on venait d'ouvrir la porte d'une fournaise. Et la chaleur venait du corps sur la dalle de marbre.

Le choc qu'elle ressentit alors était comme un coup de pied aux côtes. Miranda ne pouvait plus bouger, ne pouvait plus respirer. Son visage était blanc comme de vieux os. Le corps du roi Ruthar se levait péniblement sous ses yeux horrifiés. Le mort fixa Mathus du regard et ouvrit la bouche, comme s'il voulait parler. Mais il ne prononça aucun mot. Miranda vit plutôt une langue fourchue darder de sa bouche. Mathus releva le front, un instant, puis baissa les bras, vaincu. Il savait déjà qu'il allait mourir. Il tenta trop tard de lâcher la main du roi. C'est le roi qui se libéra finalement d'un coup sec, mais pas avant d'avoir laissé un objet rond et noir dans le creux de la main de Mathus.

Le regard du vieil homme passa du visage du roi à la babiole qui luisait dans le creux de sa main. Puis, l'objet noir explosa et quelqu'un poussa des hurlements. Mais Miranda ne savait pas si les hurlements venaient d'elle ou de Mathus.

CHAPITRE 4

LA CONVERSATION DE MINUIT

uelque chose de froid toucha son épaule. Miranda, qui se bouchait les oreilles pour ne plus entendre les cris horribles, se figea sur le coup. Complètement terrifiée, elle attaqua son agresseur à coups de poing.

« Ahhh…! »

« Miranda ! » La voix brusque chassa au loin les hurlements de l'homme mourant.

Miranda reconnaissait cette voix, bien qu'elle fût plus insistante que d'habitude. Elle cligna des yeux tandis qu'elle reprenait ses esprits. Elle faillit rire de soulagement lorsqu'elle se retrouva assise dans son propre lit, dans sa propre chambre, dans la confortable petite maison près de la rivière Rideau à Ottawa, où elle vivait avec sa mère.

La femme était penchée vers elle, l'inquiétude pouvait se lire dans son visage. Elle se jucha sur le bord du lit et effleura avec sa main la joue glacée de la jeune fille. « Tu vas bien ? »

Miranda fit oui de la tête, encore à moitié endormie. Elle craignait encore un peu que son rêve soit la réalité et que cette réconfortante scène de la vie familiale soit un truc pour lui faire baisser sa garde.

« Je croyais qu'on essayait de te tuer » dit le docteur D'Arte. Elle parlait à voix basse et son ton était léger. Puis, elle ajouta, comme si elle y avait pensé après coup : « Je ne savais pas que tu avais encore ces fichus rêves. »

« Je n'en fais plus », dit Miranda, se fermant les yeux.

« Mais alors...? »

« Chut ! » interrompit Miranda, impatiemment. « Silence ! »

Le docteur D'Arte se leva et alla jusqu'à la fenêtre. Poussant un soupir, elle ouvrit les rideaux et leva ses yeux vers le ciel. Mais la lumière de la chambre masquait les étoiles. Elle était stupéfaite. Elle avait le sentiment qu'elle s'était impliquée malgré elle dans un cauchemar qui revenait sans cesse, et dont on ne peut pas se réveiller. Elle soupira de nouveau.

Elle se rappela quand les rêves avaient commencé, il y a trois mois seulement. Des nuits durant, un Démon envahissait le sommeil de Miranda. Le Démon avait de longues griffes, et du sang noir ruisselait de sa longue langue. Le docteur D'Arte ne s'était jamais sentie aussi impuissante, observant des cernes noirs se former petit à petit autour des yeux de sa fille. L'idée que les cauchemars étaient de retour lui crevait le coeur.

En mars, les rêves de Miranda avaient présagé une attaque brutale sur la maison des D'Arte, par des créatures provenant du pire cauchemar imaginable. La Haine, un démon d'un autre monde, d'un monde plus vieux, s'était échappée de la prison où elle avait été enfermée pendant mille ans. Le Démon, ses assassins sans pitié — les monstrueux Tugs — et d'autres créatures mortes vivantes fonçaient vers Ottawa pour trouver Miranda, et la tuer,

Le docteur D'Arte frissonna en revivant cette expérience effrayante. Elle entendit à nouveau la voix dure et pressante du druide connu sous le nom de Naim. Il était venu au milieu de la nuit, comme un courant d'air, en lui demandant de fuir la maison, et de laisser sa fille derrière elle. « Laissez la fille ! » avait-il ordonné. « Partez maintenant, sinon elle va certainement mourir ! »

Si cela avait été n'importe qui d'autre, elle n'aurait jamais écouté, jamais laissé Miranda derrière elle. Mais elle connaissait le druide, et savait aussi qu'il ne mentait pas. Tant et aussi longtemps que le Démon pouvait encore mettre la main sur la mère de Miranda, Miranda serait en danger. Le docteur D'Arte avait donc pris la fuite, sans dire un mot. Et c'était la chose la plus pénible qu'elle n'avait jamais eu à faire. Elle avait fait tout ce qu'elle pouvait faire. Elle le savait. Malgré cela, elle se sentait encore coupable, comme si elle avait assassiné la chair de sa chair.

« Aarg ! » grogna Miranda, s'arrachant les cheveux. « Je vais le perdre... »

La voix de sa fille interrompit la réflexion du docteur D'Arte, dispersant ses pensées comme un nuage de fumée au vent. Elle tenta de la réconforter, mais les mots sonnaient faux, comme si elle essayait de calmer un patient en crise. « Tu ne vas pas perdre la tête. Combien de fois dois-je te le dire ? Tu es tout à fait normale, Miranda. Tout le monde rêve, et certains rêves se terminent parfois en cauchemars. »

Miranda fronça les sourcils. « Je ne perds pas la tête », dit-elle d'un ton brusque. « Ce que je vais perdre, c'est mon rêve. Je vais bientôt l'oublier, et il est très important. »

« Arrête de penser… parle… prends ton temps… raconte-moi tout », dit sa mère. Elle s'éloigna de la fenêtre et se coucha sur l'autre lit. Puis, elle ferma les yeux. Elle avait l'air endormie, mais étant une excellente psychiatre, elle était formée pour écouter. Toute son attention était maintenant tournée vers sa fille.

Miranda regardait sa mère sans la voir. « Je crois que j'étais à Béthanie, mais je n'en suis pas sûre. Je suivais quelqu'un… un homme… je ne sais pas pourquoi… Je l'ai reconnu… » Elle fit une pause. Fronçant les sourcils, elle essayait de se rappeler le visage de l'homme. « Mais je ne me rappelle plus qui c'était. Nous avons descendu des marches… beaucoup de marches… jusqu'à une salle énorme… des kilomètres sous la ville. Il faisait froid… il gelait… »

La mention de la température glaciale et de la salle souterraine donna la chair de poule au docteur D'Arte. Elle se redressa soudainement, le corps tendu comme un arc. « N'y pense même pas ! » se mit-elle en garde. « Je sais ce que tu penses. Non ! Ce n'est pas possible. Elle était ici même… au lit… c'était un mauvais rêve, c'est tout. » Mais elle frissonna : lorsqu'elle avait touché la joue de sa fille il y a un instant, sa chair était froide comme un bloc de glace. Comment diable pouvait-il faire aussi froid… à Ottawa… en juin ?

« Tu n'écoutes pas, maman. »

Perdue dans ses pensées, le docteur D'Arte sursauta en entendant le ton accusateur dans la voix de sa fille.

« J'ai dit que j'ai vu le roi Ruthar à cet endroit. » Les yeux de Miranda pétillaient. « Et, maman, il est vivant. »

Elle attendait la réaction de la femme plus âgée.

Sa mère se pencha en arrière et s'appuya sur la tête de lit. Elle n'avait plus d'énergie, elle se sentait vide et morte. « Qu'est-ce que tu me racontes là, Miranda ?

« Je te dis que j'ai vu le roi Ruthar… dans mon rêve. »
Elle leva la main. « Et ne me dis pas que c'était juste un
rêve. Je sais, je sais. C'était juste un rêve, mais il signifie
je crois qu'il est encore vivant. »

« Il ne faut pas prendre nos rêves pour la réalité »,
dit sa mère avec un pincement au cœur.

« Je sais », répondit Miranda, « mais c'est *possible*,
non ? Pourquoi pas ? C'est toi qui dis souvent que tout
est possible. »

Sa mère croisa ses bras et lança un regard furieux à
Miranda : « Lorsque je dis que tout est possible, tu sais
très bien que je ne veux pas dire que les morts peuvent
soudainement se lever et se promener ici et là d'un pas
joyeux. »

« Lorsque j'ai eu ces rêves où le Démon me pourchassait, tu m'as pourtant expliqué que ce n'était pas mon
rêve, mais la rediffusion de ce qui est vraiment arrivé à
quelqu'un d'autre. »

Le docteur D'Arte se retourna et fit face à sa fille :
« Je n'ai pas dit que ce n'était pas ton rêve. J'ai dit que
c'est possiblement un souvenir dont tu as hérité d'un de
nos ancêtres, un peu comme tu as hérité de la couleur
de tes yeux. » Elle réfléchit un bref instant. « Mais si ton
rêve est le souvenir d'une autre personne, alors, c'est forcément un vieux souvenir, du temps où Ruthar était
encore vivant. »

« Tu pourrais avoir tort, tu sais », répondit Miranda.

« Je suis trop fatiguée pour continuer la discussion,
Miranda. Mais ce que tu dis ne tient pas debout. Tu sais
que Ruthar est mort. Tu étais là quand c'est arrivé. Tu
l'as vu de tes propres yeux. Et rien ne peut annuler ce
qui est arrivé, surtout pas un rêve. »

Miranda fit non de la tête : « Je suis convaincue qu'il
est vivant. »

Le docteur D'Arte enlaça sa fille : « Oh ! Mir, je sais ce que tu ressentais pour Ruthar. Je sais à quel point il est difficile de perdre une personne qu'on aime. »

« Je ne suis pas une de tes patientes », dit Miranda en colère. « De toute façon, tu ne comprends pas. Il ne s'agit pas de moi. Bien sûr, j'aimais bien Ruthar. Et il était différent... Dans une salle pleine, on ne pouvait pas s'empêcher de le remarquer, même s'il y avait mille personnes. Il était vraiment un homme bon, et sa bonté illuminait les ténèbres autour de nous. » Elle jeta un coup d'œil à sa mère. « Qu'en penses-tu ? » Mais elle ne lui donna pas le temps de répondre : « J'étais triste lorsqu'il est mort. Mais j'étais surtout triste pour Elester. Le roi Ruthar était son père. Et j'étais triste pour tous les Elfes habitant l'Île d'Ellesmere, parce qu'ils ont perdu un roi. Ils l'aimaient vraiment, maman. »

« Je sais », dit sa mère doucement. « Je le connaissais aussi, tu sais. »

Le docteur D'Arte se leva et alla de nouveau à la fenêtre. *Pauvre maman*, pensa Miranda, des larmes lui montant aux yeux. *J'oublie tout le temps qu'elle a déjà habité à Béthanie.*

Miranda avait encore de la difficulté à accepter que sa mère ait gardé secret son passé pendant toutes ces années. Elle avait entendu parler de Béthanie pour la première fois il y a seulement trois mois de cela. Avant cela, elle n'avait jamais entendu parler de Béthanie, capitale du royaume d'Ellesmere, ni personne d'autre dans le monde. Sauf sa mère. La contrée des Elfes n'était sur aucune carte. Et Miranda n'en avait définitivement jamais entendu parler dans sa classe de géographie.

Béthanie existait dans un autre monde, un monde que les Elfes cachaient aux Nord-Américains, aux Sud-Américains, aux Européens, aux Asiatiques et aux

Africains. *C'est faux*, pensa-t-elle, *c'est notre monde qui est caché. C'est nous qui voulions nous isoler de la magie et des autres choses que nous ne comprenons pas.* Jusqu'à il y a trois mois de cela, Miranda était une jeune fille typique. Comme toute personne raisonnable, elle ne croyait ni aux Elfes, ni au Nains, ni aux Dragons. Et si un ami lui avait dit qu'il avait visité un monde où ces êtres fabuleux existaient, elle aurait bien ri. Elle s'endormait le soir, se réveillait le matin, déjeunait à la sauvette, allait à l'école, avait des amis, écoutait de la musique, et passait des heures au téléphone. Il y a trois mois de cela, elle croyait que le centre de sa vie et celle de sa famille était Ottawa.

Mais une froide nuit de mars, le monde de Miranda était tombé à la renverse lorsque la Haine et les Tugs étaient venus à Ottawa pour la trouver et la détruire. En désespoir de cause, elle fit confiance à un étranger qui prétendait être un druide venant d'un monde parallèle. Ensemble, le druide et la fille avaient foncé à travers les rues d'Ottawa jusqu'à la Colline du Parlement, échappant de justesse aux terrifiants Tugs. Avant qu'elle eut le temps de dire « ouf ! », elle était tombée comme une pierre dans le vaste lac qui entourait la contrée des Elfes.

« Je sais ce que tu penses de moi », dit-elle à sa mère. « Tu penses que j'ai changé depuis mon retour de Béthanie, n'est-ce pas ? »

Sa mère regardait encore par la fenêtre. « Oui, tu as changé » dit-elle sans se retourner. Puis, elle s'empressa d'ajouter : « Mais ce n'est pas une mauvaise chose. »

« Je suppose », dit Miranda, attendant un bref instant avant de lui demander : « En quoi j'ai changé ? »

Lorsqu'elle répondit, sa mère semblait triste : « Le plus grand changement que j'ai noté est que tu es plus calme, plus sérieuse. Tu ne sembles pas avoir autant de plaisir qu'auparavant. »

Miranda sourit intérieurement. « Eh bien, j'ai mûri, maman. As-tu pensé à cela ? »

« J'espère que tu as raison » lui dit sa mère. « Mais j'ai le sentiment qu'il n'y a pas uniquement cela. Il te manque quelque chose, une part de toi qui est partie à jamais. »

Miranda éteignit la lumière, se leva du lit, et alla joindre sa mère à la fenêtre. Ensemble, elles regardèrent la nuit. Miranda n'avait jamais vu autant d'étoiles dans le ciel d'Ottawa. Mais ce soir, les lumières de la ville semblaient plus douces, le ciel plus noir et les étoiles plus brillantes. Parmi les millions et les millions d'étoiles, elle pouvait observer la Voie Lactée.

Elles se tinrent longtemps côte à côte, perdues dans leurs pensées. Le docteur D'Arte mit son bras autour de l'épaule de Miranda. Elle frissonna, constatant que sa fille était encore glacée. *Elle était ici,* se répéta-t-elle. *Elle était ici… endormie.*

Miranda s'inquiétait pour sa mère, se demandant quels étaient ses autres secrets. Puis, Miranda bâilla. Le docteur D'Arte la guida alors gentiment vers son lit, et marcha vers la porte. « Maman ! »

« Hmmm ? » sa mère s'arrêta dans l'embrasure de la porte, et regarda sa fille.

« Tu as raison, tu sais. Ce que j'ai vécu avait l'air réel, mais maintenant que je suis éveillée, je sais que le roi Ruthar est mort. »

CHAPITRE 5

COMPLOTS ET MANIGANCES

L e roi Ruthar est vivant » dit Miranda, prenant sa meilleure amie à l'improviste. Elle sourit en voyant sa réaction.

C'était l'heure du repas et la cafétéria de l'école était pleine à craquer. On pouvait y voir le même monde que d'habitude. Arabella Winn, qui s'empiffrait d'un sandwich au beurre d'arachide et à la confiture de raisin, faillit s'étouffer. Elle regardait Miranda, bouche bée, son visage exprimant tantôt le bonheur, tantôt l'incrédulité. « Quoi…? »

« Tu es dégoûtante, tu sais », dit Miranda, faisant la moue à son amie, qui était assise en face d'elle.

Elles étaient opposées en presque tous points. Miranda était grande et mince, comme un garçon. Ses cheveux blonds lui tombaient légèrement sous le menton. Son teint pâle faisait luire ses yeux verts comme des émeraudes. Arabella était petite et pleine d'entrain, comme une balle en caoutchouc ou un terrier Jack Russell. Elle avait la peau foncée, et on pouvait remarquer une tache blanche dans ses cheveux noirs, juste au-dessus de son œil droit. Elle coupait la mèche seulement quand elle menaçait de cacher son oeil. Elles étaient les meilleures amies depuis l'école maternelle.

Arabella roula ses yeux sombres vers le plafond, prit une gorgée de lait au chocolat pour faire descendre le beurre d'arachide, et écouta Miranda lui raconter son cauchemar, sans lui couper la parole.

« C'est effrayant ! Mais Mir, c'était seulement un rêve. »

D'un autre côté, Arabella connaissait bien Miranda, et malgré le fait que ce qu'elle racontait ne pouvait pas avoir eu lieu, elle ne doutait pas vraiment de son amie. Elles se connaissaient depuis trop longtemps, et elles avaient eu trop d'aventures ensemble, pour que le doute vînt brouiller leur amitié.

« C'est une vraie histoire de fous, je sais », admit Miranda. « Et je ne peux pas l'expliquer. Mais Bell, je sais qu'il y a quelque chose qui ne va pas. Je le sais... ici... » Elle mit sa main sur son cœur. « Et j'ai peur que ce soit très, très grave. »

« Très, très grave, que ce soit grave à quel point ? » demanda Arabella, redoutant la réponse. Elle se sentait malade tout à coup. Elle regarda son assiette et décida qu'elle ne voulait plus jamais voir un seul sandwich au beurre d'arachide tant qu'elle serait en vie.

« Je ne sais pas. » Miranda tapa du poing sur la table. « Je ne m'en souviens plus. » Puis, elle donna une tape amicale sur la main d'Arabella. « J'aurais aimé que tu sois là dans mon rêve. Tu aurais alors vu ce que j'ai vu. C'était tellement effrayant. Le roi Ruthar reposait sur un truc qui ressemblait à un autel. Il était mort, Bell. Lorsque j'ai réalisé qu'il essayait de se redresser, j'ai senti mon cœur s'arrêter de battre. »

« Je n'en doute pas une seconde ! » dit son amie. « S'il te plaît, promets-moi une chose. Évite de m'amener dans tes rêves, d'accord ? » Elle réfléchit un instant, fronçant les sourcils. Puis, elle lança soudain un regard terrifié à son amie. « Mir ! Et si c'était encore le Démon ? »

« Crois-moi, j'y ai pensé », dit Miranda. « Mais cela ne peut pas être la Haine, parce que nous étions là lorsqu'elle a disparu dans le Lieu sans Nom. »

« Qui alors ? » demanda Arabella.

« Ou quoi alors ? » dit Miranda. Son petit doigt lui conseillait de ne pas écarter le Démon aussi rapidement. Elle eut alors froid dans le dos. « Tu as peut-être raison, tu sais. Il est impossible que ce soit le Démon, pas en personne. Mais j'ai le sentiment qu'il est impliqué, d'une manière ou d'une autre. »

« Qu'est-ce que nous allons faire ? » À la seule mention du Démon, Arabella avait des sueurs froides. Pour un instant, elle ne voulait plus entendre parler du rêve de Miranda. Elle ne voulait rien faire, sauf s'enfuir chez elle à toutes jambes, et se cacher sous son lit, ou encore dans le sous-sol, derrière de vieilles malles et de vieilles boîtes. Pourquoi lui avait-elle demandé : « Qu'est-ce que *nous* allons faire ? »

« Je ne sais pas pour toi », répondit Miranda, « mais je dois y retourner. »

« C'est pas vraiment une bonne idée » dit Arabella avec fermeté. Elle se creusait les méninges pour dissuader son amie de partir pour la contrée des Elfes. Ou peut-être cherchait-*elle* une excuse pour ne pas avoir à l'accompagner. « D'abord, tu ne peux pas te fier à ton rêve, parce que tu l'as oublié en grande partie. Ensuite, s'il était arrivé un malheur, tu ne crois pas qu'on aurait eu des nouvelles du Druide à l'heure qu'il est ? »

Miranda pensa à ce que Arabella venait de dire. « Tu as raison », reconnut-elle. « Si quelque chose de grave était arrivé, je crois que Naim serait venu nous chercher, ou il nous l'aurait fait savoir d'une manière ou d'une autre. Et si ce n'était pas encore arrivé ? Et s'il ne le savait pas ? »

Arabella soupira. Rien ne servait d'essayer de dissuader Miranda lorsqu'elle avait pris une décision. « Cela veut dire que j'y vais avec toi, je suppose. »

« Où allons-nous ? » demanda Nicholas Hall, tout en se glissant sur une chaise et en s'ouvrant une bouteille d'eau. Le garçon vivait sur la rue qui se trouvait derrière la maison de Miranda à New Edinburgh. Ils étaient amis depuis que Miranda avait prononcé ses premiers mots. Avec les années, un sentier s'était formé, qui traversait les cours arrières séparant leurs maisons. Il était grand pour un garçon de 12 ans. Et il excellait au basket-ball et au soccer. Nicholas, Arabella et Pénélope St-John avaient tous les trois accompagné Miranda à Béthanie, afin de découvrir pourquoi le Démon la voulait morte.

« Miranda croit qu'il y a quelque chose qui ne va pas à Béthanie », dit Arabella.

Nicholas interrogea Miranda du regard. Après lui avoir raconté les bribes du rêve dont elle se souvenait, les trois compagnons restèrent là, immobiles, sans parler, comme des statues de pierre. C'est Nicholas qui brisa finalement le silence, en venant à l'essentiel.

« Comment on se rend là-bas ? »

Miranda sentit leurs regards se tourner vers elle : ils attendaient une réponse. Elle tenta de saisir le petit sac métallique qu'elle portait à son cou, sentant la panique monter en elle en découvrant qu'il n'était pas là. Elle l'enlevait pourtant rarement, sauf quand elle prenait sa douche. Elle se souvint alors qu'après la gymnastique, elle avait déposé le petit sac contenant les pierres de sang dans le fond de son casier. Elle se promit d'aller le récupérer avant de retourner en classe.

« Le druide a dit que nous ne pouvons pas y retourner, tu t'en souviens ? » dit Arabella. « Le portail est fermé. »

« Je ne l'ai pas entendu dire cela », dit Nicholas en se tournant vers Miranda. « Est-ce que c'est vrai ? »

Miranda fit signe que oui. « Mais plus tard, il m'a dit que si quelqu'un de là-bas venait ici, il pourrait nous ramener avec lui. »

« Pourquoi pas les Nains ? Croyez-vous qu'un d'entre eux pourrait nous ramener là-bas ? »

« Bonne idée, Nick. » Miranda se sentait coupable chaque fois qu'elle pensait aux Nains. En mars, Gregor, quinzième roi des Nains, avait envoyé à Ottawa une douzaine de ses sujets pour réparer les dommages provoqués par la Haine sur la Colline du Parlement. Miranda ne les avait pas vus depuis, et elle se sentait coupable. Ils étaient des étrangers dans son pays et elle avait pratiquement fait comme s'ils n'existaient pas. Sans trop savoir pourquoi, elle avait le sentiment de les avoir laissés tomber. Mal à l'aise en plein air, les Nains préféraient loger temporairement dans les tunnels sous les bâtiments du Parlement, dormant le jour et travaillant la nuit.

Sauf Miranda, sa mère et les trois amis qui l'avaient accompagnée dans l'autre monde, personne n'était au courant de la présence des Nains dans la capitale du Canada. Mais d'étranges histoires circulaient dans la ville, à propos de personnes qui auraient vu de petits fantômes trapus errer autour des bâtiments du Parlement au beau milieu de la nuit. Mais on considérait ces histoires comme des légendes urbaines.

« Vous connaissez la dernière ? » demanda Nicholas. Son père était l'ingénieur qui supervisait les travaux de réparation du principal bâtiment gouvernemental sur la Colline du Parlement. « Lorsque mon père est arrivé à son travail hier matin, il a trouvé les tailleurs de pierre couchés sur le plancher, complètement saouls. Mon père leur a demandé des explications, mais ce qu'ils disaient ne rimait à rien : ils débitaient des sottises sur quelqu'un qui avait cassé les pierres dont ils avaient besoin, et prétendaient qu'ils ne pouvaient se mettre au travail. Mais lorsque mon père a inspecté le site, il a constaté que le travail avait été fait. Et il a ajouté que c'était la plus belle maçonnerie qu'il eût jamais vue. »

Ils éclatèrent de rire tous les trois. « Si tu observes chez lui des comportements étranges, nous allons probablement devoir lui dire ce qui se passe », dit Miranda.

« Ouais », répondit Nicholas. « La nuit dernière, je l'ai surpris à regarder dans le vide, comme si on lui avait aspiré le cerveau. Je crois qu'il essaye de comprendre comment des tailleurs de pierre saouls, et qui prétendent ne pas avoir fait le travail, ont fait mieux que s'ils n'étaient pas ivres. Il m'a dit ce matin qu'il allait placer des gardes sur le site à partir de ce soir. »

« Il faudrait mieux avertir les Nains » dit Miranda. Elle plaignait le père de Nick. Elle décida de discuter de ce problème avec sa mère dès son retour à la maison. Peut-être saurait-elle quoi faire. Après tout, ils ne pouvaient pas laisser M. Hall perdre la tête, n'est-ce pas ?

Au son de la cloche, signe que les enfants devaient retourner en classe, les trois compagnons étaient d'accord pour se retrouver après l'école afin d'aller rencontrer les Nains sur la Colline du Parlement. Même si les Nains étaient incapables de les ramener à Béthanie, le voyage en vaudrait le coup, ne serait-ce que pour avoir des nouvelles du vieux monde.

« Et pas un mot à Pénélope, sinon l'école au grand complet va se pointer le nez », avertit Nicholas. « Et quoi que vous fassiez, ne provoquez surtout pas Mini. Gardez votre calme. Vous ne voulez pas qu'il vous colle une retenue aujourd'hui. »

« Qu'est-ce qui te fait croire que nous allons le provoquer ? » ricana Miranda, tout en se dirigeant vers les portes de la cafétéria. « On ne ferait jamais cela, voyons ! »

Nicholas regarda les filles s'éloigner, pliées en deux. Il se doutait bien qu'elles mijotaient quelque chose. Mais la question était de savoir quoi.

CHAPITRE 6

L'EXPÉRIENCE DE MIRANDA

 ncore deux jours, songea M. Petit, en poussant un soupir. Il attendait avec beaucoup d'impatience la fin des classes et le début des vacances d'été. Il fit une moue de dégoût tandis que les élèves de quatrième remplissaient la salle de classe, certains d'entre eux s'approchant dangereusement de lui. William Potts laissa tomber son stylo par mégarde, et il eut le malheur d'effleurer son professeur en se penchant pour le récupérer. Monsieur Petit, qui tenait dans sa main une longue baguette de bois, lui enfonça dans les côtes. « Dégage ! » aboya-t-il, le visage déformé par la colère. Le garçon potelé cria et déguerpit, oubliant son stylo. Mini haïssait l'odeur de ces petits rongeurs.

« Règlement n° 3 ! » aboya-t-il, infligeant avec sa baguette un coup douloureux sur l'épaule de Samantha Enders. Se rendant compte qu'elle venait de violer le règlement n° 3, qui stipulait que les élèves plus grands que Mini devaient s'incliner en sa présence, la jeune fille rougit, plia immédiatement les genoux et s'inclina de manière à ce que ses yeux soient à la hauteur du menton du professeur.

Monsieur Petit tira d'une poche de sa veste un bout de tissu froissé et souillé, et couvrit sa bouche et son nez. Ses élèves faisaient comme si de rien n'était, mais lui savait très bien qu'ils le faisaient exprès. Ils se lavaient probablement les week-ends seulement. S'ils puaient, il savait que c'était seulement pour l'importuner. Il le savait parce qu'avant la semaine de relâche, il n'avait pas remarqué leur puanteur. Et même s'il ne pouvait pas le prouver, il savait qui était derrière tout cela... cette petite morveuse de Miranda D'Arte.

Il eut la chair de poule, comme si les puces vivant sur les corps crasseux des enfants les avaient soudainement abandonnés pour venir se loger sur lui. Il se donna des coups sur la poitrine et sur les jambes avec sa baguette, ignorant les regards curieux posés sur lui. *Ce ne sont pas des puces*, pensa-t-il. Non, il n'avait pas de puces ; c'était une sorte de réaction allergique à la petite D'Arte. Chaque fois qu'il pensait à elle, il devait combattre une envie irrésistible de se gratter jusqu'au sang.

« Assis ! » cria-t-il. Son humeur subit alors une transformation rapide. Il adorait les engueuler, et lire la peur dans leurs yeux tandis qu'ils obéissaient à ses ordres, tels des chiens dressés. Dommage qu'il n'eût pas trouvé un moyen d'en finir avec le bruit, de faire en sorte qu'ils cessent de frotter leurs pieds sur le plancher, de taper leurs stylos sur leurs pupitres, de chiffonner du papier, ou de tousser. *Ou de respirer*, pensa-t-il avec mélancolie. Il n'avait pas encore trouvé de solution, sauf de les battre à mort. *Peut-être ajouter une substance chimique dans leurs inhalateurs, ou quelque chose qui les collerait sur leurs sièges pendant toute la journée*, pensa-t-il.

Miranda jeta un coup d'œil par-dessus son épaule et adressa, fugitivement, un sourire plein de malice à Arabella.

Au même moment, comme s'il avait attendu un signal, William Potts se leva et marcha, en se dandinant, vers le devant de la classe. Tous les yeux étaient tournés vers lui tandis qu'il tourna le dos à Mini, s'appuya sur le bureau du professeur avec sa main, et récupéra le stylo qu'il avait laissé tomber lorsque M. Petit lui avait donné le petit coup avec sa baguette.

Pris au dépourvu par l'audace du petit Potts, qui avait quitté son siège sans permission, et après qu'il lui eut ordonné de s'asseoir, M. Petit ne réagit pas tout de suite. Il regarda avec horreur le garçon se pencher, les coutures de son pantalon s'étirant au maximum alors que son derrière dodu se présentait à lui, tels deux ballons.

« Aaak ! » hurla Mini en reculant d'un bond, comme une puce géante, et se réfugiant dans le coin près de la fenêtre.

Tout à coup, un silence absolu régna, pour la première fois, sur la classe. Mini avait peine à croire à ce calme glorieux. Il laissa tomber sa baguette et planta ses index dans ses oreilles. Certain qu'il n'avait pas les oreilles bouchées par de la cire ou des cheveux, il s'immobilisa complètement, craignant que le moindre mouvement ne ramène le vacarme.

Il ne bougea même pas lorsque Willy Potts se redressa et retourna à sa place, aussi silencieusement qu'une souris. Au lieu de cela, il regarda autour de lui et se réjouit presque tandis qu'il ressentait la sensation la plus délicieuse qui soit. C'était les rongeurs. Leurs visages n'affichaient plus un petit sourire narquois. Même

Miranda D'Arte et son ami boutonneux le regardaient poliment, avec respect.

Monsieur Petit était aux anges. C'était le plus beau moment de sa vie, le moment dont il rêvait depuis quarante-cinq ans : ces sales petits morveux l'avaient finalement reconnu et s'étaient inclinés devant son intellect supérieur. Tandis qu'il examinait avec méfiance chacun de leurs visages, cherchant des signes de supercherie, il réalisa soudainement qu'il n'avait pas devant lui une pièce remplie de monstres avec des corps d'adolescents. Ils n'étaient que des enfants. Comment avait-il pu s'imaginer que des visages aussi innocents cachaient des cerveaux malades ? À ce moment, Mini ressentait tellement de tendresse pour eux qu'il voulait les serrer dans ses bras.

Il avança d'un pas, s'éloignant du coin.

Miranda n'osa pas quitter Mini des yeux. Elle savait que si elle jetait un coup d'œil à un de ses camarades de classe, elle rirait à en faire pipi dans sa culotte. Elle remarqua le sourire de satisfaction sur le visage de son professeur. C'était le moment qu'elle attendait. Elle détourna les yeux et toussa. Immédiatement, la classe au grand complet se joignit à elle dans une cacophonie de sons : les vingt-trois élèves s'éclaircissaient la voix, gigotaient sur leurs chaises et remuaient leurs pieds.

« Qu'est-ce qui se passe ? », se demanda Mini. Il faillit chanceler et s'effondrer en entendant les sons se répercuter sur les murs. « SILENCE ! » cria-t-il, tout en reculant vers le coin. À nouveau, la classe devint aussi silencieuse que le milieu de la nuit.

Ainsi, après avoir échoué à plusieurs reprises en tentant de s'éloigner du coin — celui-là même où il avait l'habitude d'envoyer les élèves, et ce, aussi longtemps qu'il avait été un enseignant à l'école primaire Hopewell

— M. Petit décida finalement de rester là. Une petite voix lui souffla un avertissement à l'oreille, mais le silence était à ce point merveilleux qu'il l'ignora. Et il donna les leçons de l'après-midi sans que le moindre son vienne faire concurrence à sa voix plaisante.

Et puis, quelqu'un éclata de rire à l'arrière de la salle, ce qui entraîna les autres étudiants à rire aux éclats. En moins d'un battement de cœur, la classe au grand complet était pliée en deux, riant sans retenue.

« SILENCE ! » Monsieur Petit s'empara de la baguette et frappa la surface de son bureau. « SILENCE ! » Les enfants continuaient quand même à rire à chaudes larmes. Il surprit Miranda D'Arte échanger un sourire plein de suffisance avec la petite Winn. « Toi ! » cria-t-il, pointant sa baguette vers Miranda. « VIENS ICI... IMMÉDIATEMENT ! »

« Qui, moi ? » demanda Miranda

« OUI, TOI ! »

Miranda hocha les épaules et, n'oubliant pas de s'incliner, marcha vers le professeur, les yeux rivés sur le bout pointu de la baguette, prête à s'esquiver au cas où il la soulèverait pour la frapper. Elle remarqua que les jointures de la main qui tenait la baguette étaient blanches. Alors qu'elle s'approchait, Mini alla rapidement derrière son bureau et indiqua le coin. Miranda se tint à une distance respectueuse de lui alors qu'elle allait s'installer sur le plancher, dans le coin. Elle tourna son visage pour cacher le sourire qui ne semblait pas vouloir quitter ses lèvres.

Mini lui lança un regard furieux. Cela dura une minute complète. Il tentait désespérément de ne pas s'étouffer avec la haine qui montait en lui. « J'en ai assez de toi », dit-il, sans bouger les lèvres, et juste assez fort pour les oreilles de Miranda.

Miranda ne leva pas les yeux vers lui, comme si elle n'avait pas entendu ces paroles de menace. Elle remarqua que Pénélope St-John la regardait curieusement. Elle resta sur le plancher dur jusqu'au son de la cloche, à quinze heures. Puis elle se leva d'un bond. Elle n'avait pas fait deux pas en direction de la sortie lorsque la voix de M. Mini l'arrêta à mi-chemin. « Et où crois-tu aller comme cela ? » lui demanda-t-il.

« La classe est terminée » répondit Miranda, se tournant pour regarder son professeur en face. Il la fusilla du regard.

Le regard que lui lança alors Mini fut si horrible que Miranda en eut le souffle coupé. Elle recula, craintive. Baignés dans la lumière du soleil qui filtrait à travers la fenêtre, les yeux du professeur brûlaient comme deux cigarettes. « RETOURNE... DANS... TON... COIN ! » cracha-t-il, comme si les mots lui brûlaient la bouche. De la salive s'était accumulée au coin de ses lèvres.

Elle sentit la colère monter en elle, ce qui lui donna de l'assurance. « Pourquoi ? » demanda-t-elle, se croisant les bras. Elle cherchait les pierres de sang avec ses doigts, mais elles étaient encore dans son casier.

« Qu'est-ce que j'ai fait ? » lui demanda-t-elle, tout en repensant au mauvais tour qu'elle venait de jouer à Petit, et comment ils avaient tous ri de lui. *Il soupçonne peut-être que j'y suis pour quelque chose*, songea-t-elle, *mais il ne pourra jamais le prouver.*

Mini s'empara de sa baguette et aurait bondi sur elle si Pénélope St-John ne lui avait pas bloqué la voie, en s'interposant entre eux. « S'il vous plaît, monsieur Petit », dit la rousse, un sourire aussi large que le fleuve St-Laurent éclairant son visage. « C'est au sujet de ce que vous disiez dans la classe de géographie... à propos de l'effet de serre sur l'Île-du-Prince-Édouard... Je ne comprends pas... »

Monsieur Petit oublia Miranda et son attention se fixa sur Pénélope, telle une guêpe sur une boisson gazeuse. Il se redressa et bomba la poitrine, pour se donner un air important. Miranda saisit sa chance, donna un petit coup de coude à Pénélope pour la remercier, et s'éclipsa par la porte. Puis, elle se précipita le long du corridor, ignorant les professeurs qui lui criaient : « ON NE COURT PAS ! ». Elle ne s'arrêta pas avant d'être à l'extérieur, hors de danger, avec Nick et Bell.

Dans la classe de quatrième, M. Petit fit un sourire radieux à Pénélope. De tous ses élèves, elle était sa préférée. Correction, elle était la seule qu'il pouvait supporter. « Ma chère mademoiselle St-John. » (Il prononça soigneusement « Sèn Jèn ».) Pénélope faillit avoir mal au cœur en entendant la fausse gentillesse dans sa voix. « L'effet de serre... c'est un concept difficile. Mais oui, il me ferait plaisir de vous aider à mieux le comprendre pour l'examen de demain. » Il baissa la voix et lui chuchota : « Oui, c'est une des questions de l'examen. » Sa voix revint à la normale. « L'effet de serre se produit dans les serres, dans lesquelles la chaleur radiante du soleil passe à travers le verre, réchauffant tout ce qui se trouve à l'intérieur. Une fois à l'intérieur, la chaleur radiante ne peut plus sortir, à cause du verre. Si nous appliquons cet effet à l'atmosphère terrestre... blabla... blabla... blabla... »

« Tu m'en dois une, Miranda », murmura Pénélope à voix basse, tandis que Mini parlait d'un ton monotone. Son exposé semblait interminable. Elle jetait souvent un coup d'œil par la fenêtre. Puis, elle vit Miranda, Arabella et Nicholas courir à toute allure à travers la cour d'école. Maintenant rassurée par le fait que Mini ne puisse plus nuire à Miranda, elle regarda soudainement sa montre, agita ses doigts parfaitement manucurés sous les yeux de son professeur, et coupa court à l'ennuyeux exposé sur l'effet de serre.

« Désolée, Monsieur, j'avais oublié que j'ai un rendez-vous avec la manucure. Au revoir ! » Elle tourna les talons, impatiente de découvrir ce que mijotaient Miranda et les autres.

Irrité par le départ soudain de la jeune fille, après qu'elle eut demandé son aide, M. Petit s'assit sur le bord de son bureau, et s'adressa à la classe idéale (c'est-à-dire vide et silencieuse), lui enseignant tout ce qu'il savait sur l'effet de serre. Après avoir terminé, il resta longtemps assis, en silence, revivant les événements humiliants de l'après-midi. Il s'avoua à lui-même l'horrible vérité : les étudiants, qui normalement reculaient de peur devant lui, l'avaient ridiculisé. Ils s'étaient moqués de lui, ils avaient ri de lui, à tel point que leurs visages étaient devenus rouges et laids. Ce n'était pas juste. Soudain, il songea à quelque chose qui lui remonta le moral. Il savait ce qu'il devait trouver, et il savait précisément où le trouver.

Mini ouvrit la porte en fredonnant un air et se dirigea, sans se presser, vers les casiers des monstres. Conformément au code d'honneur de Hopewell, les casiers n'étaient pas verrouillés. Dans toute la longue histoire de l'école, personne n'avait jamais profité du code pour aller fouiller dans le casier d'un autre. Eh bien, M. Petit avait lui aussi un code d'honneur, et il se fichait éperdument d'une bande de petits morveux qui ne pouvaient même pas épeler *honneur*. Il ouvrit le casier de Miranda et là, sur le dessus de la pile de livres, il trouva ce qu'il cherchait. Accélérant le tempo de l'air qu'il fredonnait, il prit le manuel et le fourra rapidement sous sa veste. Au moment où il allait fermer la porte du casier, il remarqua un brillant objet métallique sur le plancher du casier. En un éclair, il s'empara du curieux petit sac et le mit dans sa poche. Maintenant n'était pas le meilleur moment pour examiner son butin. Fermant prudemment le casier, il donna une tape sur sa poche et amena le livre avec lui à son bureau.

Il s'assit et fixa longtemps le titre du livre. Il n'était pas un psychologue, mais il avait entendu parler de ce livre célèbre intitulé *Boris : introduction à la psychologie*. Le livre s'ouvrait à la page 171, où quelqu'un avait glissé un signet. Le chapitre s'intitulait *Le conditionnement opérant chez les sujets humains*. Il plissa les yeux et pinça les lèvres en lisant le paragraphe souligné :

Des études menées sur des sujets humains montrent que leur comportement peut être modifié en appliquant à plusieurs reprises des méthodes similaires à celles employées dans l'étude des chiens. Chaque classe de psychologie de première année est parvenue à confiner le professeur dans un coin, et ce, en devenant bruyante et turbulente chaque fois qu'il essayait de s'éloigner du coin.

Monsieur Petit relut le passage et ferma le livre doucement. Il resta assis sans bouger plusieurs minutes. Puis, son visage se tordit de fureur. Il s'empara du livre, ses doigts serrant la couverture comme s'il voulait l'étrangler, et le jeta au fond de la classe. Le livre solidement relié s'écrasa contre le mur du fond avant de retomber, ouvert, sur le plancher. Fou de rage, le professeur alla récupérer le livre, renversant les bureaux sur son chemin, comme si de rien n'était. Il saisit le livre et s'acharna sur lui, déchiquetant les pages avec ses longs ongles jaunes, les arrachant et les éparpillant un peu partout dans la salle. Après avoir détruit le livre, il s'affaissa sur le plancher, fredonnant de façon insensée. Puis, il déversa dans sa main les six pierres étranges qu'il trouva dans le petit sac métallique, tout en planifiant sa vengeance sur Miranda D'Arte.

CHAPITRE 7

LES TUNNELS DE LA COLLINE DU PARLEMENT

'aurais donné n'importe quoi pour y être », dit Nicholas en riant, après que les filles lui eurent raconté comment la classe de quatrième au grand complet s'était unie pour manipuler Mini.

« C'était parfait », dit Arabella, un éclair de malice dans les yeux. « Nous aurions pu le confiner dans le coin pendant le reste de la semaine si Pénélope n'avait pas tout gâché. »

« Ça n'a pas d'importance », répondit Miranda. « Si elle n'avait pas ri, c'est moi qui l'aurais fait. »

« Fais bien attention, Mir », dit Nicholas, sérieux tout à coup. « Si jamais Mini découvre que c'était toi… »

« Comment veux-tu qu'il le découvre ? » coupa Arabella. « Tu crois que quelqu'un dans la classe pourrait la dénoncer ? Nous sommes tous dans le coup. »

« Il se doute déjà que je suis derrière tout cela », dit Miranda, hochant les épaules pour montrer à ses amis qu'elle n'était pas inquiète. « Mais il ne peut pas le prouver, ni faire quoi que ce soit. Il reste seulement deux jours avant la fin des classes, et nous ne l'aurons plus jamais dans les pattes. »

« Et s'il te fait échouer ? »

« Est-ce qu'il peut faire cela ? » demanda Arabella, soudain aussi verte que les toits en cuivre sur la Colline du Parlement.

« Il ne le fera pas », dit Miranda avec assurance. « Il veut lui aussi se débarrasser de nous. »

Avec Nicholas en tête, les compagnons longeaient un sentier sur la falaise, derrière la Bibliothèque du Parlement. Au-dessous, la rivière Ottawa s'écoulait, en route pour aller se jeter, près de Montréal, dans le puissant fleuve St-Laurent. Miranda était rassurée de savoir que si elle tombait, elle ne tomberait pas directement dans la rivière. Elle n'avait pas le vertige, contrairement à Bell. Mais rien que de penser qu'elle pouvait perdre l'équilibre et tomber comme une pierre dans la bouillonnante eau noire l'inquiétait au plus haut point.

Brusquement, Nicholas s'arrêta et indiqua quelque chose, en haut sur la falaise. Miranda plissa les yeux et regarda. Environ six mètres au-dessus, elle aperçut trois longues ouvertures en forme de voûte, sculptées à même le calcaire. Elle remarqua aussi les solides barreaux en fer qui en bloquaient l'entrée. Le temps d'atteindre la corniche devant une des entrées, le visage des compagnons était rouge et luisant, leurs tee-shirts tachés de sueur.

Miranda se courba, reprenant son souffle. Elle examinait en même temps les barreaux de fer qui bloquaient l'ouverture. Elle se redressa, puis s'empara des barreaux. Elle tenta de les secouer, mais ils refusèrent de bouger. Elle délogea de la rouille avec ses mains et celle-ci tomba à terre, comme des petits morceaux de peau desséchée.

« Qu'est-ce que c'est ? Des bouches d'aération ? » demanda-t-elle. Elle fronça les sourcils tout en essuyant sur ses pantalons ses mains couvertes de rouille.

« Probablement », répondit Nicholas. Puis il remarqua qu'elle fronçait les sourcils. « Laisse tomber ces barreaux-là. Je les ai testés la dernière fois que je suis venu ici. Ils ne bougeront pas. C'est à la troisième ouverture qu'il faut aller. Un des barreaux qui se trouve là a du jeu et nous pouvons le déloger. »

« Qu'est-ce qu'on dit si quelqu'un nous attrape ? » demanda Arabella, qui suivait les autres le long de l'étroite corniche.

Nicholas rit. « Ne t'inquiète pas, si quelqu'un nous attrape, ce sera probablement mon père. »

Ils avancèrent prudemment, en file indienne, le dos au soleil. Une fois arrivé devant la troisième ouverture, Nicholas testa les barreaux et retrouva celui qui avait du jeu. Il le prit avec ses deux mains, et le souleva tout en le poussant. La partie inférieure du barreau se souleva assez pour se déloger. Le garçon rentra le ventre, se tourna de côté et se glissa à l'intérieur. Puis, il retint le barreau pour laisser passer Miranda et Arabella. Nicholas remit ensuite le barreau à sa place, s'agenouilla sur le sol dur, fouilla dans son sac à dos et en retira une vieille carte et une lampe de poche. Nicholas étala la carte sur le sol en pierre et l'éclaira avec sa lampe. Miranda et Arabella s'approchèrent derrière lui et lurent la carte par-dessus son épaule.

« Super ! » murmura Miranda. « Regardez un peu tous ces tunnels. »

« Ouais, c'est comme un labyrinthe », dit Nicholas. « Les galeries souterraines vont d'ici jusqu'au bâtiment de la Cour Suprême, en longeant la rue Wellington. » Il indiqua le bas de la carte avec son index. « Nous sommes ici. Mais, sans une carte, vous seriez incapables de trouver le chemin du retour. Alors, restons ensemble. » Il éclaira le visage de Miranda avec sa lampe. « Où sont les Nains ? »

« Je ne sais pas. Je ne les ai pas vus depuis qu'ils nous ont raccompagnés de Béthanie. » Miranda hocha la tête. « Mais si j'étais à leur place, je choisirais de m'installer près de l'endroit où je travaille. »

« Bien pensé », dit Arabella, tout en fouillant craintivement la noirceur du regard. « Étant donné que nous sommes sous la Bibliothèque, nous ne pouvons pas être très loin de l'Édifice du Centre. »

« Allons-y », dit Nicholas. Il replia la carte, mais la garda dans sa main.

Le tunnel souterrain était sinistre. Les compagnons marchaient rapidement, les yeux rivés sur le cercle de lumière bondissant qui venait de la lampe de poche de Nicholas. Mais ils avaient l'esprit ailleurs : ils se rappelaient l'autre voyage qu'ils avaient fait sous les bâtiments du Parlement, lorsqu'ils avaient suivi Naim, le Druide, à Béthanie.

Plus ils s'éloignaient des bouches d'aération, plus l'obscurité s'épaississait. Le silence devenait écrasant, il les coupait du monde extérieur, du bourdonnement familier de la ville. Ils pouvaient seulement entendre le grincement inquiétant du sol qui travaillait sous le poids des bâtiments massifs, et le bruit sourd de leurs chaussures de course sur le sol dur du tunnel. Miranda ne pouvait s'empêcher de jeter des coups d'œil craintifs au plafond. Elle savait qu'ils étaient sous la Bibliothèque du Parlement. L'idée qu'un bâtiment énorme reposait juste au-dessus de sa tête l'inquiétait. Et si le tunnel s'effondrait sous le poids ? Et qui pourrait bien les trouver sous ces millions et ces millions de tonnes de pierre ? Elle chassa ces pensées. Mais elle se fit aussi une promesse à elle-même. La prochaine fois, s'il y avait une prochaine fois, elle dirait à sa mère où elle s'en allait.

« Croyez-vous que les Nains vont nous reconnaître ? » chuchota Bell, en fouillant du regard les ténèbres au-delà de la lumière. « Cela fait trois mois. »

« Pourquoi pas ? » demanda Nicholas. « Je te parie que chaque fois qu'ils vont travailler dans l'Édifice du Centre, ils pensent au Démon et à toute la pagaille qu'il a semée. Pas vrai, Mir ? »

Miranda ne réagit pas à la conversation de ses amis. Elle se sentait inquiète tout à coup, mais elle n'arrivait pas à mettre le doigt sur ce qui l'inquiétait. Elle n'aimait pas le lourd silence qui y régnait. Elle le sentait tout autour d'elle, il était écrasant, à tel point qu'elle grinçait des dents. Ce n'était ni un de ces silences familiers et agréables qu'elle échangeait parfois avec ses amis, ni un silence de colère. Ce silence, qui était enfermé dans le vaste réseau souterrain de cavernes et de tunnels, était différent de tout ce qu'elle avait connu jusqu'à maintenant. Il était aussi vieux que la falaise en calcaire, vieux comme le monde. Elle pouvait entendre Nick et Bell bavarder amicalement. Mais, étrangement, plutôt que de briser le silence, leurs paroles étaient absorbées par le calme ambiant, un peu comme le liquide est absorbé par une éponge.

Puis, elle entendit un autre son étrange. Qu'est-ce que c'était ?

Elle fixa son attention sur le son, son malaise allant en augmentant. Plus ils s'aventuraient profondément dans le tunnel, plus le son semblait s'amplifier. Et ce n'était pas le son des soupirs et des gémissements que poussait la pierre en se dilatant et en se contractant. Cela lui rappelait plutôt le bruit qu'elle faisait lorsqu'elle buvait bruyamment les dernières gouttes d'un lait frappé avec une paille. Fatiguée de tendre l'oreille, elle décida d'ignorer le son : elle ne voulait pas penser aux insectes et autres bestioles qui grouillaient dans l'obscurité froide et humide.

Ils marchaient en silence, parcourant le passage comme des ombres. Miranda se demanda depuis combien de temps ils marchaient, s'aventurant de plus en plus profondément dans le tunnel. Elle devina que le soir était tombé. Ils devaient sûrement avoir croisé l'Édifice central à l'heure qu'il était. Mais où étaient les Nains ?

« Quelque chose ne va pas », dit-elle. Elle s'arrêta brusquement, ce qui fit sursauter ses deux compagnons. Nick, il me faut la carte.

« Pourquoi on s'arrête ? » demanda Arabella, qui faisait de son mieux pour dissimuler la panique qui montait en elle. « On s'est perdus ou quoi ? »

« Pas du tout », répondit Miranda, en donnant une petite tape rassurante sur l'épaule de Bell. Puis, elle s'agenouilla et étala la carte sur le sol. « Nick, éclaire-moi. Écoutez, nous sommes entrés par ici, n'est-ce pas ? » Elle n'attendit pas la réponse. « Nous avons tourné au moins quatre fois. Nous devrions donc être ici. » Elle pointa du doigt un endroit sur la carte à au moins un kilomètre de l'Édifice central. « Nous l'avons dépassé. »

« Comment peux-tu en être si sûre ? Les Nains pourraient être n'importe où. As-tu une idée du nombre de tunnels secondaires qui bifurquent à partir des tunnels principaux ? » Nicholas s'agenouilla et traça le trajet qu'ils avaient suivi avec son doigt.

Miranda entendit le son étrange à nouveau, plus fort cette fois, comme s'il était plus proche. « Écoutez ! » chuchota Miranda, toute tendue. « Qu'est-ce que c'est ? »

Les compagnons tendirent l'oreille. Nicholas brisa finalement le silence : « Quoi ? »

« Il n'y a rien », dit Arabella, en regardant nerveusement autour d'elle.

« Vous ne l'entendez pas ? » insista Miranda. « Comme si quelque chose respirait… »

Nicholas et Arabella échangèrent un regard, puis hochèrent des épaules à l'unisson. « Je n'entends rien » dit le garçon. « Ni moi » approuva Arabella.

« Il y a pourtant quelque chose », dit Miranda. « Je l'ai remarqué lorsque nous avons tourné la première fois. Il y a quelque chose ici avec nous. »

« Bien entendu qu'il y a des choses ici. Qu'est-ce que tu croyais ? » répondit Nicholas, d'un ton moqueur. « Mon père travaille dans ces tunnels depuis des années. Ils sont infestés de rats et de mille-pattes géants. »

« Merci d'avoir partagé cela avec nous », dit Arabella tout en se passant nerveusement la main dans les cheveux. « Allez, continuons. J'ai vraiment froid. »

« Chut ! Écoutez ! » chuchota Miranda, en appuyant son oreille contre le sol de pierre.

Le son était très fort. Les autres devaient sûrement l'entendre à présent. Miranda tenta de localiser d'où il venait, mais il y avait de l'écho dans les tunnels. Ce qui expliquait pourquoi le son semblait venir de toutes les directions à la fois : il semblait venir du plafond, des parois et du sol. Elle pointa soudain la lampe de poche derrière eux, sachant avec une certitude absolue que l'endroit grouillait d'insectes géants, gluants, avec des yeux globuleux et des antennes qui tortillaient dans tous les sens. Elle éclata de rire en constatant que la lumière de poche n'éclairait rien d'autre que le sol en pierre.

Se rendant compte que les autres la regardaient d'un air perplexe, Miranda tenta de se calmer les esprits. Puis, elle s'assit sur ses talons et regarda ses deux meilleurs amis. « Je suis désolée. J'avais entendu un son inquiétant et pendant un instant, j'ai cru... n'y pensez plus. Ce n'est probablement rien... juste un écho. »

Miranda hocha la tête. « Je crois que nous devrions rentrer. Nous n'avons pas vu la moindre trace des Nains. C'est comme s'ils n'avaient jamais mis les pieds ici. Nous pouvons revenir demain et explorer une autre section des tunnels. »

« Mir a raison, Nick », dit Arabella. « Nous aurions dû voir quelque chose, ou du moins sentir l'odeur de leur cuisine... vous savez à quel point les Nains aiment la friture. » Elle se tut et se demanda ce qui avait bien pu arriver à ces gens d'un autre monde.

« Quelque chose est arrivé », dit Miranda. « Ils sont partis. »

« Partis », répéta Nicholas avec un profond soupir. « Partis où ? »

« De retour à la maison ? » suggéra Arabella, sans trop de conviction dans la voix.

« Non », répondit Miranda sans hésiter. « Ils ne partiraient jamais avant d'avoir terminé les travaux... ils préféreraient mourir plutôt que de déshonorer leur pays. »

« Ils sont peut-être morts. »

CHAPITRE 8

LES CROTTES DE TUNNEL

a ferme, Nick ! » dit Arabella, avec mauvaise humeur. « Qu'est-ce que tu veux dire en affirmant qu'ils sont morts ? Pourquoi as-tu dit cela ? »

« Du calme, Bell. C'était rien. J'étais seulement... »

« Idiot, comme d'habitude », coupa Arabella d'un ton sec, lui lançant un regard furieux. « Arrête de dire des choses comme cela. Cela ne sert à rien. »

« D'accord, d'accord », dit Nicholas en levant les mains dans les airs, en signe de capitulation. « Je n'étais pas sérieux. »

« C'est assez, vous deux », dit Miranda. « Il faut sortir d'ici. Ma mère va piquer une crise si je ne suis pas à la maison à l'heure pour le repas. »

« Attendez une minute ! »Nicholas promena la lumière de sa lampe de poche sur les parois. « Nous ne sommes pas passés par ici. »

« Oh ! Super ! » grogna Arabella. « On s'est perdus. »

« On ne s'est pas perdus », dit Nicholas, indigné. « Il suffit de revenir au tunnel principal, c'est tout. Nous avons probablement continué tout droit, alors qu'il fallait tourner à gauche. Il est difficile de bien voir la grandeur des tunnels lorsqu'on regarde la lumière au sol. »

Miranda suivait du regard la lumière de la lampe de poche que Nick promenait sur les parois et sur le plafond. Le tunnel secondaire était une fraction de la taille du tunnel principal. L'air y était vicié et moite. La puanteur et la moiteur semblaient chercher Miranda, et se posaient sur elle comme la neige sur le sol. Frissonnant, elle remarqua que de l'eau suintait des parois, formant de petites flaques dans la roche.

« Cela ressemble au passage qu'on a emprunté avec Naim », dit-elle. « Si on le suit, on pourrait aboutir au portail. »

« Ouais, et puis quoi encore ? » dit Nicholas. « Je ne sais pas ce que Naim a fait pour ouvrir le portail, et toi ? » Il fit deux pas et se pencha pour examiner quelque chose sur le sol en roche. « Hé ! Regardez-moi ça. »

Miranda et Arabella s'accroupirent aux côtés de Nicholas.

« Qu'est-ce que c'est ? » demanda Miranda.

« C'est un bout de cuir. Ça ressemble à un morceau de botte », dit Nicholas en lui donnant de petits coups avec sa lampe de poche.

« Nick, c'est une botte de Nain ! » cria Miranda, sur un ton animé. Elle tendit la main pour prendre la botte, mais un morceau de quelque chose qui ressemblait à de la mousse, de la taille d'une grosse tête, poussait en partie sur la botte, la clouant au sol. « Pouah ! » Elle grimaça lorsque ses doigts touchèrent la motte spongieuse. « Qu'est-ce que c'est que ça ? »

« Ça ressemble à un cerveau moisi », dit Arabella en se redressant. Elle tenta de déloger la chose avec le bout de sa chaussure.

« À mon avis, ça ressemble plutôt à une gigantesque crotte verte », dit Nicholas. Il sourit en voyant la réaction de Miranda : elle bondit en arrière, puis essuya ses doigts sur ses pantalons avec acharnement.

« Laisse-moi faire », ordonna le garçon, se relevant et écartant Arabella du coude. « Je vais m'en occuper. »

Pour une fois, Arabella ne protesta pas. Lorsqu'elle avait touché à la chose en mousse avec sa chaussure, elle l'avait sentie palpiter, comme si elle était vivante. Cela lui donna la chair de poule. Elle avait songé à en parler aux autres, mais qu'est-ce qu'elle aurait bien pu leur dire ? *Ne lui faites pas de mal, c'est un être vivant. Tu parles !* pensa-t-elle. *Ils croiraient que je suis devenue folle.* C'est avec plaisir qu'elle céda sa place à Nicholas, qui donna un violent coup de pied au morceau.

« NICK, ATTENDS... » cria Miranda. Elle avait deviné tout à coup que le garçon s'apprêtait à commettre une grave erreur. Mais il était déjà trop tard.

SCHLOP ! Nick ne réussit pas, avec son coup de pied, à catapulter le morceau loin de la botte en cuir usé. À sa grande surprise, sa chaussure la traversa de part en part, et le morceau explosa comme une mine, bombardant les trois compagnons de morceaux de chair et les inondant d'un liquide noir verdâtre.

Hurlant de manière hystérique, Miranda saisit le bras d'Arabella et la tira en arrière. Elle oublia complètement les Nains et le cauchemar qui l'avait poussée à se rendre ici pour demander leur aide afin de se rendre à Béthanie. Tout ce qui comptait à présent était de s'enfuir le plus vite possible, prendre une douche et débarrasser ses cheveux et son corps de cette substance visqueuse et nauséabonde. Elle voulait donner un coup de pied à Nicholas, dont le rire résonnait dans le passage étroit.

Le garçon s'approcha derrière Miranda et posa sa main sur son épaule. Elle tourna la tête vers lui et se mit à rire. Il était complètement souillé. La substance visqueuse pendait, en de longs filaments verdâtres, à ses cheveux sombres. Ses vêtements collaient à son corps, lui donnant l'allure d'une grosse sauterelle verte. Et, bon dieu qu'il puait ! Miranda fronçait le nez et respirait par la bouche. « Je crois que c'était *vraiment* une crotte », dit-elle en se rendant compte qu'elle puait elle aussi.

L'odeur ne semblait pas déranger Nicholas. Il était encore emballé par l'explosion de la chose. « Vous avez vu ça ? » dit-il, utilisant le bas de son tee-shirt pour s'essuyer le visage. « C'est comme si on avait fait exploser une méduse. »

« Beurk ! »cria Miranda. « C'était écoeurant. » Elle sentait la substance collante commencer à se durcir sur ses vêtements, sur sa peau et dans ses cheveux. Alors que Nicholas passait devant elle pour prendre la tête, elle chassa de son esprit l'idée folle que les entrailles puantes de la chose se solidifiaient rapidement, la changeant en pierre.

Arabella s'arrêta brusquement. Miranda se tourna vers son amie, mais, dans l'obscurité, Arabella n'était qu'une forme sombre, une énorme forme sombre.

« Aide-moi, Mir… » La voix était si faible qu'elle ne ressemblait même plus à celle de Bell.

Le cœur de Miranda s'arrêta de battre. Quelque chose n'allait pas. Elle voulut s'approcher de Bell, mais ses jambes refusaient d'obéir. Elles bougeaient lentement, comme si elles étaient plongées dans la mélasse. Sans quitter Arabella des yeux, elle tâta ses jambes. Elle frémit en découvrant d'autres morceaux palpiter sous ses doigts. Ils recouvraient ses jambes comme des verrues, chacun de la taille d'un chou.

Et ils grossissaient ! Miranda savait maintenant ce qui faisait le bruit étrange.

« NICK ! » cria-t-elle, en donnant des coups de poing aux morceaux. Mais ils explosèrent à leur tour et l'aspergèrent avec une substance visqueuse. Ce n'était pas la bonne chose à faire, mais c'était le seul moyen de s'en débarrasser. Elle n'avait pas entendu Bell depuis un bon moment. Elle voulait à tout prix arriver auprès d'elle avant que la chose ne l'étouffe.

« NIII-IIIICK ! »

Quelqu'un éclaira son visage, ce qui l'aveugla.

« Je suis ici », dit Nicholas. Sa voix était aussi faible que celle de Bell, comme s'il parlait à travers une épaisse chaussette de laine. « Mir, il y en a des milliers. » Il ne semblait pas du tout avoir peur.

Pendant une seconde, Miranda souhaita être un peu plus comme Nick. Surtout maintenant. Alors qu'elle était sur le point de paniquer, elle savait que Nicholas était plus fasciné qu'effrayé par ces choses. Ou peut-être il parvenait mieux à dissimuler sa peur.

Le garçon remarqua soudain que Miranda s'acharnait sur les choses. « Arrête ! » chuchota-t-il. « Il ne faut pas les endommager ! »

« Je ne peux pas arrêter. C'est le seul moyen de s'en débarrasser. »

« Non ! »dit Nicholas, non sans difficulté. « Mir, arrête ! Regarde ce qui se passe. »

Miranda regarda. « Mince ! » Elle n'en croyait pas ses yeux. C'était un peu comme si elle observait des plantes pousser en accéléré. Tout autour d'elle, des monticules de moisissure poussaient à un rythme accéléré. Même si le spectacle la dégoûtait, elle ne pouvait le quitter des yeux. Elle était vraiment stupéfaite.

« Ils se reproduisent », expliqua Nicholas en gargouillant, comme si sa bouche était pleine d'eau. « Devant... celui que j'ai fait éclater... bloque la sortie... pris au piège... » Puis, elle entendit un long gargouillement, puis plus rien. Nicholas devint alors aussi silencieux qu'une statue.

« NON ! NON ! ». Miranda devint folle. Elle hurla à en avoir mal à la tête, à en avoir mal à la gorge. Elle hurla jusqu'à ce que sa voix soit enrouée.

« RESPIREZ ! » cria-t-elle, en suppliant ses amis de se battre. Mais elle savait qu'il était beaucoup trop tard. Ils ne respiraient plus. Et bientôt, ces choses s'attacheraient à son visage, et elle mourrait, elle aussi. « Bell, s'il te plaît... respire. »

Elle avait les larmes aux yeux. Elle savait que c'était idiot, mais l'idée que la Bibliothèque du Parlement pouvait lui tomber sur la tête n'était pas aussi effrayante que ce qui lui arrivait en ce moment. Elle se demanda quel effet cela ferait lorsque ces affreuses créatures atteindraient son visage et couvriraient sa bouche et son nez. Est-ce qu'elles faisaient exprès ? Est-ce qu'elles se vengeaient sur eux parce que Nicholas avait donné un coup de pied à l'une d'entre elles ?

« AU SECOURS ! » Elle sentait les créatures se presser contre ses bras, son dos et son ventre. Elle entendait le son dégoûtant de leur respiration. Elle pouvait sentir leur puanteur, pouvait presque y goûter. Horrifiée, elle regarda une créature s'installer sur la lampe de poche, que Nick tenait toujours dans sa main. Comme si on venait d'éteindre le soleil, le tunnel devint aussi noir que la robe d'une sorcière.

« AU SECOURS ! » cria-t-elle. Elle cria jusqu'à ce qu'elle sente le ventre doux et chaud d'une créature lui couvrir le visage. Et alors, le seul son à remplir le passage fut celui des créatures.

CHAPITRE 9

LES KU-KU-FUN-GI

oudain, on ouvrit l'œil de Miranda. Une lumière brillante était braquée sur son visage, ce qui l'aveuglait et lui faisait affreusement mal. Au début, elle croyait que c'était le soleil. Elle tenta de fermer sa paupière, pour protéger son œil contre la lumière aveuglante. Mais la personne ou la chose qui tenait sa paupière ouverte était rude et forte. Puis, elle entendit des voix bourrues tout près d'elle.

« Elle a l'air plus morte qu'un clou ! »

« Elle va s'en sortir. »

« Et les autres ? »

« Ouais. »

« Nous les avons libérés juste à temps. »

« Ouais. »

« Des enfants stupides. »

« Ouais. »

Miranda ouvrit son autre œil. On relâcha immédiatement son autre paupière. Elle se rendit compte qu'elle reposait sur quelque chose de froid et dur, comme sur une nappe de glace. Elle se sentait faible, étourdie et elle avait mal au cœur, comme si elle se remettait d'une longue maladie. Elle avait mal partout. Elle s'assit lentement, en frottant ses paupières couvertes de croûte. « Où suis-je ? » demanda-t-elle. « Oh ! » s'exclama-t-elle, juste au moment où elle se rappela les horribles monticules verts. Avant qu'elle ne perde connaissance, ils poussaient sur elle et sur ses amis, se multipliant rapidement et se cramponnant à leurs corps, comme les grappes à une vigne. Elle chercha les morceaux avec ses mains, mais ils avaient disparu, comme par miracle. « Qui êtes-vous ? Comment nous avez-vous sauvés ? Où sont mes amis ? »

« Sacrés humains ! » fit une des voix en ricanant, comme pour expliquer les bizarreries et les particularités de la race humaine. Cela mit Miranda en colère.

« Qui êtes-vous ? » répéta-t-elle, plus fort cette fois. « Et pouvez-vous pointer votre lumière ailleurs ? Vous m'aveuglez. »

Brusquement, quelqu'un baissa la lumière.

« Que faisiez-vous ici ? » demanda la voix.

« Je vais vous le dire. Mais d'abord, où sont mes amis ? »

« Ici. Vivants », dit la voix. « Ils devraient être morts. »

Miranda cligna des yeux plusieurs fois pour les acclimater. Elle poussa un cri de soulagement en voyant un visage carré, muni d'un nez bulbeux et d'une bouche large. Elle ne connaissait pas son nom, mais elle reconnaissait son visage. « Dieu merci ! » s'exclama-t-elle. « Comment nous avez-vous trouvés ? »

Le Nain la regarda intensément. Puis, il recula d'un pas, mit ses poings sur ses hanches et lui demanda : « Qui es-tu ? »

Miranda avait peine à croire à quel point ne pas être reconnue pouvait la blesser. Son sentiment de culpabilité en profita pour refaire surface. Les Nains avaient raccompagné Miranda et ses compagnons au Canada, et ils ne s'étaient pas revus depuis. Elle aurait dû faire un effort et leur rendre visite, les accueillir chaleureusement, et voir à ce qu'ils aient tout ce dont ils avaient besoin.

« C'est moi, Miranda », dit-elle. « Vous ne me reconnaissez pas ? »

Le Nain s'approcha et la regarda à nouveau. Puis, au grand déplaisir de Miranda, il sortit un torchon fripé de sa poche, cracha dessus et essuya le visage de Miranda, enlevant partiellement la substance verdâtre qui lui couvrait le visage.

« C'est bien Miranda », confirma-t-il. Il la gratifia d'un sourire tout en dents, et rougit. Il tourna le dos à la jeune fille et discuta de ce qu'il venait de découvrir avec quatre autres Nains, qui essayaient tant bien que mal d'essuyer les visages de deux formes qui se débattaient au sol.

« ALLEZ-VOUS-EN ! » hurla Arabella. « Je vous interdis de me toucher avec ce torchon crasseux ! » Miranda sourit. Il faisait bon d'entendre Bell. « Est-ce que Nick va bien ? »

« Je vais bien, je crois », répondit Nicholas. « Mir, demande-leur s'ils veulent bien nous laisser aller. »

Mais Miranda n'eut pas le temps d'ouvrir la bouche. Il y avait soudain beaucoup de tapage tout près.

« Où sont-ils ? » rugit un Nain furieux, en se frayant un chemin à travers les autres. Il marcha à grands pas dans la direction où Miranda était assise, appuyée contre la paroi du tunnel. Le Nain qui s'était occupé de

Miranda s'interposa entre elle et son compatriote furieux.

« Emmet, c'est… »

« Pousse-toi, Anvil. »

« C'est la jeune humaine, Miranda. »

« Quoi ? Miranda ? Elle a fait cela ? »

« Qu'est-ce que j'ai fait ? Qu'est-ce qui ne va pas ? » demanda Miranda, nerveuse tout à coup. Elle ne pouvait pas imaginer ce qu'elle avait bien pu faire pour mettre le Nain appelé Emmet dans un tel état.

Emmet écarta Anvil du coude et s'avança vers Miranda d'un pas lourd. Se penchant en avant, il approcha son gros visage à quelques centimètres de son nez.

« Qu'est-ce que tu mijotes, petite ? »

« R-r-rien », bégaya Miranda, en regardant l'homme devant elle. « N-n-nous vous cherchions. »

« Ah ! » cracha Emmet. « Vous n'avez pas dû chercher bien fort, petite. »

Miranda prit sa tête entre ses mains. Les cris d'Emmet commençaient à lui taper sur les nerfs. « Qu'est-ce que vous voulez dire ? » demanda-t-elle « Nous avons cherché des heures, mais nous sommes allés trop loin. Et sur le chemin du retour, on s'est égaré. C'est alors que ces horribles créatures nous ont attaqués. »

« TU MENS ! » rugit Emmet, en arrosant Miranda de postillons, et en agitant son doigt en forme de saucisse devant son visage.

Elle rougit jusqu'aux oreilles en voyant les autres Nains secouer tristement la tête et éviter son regard, comme s'ils l'avaient surprise en train de voler.

« Arrêtez de nous traiter de menteurs », cria Nicholas, la colère dans sa voix aussi tranchante que le fil d'une épée.

Emmet se redressa et se tourna vers le garçon. « Tais-toi, petit. Vous mentez, je le sais. »

Nicholas n'avait pas du tout l'intention de se taire. « Je me fiche pas mal de ce que vous pensez. Vous avez tort. Nous n'avons rien fait, et nous ne mentons pas. »

« Vraiment ? » dit Emmet d'un air méprisant, avec une lueur dans le regard. « Alors, regarde-moi bien dans les yeux, petit, et dis-moi que vous n'avez pas dérangé les Ku-Ku-Fun-Gi. »

Les trois compagnons échangèrent soudain des regards horrifiés. Miranda devint blême. « Nick, les morceaux... est-ce qu'il veut dire que...? »

Anvil choisit ce moment pour intervenir. Il s'accroupit auprès de Miranda. « Pas des morceaux, Miranda. Ku-Ku-Fun-Gi. Vivent dans les cavernes. »

Nicholas avait une boule dans la gorge. « Je-je cr-croyais que c'était seulement de la moisissure. »

« Ah, ah ! » cria Emmet, triomphalement.

Les Nains leur jetèrent un regard sans équivoque. Les trois compagnons étaient morts de honte. Ils se sentaient stupides et honteux.

« Nous n'avons pas fait exprès », dit Miranda, qui étouffait ses larmes.

« Je ne comprends pas pourquoi vous êtes en colère », avoua Arabella. « Ce n'est pas comme si on avait tué quelqu'un. De toute façon, qu'est-ce que ça change ? Ce ne sont ni des personnes, ni des animaux. Ce sont des parasites visqueux et dégoûtants. »

Anvil inclina sa tête hirsute. « Pas des parasites. Symbiotes », expliqua-t-il. « Visqueux. Pas dégoûtants. Coexistent avec la roche. Enlèvent défauts de la roche. Lui redonnent force. Bon pour les deux. »

« Êtes-vous en train de me dire que ces Ku-Ku machins sont des formes de vie intelligentes ? » demanda Miranda, qui redoutait la réponse.

« Pas des machins », explosa Emmet. « Ku-Ku-Fun-Gi ! Vous les avez tués. » Il tourna le dos à Miranda et cogna son gros poing contre le mur.

« On ne le savait pas », dit Nicholas. Alors même qu'il prononçait ces paroles, il se rendit compte que c'était une excuse lamentable. Il souhaita être assez petit pour se cacher dans une fissure de la paroi.

« Si nous les avons tués, comment se fait-il que plus d'un milliard d'entre eux se soient formés par la suite ? Expliquez-moi ça. »

Emmet se tourna brusquement vers la jeune fille, mais Anvil leva sa main afin de prévenir une autre crise de colère. « Bouge pas, Emmet. Je m'en occupe. » Il regarda Arabella. « Ku-Ku-Fun-Gi se fixent à roche. Restent au même endroit pour toujours. Bons pour roche. Inoffensifs, sauf si dérangés. Alors, se reproduisent. Blessent roche. Roche meurt. »

« Ils m'ont l'air de parasites », dit Arabella.

Anvil n'était pas d'accord : « Non, roche besoin symbiotes. »

« Bien sûr », se moqua Arabella. « Tout comme j'ai besoin de verrues. »

Anvil soupira. Les seules personnes qu'il connaissait au Canada étaient les enfants devant lui en ce moment. Et s'ils étaient représentatifs des enfants dans le monde, pensa-t-il, alors les enfants ne devaient pas être un cadeau. Ils se disputaient à propos de tout. Il pensait d'ailleurs que la jeune fille qu'ils appelaient Bell pourrait, à force d'argumenter, rendre un Nain chauve. Mais il ne croyait pas qu'ils étaient méchants ou malveillants. Autrement, Miranda et les autres n'auraient pas suivi le

Druide jusqu'à son monde pour aider à vaincre le Démon et, ce faisant, sauver des milliers d'enfants. Mais il ne comprenait toujours pas comment des jeunes aussi courageux pouvaient en savoir si peu sur les formes de vie peuplant leur monde. Il soupira profondément lorsque Miranda lui toucha délicatement la manche. S'il vivait encore trois cents ans, il ne les comprendrait toujours pas. Mais il ne pouvait s'empêcher de bien les aimer.

« Monsieur Anvil, les Ku-Ku-Fun-Gi vont-ils revenir à une relation normale avec la roche maintenant qu'on ne les dérange plus ? »

« Pas si simple », répondit Anvil. « On ne peut les arrêter. Pas maintenant. »

« Aidez-moi à mettre tout cela au clair », dit Arabella. « Les Ku-Kus et les roches sont dans une relation symbiotique. Leur relation est profitable tant et aussi longtemps qu'on ne dérange pas les Ku-Kus. Et si cela se produit, les Ku-Kus se reproduisent et tuent la roche. C'est bien ça ? »

Anvil fit signe que oui de la tête.

« Pourquoi ? » demanda Arabella.

« Réflexes », répondit Anvil. « Croient qu'on les attaque. Incapables de faire la différence entre ennemi et roche. »

« Qu'est-ce qui arrive lorsque la roche meurt ? »

« Elle s'émiette, se réduit en poussière. »

« Et c'est ce qui arrive en ce moment ? » demanda Miranda, inquiète.

« ES-TU SOURDE ? » hurla Emmet. « La roche se meurt. La falaise se réduit en poussière. »

« Mais... » cria Miranda. Elle ressentait une douleur lancinante à la poitrine. « Cela veut dire... tous les bâtiments du Parlement... la Bibliothèque... » Elle s'arrêta, sachant le reste, mais ne voulant plus continuer.

Anvil fit signe que oui. « Ils vont faiblir. S'écrouler » dit-il avec tristesse.

Cela stupéfia Miranda, la laissant sans voix. Elle ne pouvait pas le digérer. Les bâtiments se trouvant sur la Colline du Parlement allaient bientôt être réduits en poussière. Et tout cela parce que Nicholas avait donné un coup de pied à un morceau de champignon moisi. Cela ne semblait pas possible. Elle jeta un coup d'œil à son ami, mais le garçon avait les yeux fixés sur ses pieds. Elle savait ce qu'il ressentait. Elle le savait, parce qu'elle aurait aussi bien pu être à la place de son ami.

« Combien de temps avant que les bâtiments ne s'effondrent ? » demanda-t-elle.

« Aucune idée », répondit Anvil.

« Bientôt », déclarèrent les autres Nains.

« Dans combien de temps ? » demandèrent les trois compagnons.

« Bientôt ! »

Nicholas s'éclaircit la voix. Qu'est-ce que son père allait dire de tout cela ? « Je-je suis désolé. Je ne savais pas... »

« Tu n'as pas réfléchi », corrigea Emmet.

« Emmet... » dit Anvil.

« Non », dit Nicholas. « Il a raison. Je n'ai pas pensé avant d'agir. Mais même si j'avais réfléchi avant, j'aurais probablement fait la même chose. » Il fit face au regard sévère d'Emmet. « Vous ne comprenez donc pas ? Cela n'aurait fait aucune différence, Emmet, puisque j'ignorais tout des Ku-Ku-Fun-Gi. »

« Belle devise », grogna Emmet. « Si tu ignores tout d'une créature, il est sage de la tuer. »

Miranda toucha le bras du Nain en colère. « Ce n'est pas uniquement de la faute de Nicholas », dit-elle. « Nous savons maintenant que nous avons mal agi, mais nous l'ignorions à ce moment-là. Je ne crois pas que vous ayez à vous inquiéter, nous n'embêterons plus jamais les Ku-Kus. Mais si je lance demain une pierre dans le canal Rideau, et si l'eau monte et engloutit toute la ville ? » Elle se mordit les lèvres, essayant de trouver les mots justes pour exprimer ce qu'elle pensait. « Voici ce que je veux dire : à ce moment-là, ce que nous avons fait dans les tunnels était, à nos yeux, la même sorte de chose que d'arracher une tête de pissenlits à coups de bâton, ou encore de lancer une pierre dans un cours d'eau. Alors, pouvez-vous s'il vous plaît arrêter de crier et nous indiquer ce qu'il faut faire ? Peut-on arrêter le processus ? »

Emmet la regarda fixement un moment. Puis, il inclina la tête et se laissa tomber au sol. Il n'était plus du tout en colère. Il s'adressa aux autres Nains pour avoir leur avis.

Mais les autres Nains n'avaient rien à proposer. Ils haussèrent les épaules et échangèrent des regards. « On ne sait pas », dirent-ils. « Jamais arrivé avant. »

« Il doit bien y avoir un moyen pour calmer les Ku-Kus », insista Arabella. « C'est comme si quelqu'un disait que le battement d'aile d'un papillon au Japon peut causer un ouragan en Floride, mais qu'on n'y peut rien. »

« Mais c'est vrai », dit Nicholas. « N'importe qui sait cela. »

« Je n'y crois pas une seconde », dit-elle avec mépris.

« TAISEZ-VOUS ! » cria Emmet, en se couvrant les oreilles avec ses grosses mains.

« Ah, tais-toi donc, Emmet ! » dit Arabella d'un ton brusque. « Si tu ne peux pas aider, alors vaudrait mieux garder le silence. »

« Je ne sais pas pour les papillons et les ouragans »,
dit Miranda doucement. Elle tenait à l'œil le Nain grincheux et son amie imprévisible. « Mais je suis d'accord
avec Bell. Il doit bien y avoir quelque chose que nous
puissions faire pour empêcher les Ku-Kus de détruire la
Colline du Parlement. »

Anvil se mordillait le pouce pensivement. Puis il
regarda ses compatriotes. « Et le Druide ? » demanda-t-
il.

« Il saurait quoi faire », reconnut un des Nains
« Voyez ! » cria Miranda. « Une autre raison pour se rendre à Béthanie. »

« Comment ? » demanda Anvil.

« C'est pourquoi nous sommes venus vous trouver »,
expliqua Miranda. « Nous croyons qu'il y a quelque
chose qui ne va pas dans votre monde. »

Anvil et les autres Nains échangèrent des regards
nerveux. « Qu'est-ce qui vous fait croire cela ? » demanda-t-il.

« C'est peut-être rien du tout », dit Miranda. « Mais
j'ai eu un mauvais rêve, et j'ai vu le roi Ruthar. Il n'était
pas mort. »

« Quand ? » demanda Anvil.

« La nuit dernière. »

Les Nains échangèrent à nouveau des regards.
« Malcolm est disparu la nuit dernière. »

« De quoi parlez-vous ? » demanda Nicholas, en se
grattant la tête.

« Qui est Malcolm ? » demanda Arabella.

Anvil se tourna vers eux, le visage grave. « Hier soir.
Tard. Malcolm faisait sa ronde. Jamais revenu. Suivi sa
trace jusqu'au portail. » Il fouilla dans un petit sac en cuir
attaché à sa ceinture et tendit la main. « Trouvé cela. »

Ce qui ressemblait à des éclats de verre noir reposait dans sa paume ouverte. « Quelque chose est passé par le portail », dit-il. « De Béthanie. »

« Quoi ? » demanda Miranda.

« Sais pas. Sentait mauvais, par contre. Comme quelque chose mort depuis longtemps. »

« Naim a pourtant dit qu'il n'y avait rien de maléfique à Béthanie », dit Miranda. Elle sentait son cœur battre, comme les ailes d'un oiseau en cage.

« C'était vrai », dit Anvil. « Plus maintenant. »

« Et Malcolm ? » demanda Arabella.

Les Nains gardèrent le silence un instant. Cela rappela à Miranda cette journée où son école s'était réunie dans le gymnase pour observer trois minutes de silence en mémoire des milliers de victimes innocentes des attaques terroristes contre le World Trade Center. Cela lui rappela aussi ce moment où elle avait vu, avec un mélange de peur, de colère et de tristesse, les tours jumelles se désintégrer en des tas massifs de débris fumants.

« La Haine ! » pensa Miranda, avec amertume. Bien qu'elle fût enfermée dans le Lieu sans Nom, le Démon était toujours dangereux. Pourquoi voulait-elle que les gens s'haïssent à tel point qu'ils se détruisent mutuellement ? C'était tellement stupide. Nicholas disait que c'était une question de pouvoir. Miranda soupira. Tout cela était si déroutant que sa tête lui tournait.

Miranda ne connaissait ni ne s'intéressait au pouvoir. Et elle ne comprenait pas ceux qui avaient soif de pouvoir. Mais elle savait une chose, et personne ne pouvait la contredire sur ce point. Si vous aviez tué une personne innocente, c'était mal. À son avis, c'était aussi simple que cela.

Miranda sursauta lorsque Anvil prononça son nom. Elle rougit en se rendant compte que tout le monde la regardait. « Désolée », marmonna-t-elle. « Je pensais à quelque chose. »

« Ils veulent en savoir plus long sur ton rêve », fit Arabella.

« Je n'ai rien à ajouter. » Elle se tut le temps d'observer une image qui lui traversait l'esprit. Puis, elle saisit le bras d'Anvil. « Ces trucs noirs. Montrez-les-moi encore une fois. »

Anvil mit la main dans son petit sac et en retira les éclats noirs. Miranda les examina pendant un bon moment. « Je viens tout juste de me rappeler quelque chose », dit-elle. « Dans mon rêve, le roi Ruthar donnait à l'autre homme ce qui ressemblait à une petite bille noire… et elle volait en éclats… et l'homme se mettait à hurler. » Elle indiqua les fragments noirs dans la main du Nain. « Les éclats de la bille noire ressemblaient à cela. »

Plus tard, sur le chemin du retour, les compagnons marchaient rapidement, la tête baissée et les yeux rivés sur le trottoir mal éclairé. Ils ne disaient pas un mot. Dire qu'ils s'en voulaient beaucoup décrit à peine leur esprit en émoi. Miranda avait mal au cœur, comme si des papillons lui retournaient l'estomac. *Était-ce donc cela une dépression nerveuse ? Laissez-moi tranquille !* dit-elle aux papillons. *Je ne dois surtout pas tomber malade. Il n'y a plus de temps à perdre.*

Qu'est-ce qu'ils avaient fait ? Qui aurait pu penser que donner un coup de pied à un morceau de champignon ferait tomber les bâtiments du Parlement ? Comment un acte en apparence aussi anodin pouvait avoir des conséquences aussi catastrophiques ? Et Malcolm ? Les Nains avaient-ils raison ? Leur ami était-il mort ? Est-ce que la Haine, le Démon, était responsable ? Comment avait-elle bien pu envoyer une créature maléfique à travers le portail, malgré le fait qu'elle était toujours enfermée dans le Lieu sans Nom ? De quelle sorte de créature s'agissait-il ? Et comment le Démon communiquait-elle avec elle ? Miranda n'était pas en mesure de répondre à ces questions, mais elle savait, aussi sûrement qu'elle connaissait la couleur de ses yeux, que le mal était parvenu à s'infiltrer dans la contrée des Elfes.

CHAPITRE 10

UN VOYOU DE COURTE TAILLE

a gigantesque forme noire se cachait à l'ombre des arbres épais qui bordaient la pelouse en face de la maison de Miranda. À côté de la silhouette monstrueuse, recroquevillé dans les arbustes, se trouvait le Nain. Chaque fois que le Tug jetait un coup d'œil sur la créature trapue, son corps se tordait d'un rire silencieux. C'était tellement ironique : recruter un Nain, un ennemi, pour les aider à détruire les Nains !

Le Tug caressa doucement la marque dorée sur son avant-bras avec ses longues griffes acérées. C'était la marque du Démon : un crâne humain façonné à partir d'éclats d'or, insérés dans des fentes que le Démon avait percées à même la chair de la créature, sous la surface de la peau. Le crâne en or était un lien entre la Maîtresse et son serviteur. Aussi longtemps que la marque resterait en place, le Tug sentirait la présence du Démon, comme le soleil sur le dos d'un lézard.

Le monstre balaya du regard la rue sombre en face de chez Miranda, à la recherche de signes de danger. Convaincu qu'il n'avait pas été repéré, il baissa ses yeux rouges et regarda le Nain à nouveau, le rire montant en lui comme un rot. Tout ce qui restait du Nain était sa carcasse. Ce qu'il y avait à l'intérieur n'avait plus rien à voir avec le Nain. Néanmoins, le Tug aimait bien appeler la petite créature un Nain. Il aimait à penser qu'il avait vraiment sous son contrôle un de ces répugnants mangeurs de roche. Après tout, tout le monde savait qu'un Nain préfèrerait s'arracher le cœur plutôt que de s'incliner devant le Démon.

Il y a deux nuits de cela, lorsque le Tug s'infiltra par le portail sous la Bibliothèque du Parlement, il fut très surpris de tomber face à face avec le Nain. Et ce dernier fut tout aussi surpris par l'apparition soudaine de la créature. Le Nain tendait déjà la main pour prendre l'épée tranchante qui pendait à sa ceinture lorsque le Tug lança l'œuf rond et noir. Il savait qu'il n'y avait pas un seul de ces sales habitants de terriers qui pouvait résister à l'éclat d'une pierre précieuse. Et l'œuf scintillant ressemblait exactement à un diamant noir de grande valeur. Instinctivement, le Nain tendit brusquement le bras, attrapant l'œuf et fermant sa main autour de lui. Mais il était déjà trop tard pour la stupide créature. Si le Nain avait ignoré l'œuf et l'avait laissé se fracasser sur le sol dur, il aurait peut-être eu une chance de s'échapper et d'avertir ses compagnons.

Mais il n'avait pas fait cela, n'est-ce pas ?

Lorsque l'œuf explosa dans la main du Nain, le serpent qui attendait, blotti dans la coquille, le mordit au poignet. La mort vint rapidement, mais fut très douloureuse. Alors même que le poison attaquait le système nerveux du Nain et rongeait son cerveau comme de l'acide, la créature pathétique se débattait comme un ours blessé. Il hurlait de douleur, d'épais filets de bave giclant de sa bouche. Le Tug observa la scène avec amusement. Il aimait l'odeur de la terreur, particulièrement la puanteur dégagée par les Nains terrifiés. À l'heure qu'il était, les compagnons du pauvre type savaient que Malcolm avait disparu. Ils le cherchaient probablement dans le labyrinthe de tunnels. Le Tug savait qu'il devait agir rapidement. Les ordres de la Haine étaient simples : « Saisis-toi de la fille et empare-toi des pierres de sang ». La créature se raidit lorsque la porte d'entrée de la maison de Miranda s'ouvrit tout à coup. La jeune fille et une femme apparurent devant la porte. Il les observa alors qu'elles embarquaient dans la voiture garée dans l'entrée, la femme plus âgée prenant le volant. Elle recula la voiture dans la rue, puis la voiture s'éloigna hors de sa vue.

L'apparition soudaine de Miranda était un douloureux rappel de la punition que la Haine lui avait infligée pour avoir échoué à débarrasser le monde de la fille. Lorsque sa Maîtresse s'était échappée du Lieu sans Nom, elle avait envoyé le Tug et trois de ses frères chercher Miranda pour la tuer. La jeune fille était le seul obstacle à la libération du Démon. Mais pour la première fois depuis qu'ils servaient le Mal, les Tugs échouèrent. Et parce que cette enfant rusée était encore vivante, la Haine avait été bannie de ses terres et condamnée à mourir à petit feu dans une nauséabonde prison elfique. L'idée des souffrances que devait endurer sa Maîtresse jour après jour tourmentait le Tug à tel point qu'il pensait que son cœur noir allait exploser. La rage au ventre, il poussa violemment le Nain vers la maison, qui était plongée dans l'obscurité.

« Fais bien attensssion à ccce que tu fais ! » siffla le serpent qui avait pris possession du corps de Malcolm. « Je vais t'écorcher comme un lapin et laissser ta peau ensssanglantée en pâture aux corbeaux. » En traversant la rue, le serpent obligea le Nain à lancer un regard sournois au Tug.

Le Tug gronda en montrant ses crocs. Il taillada les arbres avec ses griffes pointues, laissant de profondes entailles dans l'écorce. Mais, une seconde après, il eut un mouvement de recul, tant la douleur était atroce : de minces rayons de feu avaient jailli des yeux du Nain et avaient brûlé sa peau jusqu'à l'os.

« N'oublie pas qui d'entre nous est l'esssclave », siffla Malcolm, appréciant le flot de rage et de haine que vomissait son compagnon maléfique.

Malgré sa corpulence de Nain, Malcolm se déplaçait comme une ombre. Il longea l'entrée, puis arriva dans l'arrière-cour de Miranda. Montant les marches qui menaient à la terrasse, il arriva devant des portes-fenêtres. Il colla son visage sur une des vitres et regarda à l'intérieur. Mais la pièce était aussi noire que la nuit et il ne voyait rien. Puis, il prit son épée et donna avec la garde un coup violent sur la vitre. Le verre épais se fracassa en faisant un crac bruyant. Sans tarder, Malcolm inséra sa main grassouillette dans l'ouverture, ouvrit la porte et disparut dans l'obscurité.

« Non, non et non ! » dit le docteur D'Arte, ne quittant pas des yeux la jeep rouge devant elle. « Il n'est pas question que tu retournes à Béthanie. »

« Pourquoi pas ? » demanda Miranda. « Tout va bien aller. Rien ne peut m'arriver là-bas. »

« Non. »

« Dis-moi pourquoi », supplia la jeune fille. « Donne-moi une bonne raison pour laquelle je ne peux y aller. » Le docteur D'Arte tourna dans leur rue. « Parce que je te veux ici. »

Miranda rit. « Ce n'est pas une bonne raison. Voyons, maman, tu ne crois pas que les Elfes sont capables de m'éviter les ennuis ? »

« Laisse tomber, Miranda. Tu n'y vas pas, point final ! »

« Tu ne crois pas qu'il y a quelque chose qui ne va pas à Béthanie. Tu crois que c'est moi, n'est-ce pas ? »

« Je m'inquiète à ton sujet » dit sa mère. Elle tendit le bras et tira légèrement sur le tee-shirt de sa fille. « Regarde comme tu es maigre. Et tu as recommencé à avoir des cauchemars. Pour l'amour de Dieu, Miranda, tu as seulement 10 ans. Et tu commences à agir et à parler comme une étrangère. Bien sûr que je suis inquiète. »

« Maman, combien de fois dois-je te le répéter ? Je vais bien. Et tu sais bien que j'aime les vêtements amples. »

Le docteur D'Arte soupira. « Tout allait bien jusqu'à ce que tu te rendes à Béthanie avec le druide. »

« Ce n'était pas de la faute de Naim », dit Miranda, sur la défensive. « Je n'étais pas obligée de partir. »

C'était au tour de sa mère de rire. « Oui, tu l'étais », dit-elle. « Et tu le sais aussi bien que moi. » Elle gara la voiture dans l'entrée et coupa le contact. « Je ne dis pas que c'était de la faute du druide », dit-elle. « Pas vraiment. » Elle réfléchit un instant avant de prendre la main de Miranda. Miranda put à peine entendre ce que sa mère lui dit ensuite : « Je crains de te perdre à tout jamais si jamais tu y retournes. »

Les paroles de sa mère secouèrent Miranda. Elle voulait lui dire quelque chose, mais l'idée qu'elle pouvait ne plus jamais revoir sa mère lui semblait tellement étrange qu'elle en était bouche bée. Elle dévisagea sa mère, le silence devenant de plus en plus lourd. Elle sursauta lorsqu'elle se rendit compte que sa mère n'était pas inquiète qu'il lui arrive quelque chose à Béthanie. Sa mère craignait plutôt qu'elle décide de rester là, l'endroit même qu'elle avait fui avant la naissance de Miranda. *Pauvre maman*, pensa-t-elle.

« J'aurais juré que j'avais fermé les lumières avant de partir. » Sa mère fixait du regard une des fenêtres sur le côté de la maison.

Miranda tourna son attention vers la fenêtre en question. Il y avait de la lumière qui venait de quelque part à l'intérieur. « Non, tu m'as demandé d'éteindre les lumières. Ce que j'ai fait en sortant. »

La mère et la fille se dévisagèrent. Et puis, tandis que Miranda se demandait si elle n'avait pas laissé la lumière du hall d'entrée allumée, le docteur D'Arte sortit de la voiture et s'avança à grands pas vers la porte d'entrée. Miranda sentit des doigts de glace sur son cou tandis qu'elle ouvrait la portière de la voiture et se lançait à la poursuite de sa mère.

« Maman, attends », chuchota-t-elle en contournant la voiture. « N'entre pas. »

Le docteur D'Arte s'arrêta et se retourna, attendant que Miranda la rattrape. Malgré le faible éclairage, Miranda pouvait voir l'expression sévère de sa mère. Elle devinait que sa mère commençait à en avoir plus qu'assez. *Pourquoi est-ce qu'il fallait que je lui parle de mon rêve ?* pensa-t-elle. *Pourquoi est-ce que j'ai fait tout un plat à propos de Ruthar ?*

Mais, tout à coup, sa mère lui sourit et prit la main de Miranda. Elles se tenaient ensemble, devant la porte, et examinaient la lumière dans la maison silencieuse. « Crois-tu qu'il y a quelqu'un ? » demanda sa mère.

Miranda regarda sa mère. *Est-ce qu'elle se moque de moi ?* pensa-t-elle. *Est-ce qu'elle croit que je vais lui dire que c'est le Démon ?* Le docteur D'Arte tourna la tête vers elle. Mais Miranda prit son temps avant de répondre. « Je ne sais pas » dit-elle.

« C'est peut-être un de tes amis de Béthanie », dit sa mère en souriant.

« Qu'est-ce que tu veux dire par mes amis ? » s'écria Miranda, le visage brûlant. Elle voulait arracher sa main de la poigne de sa mère. Mais elle ne le fit pas. « Maman, je ne comprends pas. Pourquoi les as-tu appelés mes amis ? Pourquoi ne sont-ils pas aussi tes amis ? »

Le docteur D'Arte pressa la main de Miranda. « Je suis désolée. De vieilles plaies qui se rouvrent. » Anticipant la prochaine question de sa fille, elle continua. « Écoute, j'étais très en colère lorsque j'ai quitté l'Île d'Ellesmere. Je haïssais Ruthar parce que je ne croyais pas qu'il avait fait tout en son pouvoir pour sauver ton père. »

« Et moi qui croyais que tu étais fâchée contre moi, parce que tu croyais que je perdais la tête » fit Miranda, en pressant à son tour la main de sa mère.

« Je ne suis pas fâchée contre toi, et je ne crois pas que tu es folle » dit sa mère en riant. Elle pressa la main de sa fille. « C'est juste que je croyais avoir enterré Béthanie et les Elfes pour de bon. Je découvre maintenant que tout cela est revenu me hanter. Je ne veux pas te perdre, Miranda. » Elle rit à nouveau. « Du moins, pas avant ton prochain anniversaire. »

Miranda hocha la tête. Elle comprenait un peu mieux à présent. Mais cela l'irrita lorsque sa mère parla de Béthanie, comme si elle détestait absolument tout de l'Île d'Ellesmere. Maintenant, au moins, elle connaissait la réponse. Ou une partie de la réponse.

« Est-ce qu'on va rester plantées là toute la nuit ? » demanda sa mère.

« Passons par derrière », suggéra Miranda. « Si j'avais l'intention de cambrioler une maison, c'est ce que je ferais. »

Elles se dirigèrent jusqu'à une barrière étroite, entre le garage et la porte de côté. Miranda ouvrit la barrière, puis elles se dirigèrent vers l'arrière-cour. À l'abri des réverbères, l'arrière-cour était dans l'obscurité et peuplée d'ombres. Pendant que sa mère examinait la porte arrière ainsi que les portes-fenêtres qui donnaient sur sa chambre, Miranda scrutait du regard l'arrière-cour. La lune éclairait faiblement le sol. Rien ne bougeait dans l'obscurité. Tout semblait normal. Elle sursauta lorsque sa mère s'empara soudainement de son bras et l'attira avec elle vers la barrière.

« Quoi ? » cria-t-elle. Elle avait soudain froid, même si l'air était chaud.

« Chut ! » murmura sa mère brusquement. « La vitre sur la porte est cassée. Tu as raison. Il y a quelqu'un dans la maison. »

CHAPITRE 11

UNE MAUVAISE SURPRISE

lles rebroussèrent chemin, se dirigeant vers la barrière que Miranda avait laissée ouverte. Mais elles ne s'y rendirent pas. Une silhouette trapue surgit des ténèbres et s'interposa entre elles et la barrière, bloquant la seule issue.

Le docteur D'Arte s'empara d'un râteau qui pendait à un crochet sur le mur du garage. Puis elle avança vers l'intrus, le menaçant avec l'outil. « SORTEZ D'ICI ! » criat-elle, furieuse que cette créature ait osé entrer par infraction dans sa maison, effrayant elle-même et son enfant.

L'intrus s'éclaircit la voix avant de parler. « Je ne voulais pas vous faire peur », dit-il. Sa voix rappelait à Miranda le son du gravier que l'on déverse dans la bétonnière.

« J'ai dit sortez d'ici ! SUR-LE-CHAMP ! » Le docteur D'Arte s'approcha d'un pas vers l'intrus.

« Arrête ! » s'écria Miranda. Ses yeux étincelaient comme des étoiles pendant qu'elle faisait le rapprochement entre la voix bourrue et la silhouette trapue. Elle tira sur le bras de sa mère. « Ne lui fais pas de mal, maman. C'est un des Nains. »

« Ah ! ouais », dit le Nain. « Anvil m'a envoyé pour… »

Le docteur D'Arte baissa le râteau, mais ne le remit pas sur le crochet. « Depuis combien de temps êtes-vous ici ? » demanda-t-elle, encore méfiante après l'apparition soudaine de l'inconnu.

Le Nain avait l'air perplexe. « Une minute. Viens d'arriver. Vous ai vues passer par la barrière. J'ai suivi. »

« Avez-vous vu quelqu'un d'autre ? »

« Non. »

Miranda tourna son regard vers le Nain : « Quelqu'un est entré par effraction chez nous pendant que nous étions sorties », dit-elle. « Celui qui a fait ça est peut-être encore à l'intérieur. »

· « Montrez-moi », dit le Nain. Il fit quelques pas craintifs en direction de Miranda, tout en gardant un œil sur sa mère, et l'autre sur le râteau qu'elle tenait fermement dans ses mains. Il n'aimait pas l'allure des dents pointues de l'outil, et il aimait encore moins l'idée d'avoir son derrière de Nain embroché sur un râteau.

Il suivit la femme et la jeune fille jusqu'à la terrasse à l'arrière de la maison. Il s'arrêta deux ou trois fois en cours de route pour coller son oreille contre le mur. Miranda roula les yeux, se demandant si le Nain pouvait entendre à travers les murs. Lorsqu'ils atteignirent les portes-fenêtres, il examina la vitre brisée, puis tourna lentement la poignée. La porte s'ouvrit.

« Et s'ils sont encore là ? » chuchota Miranda.

Il y réfléchit une minute, puis il hocha sa grosse tête. « Non. N'aurait pas brisé le verre. Venu pour trouver quelque chose. Parti maintenant. »

« J'ai peur », s'écria Miranda. « Je ne veux pas entrer. » Elle se plaça rapidement à côté de sa mère et se cramponna à son bras.

Le Nain regarda la mère de Miranda. « J'y vais. Vérifier pièces. M'assurer qu'il n'y a plus de danger. »

« Merci » dit le docteur D'Arte, visiblement soulagée.

Elles se blottirent sur le sofa en osier qui se trouvait sur la terrasse, puis observèrent les lumières des pièces s'allumer une par une, tandis que le Nain progressait lentement de l'étage supérieur au sous-sol. Miranda retint son souffle : elle s'attendait à ce que cet être serviable tombe d'un instant à l'autre sur les voleurs, et qu'ils entendent l'inévitable son des cris et du fracas qui s'ensuivrait. Lorsque le Nain émergea enfin sur la terrasse, il était un peu étourdi par le manque d'air.

« Personne. Rien n'a été dérangé » rapporta-t-il au docteur D'Arte.

« Avez-vous vérifié les placards et sous les lits ? » demanda Miranda.

Le Nain ricana. « Oui, mademoiselle. Trouvé ceci sous votre lit. » Il tendit le bras, déposant un objet en peluche dans les bras de Miranda.

« Regarde maman, c'est Ours », dit-elle en riant. « Mon ours en peluche », expliqua-t-elle au Nain, qui la regardait curieusement. Puis, elle se rappela quelque chose qu'il avait mentionné plus tôt. « Pourquoi Anvil vous a-t-il envoyé ici ? »

Le Nain agita nerveusement les pieds. Miranda remarqua alors qu'il ne portait pas de bottes. Ses orteils nus luisaient comme de grosses limaces blanches au clair de lune.

« Inquiet à propos des pierres. Dit de les cacher. Garder en sécurité, loin des ennemis. »

En un clin d'œil, Miranda porta sa main à son coup, cherchant avec ses doigts la chaînette et le petit sac métallique contenant les six pierres de sang. Elle sentait le regard de sa mère posé sur elle. Elle se retint de ne pas crier en se rendant compte que la chaînette en argent n'était pas autour de son cou. En poussant un soupir de soulagement, elle se rappela où elle les avait laissées.

« Où sont les pierres de sang, Miranda ? »

« Ça va, je sais où elles sont. »

« Pierres en sécurité ? » demanda le Nain, d'une voix basse et rauque.

« Oui, elles sont en sécurité » dit-elle. Elle pensa au code d'honneur de son école et comment personne n'avait jamais fouillé ni n'avait jamais rien volé dans les casiers. « Elles sont à l'école. Je les ai oubliées hier après la gym. »

Il était passé vingt-trois heures lorsque le Nain annonça qu'il avait remplacé la vitre brisée par une planche qu'il avait trouvée dans le garage. Miranda et sa mère le remercièrent, puis il s'en alla d'un pas lourd en direction de la barrière.

Miranda ouvrit la porte du réfrigérateur et bâilla.

« Allons, au lit ! » dit le docteur D'Arte. Elle ferma la porte du réfrigérateur et guida sa fille vers le pied de l'escalier. « Je monte dans un instant. »

Pour une fois, Miranda avait trop sommeil pour discuter. Tenant Ours sous un bras, elle monta lentement les escaliers, ses jambes lourdes comme du plomb, et marcha comme une somnambule dans le hall qui menait à sa chambre. Elle ouvrit la porte et se figea. Ours tomba comme une pierre.

Quelqu'un avait saccagé sa chambre.

Ses jolis rideaux étaient maintenant en loques, à peine reconnaissables. Ils étaient à présent des lanières déchiquetées qui pendaient à des tiges recourbées et tordues comme des bretzels. Le tapis avait été tailladé et déchiré. La chambre avait l'air d'avoir été touchée par un cyclone. Les lits jumeaux étaient fracassés et aplatis comme des crêpes, et la literie en lambeaux. Miranda pleurnicha lorsqu'elle vit son ordinateur. Il avait été broyé au sol, comme si un éléphant l'avait piétiné. D'énormes trous ruinaient les murs. Ses précieux livres — les livres qu'elle avait lus et aimés depuis qu'elle était toute petite — étaient déchirés. Les pages étaient éparpillées dans sa chambre comme des feuilles mortes.

Rien n'avait été épargné. À l'exception de l'ours à ses pieds, tous ses animaux en peluche avaient été démembrés et vidés. Cela brisa le cœur de Miranda. Des larmes coulaient le long de ses joues alors qu'elle examinait les petites têtes duveteuses, leurs yeux en verre étant fixés sur elle, accusateurs. Ils semblaient dire : *C'est de ta faute. Tu n'étais pas ici.*

« MAMAN ! » cria Miranda en sanglotant. Elle trébucha et tomba sur ses genoux, au milieu des débris. Elle entendit des pas qui montaient bruyamment l'escalier. Elle reconnut le bruit de pas de sa mère, mais quelqu'un la suivait, son pas plus lourd et bruyant. *Nick !* pensa-t-elle.

Elle devint blême et trembla en repensant au Nain, celui qui disait avoir été envoyé par Anvil. Celui qui avait été si aimable et serviable, allant jusqu'à clouer une planche de bois par-dessus la vitre brisée. Il avait examiné la maison au grand complet, pièce par pièce, et leur avait assuré que rien n'avait été dérangé. Avait-il loupé sa chambre ? Son esprit faisait des pieds et des mains pour résoudre cette énigme. *Non*, pensa-t-elle. *J'ai vu la lumière s'allumer dans ma chambre. Il savait !*

Mais pourquoi les Nains l'avaient-ils envoyé pour saccager sa chambre ? Pas besoin d'un génie pour trouver la réponse. Ils ne l'avaient pas envoyé. Et si c'était vrai, le Nain qui venait de les quitter n'était pas venu de la part d'Anvil. Aussi improbable que cela pût sembler, Miranda croyait que le Nain était Malcolm, celui qui n'était pas revenu de sa ronde. C'est sa botte que Nicholas avait trouvée dans les tunnels sous la Colline du Parlement. Elle se rappela à quel point ses orteils avaient semblé pâles au clair de lune. Anvil et les autres Nains croyaient que Malcolm était mort, mais Miranda était convaincue qu'il était aussi vivant que le roi Ruthar.

Quelque chose qui sentait mauvais était arrivé par le portail dimanche, tard dans la nuit. C'est ce qu'Anvil avait dit. Et peu importe ce que c'était, cela avait dû trouver Malcolm, le maîtriser et le corrompre. Et puis, la chose l'avait envoyé à sa maison. Mais pourquoi ?

Tandis qu'elle considérait les nombreuses possibilités, elle vit dans sa tête le visage de Naim, le druide, comme s'il était dans sa chambre avec elle. Son regard était grave et il inclina la tête, comme pour l'encourager. Et puis, l'espace d'un instant, son visage devint triste. Miranda sentit qu'il voyait dans ses yeux le même regard accusateur qu'elle avait vu plus tôt dans les yeux en verre de ses jouets en peluche : *C'est de ta faute ! Tu n'étais pas là !*

La douleur et la confusion qui l'avaient envahie en découvrant l'état de sa chambre se transformèrent en colère. Le regard de Miranda était froid comme de la glace lorsqu'il croisa le regard triste de sa mère. Elle se leva d'un bond, tourna le dos au désordre, et sortit de sa chambre en frôlant le docteur D'Arte et Nicholas, qui se tenait dans l'embrasure de la porte, pâle comme la mort.

« Il voulait les pierres de sang, maman », dit-elle avec une voix impassible. « Puisque je suis la seule à pouvoir les utiliser, qu'est-ce qu'il peut bien vouloir m'empêcher de faire ? » Sa mère ouvrit la bouche pour parler, mais Miranda hocha la tête. « Il voulait m'empêcher de les utiliser. Et puisqu'elles fonctionnent uniquement dans le vieux monde, tout porte à croire que tu n'étais pas la seule à ne pas vouloir que j'aille à Béthanie. » Elle se laissa tomber sur le plancher, ses membres faibles et fatigués. « Me crois-tu, maintenant ? Comprends-tu pourquoi je dois partir ? »

« Mais il ne s'est pas emparé des pierres de sang, Mir, puisque ta mère a dit que tu les avais laissées dans ton casier », fit remarquer Nicholas, doucement.

« Oui, c'est là que je les ai laissées », répondit Miranda, en grognant amèrement. « Et je viens d'indiquer au Nain exactement où les trouver. »

« Allez ! Mir, docteur D., allons-y », dit Nicholas. « Il ne peut pas s'en emparer si on arrive avant lui. »

CHAPITRE 12

LA COURSE CONTRE LA MONTRE

icholas les fit patienter pendant qu'il traversa l'arrière-cour de Miranda à la course, escalada la clôture, et disparut chez lui par la porte de derrière. Miranda entendit le ouah ! ouah ! sourd du labrador de Nicholas. En moins d'une minute, le garçon était de retour, brandissant fièrement son objet le plus précieux, l'épée elfique que lui avait donnée Laury, le capitaine des cavaliers du roi.

Le docteur D'Arte était une conductrice prudente, mais sûre d'elle-même. D'habitude, elle ne dépassait jamais les limites de vitesse. Mais après avoir demandé à Miranda et à Nicholas de boucler leurs ceintures, elle écrasa la pédale au plancher. « Tenez-vous bien ! » criat-elle par-dessus le son des pneus qui crissaient sur la chaussée. Puis, elle roula à toute allure dans les rues d'Ottawa, comme si elle participait à une course de formule 1. Miranda baissa la glace et se cramponna fermement à son siège, si bien que ses jointures finirent par s'engourdir. Elle fouillait nerveusement du regard les rues vides, s'attendant à tout moment à voir les feux clignotants et à entendre la sirène d'une voiture de police.

Par chance, ils arrivèrent sains et saufs à l'école. Lorsque le docteur D'Arte lâcha finalement le volant, ses mains tremblaient. Miranda pouvait lire la tension dans les traits de sa mère. Le manque de sommeil avait donné à son visage l'expression d'un mort-vivant. Si elle avait pu voir son propre visage, elle aurait reconnu le même teint pâle et les mêmes traits crispés, comme si elle serrait les dents en permanence.

La femme se gara le long du trottoir, un peu plus loin que l'école. Elle n'aimait pas l'idée de laisser la voiture sans surveillance pendant qu'ils cherchaient un moyen de s'introduire dans le bâtiment. Mais elle n'allait quand même pas laisser Miranda et Nicholas y aller seuls, pas avec ce Nain fou dans les parages. Coupant le contact, elle tourna la tête vers les jeunes pour leur conseiller de rester ensemble. Mais, avant qu'elle n'ait eu le temps d'ouvrir la bouche ou de les arrêter, Miranda et Nicholas étaient déjà à l'extérieur de la voiture, se précipitant vers l'école.

« Donne un coup de klaxon si tu vois le Nain » dit Miranda par-dessus son épaule, avant de disparaître dans l'obscurité.

Furieuse, le docteur D'Arte bondit hors de la voiture, à la poursuite de son entêtée de fille. Puis, elle s'arrêta, ne sachant plus quoi faire tout à coup. Sa main tenait encore la poignée de la portière. L'idée de laisser les enfants seuls la rendait malade, mais faire le guet, comme Miranda l'avait suggéré, était une bonne idée. Elle baissa les bras, résignée.

« Je vais attendre ici » se dit-elle à voix basse. Elle ouvrit la portière et se glissa derrière le volant. Puis, elle tenta de fermer la portière. C'est à ce moment qu'elle vit les doigts grassouillets qui retenaient la portière et le visage carré du Nain qui lui souriait derrière la glace. Miranda arrêta un instant et tendit l'oreille. Elle suivait Nicholas de près quand il lui sembla avoir entendu quelque chose. Le son ressemblait à un craquement. Elle resta aussi immobile que le bâtiment qui se trouvait à ses côtés, mais elle n'entendit pas le son à nouveau. *Probablement un oiseau qui remue dans les buissons,* pensa-t-elle, accélérant le pas pour rattraper son ami.

Nicholas fit le tour de l'école silencieuse, et puis courut vers l'arrière, en direction de la cour de récréation et du terrain de sport. Miranda n'était jamais venue dans les environs la nuit. Le bâtiment, pourtant familier, devenait tout à coup un géant inconnu, hostile et effrayant. *Pourquoi la nuit change tout ?* se demanda-t-elle. *Est-ce parce que l'obscurité dissimule les choses malfaisantes qui, autrement, seraient repérées immédiatement à la lumière du jour ?* Elle hocha la tête pour chasser ces pensées. Elle se concentra sur Nicholas devant elle, et sur le problème de savoir comment ils allaient faire pour entrer dans le bâtiment.

Juste avant qu'ils n'atteignent la clôture, le garçon s'arrêta brusquement et se tourna vers Miranda. Le mouvement était si soudain qu'il prit la jeune fille par surprise. Elle jeta un coup d'œil craintif par-dessus son épaule.

« Quoi ? » chuchota-t-elle brusquement.

Nicholas saisit son bras. « Écoute ! Je vais te montrer quelque chose. Mais tu dois promettre de n'en parler à personne... et c'est valable pour Arabella et Pénélope. »

Miranda se demanda ce que Nick pouvait bien lui apprendre sur son école qu'elle ne savait déjà. « Très bien », dit-elle. « C'est promis. »

Nicholas lui fit un signe de la tête. Il se tourna et se glissa dans un étroit passage qui menait à l'entrée de la cuisine. À genoux, il saisit un rectangle de grillage qui recouvrait une petite fenêtre au niveau du sol. Miranda fut étonnée de n'avoir jamais remarqué cette fenêtre auparavant.

« Comment étais-tu au courant à propos de la fenêtre ? » chuchota-t-elle.

Les dents de Nicholas brillaient dans le noir et Miranda devina qu'il souriait. Mais il garda le silence pendant qu'il enlevait le grillage. Puis, il souleva la fenêtre avec une facilité déconcertante. Avant que Miranda n'eut le temps de l'interroger davantage, il s'était déjà glissé dans l'ouverture.

« Allez ! Dépêche-toi ! » siffla Nicholas, quelque part à l'intérieur. Mais Miranda ne pouvait le voir, l'ouverture étant un véritable trou noir.

Miranda passa la tête par la fenêtre.

« Pas comme ça. Les pieds en premier », dit le garçon.

« Comment as-tu découvert cela ? » demanda Miranda, lorsqu'elle fut finalement aux côtés de Nicholas, enlevant les fils d'araignée sur ses vêtements.

« C'est pas de tes oignons » répondit Nicholas, tout en replaçant soigneusement le grillage devant l'ouverture avant de remettre la fenêtre à sa place. « N'oublie surtout pas ta promesse. Allez ! Allons chercher les pierres de sang et sortons d'ici avant que le Nain ne se pointe. »

Mais lorsqu'ils ouvrirent le casier de Miranda et que Nick éclaira l'intérieur, ils furent amèrement déçus. Les pierres de sang n'étaient plus là.

« Il n'a pas pu arriver ici avant nous », chuchota Miranda, les larmes aux yeux. « C'est impossible. »

« S'il est arrivé avant nous, comment est-il entré ? » demanda Nicholas, qui essayait de comprendre ce qui s'était passé.

« Ça n'a pas d'importance, comment il est entré », aboya Miranda. Elle ne se donna pas la peine d'essuyer ses larmes, qui laissaient des traînées sur ses joues. « Tu ne comprends pas ? Il nous a battus. Il a les pierres de sang.» Elle regarda son ami. On pouvait lire le désespoir sur son visage. « Nick, même si on pouvait aller à Béthanie, cela ne servirait à rien. Sans les pierres de sang, je ne peux pas aider les Elfes.»

Nicholas poussa un long soupir, avalant difficilement le goût aigre de l'échec. « Écoute, Mir, on ne peut pas abandonner maintenant. Si tu penses vraiment que quelque chose de mauvais se trame à Béthanie, il faut avertir Elester. Il faut lui parler du rêve.»

Miranda hocha lentement la tête.

Plutôt que de revenir sur leurs pas et de sortir par la fenêtre secrète de Nicholas, les deux amis empruntèrent la sortie de secours, car elle s'ouvrait uniquement de l'intérieur et n'était jamais barrée. À l'extérieur, ils marchaient comme des marionnettes sans vie, la tête penchée, les bras pendants, traînant leurs pieds sur le sol poussiéreux. Même l'idée d'aller à Béthanie ne remontait pas le moral de Miranda. On avait volé les pierres de sang et c'était de sa faute. Comment avait-elle pu les laisser dans son casier ? Comment allait-elle annoncer à Elester qu'elle avait perdu les pierres de sang ? S'il pensait qu'elle n'était qu'une stupide enfant, il aurait raison. Elle essuya ses larmes sur son bras pour cacher sa peine à sa mère.

Ils se dirigèrent vers le trottoir, marchant sur la pelouse comme des robots. Nicholas regarda vers l'endroit où ils avaient laissé le docteur D'Arte. Ils s'arrêtèrent brusquement. « Où est la voiture ? » chuchota-t-il.

« Où est maman ? » s'écria Miranda, regardant à gauche, puis à droite. Mais la rue était déserte. Son cœur tomba comme une pierre dans un puits sans fond.

CHAPITRE 13

UNE AUTRE SURPRISE

estant sous le couvert de l'ombre, ils marchèrent sans but dans la ville sombre et silencieuse. Ils étaient de plus en plus déprimés, à mesure que le temps passait. Une question se dressait dans l'esprit de Miranda, telle une montagne qui lui bloquait le passage : *Qu'est-ce qui est arrivé à maman ?*

« Il faut en parler aux Nains » dit enfin Miranda, qui ne pouvait plus tolérer de se faire du mauvais sang et de ne rien faire. Elle savait que sa mère ne les aurait jamais abandonnés comme cela dans une rue sombre, au beau milieu de la nuit, à moins d'avoir une bonne raison, ou à moins qu'il ne lui fût arrivé quelque chose. Puisque sa mère et la voiture n'étaient ni l'une ni l'autre là, Miranda conclut que sa mère était partie avec la voiture... Mais pourquoi ?

Il leur fallut une heure pour escalader la falaise derrière la Bibliothèque du Parlement. Et une heure de plus avant qu'ils ne retrouvent les Nains.

« Où est Anvil ? » demanda un des Nains.

« Comment voulez-vous que nous le sachions ? » répondit Nicholas.

« Il est parti à votre recherche », dit Emmet. Sa mine renfrognée semblait suggérer qu'ils avaient mal agi, encore une fois.

« Nous n'avons pas vu Anvil », dit Miranda. « Mais nous avons vu Malcolm. »

Assise en tailleur sur le sol en pierre, autour d'un feu que les Nains avaient allumé pour chasser l'humidité, Miranda leur raconta tout. Emmet et ses compagnons corpulents restèrent sans voix lorsqu'ils apprirent comment Malcolm était entré par effraction dans la maison de Miranda, et puis avait filé vers son école pour voler, dans son casier, les pierres de sang. « Et je soupçonne qu'il tient ma mère, » dit-elle pour finir. Ses lèvres tremblaient et elle faisait tout pour garder son calme.

Tous les Nains, sauf un, bondirent sur leurs pieds. Ils éteignirent le feu avec leurs pieds, impatients de ratisser la ville à la recherche de leur camarade disparu et de la mère de Miranda.

« Un instant », dit le Nain qui était resté assis. « Devons planifier. »

« Ouais ! » hurlèrent les autres Nains à l'unisson. « C'est vrai, Drummy. Faut un plan. » Ils frappaient du pied avec leurs bottes à semelle épaisse, ce qui sonnait comme si on battait les tambours de guerre.

Lorsqu'ils se furent calmés, Miranda s'adressa à celui que les autres appelaient Drummy. « Maintenant, plus que jamais, nous devons aller à Béthanie », dit-elle. « Pouvez-vous nous aider ? »

Drummy hocha la tête. « Non, ma petite. Désolé. Peut pas aider. Portail plus là. »

« Quoi ? » Miranda était abasourdie. « Qu'est-ce que vous voulez dire par plus là ? Est-ce que vous êtes en train de nous dire que le portail a disparu ? »

« Il est parti où ? » demanda Nicholas, complètement interloqué.

« Parti ! » aboya Emmet en faisant claquer ses doigts. « Comme ça. Parti. »

Nicholas regarda le Nain impoli avec un air renfrogné. Puis, il prit le bras de Miranda et l'entraîna à l'écart. « Qu'est-ce qu'ils disent ? Comment un portail peut-il disparaître ? »

Miranda haussa les épaules. « Nick, je ne sais pas, mais c'est ce qu'ils disent. Il a disparu. » Elle se tourna vers Drummy. « Mais, ça veut dire... Oh ! c'est affreux. » Elle toucha son bras costaud. « Ça veut dire que vous êtes pris au piège ici. Vous ne pourrez plus jamais revenir à la maison. »

« Ne sois pas stupide, petite ! Bien sûr qu'ils peuvent revenir à la maison » répondit une voix grave et irritable.

« Qui va là ? » cria Emmet, tirant son épée et s'avançant plus profondément dans le tunnel, en direction de l'inconnu. Plusieurs autres Nains échangèrent des regards, haussèrent les épaules puis suivirent leur compagnon imprudent, brandissant marteaux, haches ou n'importe quoi d'autre pouvant servir d'arme. « Montre-toi, ou goûte à la pointe de mon épée ! »

« Cesse de brandir cette chose vers moi, IMMÉDIATEMENT ! » ordonna la voix. « Ou tu vas le regretter amèrement, Nain. »

Pendant un moment, le silence fut complet. Miranda était aussi immobile qu'un personnage sur un tableau. Mais à la lueur du feu, ses yeux verts scintillaient comme des étoiles. Elle se redressa, comme si on avait enlevé un poids considérable de ses épaules.

L'ombre d'un géant se dressa sur la paroi du tunnel, tandis qu'une forme vêtue de noir apparut dans la faible lumière produite par le feu mourant. La forme était celle d'un homme d'au moins sept pieds de haut. Il tenait un long bâton en bois dans sa main droite. Malgré l'épaisse cape noire qui le couvrait de la tête jusqu'à ses bottes crottées, Miranda le reconnut immédiatement, même si elle le trouvait plus maigre. Il semblait en avoir perdu, comme s'il était usé.

Le visage de l'homme était complètement dissimulé sous son capuchon. Il s'arrêta et examina les personnes qui étaient assises près du feu. Sortant sa main de sa cape, il retira son capuchon, découvrant un visage long, anguleux et ridé. Ses sourcils étaient blancs, mais bien taillés. Puis, son regard se posa sur Miranda. Ses yeux bleus paraissaient noirs dans la lumière pâle.

« J'étais sûre que vous viendriez » dit-elle doucement. Et puis, à son plus grand embarras, elle couvrit son visage et fondit en larmes.

Personne ne dit un mot. Emmet toussa. Certains Nains agitaient nerveusement les pieds et regardaient le plafond. Drummy fit un pas en direction de la fille, mais Nicholas passa un bras protecteur autour des épaules de son amie, et son regard furieux avertissait les autres de se tenir à distance.

Ignorant le garçon, Naim, le druide, s'abaissa et mit un genou à terre. Puis, il déposa sa grande main sur la tête de Miranda. « Je suis venu de loin pour toi, mon enfant », dit-il, la voix cassée par la fatigue. « Je craignais d'arriver trop tard. » Puis, il se redressa. « Mais je suis ici maintenant et nous avons beaucoup à faire cette nuit. Mais avant, je dois dire un mot à Anvil et aux autres. »

« Anvil n'est pas ici » dit Emmet en regardant Nicholas de travers.

Le druide tourna le dos à la jeune fille et s'approcha du feu, s'installant sur une grosse pierre plate, à côté du Nain grincheux. Embarrassée par sa crise de larmes, Miranda enroba ses bras autour de ses genoux et appuya sa tête sur ses bras. Elle écoutait la discussion qui se déroulait, à voix basse, autour du feu. Mais elle ne comprenait pas ce qu'ils disaient. Mais à en juger du ton de leurs voix, elle se doutait bien que Naim et les Nains ne parlaient pas de la pluie et du beau temps.

« Bonjour, moi aussi je suis content de te voir » grommela Nicholas, ses mots débordant de sarcasme.

Tout à coup, les oreilles des deux jeunes se dressèrent.

« Est-ce que Naim ne vient pas juste de mentionner Kingsmere ? » chuchota Miranda en donnant un petit coup sur le bras du garçon.

« Je crois bien que oui », dit Nicholas.

« Avez-vous mentionné Kingsmere ? » demanda-t-elle. Elle se leva et se joignit au petit groupe de Nains réunis autour du druide.

Les Nains firent oui de la tête. « OUAIS, » répondirent-ils en chœur.

« Eh bien, pourquoi parlez-vous de Kingsmere ? » répliqua Nicholas, levant les bras en signe de frustration.

Le regard du druide se posa sur la jeune fille. « Connaissez-vous cet endroit ? » demanda-t-il.

« Si on parle tous du même endroit, j'y suis allée des dizaines de fois. Mais pourquoi voulez-vous savoir cela ? »

« Peux-tu m'y conduire ? » demanda le druide, ignorant sa question.

« Je suppose que oui », dit Miranda. « Mais c'est assez loin. »

« Combien y a-t-il jusqu'à Kingsmere ? »

Miranda jeta un coup d'œil à Nicholas pour obtenir de l'aide.

« C'est à environ une demi-heure en voiture », dit le garçon. « Pourquoi ? »

Naim s'essuya la main sur son visage, comme pour effacer un souvenir douloureux. Miranda remarqua qu'il portait encore la bague du druide. À la lueur du feu, la pierre en cabochon avait l'air remplie de lave en fusion. Elle frissonna en se souvenant du moment où elle avait tenu la bague dans sa main, mais l'avait laissée tomber en découvrant, horrifiée, que le « S » dans la pierre était un serpent de feu vivant.

Le druide fixa si longtemps du regard les minuscules flammes que les autres se demandèrent s'il ne les avait pas oubliés. Lorsqu'il ouvrit enfin la bouche pour parler, il murmura d'une voix rauque. « Il y a beaucoup à dire. Il y a trois semaines, j'ai quitté l'Allée du Druide avec une unité de cavaliers. Nous escortions la couronne elfique jusqu'à Béthanie, pour le couronnement d'Elester. En chemin, nous sommes tombés dans une embuscade tendue par des créatures de la Haine, des créatures qui n'avaient pas obscurci le ciel depuis des milliers d'années. Elles ont eu le dessus sur nous et ont volé la couronne en or d'Ellesmere. »

Nicholas ouvrit sa bouche pour parler, mais Naim leva la main, et le garçon demeura silencieux. Les deux amis échangèrent un regard.

« À Béthanie, j'ai appris qu'Elester avait été envoyé en patrouille et qu'on ne l'attendait pas avant plusieurs semaines. Et puis, on m'informa que je n'étais plus le bienvenu sur la terre des Elfes. » Il regarda Miranda.

« J'avais l'intention d'utiliser le portail de Béthanie pour vous amener, toi et tes amis, assister au couronnement d'Elester. » Pendant un bref instant, ses yeux pétillèrent. « Je pensais que vous méritiez d'être présents. Et je suis persuadé qu'Elester aurait aimé la surprise. »

« Vraiment ? » demanda Miranda.

« Génial ! » s'écria Nicholas.

« Mais on m'ordonna de retourner à mes quartiers, de faire mes bagages, et d'attendre que les gardes m'escortent jusqu'au port, où on me transporterait hors de l'île. » Il enfonça son bâton dans le feu. « Il va sans dire, je ne suis pas revenu chez moi. Je suis parti, comme vous me voyez maintenant. Je suis sorti de la salle et je suis allé tout droit au portail. »

Les yeux du vieil homme s'obscurcirent tout à coup, et il sembla avoir plus de difficulté à respirer. « Pendant trois jours et trois nuits, j'ai été pris au piège dans l'espace noir entre Béthanie et ce monde-ci. À l'instant même où j'avais mis les pieds dans le portail, j'ai su que quelque chose n'allait pas, mais il était trop tard pour revenir en arrière. Je sentais une perturbation dans les charmes que les Elfes avaient placés pour garder la voie ouverte. »

Le druide réfléchit une minute, cherchant les bons mots pour décrire ce qu'il avait vécu. Puis, il regarda un à un les visages autour de lui. « Vous avez déjà voyagé à travers le portail. Vous savez que le passage d'un portail à l'autre est un processus simultané. Au moment même où vous entrez dans le portail, vous sortez sous la Bibliothèque du Parlement. Il n'y a normalement pas de laps de temps entre les deux. »

« C'était comme soulever votre pied alors que vous êtes sur terre et le poser sur la lune », dit Miranda.

« Oui, mais il y a plus de trois cent mille kilomètres de la terre à la lune. »

« La distance moyenne est de trois cent quatre-vingt-quatre mille quatre cents kilomètres », corrigea Nicholas.

« J'ai bien envie de bâillonner le garçon », marmonna Emmet, tandis que les autres regardaient Nicholas avec colère.

« Comme je l'expliquais », continua Naim, « je ne sais pas ce qui s'est produit dans le portail. Je peux seulement vous dire que lorsque j'ai posé mon pied, la lune n'était pas là. Il n'y avait absolument rien. J'ai épuisé mes pouvoirs en essayant de faire tenir les charmes, et j'ai perdu mon chemin plusieurs fois. Enfin, lorsque j'ai perdu la force et la volonté de me battre, j'ai perdu connaissance. Je ne sais pas ce qui s'est passé par la suite. Tout ce que je sais, c'est que j'ai repris connaissance ici, sur les roches froides. » Il se tourna vers Emmet : « Et pourtant, vous saviez à propos du portail. Comment ? »

Emmet frappa le sol du pied. « Avant dernière nuit. Quelque chose de mauvais venu ici. A tué Malcolm. J'ai examiné tunnel. Portail affaibli. Disparaissait. À ce moment-là, je savais. »

Naim se pencha en avant et serra les épaules du Nain. « Je suis vraiment désolé pour Malcolm », dit-il. « Je le connaissais bien. C'était une bonne personne et un tailleur de pierre hors pair. » Il inspira une bouffée d'air. « Mais je me demande pourquoi je me suis perdu, alors que le mal a réussi à s'infiltrer. »

« Je ne comprends pas », dit Nicholas, en regardant le druide. « La créature qui est passée par le portail l'a-t-elle endommagé, arrêté ou quoi ? Et si le portail ne fonctionne plus, comme l'a demandé Miranda plus tôt, comment allez-vous revenir à votre monde ? »

« Tes questions sont intelligentes, Nicholas », dit le druide. Il lui sourit pour le récompenser. « Mis à part les Elfes, quelque chose contrôle ou a pris contrôle du portail. Ce qui m'inquiète, c'est que la personne qui interfère avec la magie, le fait à partir de Béthanie. »

« Mais ça veut dire que... »

« Ne perdons pas notre temps à spéculer », interrompit le druide. « Mais je vais répondre à ta dernière question. Je sais qu'il y a au moins un autre moyen pour entrer dans mon monde à partir d'ici. »

« C'est pourquoi vous nous avez interrogés au sujet de Kingsmere, n'est-ce pas ? » s'écria Miranda. Elle était tout excitée et donna un petit coup de coude à Nicholas. « Il y a un portail là-bas. »

Nicholas écarquilla les yeux. « Sérieusement ? »

« Si personne ne l'a saboté, oui, nous pouvons utiliser le portail à Kingsmere. »

Ils discutèrent encore un moment. Le visage du druide s'assombrit lorsqu'il apprit que Malcolm avait été corrompu par les forces du mal. Il écoutait attentivement, tandis que Miranda lui raconta son rêve, et comment le Nain était entré par effraction chez elle. Elle lui dit tout, sauf ce que la créature avait fait à sa chambre. Elle savait que si elle parlait de ses animaux en peluche, elle se remettrait à pleurer.

« Et maintenant, quelque chose est arrivé à maman », dit-elle, en terminant. Elle avait de la difficulté à empêcher son menton de trembler.

« Mère va bien » fit une voix dans le noir.

C'était le Nain, Anvil.

« Comment le savez-vous ? » s'écria Miranda. Elle bondit sur ses pieds et se précipita à la rencontre du nouveau venu. « L'avez-vous vue ? Où est-elle ? »

« À la maison », répondit Anvil en donnant une tape sur le dos de Miranda. « L'ai vue à l'école. Lui ai dit de rentrer chez elle. »

Miranda se sentit profondément soulagée.

« Rappelle-toi qui est ta mère , mon enfant » dit Naim doucement.

Miranda hocha la tête. Comme d'habitude, le druide avait raison. Elle oubliait tout le temps que sa mère était une Elfe et qu'elle pouvait se débrouiller toute seule. « Allez-vous quand même nous amener au couronnement d'Elester ? » demanda-t-elle, en s'assoyant sur le sol, à côté du vieil homme.

Le druide toucha le bras de la jeune fille. « J'ai une autre raison pour que tu m'accompagnes chez moi, Miranda », dit-il. « Mais je dois t'avertir que ce sera dangereux, peut-être même plus dangereux que je le soupçonne. »

« Ça ne peut pas être pire que de prendre l'œuf du serpent, ou d'invoquer la Haine » dit Miranda. Elle frissonna en revoyant les serpents de feu géants et la Haine.

« Qu'est-ce que vous voulez qu'elle fasse, cette fois ? » demanda Nicholas, avec méfiance.

Le druide se pencha vers Miranda, ses yeux noirs comme de l'encre. « Je veux que tu sois mes yeux », dit-il doucement. « J'ai besoin de toi pour me guider dans les contrées des ténèbres. »

Miranda tenta tant bien que mal de garder son sérieux, mais Nicholas s'esclaffa impoliment. « Elle est bien bonne celle-là », dit-il en riant. « Mir peut se perdre dans son arrière-cour en se rendant chez moi. »

« Pas ce genre de guide », dit brusquement le druide. « Je sais où nous allons et je sais comment m'y rendre. J'ai besoin de toi pour utiliser les pierres de sang afin de nous guider à travers le passage vers les contrées des ténèbres. Et, si on réussit, je vais avoir besoin de ton aide pour trouver la couronne elfique. »

« C'est tout ? » demanda Nicholas, avec un ton sarcastique.

Le druide se tourna vers le garçon. « Tais-toi. Cela ne te concerne pas. » Il posa à nouveau son regard sur Miranda. « Qu'est-ce que tu en dis, petite ? »

Miranda se rendit compte tout à coup qu'elle avait oublié de raconter à Naim la chose la plus importante de toutes. « Je ne peux pas vous aider », s'écria-t-elle. « J'ai oublié les pierres de sang à l'école et Malcolm les a volées. »

« Quoi ? » Le visage du druide devint noir de colère.

« Je suis désolée », s'écria Miranda avec un air malheureux. « Je croyais qu'elles seraient en sûreté dans mon casier. »

« Ne t'en fais pas », dit Naim. « Tu n'as rien fait de mal. Je ne suis pas en colère contre toi. Si j'en veux à quelqu'un, c'est à moi-même. Je craignais que quelqu'un ne tente de s'emparer des pierres de sang. Mais lorsque j'ai vu que tu étais saine et sauve, j'ai conclu, à tort, que les pierres étaient également en sûreté. »

Il se leva pour faire les cent pas devant le feu. Les autres attendaient en silence, le suivant du regard. L'homme revint enfin près du feu. « Ça ne change rien. Si Malcolm a les pierres de sang, elles sont en chemin pour Béthanie à l'heure actuelle. Il faut les trouver. » Il se tourna vers Miranda. « Quelle est ta réponse ? Vas-tu m'accompagner ? »

« Qu'est-ce que les contrées des ténèbres ? Pourquoi sont-elles si dangereuses ? »

« Je n'y suis jamais allé. À ma connaissance, une seule personne est revenue vivante de cet endroit. Pendant des millénaires, avant que le Démon ne soit banni dans le Lieu sans Nom, elle se cachait dans les contrées des ténèbres. Elle vola cette contrée aux Dars et la fit sienne. »

« Qui sont les Dars ? » demanda Nicholas.

« Il n'y a plus de Dars », répondit le druide tristement. « Le Démon a détruit cette noble race. »

« Est-ce qu'il y a des choses qui vivent encore làbas ? » demanda Miranda, craintive.

« Oui », répondit le druide. « Les créatures ailées qui ont volé la couronne. Il y en a peut-être d'autres. Je ne sais pas. »

« Et si on ne récupère pas la couronne, quoi alors ? »

« Ellesmere n'aura alors officiellement pas de roi. Mais Elester va quand même régner, jusqu'à ce que quelqu'un revendique la couronne. Traditionnellement, les dirigeants elfiques transmettent les rênes du pouvoir du père ou de la mère, au fils ou à la fille. Mais aucune loi ne les oblige à faire de la sorte. Selon les anciennes annales elfiques, quiconque porte la couronne, gouverne le pays. J'ai bien peur que quelqu'un d'autre qu'Elester ait l'intention de revendiquer la couronne et le royaume elfique. »

« Zut ! » s'exclama Nicholas. « C'est effrayant, étant donné que les créatures du Démon ont déjà la couronne en leur possession. »

« Mais le couronnement du futur roi doit avoir lieu à Béthanie, six mois après le décès du roi ou de la reine. »

« Cela ne nous donne pas beaucoup de temps », grogna Nicholas.

« C'est pourquoi nous devons partir dès maintenant », dit le druide, fixant Miranda du regard.

« Qu'est-ce qu'on fait pour l'école, Mir ? »

Miranda ne répondit pas. Ses pensées étaient aussi entremêlées que les racines d'un arbre. Elle n'avait pas encore parlé des Ku-Kus à Naim, et elle se demandait si elle ne devait pas chercher un moyen de sauver les bâtiments du Parlement, plutôt que de partir à la recherche

de la couronne d'Ellesmere. *Je devrais lui en parler maintenant et en finir*, pensa-t-elle.

Lorsqu'elle eut terminé, le druide demanda à Emmet
de le conduire au tunnel où les symbiotes se reprodui-
saient. Miranda attendit anxieusement son retour. *Il est
un druide puissant*, pensa-t-elle. *Il peut sûrement faire
quelque chose.* Puis, elle chuchota : « S'il vous plaît, faites
qu'il trouve une solution ! » Mais lorsque le druide revint
avec le Nain, ses espoirs s'échouèrent comme des
bateaux en papier sur un haut-fond.

« Je ne sais pas comment inverser le processus des-
tructif des symbiotes », dit-il, doucement.

« Qu'est-ce que nous allons faire ? » s'écria Miranda
en jetant un coup d'œil sur Nicholas. Elle se demandait
ce qui arriverait lorsque le gouvernement du Canada
allait découvrir qu'ils étaient responsables de l'effondre-
ment des bâtiments du Parlement. On les accuserait de
quels crimes ? Les condamnerait-on à la prison ? Elle mit
ses bras autour de son ventre. Elle se sentait de moins
en moins bien.

« Je vais demander à mes collègues », dit Naim. « Les
druides ont une connaissance de toutes les créatures
vivantes. Avec un peu de chance, nous aurons le temps
de trouver une solution avant que le moindre signe d'é-
rosion ne devienne apparent. »

« Mais vous êtes un druide et vous ne saviez pas à
propos des Ku-Kus », dit Nicholas.

« Même si je suis un druide, cela ne veut pas dire que
je sais tout » répondit Naim.

Miranda crut avoir entendu Nicholas marmonner
quelque chose qui ressemblait étrangement à : « Je ne
l'aurais jamais cru. » Mais lorsqu'elle lança un regard
furieux à son ami, il avait l'air innocent comme un
agneau. Elle posa sa main sur le bras du garçon. « Je vais

avec Naim », dit-elle. « J'aimerais que tu viennes avec nous. »

Nicholas sourit et prit les mains de son amie : « Essaye seulement de m'arrêter ! » « Qu'est-ce que tu disais au sujet de l'école ? » demanda le druide. Il dévisageait le garçon en plissant les yeux.

« Rien », marmonna Nicholas.

Brusquement, l'homme s'empara de son bâton en bois, qui était appuyé contre la paroi de la caverne. Il serra la main aux Nains, puis se tourna vers ses jeunes compagnons.

« Venez avec moi », dit-il. « Le temps presse, et nous devons être à Kingsmere ce soir. » Il baissa son capuchon sur sa tête et disparut dans l'obscurité.

Anvil, qui était rouge comme un homard, donna à Miranda une tape dans le dos, et lui glissa quelque chose dans la main. L'objet était gros et couvert de bosses. « Bonne chance, petite. Prends ceci. Pourrait être utile. »

« Merci », dit Miranda, en examinant le drôle d'objet dans sa main. *On dirait une pierre,* pensa-t-elle. Puis elle le mit dans son sac à dos et courut pour rattraper Nicholas et le druide.

« J'espère qu'il n'a pas l'intention de marcher jusqu'à Kingsmere », ronchonna Nicholas à l'oreille de Miranda.

« Ne sois pas idiot », répondit Miranda en riant. « Nous allons voler jusque là-bas, grâce à son bâton magique ».

Elle se retourna en entendant, derrière eux, le bruit d'une botte qui traînait sur le sol en pierre. Elle examina le tunnel derrière eux. Son imagination lui jouait des tours, donnant aux ombres l'apparence de silhouettes géantes.

« Naim », chuchota-t-elle. Elle sentait son sang se figer. « Il y a quelque chose derrière nous. »

Le druide s'arrêta et jeta un coup d'œil par-dessus son épaule. « J'ai moi aussi entendu des bruits de pas », dit-il. « Mais c'est probablement un des hommes d'Anvil qui veut s'assurer qu'on ne se perde pas en route. Ou c'est Emmet. » Mais lorsque l'homme se remit en route, Miranda remarqua qu'il accélérait le pas. Les deux jeunes gens devaient maintenant courir pour suivre le rythme.

« Pourquoi on a ce vieux grognon d'Emmet sur les talons ? » demanda Nicholas. « On connaît le chemin. »

« Il vient avec nous », répondit Naim.

« Oh non ! » s'exclamèrent en chœur les deux jeunes gens.

CHAPITRE 14

QUAND LE MALHEUR TOMBE SUR L'ÉCOLE PRIMAIRE HOPEWELL

'école primaire Hopewell était sens dessus dessous. C'était vendredi, le dernier jour avant le début des vacances d'été. Quand Mme Von Kandi (alias « Bonbon » parce qu'elle ressemblait à une guimauve sur deux pattes), la cuisinière de l'école, arriva à cinq heures trente du matin, elle découvrit à sa grande surprise que quelqu'un avait laissé la porte de la cuisine grande ouverte. Déterminée à passer un savon au coupable, elle quitta la cafétéria en un coup de vent et se dirigea vers l'entrée des étudiants, fonçant à travers les corridors comme un train de marchandises.

Mme Von Kandi emprunta d'un pas lourd un corridor qui menait aux classes de quatrième et de cinquième, et faillit avoir une attaque. Quelqu'un était entré par effraction dans l'école et avait vandalisé les casiers des étudiants. Posant sa main contre son cœur, elle resta figée sur place, parcourant du regard l'étendue des dégâts. Les portes des casiers reposaient pêle-mêle sur le plancher, tordues et pliées, comme si un géant les avait arrachées de leurs gonds. Le contenu des casiers avait été taillé en pièces et était éparpillé sur les portes bousillées. Vêtements de gym, livres, classeurs, stylos à bille et photos : tous les biens précieux des étudiants de quatrième avaient été détruits.

Qui diable avait pu faire une chose pareille ? Ce n'était tout de même pas un étudiant. La cuisinière connaissait la plupart des jeunes à Hopewell et, bien qu'ils n'étaient pas vraiment des anges, elle savait qu'aucun d'entre eux n'était capable d'un tel geste. Elle hocha la tête, fit demi-tour, se dirigea vers un autre corridor où elle trouva un téléphone, avertit le proviseur et attendit son arrivée.

Toute la matinée, le regard d'Arabella revenait sans cesse sur le seul pupitre inoccupé dans la classe de quatrième. Où était Miranda ? Est-ce que son absence avait quelque chose à voir avec le cambriolage et les casiers vandalisés ? Est-ce qu'il lui était arrivé quelque chose ? Était-elle partie seule à Béthanie ? Elle n'aurait quand même pas fait cela !

À midi, Arabella se faisait tellement de mauvais sang qu'elle ne se sentait plus très bien. Elle appela chez son amie. Pas de réponse. C'était le son le plus solitaire qu'elle n'avait jamais entendu. Après l'avoir laissé sonner vingt coups, elle raccrocha, se demandant pourquoi le répondeur ne s'était pas activé.

Découragée, elle se précipita vers la cafétéria, à la recherche de Nicholas, uniquement pour apprendre que lui aussi ne s'était pas présenté en classe. En sortant de la cafétéria, elle sentit que Pénélope avait le regard posé sur elle. Arabella fit volte-face, mais l'autre fille détourna rapidement les yeux, comme si elle voulait l'éviter. Qu'est-ce qui se passait ?

L'après-midi traînait en longueur, comme au ralenti. C'était la journée la plus longue qu'avait vécue Arabella. Tout au long de l'après-midi, elle sentit le regard de Mini se poser sur le bureau de Miranda, puis sur elle. Lorsqu'elle le surprit en train de la dévisager, il baissa les yeux. Mais il n'était pas assez rapide pour cacher le sourire moqueur qui lui traversait alors le visage.

Lorsque la cloche sonna à trois heures, Arabella était à bout de nerfs. Elle rangea son livre et son classeur dans son sac à dos et se glissa par la porte arrière de la classe, ignorant les cris de ses camarades de classe et les protestations de Mini. Il pouvait bien lui coller un million de retenues, elle s'en fichait éperdument. Après demain, elle n'aurait plus jamais à le voir. On avait placé un cordon de sécurité autour des casiers détruits. Elle emprunta un autre corridor pour contourner le lieu du crime. Elle se précipita par la porte de côté, puis fila vers la Colline du Parlement, son cœur battant à grands coups.

Pénélope observa Arabella sortir de la classe. Elle songea un instant à la suivre, mais quelque chose la retint. Elle se demandait aussi pourquoi Miranda n'était pas en classe, mais elle se disait qu'elle le saurait bien assez tôt. En ce moment, elle avait l'intention de traîner dans les parages, au cas où Mini mijoterait quelque chose.

Hier après-midi, elle avait entrepris de suivre Miranda et Nicholas. Elle était passée tout près des fenêtres de sa classe. En s'approchant, elle avait entendu un bruit fracassant venir de la classe. Se demandant qui diable pouvait faire un tel vacarme, Pénélope avait regardé avec précaution à l'intérieur. Ce qu'elle avait vu alors lui avait coupé le souffle. Elle était à tel point stupéfaite qu'elle n'avait pas reconnu tout de suite M. Petit, son instituteur. Son visage était déformé par la haine. Il avait de l'écume autour de sa bouche ouverte, et de ses dents, on pouvait voir de la salive dégouliner.

À la fois fascinée et dégoûtée, Pénélope ne put arracher son regard de l'homme tandis qu'il se frayait un chemin jusqu'au fond de la salle, renversant les pupitres et les chaises comme des blocs de polystyrène. Puis, elle le vit prendre un gros manuel, arracher la couverture avant d'en déchiqueter les pages. Puis, il s'affaissa sur le plancher et prit quelque chose dans la poche intérieure de sa veste.

Les poils sur les bras de Pénélope s'étaient dressés lorsqu'elle avait vu Mini se cogner la tête contre le mur de manière répétée, tout en versant quelque chose d'une main à l'autre. À la lumière du soleil qui filtrait à travers les fenêtres, on aurait cru que de l'eau verte scintillait dans le creux de ses mains. À chaque fois que sa tête heurtait le mur, l'instituteur partait à rire. Cela donna à Pénélope une envie de vomir. Son rire n'était pas du tout amical.

Elle devint presque folle en essayant de découvrir ce que Mini tenait dans ses mains. La lueur verte lui semblait vaguement familière. Elle l'avait déjà vu. Mais où ? Où ?

Et puis, il y a quelques minutes de cela, au moment où elle s'y attendait le moins, elle avait enfin déchiffré l'énigme. Il se trouvait qu'elle regardait Mini lorsqu'il sourit et inséra ses doigts jaunes entre les boutons de sa chemise. *Berk ! C'est dégoûtant !* pensa-t-elle, en voyant son instituteur se gratter. C'est à ce moment qu'elle vit un objet briller, comme une pièce d'argent au soleil. Et il était sous la chemise de son instituteur.

C'est aussi à ce moment qu'elle découvrit le lien entre les trucs verts qu'il avait dans ses mains hier, et la chose argentée qu'il avait aujourd'hui sous sa chemise. Mini s'était emparé des pierres de sang de Miranda ! Mais elle ne savait pas comment. Après tout, Miranda ne les enlevait jamais. Et personne ne savait qu'elles existaient, sauf Nick et Bell. Alors, comment avaient-elles abouti autour de son cou ?

À ce moment, M. Petit jeta un coup d'œil sur Pénélope et il rougit en lisant l'expression sur son visage. *Oh ! là là*, pensa-t-elle, *il sait*. Elle s'efforça de lui sourire de manière innocente et baissa rapidement les yeux vers son pupitre. Est-ce que son instituteur avait finalement pété les plombs et attaqué Miranda ? Est-ce que Miranda était absente parce qu'elle avait été blessée ? Était-elle à l'hôpital ?

Pénélope n'avait pas de réponses à ces questions... pas encore. Mais elle savait deux choses. D'abord, Miranda préfèrerait mourir plutôt que de donner les pierres à Mini. Ensuite, elle, Pénélope, allait les reprendre et les rendre à Miranda.

CHAPITRE 15

LES VOLEURS DE CHEVAUX

 ls s'éloignèrent des tunnels de la Colline du Parlement et traversèrent les écluses du canal Rideau, en suivant la piste cyclable qui menait au marché By, un secteur branché du centre-ville, où on peut trouver des fleuristes, des boutiques, des restaurants et un marché de producteurs agricoles.

Le soleil n'était pas encore levé, mais Miranda fut épatée de voir les marchands de fruits et légumes déjà affairés à préparer leur présentoir. Le petit groupe était maintenant sur la rue York et se dirigeait vers la rue Dalhousie. Elle connaissait bien le coin, mais elle se demandait si Naim ne s'était pas trompé de chemin. Cela ne ressemblait pas au chemin pour aller à Kingsmere.

Miranda regarda derrière la tête de l'homme. Ses cheveux n'avaient pas vraiment changé. Ils étaient un peu plus longs. Il avait aussi plus de cheveux blancs. Ses longs cheveux étaient attachés derrière son cou, à la manière des Elfes. Un sentiment de tristesse l'envahit tandis qu'elle repensait à sa mésaventure dans le portail.

Et s'il leur arrivait la même chose à Kingsmere ? Et s'ils se perdaient dans le noir et n'arrivaient plus à sortir ? En tremblant, elle chassa ces sombres pensées.

Toujours sur la rue York, à mi-chemin entre Dalhousie et Cumberland, le druide s'arrêta brusquement devant un bâtiment blanc. Une enseigne pendait au coin du bâtiment, juste au-dessus d'une entrée pavée qui menait à une petite cour. On pouvait lire sur l'enseigne : « Écuries Cundell, fondées en 1869. »

Miranda était époustouflée. Elle avait peine à croire qu'elle avait toujours vécu à Ottawa et n'avait jamais entendu parler d'un endroit pareil, qui existait depuis plus de cent ans. Elle regarda l'enseigne une deuxième fois. « Génial ! » murmura-t-elle, en se tournant vers le druide. « Ces écuries sont ici depuis très longtemps, presque aussi longtemps qu'Ottawa. »

« Ta ville n'est qu'un enfant », fit remarquer Naim.

« À vrai dire, la ville est plus vieille », expliqua Miranda. « Mais elle s'appelait Bytown avant de devenir Ottawa. » Elle jeta un coup d'œil à Naim, mais il observait la cour et elle pouvait dire qu'il ne l'écoutait plus. Elle remarqua que Nicholas lançait un regard furtif dans un sens de la rue, puis dans l'autre. Il se passa nerveusement la main dans les cheveux.

« Qu'est-ce qu'on fiche ici ? » demanda son ami, de toute évidence contrarié.

Le druide le foudroya du regard. « Si tu veux tout savoir, nous devons arriver à Kingsmere ce soir. Il nous faut un moyen de transport. Ceci est une écurie. Les écuries ont des chevaux. »

« Vous voulez dire…? » Les yeux de Nicholas étaient grand ouverts. « Êtes-vous en train de me dire que nous allons à Kingsmere à cheval ? »

« Soit cela ou nous marchons », dit Naim.

« Pourquoi on ne prend pas tout simplement un taxi ? » demanda Miranda. Elle se sentait épuisée tout à coup. Elle faillit pleurer à l'idée de se rendre à Kingsmere à dos de cheval, alors qu'elle n'avait pas dormi en vingt-quatre heures.

Naim posa une main sur l'épaule de la fille. Il tendit le bras vers Nicholas et il l'attira plus près. « Je sais que vous êtes tous deux fatigués. Mais nous formons un groupe plutôt étrange. Je crois qu'un chauffeur de taxi se souviendrait de nous et où il nous a amenés. Il pourrait en parler à d'autres et de mauvaises oreilles pourraient apprendre où nous sommes. Les chevaux ne parlent pas. »

« Est-ce que Malcolm va me pourchasser ? » Le seul fait de poser une question au sujet de cet horrible Nain donnait à Miranda la chair de poule.

« Si Malcolm a les pierres de sang, tu ne l'intéresses déjà plus. Il va revenir à Béthanie. Mais c'est la créature que j'ai suivie dans le portail qui m'inquiète. La présence du Mal était écrasante. C'était comme si je marchais dans la peau du Démon. » Pendant une seconde, la main du druide se resserra sur l'épaule de Miranda, mais la fille ne broncha ni ne cria. Puis, Naim relâcha son épaule, son bras tombant à côté de lui comme un lourd marteau. « Nous ne pouvons emprunter la Voie de Kingsmere avant la tombée de la nuit. Vous pouvez vous reposer en route. »

« Il est seulement cinq heures du matin », fit remarquer Nicholas. « Si nous voulons des chevaux, il faudra attendre l'ouverture des écuries. On ne peut pas réveiller les gens à une heure pareille. »

« Je n'ai pas l'intention de réveiller qui que ce soit, jeune homme. » Et le druide se dirigea vers la cour.

Nicholas prit le bras de Miranda et la retint. « Mir, s'il s'apprête à faire ce que je pense qu'il va faire, on appelle ça du vol », chuchota-t-il.

Miranda se retourna brusquement vers son ami. « La ferme, Nick ! Tu ne sais pas de quoi tu parles. Naim ne volerait jamais. »

« Mon oeil ! » aboya Nicholas, regardant Miranda avec dédain. « Il vient juste de dire que nous sommes ici pour prendre des chevaux, n'est-ce pas ? Alors, s'il n'a pas l'intention de les voler, dis-moi comment il compte payer ? »

« Ça suffit ! » s'écria Miranda, oubliant de parler à voix basse. « Pourquoi demandes-tu cela à moi, de toute manière ? Je n'ai aucune idée de la manière dont il va payer pour les chevaux. Il a peut-être de l'argent. » Elle haussa les épaules, jetant un coup d'œil vers la cour. « Mais il ne pourrait pas les voler. »

Miranda se demandait pourquoi Nicholas agissait toujours de manière aussi hostile chaque fois qu'il était près du druide ? La première et la dernière fois qu'ils avaient été ensemble, le garçon avait failli le rendre fou. Il remettait en question tout ce que le druide disait, et ils se disputaient constamment pour des riens. Lorsqu'ils étaient réunis, les deux apparaissaient sous leur plus mauvais jour. C'était comme le feu et l'eau. Puis, elle sourit en se rappelant ce qui s'était passé entre Nicholas et le druide lors de leur premier voyage vers le monde de Naim. Elle se tourna vers son ami.

« Je parie que tu es encore fâché contre Naim pour t'avoir transformé en souche. » Et elle pressa sa main contre sa bouche pour s'empêcher de rire.

Nicholas devint tout rouge. « C'est pas vrai », dit-il, en baissant les yeux. Miranda sut alors qu'il mentait.

« Ha ! Ha ! » chuchota-t-elle triomphalement.

Nicholas avait été furieux plusieurs jours à cause de l'incident de la souche. Miranda, Arabella et Pénélope avaient ri à chaudes larmes quand Nicholas leur avait raconté comment le druide l'avait transformé en une souche d'arbre, et comment il avait eu ensuite le culot de s'asseoir sur lui. Mais plus tard, le jour où ils devaient rentrer à Ottawa, Naim s'excusa auprès du garçon, lui expliquant qu'il l'avait fait uniquement pour lui sauver la vie. Nicholas semblait alors satisfait à la fois de l'excuse et de l'explication. Mais, maintenant, Miranda n'était plus trop sûre.

Elle était au milieu de la cour, examinant autour d'elle. Les écuries étaient en forme de L. Elles venaient d'être peintes d'une couche de peinture blanche. Le cadre des fenêtres et les portes des écuries avaient été peints en rouge. Et la cour était aussi propre que le plancher de la cuisine de sa mère.

« Attendez ici », chuchota le druide, tout en s'approchant des portes des écuries. « Et pas un mot ! » Puis, il disparut à l'intérieur.

Il était parti depuis si longtemps que Miranda commençait à s'inquiéter. Elle surveillait nerveusement les alentours, comme une voleuse. Et si Nick avait raison, si Naim avait l'intention de voler les chevaux ? Et s'ils se faisaient prendre ? Est-ce que le druide l'écouterait si elle lui demandait de ne pas le faire ? Elle n'aimait pas une seconde l'idée d'aller en prison. Elle n'entendit pas Nicholas s'approcher d'elle et sauta au plafond quand il lui tapa doucement sur la tête.

Mais avant que le garçon n'ait le temps de dire un mot, les portes des écuries s'ouvrirent et le druide apparut, menant deux chevaux. À l'instant où elle vit les animaux, Miranda comprit pourquoi Naim avait été aussi long : il avait dû seller les deux chevaux et mettre leur bride. Il avait même enrobé leurs sabots avec de la toile pour qu'ils fassent moins de bruit sur la chaussée. Miranda n'avait pas beaucoup d'expérience avec les chevaux, mais elle avait appris à aimer ces nobles créatures lors de son dernier voyage à Béthanie.

À la vue de la paire, elle eut la gorge serrée. Elle avait oublié à quel point ils étaient grands. Les deux étaient tellement énormes et puissants que Miranda se sentait petite et vulnérable. Leur robe était d'un brun pâle. Leurs têtes, leurs crinières et leurs queues étaient pâles comme la lumière du matin. Miranda regarda un des chevaux, puis l'autre. Ils étaient identiques. Elle se demandait comment leur propriétaire arrivait à les distinguer. Les chevaux s'ébrouèrent doucement dans la cour silencieuse, observant les humains avec curiosité. Le druide prit les rênes et les mena sur la rue York.

« Vous rendez-vous compte de ce que vous êtes en train de faire ? » siffla Nicholas.

Naim l'ignora, préférant plutôt vérifier les selles.

« Peut-être pouvez-vous voler des chevaux là d'où vous venez, mais pas ici », insista Nicholas. « Voulez-vous finir en prison ? »

« Hmm ! » dit Naim, jetant un coup d'œil sur Miranda. « As-tu dans ton sac quelque chose sur quoi je peux écrire ? »

« Papier », dit Miranda. Elle enleva son sac à dos, fouilla dedans un moment et sortit un stylo et une feuille vierge.

« Écris ceci : Dans l'intérêt de la Sécurité Nationale, nous avons pris Tonnerre et Éclair. » Il réfléchit un instant.

Nicholas et Miranda échangèrent un regard, chacun se demandant la même chose : comment connaît-il le nom des chevaux ?

« Nouvelle phrase : Ils ne reviendront pas, mais soyez assuré qu'ils seront très bien traités. Où est la pierre qu'Anvil t'a donnée ? »

Miranda sortit la pierre de son sac. « C'est juste une pierre » dit-elle, tenant la pierre dans les airs. Elle regarda le druide d'un air interrogateur.

« Comme tu dis, c'est juste une pierre. Mais je suis heureux de voir que tu l'as gardée. Écris maintenant : Nous vous prions d'accepter cette pierre en guise de paiement. Nous vous sommes redevables. Ne signe pas, mais ajoute un post-scriptum. »

Miranda écrivit P.S. en bas de la feuille de papier.

« Les chevaux sont venus de leur plein gré. Maintenant, aurais-tu la gentillesse de placer la lettre devant la porte et de déposer la pierre dessus ».

Miranda obéit en pensant au propriétaire de l'écurie, qui allait avoir une grosse surprise dans quelques heures en découvrant que ses chevaux avaient disparu. *Cela devrait le mettre assez en colère*, pensa-t-elle, *mais il va être furieux après avoir lu la note et vu la vieille pierre.* Elle espérait être à des kilomètres de là quand les feux d'artifice allaient commencer.

Nicholas éclata de rire. Il voulait dire : *Je ne peux pas croire que tu es en train de faire ça.* Au lieu de cela, il roula les yeux vers le ciel et décida, sagement, de ne rien dire.

Miranda montait sur Tonnerre, derrière le druide. Nicholas était debout au sol, tenant les rênes d'Éclair, et regardait furieusement Naim. Son visage était aussi pâle que la crinière d'Éclair.

« Je ne monte pas avec lui », dit-il, en inclinant sa tête en direction du Nain qui attendait à l'intersection de Dalhousie et York. « Pourquoi vous n'allez pas lui chercher un cheval ? »

Le druide soupira. « Nicholas, je suis fatigué et je n'ai pas la force de me disputer avec toi. Je vais le dire une seule fois. Tu montes avec Emmet ou tu restes ici. C'est le moment de décider, et fais-le rapidement. »

« Ouais Nick », dit Miranda en riant, « dépêche-toi avant que Naim ne te transforme en je ne sais quoi. » Elle s'amusait de voir son ami rougir.

En guise de réponse, Nicholas tira sur les rênes et mena, en grommelant, le cheval vers le Nain. Un moment après, il était assis sur la selle, avec Emmet qui s'accrochait à lui de toutes ses forces. Sa mauvaise humeur s'envola lorsque le druide lui demanda de prendre la tête. Nicholas était un cavalier expérimenté. Il connaissait comme le fond de sa poche la ville située sur une rive, et celle située sur l'autre rive de la rivière des Outaouais. Il les fit traverser la rivière par le pont Alexandra, situé derrière le Musée des beaux-arts du Canada. Ils arrivèrent ainsi à Gatineau, au Québec. Les quelques joggeurs qu'ils croisèrent en chemin s'arrêtèrent pour regarder, d'un air émerveillé, les chevaux et leurs étranges cavaliers.

Nicholas était tout à fait éveillé maintenant. Et il n'était plus de mauvaise humeur. Se disant que la pire étape du trajet serait de traverser Gatineau, il décida de prendre l'itinéraire suivant : zigzaguer le long des rues au nord du boulevard Taché, pour ensuite suivre l'autoroute Gatineau jusqu'à Kingsmere.

Miranda tenta de garder ses yeux ouverts, mais ses paupières lui semblaient lourdes comme des briques. Un instant après, elle dormait à poings fermés, sa tête reposant contre le dos du druide. Quand elle ouvrit les yeux beaucoup plus tard, elle fut surprise de voir qu'ils suivaient l'autoroute Gatineau. Ils avançaient sur la pelouse sans se presser, se tenant à distance de la route.

« Dis-moi ce que tu sais sur Kingsmere » dit Naim.

Miranda se concentra un instant pour rassembler ses idées. Elle connaissait bien Kingsmere. Elle ferma ses yeux pour se protéger contre la lumière aveuglante du soleil et fit au druide une brève histoire de l'endroit. C'était le domaine de Lyon Mackenzie King, un des premiers ministres du Canada. Avant de mourir, il légua au gouvernement des centaines d'acres de forêt et de terres défrichées, sa maison et ses chalets. Il souhaitait que le gouvernement en fasse un parc. Les chalets étaient rassemblés sur les rives du lac Kingsmere, dans les collines de la Gatineau.

« Décris-moi le domaine » demanda Naim.

Miranda se promenait sur le domaine dans sa tête, décrivant ce qu'elle voyait. « Il y a principalement des arbres et des champs, sans oublier de formidables sentiers. Un de ces sentiers descend une colline et, une fois arrivé en bas, il suffit de lever les yeux pour contempler les chutes. Moorside, une des anciennes maisons de Mackenzie King, est aujourd'hui un salon de thé. Quand je vais à Kingsmere avec ma mère, nous prenons toujours du thé et des scones vraiment délicieux sur la terrasse. De là, on peut voir les jardins d'agrément. Maman dit que c'est des jardins à la française. Il y a aussi un jardin de rocaille, mais c'est un jardin secret, très difficile à trouver. À part Moorside, il y a deux, peut-être trois chalets et une ferme… »

Le druide l'interrompit : « Je cherche quelque chose hors de l'ordinaire, quelque chose qui pourrait être un portail. Est-ce que tu te souviens d'avoir vu une telle chose (comme une paire de chênes identiques, ou encore une grotte), n'importe quoi qui t'a semblé inhabituel ? » L'homme haussa les épaules. « Je suis désolé,

Miranda. Je ne peux pas t'aider davantage. Je ne sais pas quelle forme a pris ce portail. »

Mais les yeux de Miranda brillaient alors que l'excitation montait en elle. « Les ruines ! » s'écria-t-elle. « C'est forcément une des ruines ! » Elle lui expliqua que l'ancien premier ministre collectionnait des ruines architecturales et les érigeait sur sa propriété. « Il y a une vieille abbaye avec des passages voûtés. C'est trop génial ! »

« Une abbaye, hein ? Oui, c'est peut-être ce que nous cherchons. Bravo, petite ! »

« Euh », dit Miranda en riant, « ce n'est pas tout. Parfois, il ramenait de gigantesques châssis de portes provenant de bâtiments célèbres. Mon préféré est colossal, fait en pierre. Il est isolé des autres, tout juste à la lisière de la forêt. Il a quelque chose d'intrigant. Il est mystérieux. Euh, je ne peux pas l'expliquer, mais lorsqu'on l'observe de loin, c'est comme si on regardait un tableau représentant des arbres se trouvant à un endroit très éloigné. Et… » Elle fit une pause, se souvenant tout à coup de la sensation qu'elle éprouvait chaque fois qu'elle se trouvait à proximité de la voûte grande et majestueuse. « C'est probablement stupide, mais je sais qu'il est différent des autres. Je suis persuadée que c'est le portail. »

« Si tu as raison, Miranda, le portail était là longtemps avant que ton monsieur King ne soit né, et longtemps avant qu'on donne un nom à ton pays, dit le druide. Je suppose que c'est le portail qui l'avait inspiré à collectionner les autres ruines architecturales, mais je doute qu'il pensait avoir obtenu le même résultat. »

Miranda était d'accord parce qu'elle avait le même sentiment. Les ruines de l'abbaye étaient vraiment impressionnantes, mais en fin de compte, elles n'étaient que des ruines. Miranda pouvait les quitter sans regarder en arrière. Mais la grande arche, c'était complètement autre chose. Elle l'attirait comme l'aimant attire un clou.

Ils s'arrêtaient fréquemment, pour faire boire les chevaux et pour s'étirer les jambes. Parfois, ils marchaient deux ou trois kilomètres, en menant les chevaux sur la pelouse. Une heure avant le coucher du soleil, ils tournèrent au bout de la rue Kingsmere sur la rue Swamp. Ils étaient à moins d'une minute de leur destination.

Le serpent qui possédait le Nain siffla de rage. La créature aurait bien voulu se défouler sur son compagnon imposant, attaquer le Tug et planter ses crocs dans la poitrine de l'esclave. Mais il réussit à se maîtriser, avec beaucoup d'effort. Pour des raisons que le serpent ne comprenait pas, le Démon avait beaucoup d'affection pour ces assassins sans pitié. Le Nain se fichait éperdument de ce qui pouvait arriver au Tug, mais il tenait beaucoup à sa peau. Et s'il voulait rester en vie, il savait qu'il valait mieux ne pas mettre le Démon en colère. La Haine ne pardonnait jamais.

Tout comme lui, le Tug était très frustré de n'avoir pas réussi à arriver à l'école avant la fille et à récupérer les pierres de sang. Le Nain donna un coup de pied à son compagnon pour attirer son attention. À partir de leur cachette dans une allée étroite du Marché, ils observèrent la fille disparaître avec le maudit druide. Puisque le jour était sur le point de se lever, ils ne pouvaient se risquer à les suivre. Mais le Nain avait un autre plan.

Le Tug regardait avec haine l'affreuse petite créature à ses côtés, mais écoutait avidement, tandis que le Nain lui décrivait son plan. Puis, l'énorme monstre noir hocha la tête et fila hors de l'allée, comme un gros nuage de fumée. Le Nain le suivit avec un sourire malicieux.

CHAPITRE 16

PRENDRE LE THÉ AVEC MUFFY

 n larmes, Arabella martelait la porte à coups de poing, tout en laissant son doigt appuyé sur la sonnette. Ses tentatives pour trouver Miranda avaient échoué. Sa meilleure amie avait disparu sans laisser de traces. Dès la fin des classes, Arabella se précipita vers la Colline du Parlement. Après s'être glissée à travers les barreaux dans la bouche d'aération, elle brava les tunnels, malgré le sentiment de panique qui montait en elle. Elle appela Anvil jusqu'à ce que sa voix devienne enrouée. Mais il n'y avait aucune trace des Nains. Ils semblaient avoir disparu, eux aussi. Et où était Nick ?

De la Colline du Parlement, elle prit le bus vers la maison de Miranda. Mais personne ne répondit lorsqu'elle sonna à la porte. Découragée, et ne sachant plus quoi faire, elle se retrouva finalement devant la porte du luxueux appartement de Pénélope, situé au vingt-neuvième étage.

« Faites qu'elle soit à la maison » supplia-t-elle à voix basse. Elle s'arrêta pour écouter les sons à l'intérieur de l'appartement. Un terrible soupçon commença alors à prendre forme dans sa tête. Est-ce que Pénélope était avec Miranda et Nicholas ? Est-ce que les trois étaient partis pour Béthanie sans elle ? La jalousie la coupa comme un rasoir, libérant un barrage d'émotions qui menaçaient de l'étouffer. Sa peine se transforma en colère et sa colère se transforma en haine.

« S'ils m'ont fait ça à moi », murmura-t-elle, « je ne leur adresserai plus *jamais* la parole. »

Arabella ne savait pas combien de temps elle était restée plantée dans le couloir, devant la porte de Pénélope, se laissant dévorer par la haine. Elle était sur le point de faire demi-tour et de se diriger vers les ascenseurs lorsqu'elle entendit le son perçant d'un petit chien qui jappait quelque part à l'intérieur de l'appartement. Les jappements devenaient de plus en plus forts alors que l'animal se dirigeait vers la porte. Puis Muffy, le détestable petit caniche de Pénélope, cessa de japper, colla son petit nez noir contre l'espace au bas de la porte et renifla avec excitation.

« Muffsey Wuffsey, qui est-ce ? »

Arabella eut honte d'elle-même en entendant la voix de Pénélope. Comment avait-elle pu en venir à haïr aussi facilement Miranda et ses autres amis ? Qu'est-ce qui lui avait fait croire qu'ils agissaient dans son dos ? Comment avait-elle pu se méfier d'eux ? Elle avala le goût amer et sécha rapidement ses yeux avec ses poings.

« Qui est là ? » demanda Pénélope de l'autre côté de la porte.

« C'est moi, Bell. »

Perchée sur un tabouret dans la cuisine de Pénélope, buvant à petites gorgées un thé chaud contenant du miel et du lait chaud, Arabella se vida le cœur. Pour une fois, Pénélope ne l'interrompit pas. Elle attendit patiemment jusqu'à ce que Bell se calme. Lorsque ce fut son tour, elle lui parla du comportement étrange de Mini ainsi que des pierres de sang.

« C'est loin d'être drôle », dit Arabella. Elle regardait avec fascination Muffy laper goulûment son thé dans une tasse minuscule placée sur une soucoupe tout aussi minuscule. La dernière fois qu'elle avait vu le petit chien, la fourrure blanche de Muffy avait été teinte en un fuchsia éclatant. Maintenant, le caniche était vert lime. Elle arracha son regard du chien et regarda son amie. « Comment s'est-il emparé des pierres ? » Puis, elle attrapa le bras de la jeune fille, le serrant avec agitation. « Pénélope... Les casiers détruits... Tu ne crois pas que...? »

« Cela ne m'étonnerait pas », dit Pénélope. « S'il a trouvé les pierres de sang dans le casier de Mir, il a dû saccager les autres casiers pour donner l'apparence d'un vol, en y mettant beaucoup de rancune. »

Les deux jeunes filles se regardaient en prenant des gorgées de thé. Arabella se sentait malade à l'idée que M. Petit ait pu saccager les casiers, mais elle était contente d'être avec Pénélope. Il faisait bon de partager ses inquiétudes avec une amie.

« Vous aviez l'intention d'aller à Béthanie, n'est-ce pas ? » dit Pénélope tout à coup.

Arabella ouvrit sa bouche pour nier l'accusation, mais décida de dire la vérité. Elle hocha lentement la tête avec un air coupable.

« Et vous ne vouliez pas me le dire. »

« Non », admit Arabella, qui n'était pas fière. Elle sentit Muffy lui lécher la jambe avec sa petite langue chaude. Elle glissa un pied sous le chien et le poussa plus loin.

« Je ne suis pas fâchée », dit Pénélope. « Je voulais savoir, c'est tout. »

« Nous n'avons pas fait exprès », dit Arabella. « Mir croyait que quelque chose n'allait pas à Béthanie, et les choses ont dégringolé à partir de là. »

« Ça n'a plus d'importance », dit Pénélope. « Ce qui est important, c'est de trouver Mir et Nick et de trouver par quel moyen ils comptent se rendre à Béthanie. Et puisqu'ils ne savent pas comment ouvrir le portail sous la Colline du Parlement, ils doivent connaître une autre entrée. » Elle lança un sourire à Arabella, ses yeux pétillant de malice. « Et je crois savoir comment les trouver. »

« Comment ? » demanda Arabella, étonnée.

« As-tu remarqué que Mini s'est souri à lui-même toute la journée ? » Elle n'attendit pas pour que Bell réponde. « Eh bien ! J'ai décidé de le suivre hier après les classes. Mais il est seulement rentré chez lui. J'ai traîné des heures autour de l'immeuble où il habite, mais il n'est pas sorti. C'était tellement ennuyeux. J'étais sur le point de rentrer à la maison lorsque… devine qui s'est montré ? »

« Crache le morceau », dit Arabella d'un ton brusque.

Pénélope prit Muffy dans ses bras et la câlina. « Mini. Et devine où il est allé ? »

« Pénélope ! » dit Arabella d'un ton menaçant.

Pénélope avait l'air d'un chat qui venait d'attraper une souris. « La Colline du Parlement ! » dit-elle. Elle attendit la réaction de l'autre fille et elle ne fut pas déçue.

« Tu n'es pas sérieuse ! » s'écria Bell. « Pas possible ! »

« Alors », dit Pénélope d'un ton suffisant, « pourquoi Mini avait-il l'air aussi content de lui-même aujourd'hui ? »

« Parce qu'il a découvert quelque chose sur la Colline du Parlement. »

« Exactement ! Tout ce qu'il nous reste à faire est de le suivre et il devrait nous conduire jusqu'à Mir et Nick. »

Arabella rit. « Tu peux vraiment être insupportable parfois, mais tu *es* intelligente. » Puis elle devint sérieuse. « Mais comment allons-nous faire pour le suivre ? »

« Facile », répondit Pénélope. « Chester, notre chauffeur, sera ici sous peu. » Muffy se dégagea de ses bras et se mit à courir après sa queue en forme de pompon.

« Bien sûr », dit Arabella d'un ton sarcastique. « Que je suis bête. » Au même moment, elle sentit quelque chose de chaud sur son pied. Elle baissa les yeux juste à temps pour voir Muffy sortir comme une flèche de sous le tabouret et disparaître dans la salle à manger. Son pied était dans une flaque. « Beurk ! Muffy m'a fait pipi sur le pied. »

Pénélope rit. « Désolée, elle est une très VILAINE CHIENNE ! » Elle regardait dans la direction de la salle à manger, adressant les deux derniers mots à Muffy. « Va dans ma salle de bain et lave ton pied. Je vais aller te chercher une paire de chaussettes propres. »

« Je suppose que tu n'as jamais envisagé de la laisser dans un chenil ? » demanda-t-elle en mettant son sac à dos sur ses épaules. Puis, elle se dirigea vers la chambre de la jeune fille.

Perchées sur le bord des sièges en cuir souple de la belle limousine noire qui était garée en face de l'immeuble où habitait Mini, elles attendaient. Pour une fois, Muffy était calme : elle était enroulée sur elle-même dans le siège face aux filles, ses yeux minuscules fixés sur Pénélope.

« Comment peux-tu être sûre qu'il est à la maison ?
Il est peut-être resté à l'école et il sera ensuite parti directement là-bas ? » Arabella était très tendue.

Pénélope prit un air supérieur. « Fais-moi confiance, il est à la maison. »

Arabella avait les yeux fatigués après avoir longtemps surveillé l'entrée de l'immeuble sur la Promenade Prince of Wales. Le temps semblait être figé et l'attente la rendait folle. Cela la surprit, car toute petite, elle rêvait d'être une détective, comme les héroïnes dans ses livres préférés. Comme quoi il vaut mieux lire quelque chose que le vivre, pensa-t-elle : les écrivains sont capables de condenser une heure d'attente interminable en une phrase. La réalité était ennuyeuse. Elle voulait bondir hors de la voiture et faire les cent pas sur le trottoir. N'importe quoi plutôt que d'attendre ici à surveiller et à attendre.

Mais la longue attente porta finalement ses fruits.

« C'est lui ! » s'écria Pénélope triomphalement.

Monsieur Petit, sur le perron de son immeuble, s'alluma une cigarette. Il prit de grandes bouffées, lança le mégot au sol, l'écrasa avec son pied, puis disparut derrière une des façades de l'immeuble.

« Où est-il allé ? Est-ce que tu le vois ? » demanda Arabella, craignant de perdre leur homme après une surveillance aussi longue.

« Sa voiture est dans le stationnement qui se trouve de l'autre côté. Mais il doit passer par ici. C'est la seule sortie. Cherche une Mini blanche. »

Comme prévu, une petite voiture blanche sortit quelques secondes plus tard du stationnement. Pénélope frappa doucement sur la partition de verre qui séparait les passagers du conducteur. « Chester, suis cette voiture. »

Gardant leur distance, ils suivirent Mini jusqu'à l'école élémentaire Hopewell. L'instituteur se gara dans la rue, barra les portières et alla en douce vers les portes principales.

« Pourquoi s'arrête-t-il ici ? Pourquoi est-il revenu à l'école ? Crois-tu qu'il a fait quelque chose à Nick et Mir, et qu'ils sont ici quelque part ? »

Pénélope y réfléchit un instant. « Je ne pense pas qu'ils soient dans l'école, mais je crois toujours qu'il sait où ils se trouvent. Il a dû oublier quelque chose. »

« J'espère que tu as raison », dit Arabella. « C'est notre seule chance pour les retrouver. »

« Allons voir ce qu'il mijote », dit Pénélope en bondissant hors de la voiture. « Nous revenons tout de suite », informa-t-elle Chester.

« Et si nous ne sommes pas de retour dans une demi-heure, demandez de l'aide » ajouta Arabella en souriant malicieusement.

Elles traversèrent la pelouse à la course et, en passant sur le côté de l'école, se dirigèrent vers les fenêtres de la classe de quatrième. Il était tôt dans la soirée et il faisait encore clair. Mais elles pouvaient voir de la lumière à travers les fenêtres de leur salle de classe. Avec précaution, elles regardèrent par une fenêtre, retenant leur souffle.

La salle était vide.

« Où est-il allé ? » demanda Pénélope en prenant le bras de son amie et en regardant autour nerveusement, comme si elle s'attendait à ce que leur instituteur les surprenne.

« Allez » siffla Arabella. « Je parie qu'il va prendre la sortie de secours. »

Ne sachant pas où se trouvait leur instituteur, elles se sentaient tout à coup vulnérables dans cet endroit à découvert. Parallèle au mur extérieur de l'école se trouvait une bordure de buissons de haute taille. Elles se réfugièrent derrière les buissons et s'approchèrent à pas de loup de la sortie de secours.

« On peut voir sa voiture et la sortie de secours d'ici », chuchota Arabella.

La porte de secours s'ouvrit lentement et sans bruit. Monsieur Petit en sortit, souriant comme le chat de Cheshire. En le voyant ainsi, Arabella ne douta plus une seconde que Mini savait où se trouvaient ses amis.

Tout à coup, une ombre se dessina derrière l'homme. Les filles reculèrent, horrifiées. Elles faisaient tout pour s'empêcher de crier.

C'était un des Tugs, une gigantesque créature tout droit sortie d'un cauchemar. Ses yeux rouges brillaient faiblement à la lueur du crépuscule. Le Tug plaça une main munie de griffes sur l'épaule de l'homme et le fit pivoter. Le corps de Mini devint mou comme une poupée de chiffon. Ses bras pendaient. Ses jambes se dérobèrent sous lui, et il serait tombé si le Tug n'avait pas serré son épaule plus fort.

Les filles regardèrent la scène, horrifiées. Elles avaient peur de respirer. La créature scrutait le visage de l'homme avec une telle intensité qu'elle semblait lire dans son esprit. Les filles eurent l'impression que plusieurs heures s'étaient écoulées lorsque la main du Tug libéra enfin l'épaule de l'homme. Mini tomba, le dos contre une porte. La créature se détourna et disparut, comme si elle avait fondu dans l'air. Mini resta longtemps adossé contre la porte. Puis, il se secoua, comme s'il s'était soudainement réveillé d'un profond sommeil. Il regarda autour de lui, laissant son regard se poser sur les buissons derrière lesquels les filles étaient accroupies, comme des ballons de soccer humains, les bras enrobés autour des genoux. Puis, comme s'il était étourdi, il marcha lentement vers sa voiture, regardant avec curiosité le sang sur sa main après qu'il eut massé son épaule. Mais Arabella remarqua son autre main se diriger vers les pierres de sang qui se trouvaient, selon Pénélope, autour de son cou.

« Je ne comprends pas ce qui vient de se passer », chuchota Arabella, sa voix tremblante. « Mais, au moins, il a encore les pierres de sang. »

Les filles attendirent d'entendre la voiture de Mini s'éloigner avant de revenir en courant vers la limousine de Pénélope et de reprendre leur poursuite.

CHAPITRE 17

LA VOIE DE KINGSMERE

ontemplant les chalets de couleur crème rassemblés sur les rives du lac pendant que le soleil se couchait, Miranda ressentait à nouveau l'impression de calme et de bien-être qui s'emparait d'elle quand elle venait à Kingsmere. Elle leva la tête et respira profondément. L'air était frais, parfumé avec une touche de pin et de chèvrefeuille. Levant les yeux, elle vit que, même au coucher du soleil, le ciel était plus bleu que n'importe où ailleurs au monde.

Magie ! Le mot était là dans sa tête, comme s'il attendait d'être trouvé. C'est vrai, pensa-t-elle, se demandant pourquoi elle n'avait pas fait le lien avant. C'est un endroit magique. C'est bien le mot. Et puis, elle se rendit compte de quelque chose tout à coup. Les noms. *Kingsmere ! Ellesmere !*

« Naim », dit-elle, se sentant fière et remplie de joie par sa découverte. « C'est plus qu'un portail, n'est-ce pas ? Les Elfes étaient ici, non ? Ils ont construit cet endroit. » Elle savait qu'elle avait raison.

Le druide rit, ce qu'il faisait rarement. Pour un instant, Miranda fit semblant qu'il n'y avait pas de Démon, pas de mal. « La magie elfique est de plus en plus forte à mesure qu'on s'approche de Kingsmere », dit-il. « Oui, petite ! Les Elfes étaient ici et ils sont partis, mais il semble que leur magie soit restée. »

Ils se trouvaient devant Nicholas et le Nain, Emmet. Tonnerre suivait derrière Miranda. Il lui donna de petits coups de tête sur le dos et fourra son nez dans ses cheveux. Miranda adorait le bel animal et ricana lorsqu'il tira sur ses vêtements. « Qu'est-ce que tu veux, Tonnerre, hein ? » Elle se retourna et marcha à reculons pendant un moment, caressant doucement la tête soyeuse de l'animal. Nicholas marchait aux côtés d'Éclair, une main sur la crinière du cheval. Emmet, le Nain, marchait d'un pas lourd de l'autre côté d'Éclair, évitant délibérément le garçon.

« Crois-tu que Kingsmere est un endroit magique ? » demanda-t-elle à son ami.

« Non », marmonna Nicholas. Il ressentait tout à coup la fatigue accumulée depuis vingt-quatre heures. « King était fou. Il prétendait que les ruines lui parlaient. »

Le druide se tourna vers le garçon. « Il y a de la magie ici, Nicholas. Je peux le sentir. Peut-être monsieur King pouvait le sentir, lui aussi. »

Nicholas haussa les épaules. « Je m'en fous », marmonna-t-il, trop fatigué pour se soucier de ce que le dixième premier ministre du Canada pouvait ressentir ou non.

Miranda rit. « Tu es incorrigible. »

Elle se tourna vers Naim. « J'ai toujours eu le sentiment qu'il y avait quelque chose de spécial à Kingsmere. Mais je ne me suis pas rendu compte, avant aujourd'hui, que c'était à cause de la magie. Même le temps s'écoule différemment. Ma mère et moi venons souvent ici l'été. On compte rester là une heure ou deux au maximum, mais il fait toujours nuit lorsqu'on repart à la maison. »

« Tu as peut-être raison, petite », dit Naim pensivement. « La magie elfique peut faire d'étranges choses. » Il inspira profondément. « C'est un endroit magnifique. Tu as de la chance d'avoir ce trésor. »

« C'est drôle. Maman adore ça ici, mais elle n'est pas au courant au sujet de la magie. »

« Elle est au courant », dit Naim doucement. « Elle est au courant. »

« Pourquoi elle ne m'en a jamais parlé ? »

« C'est à ta mère de répondre à cette question », répondit le druide.

Miranda soupira. Il y a beaucoup de choses qu'elle voulait demander à sa mère, mais ce n'était jamais le bon moment. Mais c'était peut-être le bon moment pour questionner le druide.

« Croyez-vous que le roi Ruthar est vivant ? »

« Je sais que non », dit le druide.

« Alors, pourquoi était-il vivant dans mon rêve ? »

Naim rit à nouveau. « Ma chère enfant, pourquoi me demander cela ? Je ne connais pas la réponse. » Puis il garda le silence, observant le ciel. Le soleil s'était couché dans un brasier de bleus et de mauves, comme si un peintre avait donné sur une toile bleue de grands coups avec un pinceau géant.

Ils rejoignirent Nicholas et Emmet dans les ruines de l'abbaye, tout près de la fameuse porte. Le Nain disparut abruptement, marmonnant qu'il allait jeter un coup d'œil dans les environs pour guetter les signes de Malcolm ou de toute autre créature indésirable. Ils avaient fait trop de chemin pour laisser quiconque leur faire obstacle. Naim leur informa que le portail allait rester ouvert peu de temps. Ils ne pouvaient risquer de rater cette occasion, autrement, ils seraient obligés d'attendre un mois complet avant de pouvoir le franchir à nouveau. Miranda ne comprenait pas très bien pourquoi, mais cela avait à voir avec la pleine lune et un ciel dégagé.

Le druide se leva enfin. Il mit son épaisse cape sur ses épaules et prit les rênes de Tonnerre. « Allons-y », dit-il, « le temps est presque venu. »

Miranda s'élança la première et traversa l'étendue de pelouse à la course, s'arrêtant à une certaine distance du portail. Au clair de lune, elle contempla avec émerveillement la grande structure en forme d'arche. Elle semblait presque blanche et luminescente.

« Où est Emmet ? » siffla Nicholas en arrivant derrière elle. Il parcourait du regard les environs, recherchant la silhouette de leur compagnon taciturne. C'est Éclair qui arriva le prochain, ses sabots faisant clip-clop sur le sol dur.

« Ne t'inquiète pas pour Emmet », dit le druide en parcourant du regard la structure en forme de voûte. « Il est dans les environs et il sera ici le moment venu. »

Alors qu'ils s'approchaient de l'Arc de Triomphe, il donna les rênes de Tonnerre à Miranda et leur fit signe d'attendre son retour. Ils le virent avancer avec précaution vers l'espace béant entre les deux colonnes. Puis, il tourna autour, s'arrêtant plusieurs fois pour poser sa main sur la pierre froide. Il se tourna enfin vers les autres. « Allez, venez », chuchota-t-il. Et lorsque les deux jeunes furent à ses côtés, il posa une main sur leurs épaules. « S'il y a un portail à cet endroit, Miranda avait raison. Ça ne peut être que cette structure. Je ne sais pas s'il va nous conduire où nous voulons aller, mais lorsque j'ai touché les colonnes, j'ai senti une grande puissance. Et personne n'y a touché. Aucun être maléfique n'a emprunté le portail jusqu'à présent. »

Miranda saisit la manche du druide. L'homme se dégagea doucement. « Ne crains rien. Si ce n'est pas un portail, il ne peut rien nous arriver. Je vais passer sous la voûte et me retrouver simplement de l'autre côté. »

« Qu'est-ce qu'on attend ? » dit Nick. Il se libéra de la main du druide, puis s'avança vers l'Arc. « Allons-y ! »

« Écarte-toi, Nicholas. Je vais franchir le portail en premier. »

C'est à contrecœur que le garçon fit un pas en arrière. Le ton sec du druide interdisait toute discussion. Mais Naim se tourna soudainement vers lui, et dit gentiment : « Je ne sais pas où mène ce portail. Je dois y aller en premier pour m'assurer que rien ne nous attend de l'autre côté. Après mon départ, Miranda, attends une minute ou deux, et puis suis-moi. » Il regarda Nicholas. « Tu vas guider le cheval à travers le portail après Miranda. Emmet va traverser en dernier. »

Emmet s'était approché derrière eux sans faire de bruit. Miranda ne pouvait pas se résoudre à éprouver de la sympathie pour le Nain, mais elle se sentait plus en sécurité en sa compagnie.

Ensuite, le druide guida Tonnerre à travers le sol en pierre, puis en haut des marches et enfin à travers le portail. Ses compagnons retinrent leur souffle, s'attendant presque à voir l'homme et le cheval de l'autre côté du portail. Mais Naim et le cheval se volatilisèrent, comme s'ils n'avaient jamais existé.

Les quelques minutes d'attente semblaient interminables. Miranda et Nicholas attendirent patiemment dans cette chaude nuit de juin. Miranda caressait distraitement Éclair tandis qu'elle regardait l'Arc gigantesque, hypnotisée par l'espace noir de l'autre côté des colonnes. Sans arrêt, Nicholas promenait son regard de sa montre à la forêt de l'autre côté de l'Arc. La nuit donnait aux arbres l'apparence de formes qui menaçaient d'attraper les jeunes avec leurs grandes griffes noires, pour ensuite les emporter avec elles dans l'obscurité.

Lorsque Nicholas lui donna un petit coup de coude, Miranda était tellement tendue qu'elle avait l'impression d'être sur le point de se casser comme une statue de porcelaine. « Vas-y », chuchota-t-il, sa voix faible et enrouée.

Ravalant sa peur, elle serra le bras de son ami puis s'avança vers l'entrée. Un mouvement soudain à la gauche de l'Arc attira son attention, et elle tourna brusquement la tête dans sa direction. Une forme sombre et large semblait être tombée du ciel. Elle restait sur place, immobile. Miranda ne pouvait pas bien voir, mais pendant une seconde, elle eut la folle idée qu'il s'agissait du Nain, Malcolm. Tremblante, elle continua à avancer vers le portail, mais en accélérant le pas.

Puis, elle le vit. Une chose noire s'éleva de la forme qui était immobile au sol. Elle grandissait rapidement et se dirigeait tout droit vers l'Arc. Le cœur de Miranda s'arrêta de battre. C'était une créature énorme, monstrueuse. Et elle allait arriver à l'entrée avant Miranda. Elle se mit à courir, montant les marches le plus vite qu'elle pouvait. La gigantesque tête de serpent atteignit le portail en un éclair. Quelque part derrière elle, Miranda entendit Nicholas crier et le cheval s'affoler. Miranda vit alors la grande bouche s'ouvrir avec un bruit sec, découvrant des crocs aussi longs que son bras. Mais elle ne pouvait pas arrêter maintenant. Levant son bras pour se protéger, elle s'esquiva juste au moment où le serpent attaqua. Et puis, tout devint noir comme la mort.

CHAPITRE 18

LES AUGURES

 iranda était morte de peur. Où était-elle ? Est-ce que le serpent géant l'avait avalée vivante ? Si elle avait *réussi* à échapper à la créature, cela ne ressemblait pas du tout au voyage de Béthanie à la Colline du Parlement. Les choses s'étaient alors déroulées sans interruption. Elle se souvenait très bien d'avoir marché entre les deux grands chênes dans le parc à l'extérieur du Hall du Conseil et, au même moment, elle était de retour à la maison, à Ottawa. Mais maintenant, quelque chose allait horriblement mal. Elle essaya de prendre de grandes respirations pour calmer son cœur qui battait à grands coups, mais elle avait de la peine à respirer. Elle s'était perdue, prise au piège quelque part dans la noirceur, entre Kingsmere et Béthanie.

« NAIM ! » Elle cria le nom du druide plusieurs fois, jusqu'à ce que sa voix devienne enrouée. Naim avait dû se battre pendant trois jours pour se frayer un passage hors de la noirceur. Et il avait épuisé tous ses pouvoirs pour y arriver. Mais elle n'était pas une druidesse. Elle n'était qu'une enfant sans pouvoirs, à l'exception des pierres de sang. Et quelqu'un les avait volées. Elle n'avait aucune chance de s'échapper de cet endroit. Elle se frotta vigoureusement les bras. La température était agréable lorsqu'elle avait mis le pied dans le portail de Kingsmere, mais maintenant elle avait très froid.

Et puis elle sentit la glace sur sa chair.

« Viens par ici ! Dépêche-toi ! » siffla une voix dure. « Et couvre tes bras. »

La surprise figea Miranda sur place. Une main puissante saisit son épaule et la secoua.

« Naim ! » s'écria-t-elle. Autour d'eux, le vent hurlait. « Où sommes-nous ? Il y a un énorme serpent noir derrière nous… il s'en vient… »

Les doigts du druide s'enfoncèrent dans son épaule. « Quel serpent ? » demanda-t-il sèchement. « Mais attends. Écarte-toi pour faire de la place pour Nicholas. »

Miranda s'écarta. « Je ne sais pas. Il est apparu dans la nuit et il s'est dirigé tout droit vers le portail au même moment où je… »

« Qu'est-ce que tu veux dire par : *il est apparu dans la nuit ?* » demanda le druide.

« Tout est arrivé si vite. »

Tout à coup, Miranda vit une forme sombre se matérialiser devant elle.

« Est-ce que je suis mort ? » se demanda Nicholas à voix haute. « MIR ! »

Miranda sourit et saisit le bras du garçon. « Non, tu n'es pas mort. Mais comment as-tu réussi à éviter le serpent ? »

« Quel serpent ? » demanda Nicholas, en regardant Miranda comme si elle était complètement folle.

« Tu ne l'as pas vu ? »

« Mir, je te le dis, il n'y avait pas de serpent. »

Miranda se tourna vers le druide. « Je n'ai rien inventé », dit-elle. « Il est passé par le portail, mais en venant du côté de la forêt. Il m'a attaquée et ensuite je suis arrivée ici. »

Elle n'avait pas remarqué l'arrivée d'Emmet. « Il y avait quelque chose », dit-il. « Cela a effrayé le cheval. »

« C'est vrai », s'écria Nicholas. « Éclair était terrifié. J'ai eu beaucoup de difficultés à lui faire franchir le portail. »

« Venez », dit le druide. « Nous allons mourir de froid si nous ne trouvons pas un refuge. »

« Attendez ! » s'écria Miranda. « Dites-moi seulement si nous sommes pris au piège dans le portail ? »

« Mais qu'est-ce que tu racontes ? » demanda le druide d'un ton sec.

« Où sommes-nous ? Cet endroit n'est pas Béthanie. »

« Bien sûr que ce n'est pas Béthanie. »

Miranda laissa échapper un petit rire. Soulagée, elle sentait sa tête tourner. Mais elle se sentait faible à cause de l'épuisement et de la faim. Elle était tellement heureuse de ne pas être prise au piège dans le portail qu'elle se fichait bien de l'endroit où elle se trouvait. Elle fut surprise lorsque le druide lui fournit l'information.

« Je ne sais pas combien de portails les Elfes ont construits », dit-il. « Mais je sais que chaque portail mène à un endroit différent. La voie de Béthanie est reliée à la Colline du Parlement. Si tu franchis ce portail-ci, tu vas aboutir à Kingsmere. » Il fit une pause pour enlever le grésil sur sa cape. « À en juger par ce blizzard, nous sommes près des frontières des contrées des ténèbres, plus près des montagnes de la lune que du désert. » Il lança un regard furieux à la fille. « Je t'ai pourtant dit de mettre des vêtements chauds. Fais-le maintenant ou tu vas mourir de froid. » Puis, il s'éloigna avec le Nain pour lui parler à l'écart.

Les doigts engourdis par le froid, Miranda prit un pull-over à capuchon et son blouson dans son sac à dos. Mais elle ne pensait pas au froid. Ils étaient près des montagnes de la lune. Et c'était la meilleure des nouvelles. Dunmorrow, le royaume des Nains, ne pouvait être bien loin d'ici.

Bien qu'elle fût excitée à l'idée de revoir le roi Gregor, elle était triste à cause du sort tragique de Dundurum, l'ancien pays des Nains. La montagne de près de 5000 mètres de haut avait été aspirée dans le Lieu sans Nom lorsque le prince Elester avait chassé le Démon dans sa prison nauséabonde. Heureusement, les Nains avaient évacué Dundurum et seuls les corps de ceux tués par le Démon accompagnèrent la Haine dans son voyage. C'était arrivé il y a trois mois seulement.

Après la perte de Dundurum, les Nains conclurent un marché avec Typhon, le dragon noir qui gardait le trésor de sa clique de dragons. Ils commencèrent à s'établir sur le mont Oranono, dans les montagnes de la lune, le jour où Miranda et ses amis revinrent à Ottawa.

Le druide réunit les compagnons en cercle. « Nous ne survivrons pas à cette tempête. Il y a un endroit tout près où nous pouvons nous mettre à l'abri.

« Mmm, les augures ! » dit Emmet. « Mauvaise idée. »

Naim hocha la tête. « Avons-nous le choix ? »

« Mourir de froid. La meilleure option », répondit le Nain.

« Ça m'est égal si ces augures sont une bande de fous dangereux », dit Nicholas, frissonnant dans son tee-shirt. « Nous devons nous mettre à l'abri de cette tempête. »

« Qu'est-ce que les augures ? » demanda Miranda.

« Des devins », répondit Emmet.

« Tiens, tiens ! Le grincheux nous adresse la parole », chuchota Nicholas.

« Oui, ce sont des devins », dit Naim en se tournant vers les jeunes. « De plus, ce sont des excentriques. Lorsque nous serons là-bas, ne touchez à rien. C'est bien compris ? »

« Je pense que oui », répondirent ensemble Nicholas et Miranda.

« Vous ne leur poserez pas de questions, surtout pas de questions à propos du futur. Ne faites rien pour les perturber, ou ça va aller mal. »

« Est-ce que ces augures sont des humains ? » demanda Miranda, craintivement.

Le druide rit. « J'ai bien peur que oui », dit-il. « Maintenant, il faut trouver cet endroit avant que mes vieux os ne se transforment en glace. »

Le vent les secouait violemment. Quand les voyageurs avançaient de deux pas, le vent les faisait reculer d'un pas. Le grésil tombait sur eux comme de petits morceaux de verre coupant, cinglant leur visage et les parties exposées de leurs bras. Le druide cria aux enfants de saisir sa cape et de marcher derrière lui. Comme cela, il comptait utiliser sa grande taille et la largeur de sa cape pour les protéger contre les vents de force 12. Nicholas ignora la suggestion du druide, mais Miranda s'agrippa au tissu épais, comme si sa vie en dépendait.

Épuisée, Miranda trébucha et la cape de l'homme glissa de ses doigts gelés. Elle poussa un cri. Nicholas la saisit par le coude et l'aida à se relever. Mais elle put lire l'épuisement sur son visage glacé. *C'est encore loin ?* se demanda-t-elle. Puis, comme si elle avait posé la question à voix haute, Naim s'arrêta et indiqua quelque chose au loin. Voir cette douce lueur jaune en pleine tempête leur donna du courage. Enfin, les voyageurs arrivèrent, fatigués et gelés devant un chalet pittoresque. Naim cogna à la porte.

Un homme grassouillet avec des joues rouges ouvrit la porte. « Entrez ! Entrez ! » dit-il d'une voix flûtée, tenant la porte avec une main et faisant signe aux voyageurs d'entrer avec l'autre. « Morda, ma chérie, nous avons de la compagnie. » Puis, il remarqua les enfants : ils tremblaient, comme s'ils étaient en proie à une crise épileptique, et derrière leurs lèvres bleues, on pouvait entendre leurs dents claquer. Il prit leurs mains et les attira avec lui dans la chaleur accueillante.

« Ne les fais pas attendre dehors par un temps pareil. Fais-les entrer. » Miranda ne pouvait voir la femme qui avait dit cela, mais sa voix respirait le bonheur. Le son de sa voix lui rappela à quel point elle souhaitait avoir une vraie famille, avec des grands-parents, des tantes, des oncles et des cousins. « Ils sont juste à temps pour le repas. »

Miranda n'avait pas remarqué l'arôme alléchant avant que la femme mentionne le repas. Elle se rendit compte à ce moment qu'elle mourait de faim. L'idée de manger un repas chaud lui faisait tourner la tête.

Le druide fit les présentations pendant que le vieil homme les traitait aux petits soins. Il rangea le bâton du druide et les épées sur un meuble près de la porte. Ensuite, il prit la cape détrempée du druide et l'étendit sur une chaise berceuse pour qu'elle sèche près du foyer. Malgré la cape mouillée, les vêtements de Naim étaient secs comme un os. Emmet marcha d'un pas lourd jusqu'au foyer. Il resta debout, le dos aux flammes, les pieds solidement ancrés sur le plancher en bois, les bras croisés. Miranda vit de la vapeur s'élever du Nain.

Le vieil homme suggéra à Miranda d'aller dans une petite pièce adjacente à la porte d'entrée. « Vaut mieux enlever ces choses mouillées, jeune fille, sinon tu risques de prendre froid. Regarde dans l'armoire. Tu y trouveras quelque chose à mettre pendant que tes vêtements sèchent. »

Miranda enleva ses vêtements mouillés et s'essuya avec une énorme serviette. Elle mit la première chemise à lui tomber sous la main, puis en ajouta plusieurs autres pour se réchauffer. Puis, elle enfila un pantalon en flanelle trois fois trop grand pour elle. Elle se peigna les cheveux avec ses doigts et jeta un coup d'œil rapide dans un grand miroir. *Effrayant,* pensa-t-elle en se regardant dans la glace. Ses pupilles étaient tellement dilatées qu'on voyait à peine ses iris verts. Sa lèvre inférieure était fendue et saignait. Son visage et ses mains étaient parsemés de petites coupures causées par le grésil. Poussant un profond soupir, elle ramassa ses vêtements mouillés et rejoignit les autres.

« Tu as l'air folle », chuchota Nicholas. Son tour était venu pour aller se changer dans la chambre.

« Tais-toi » chuchota Miranda.

Lorsque Nicholas revint dans la pièce, Miranda ne put s'empêcher de rire. Il avait l'air ridicule vêtus d'une longue robe jaune et d'épais collants rouges. Même le druide, qui était habituellement très sérieux, se détourna et contempla les poutres du plafond avant que le garçon ne le surprenne en train de sourire. Emmet fit un drôle de son. Nicholas lança un regard furieux aux autres compagnons, les mettant au défi de rire. Ensuite, il s'assit lourdement dans la chaise berceuse et regarda Miranda de travers.

« Merci d'avoir pris le seul pantalon », chuchota-t-il, son visage plus rouge que les flammes dans le foyer.

« Oh ! » dit Miranda innocemment. « C'était vraiment le seul ? »

« Très drôle », dit-il d'un ton sec, enveloppant la robe autour de ses jambes pour cacher les collants. « Attends un peu. Je te revaudrai ça ».

La femme, appelée Morda, apparut dans l'embrasure de la porte de la cuisine, arborant un sourire qui illuminait la pièce. Miranda fut surprise en la voyant. Elle s'était imaginé une personne vieille et grassouillette, avec un visage rond et des cheveux blancs. Il ne fait aucun doute que la femme dans l'embrasure de la porte était vieille, mais elle était tellement belle que Miranda ne pouvait détourner son regard d'elle. Son visage formait un ovale parfait et encadrait à merveille ses yeux ambrés. Ses cheveux étaient d'un blond pâle, presque blanc.

Sur le plateau que Morda avait dans ses mains se trouvaient quatre bols fumants. Miranda se leva d'un bond et se précipita pour aider la femme. Elle jeta un regard de convoitise sur chacun des bols avant de les placer sur la table. Un bol contenait une montagne de purée de pommes de terre, avec du fromage fondu et du beurre qui coulaient en son centre comme de la lave. Dans un autre bol, elle vit de la farce. Un troisième bol contenait du maïs. Le dernier bol contenait une montagne de petits pois. Tout avait l'air si délicieux que Miranda avait de la difficulté à s'empêcher de tout manger.

« Trouvez vos noms et prenez vos places » dit Morda. Elle donna de petites tapes sur la main de Miranda. « Tu t'assieds ici, ma chérie. » Elle indiqua la place à sa gauche, et disparut dans la cuisine.

Miranda remarqua que son nom était gravé sur une petite plaque en argent qu'un petit aigle en argent tenait dans son bec. Elle tendit la main pour le toucher, mais la retira brusquement : elle venait tout juste de se rappeler l'avertissement de Naim. *Il ne faisait sûrement pas référence à des choses comme ces plaques en argent,* pensa-t-elle. Elle regarda le vieil homme qui attendait au bout de la table que les autres s'assoient. « Comment avez-vous appris nos noms ? » demanda-t-elle, oubliant que Naim leur avait aussi interdit de poser des questions.

Pendant un instant, le vieil homme eut l'air perplexe, comme s'il ne savait pas de quoi elle parlait. À ce moment-là, Morda revint avec un grand plateau avec en son centre une énorme dinde ou une autre volaille. C'était le plus gros oiseau que Miranda n'avait jamais vu. Aussi gros qu'un cochon.

« Génial ! » dit Nicholas. « Mais quelle sorte d'oiseau est-ce ? »

« La sorte qui vole », répondit le vieil homme en faisant un clin d'œil à Morda.

« Eh bien ! Tout cela a l'air délicieusement bon » dit Miranda, qui était affamée.

La vieille femme sourit du compliment et commença à aiguiser le long couteau à découper. « D'où viens-tu, mon enfant ? » demanda-t-elle.

« Ottawa », répondit Miranda. « Au Canada. C'est la capitale. »

« Tu as entendu ça ? Nos invités viennent du Canada. »

« Le Canada, hein ? Jamais entendu parler ! Mais heureux de faire votre connaissance ! » s'écria le vieil homme, levant son verre à vin pour porter un toast. Se rendant compte qu'il était vide, il se leva et alla vers un petit placard en bois. Se penchant, il ouvrit une des portes du placard et prit une bouteille contenant un liquide clair et rouge. Miranda remarqua qu'elle était presque vide.

L'homme montra la bouteille à Morda. « Un peu de vin de grenade pour souligner l'occasion. Qu'est-ce que tu en dis, ma chérie ? »

« Nous ne prendrons pas de vin », dit Naim sèchement.

Pendant une seconde, le silence fut complet. Miranda était surprise. Le druide était bourru et souvent impatient, mais ça n'était pas son genre d'être impoli. Surtout que ces braves personnes venaient de leur sauver la vie.

« Mon Dieu ! » dit la femme, déposant le couteau à découper sur le plateau. Elle donna de petites tapes sur le bras du druide. « Qu'est-ce que nos invités vont penser de nous ? » Elle fit un signe de la tête au vieil homme. « Apporte le vin, chéri. »

« J'ai dit que nous ne prendrons pas de vin », répéta le druide.

Tout le monde se figea sur place. Naim et la femme se dévisagèrent si longtemps que Miranda devint terriblement embarrassée. Voulant à tout prix changer de sujet, elle posa sa main sur le bras de la femme et parla sans réfléchir. « Êtes-vous vraiment un augure ? Pouvez-vous prédire le futur ? »

Elle sentit le regard du druide se poser brusquement sur elle. Elle réalisa trop tard son erreur. « Ce-ce que j-je vou-voulais di-dire... » bégaya-t-elle, évitant le regard furieux de Naim.

En un éclair, Morda s'empara du couteau à découper. « CE N'EST PAS DE TES MAUDITES AFFAIRES ! » hurla-t-elle, en tentant de poignarder la main de la fille. Le souffle coupé, Miranda enleva sa main de la table juste à temps. L'arme s'enfonça profondément dans la table. Elle s'éloigna désespérément de la vieille femme.

« Oh mon Dieu ! » soupira Morda, lançant un regard triste à Naim. « Regarde un peu ce que tu m'as fait faire. » Elle tira sur le couteau, mais il était solidement enfoncé dans le bois. Elle laissa finalement tomber et retomba en arrière sur sa chaise. « Comment voulez-vous que je découpe l'oiseau sans couteau ? » dit-elle en sanglotant. « Gâché. Tout est gâché. » Sans prévenir, elle prit le bol de purée de pommes de terre et le jeta violemment contre le mur situé derrière le vieil homme. Miranda regarda le bol se fracasser, laissant un dégât de pommes de terre et de fromage fondu sur le mur vert. Puis, Morda se tourna vers Miranda. « Et c'est entièrement de ta faute. Venant ici. Racontant des mensonges, inventant des histoires… »

« De quoi parlez-vous ? » s'écria Miranda, son cœur battant à grands coups. « J'ai simplement posé une question. »

« Ne discute pas », chuchota Naim. « Dirige-toi vers la porte. Je vais aller récupérer tes affaires. Il faut quitter cet endroit. Tout de suite. »

« Écoute-moi cette petite fouine sournoise », siffla Morda. Puis, sa voix changea du tout au tout. « J'ai simplement posé une question. » Souriant comme une sorcière, elle déchirait la dinde avec ses ongles, arrachant de gros morceaux de viande qu'elle mettait ensuite dans sa bouche.

Miranda avait froid dans le dos. La vieille femme avait prononcé la dernière phrase avec sa voix à *elle*, Miranda. Tous ensemble, les quatre compagnons se levèrent d'un bond et s'éloignèrent de la table à reculons. Nicholas et Naim se dirigèrent vers le foyer, où leurs vêtements étaient étendus sur des chaises ou accrochés au mur. Miranda et Emmet avancèrent vers la porte à reculons, les yeux rivés sur la vieille femme, qui continuait à arracher de la dinde de gros morceaux de viande.

« Êtes-vous vraiment un augure ? Pouvez-vous prédire le futur ? » La voix d'enfant qui sortait de la bouche de la femme était aussi obscène que les morceaux de dinde qui dépassaient de sa bouche. Morda saisit le plateau avec ses deux mains et l'écrasa sur la table. Tandis qu'elle s'en prenait à la dinde, ses yeux ne quittèrent pas Miranda. « TU N'AS PAS D'AVENIR, » cria-t-elle, pointant un pilon de dinde vers la fille horrifiée. Elle fouillait dans une poche de sa robe avec son autre main. « Tu veux savoir ce que l'avenir te réserve ? » Elle rit, retirant quelque chose de sa poche et le tenant en l'air.

Miranda observa la chose flasque qui pendait entre le pouce et l'index de Morda. Cela ressemblait à une paire de lèvres noires.

« RENDS-MOI ÇA TOUT DE SUITE, HARPIE ! » hurla le vieil homme, se levant d'un bond et renversant sa chaise. Il saisit la bouteille de vin par le goulot et la brisa sur le bord de la table. Il menaça la femme avec son arme. « COMMENT OSES-TU TOUCHER À MES AFFAIRES ! »

« CE N'EST PAS À TOI, C'EST À MOI » cria la vieille femme, en lançant le bol de farce sur l'homme. Ensuite, elle posa l'objet mou sur sa bouche.

La transformation qu'elle subit alors était ahurissante. La bouche grotesque semblait avoir pris contrôle du visage de la femme. Et la voix qui venait de ces hideuses lèvres noires avait un ton monocorde et criard.

« Prenez cinq serpents capables de marcher, un
héritier et un rêve ;
Ajoutez un revenant royal et les cris d'un homme
mourant ;

Combinez avec des pierres perdues et la peau d'un
Frawd ;
Un anneau de feu et une baguette ensanglantée ;
Un cercle d'or; une pincée de Haine ;
Le mensonge d'un père et une caisse noire ;
Une fille trahit, la couronne tue.
Remuez avec un bâton et voyez les murs
disparaître.
Lorsque la sienne porte la couronne, les rois sont
déposés. »

Les mots furent à peine sortis de la bouche de l'oracle que le vieil homme chargea sur Morda, la faisant tomber sur le dos.

Il saisit la bouche aux lèvres noires. Puis, il se leva d'un bond et tira sur la bouche, essayant de l'arracher du visage de la vieille femme. Mais Morda ne se laissa pas faire. De toutes ses forces, elle retenait les lèvres avec ses doigts.

« ENLÈVE TES SALES MAINS DE MA BOUCHE ! »
hurla le vieil homme, tirant sur les lèvres. Les lèvres étaient tellement étirées qu'elles risquaient de se déchirer.

« Emmet », s'écria-t-elle. « Vite ! Il faut faire quelque chose. »

« Nous allons faire quelque chose », marmonna Emmet, « c'est certain. » Il prit les épées et le bâton du druide et ouvrit la porte. « Partir. »

Avant de sortir, Miranda se retourna pour jeter un dernier coup d'œil à la table, à la dinde déchiquetée parmi les assiettes cassées. Curieusement, elle n'avait plus faim.

CHAPITRE 19

SUR LES TALONS DU VOLEUR

arde tes distances, Chester », conseilla Pénélope. « S'il nous repère, la partie est terminée. » Elles avaient suivi leur instituteur de quatrième année le long de l'autoroute 5 et venaient tout juste de prendre la sortie pour Old Chelsea, environ 25 kilomètres au nord d'Ottawa. Leurs activités clandestines les entraînaient de plus en plus loin de la ville, elles se sentaient de plus en plus déprimées. Il y avait peu de chances que leurs amis se cachent dans les Collines de la Gatineau.

« Où allons-nous ? » murmura Pénélope à personne en particulier.

Arabella avait le regard rivé sur la Mini blanche. Convaincue à présent qu'elles ne suivaient pas la bonne piste, elle était prête à abandonner et à demander à Pénélope de rentrer à Ottawa. Comme si Pénélope avait lu dans les pensées de son amie, elle se tourna vers elle.

« Bell, au point où nous en sommes, nous ne pouvons pas rebrousser chemin maintenant. De toute manière, il ne peut pas aller beaucoup plus loin. Il ne peut aller nulle part à une heure pareille, sauf un des restaurants à Old Chelsea. »

« Il y a Kingsmere », dit Arabella.

« Ouais, pendant la journée », dit Pénélope. « Mais c'est fermé à l'heure qu'il est. »

Mais M. Petit quitta le chemin d'Old Chelsea, prit la promenade de la Gatineau et prit ensuite le chemin de Kingsmere. Il semblait bel et bien se diriger vers Kingsmere.

Arabella se pencha en avant sur son siège. « De plus en plus curieux », dit-elle, citant un de ses livres préférés.

Leurs regards se croisèrent une seconde. Elles reprenaient enfin courage. Qu'est-ce que Mini venait faire à Kingsmere après les heures d'ouverture ?

« Je te disais bien qu'il mijotait quelque chose », dit Pénélope, en donnant une tape sur le bras de son amie. Ensuite, elle baissa la cloison en verre. « Chester, nous savons où il s'en va, alors tu peux ralentir. Nous ne voulons surtout pas qu'il aperçoive nos phares. »

Lorsque Chester éteignit les lumières et immobilisa la longue voiture noire dans le stationnement, elles repérèrent tout de suite la Mini de M. Petit. Pénélope demanda au chauffeur d'aller à Old Chelsea et d'attendre leur appel. Puis, elle mit son sac à dos sur ses épaules, plaça Muffy dans son blouson, prit un sac en plastique et bondit hors de la voiture, suivie de près par Arabella.

Elles restèrent debout dans le noir, regardant autour, jusqu'à ce que Chester s'en aille à contrecœur. Ensuite, elles étudièrent une carte sur un panneau en bois, et mirent le cap sur le chalet principal, Moorside.

Pénélope regardait craintivement les ténèbres d'un côté et de l'autre du sentier. Il n'aurait pas fallu beaucoup d'efforts pour la convaincre que les formes sombres autour d'elles n'étaient pas vraiment des arbres, mais une forêt de Tugs géants, attendant le bon moment pour bondir sur les filles. « Je suis contente que tu sois là, Bell », chuchota-t-elle. « Je n'aurais pas pu faire cela toute seule. » « Moi non plus », dit Arabella, prenant la main de son amie. « J'ai déjà bien assez peur comme ça. »

Alors qu'elles avançaient avec précaution le long du sentier, elles virent tout à coup une lumière devant. Sans tarder, elles quittèrent le sentier et se cachèrent parmi les arbres, gardant à l'oeil la lumière. Leurs cœurs battaient à grands coups. Elles attendirent juste assez longtemps pour déterminer si la lumière s'éloignait ou s'approchait d'elles. La lumière s'éloignait, mais se dirigeait dans la même direction qu'elles. Les deux amies poussèrent des soupirs de soulagement, puis suivirent la lumière.

« C'est forcément Mini », chuchota Arabella. Elle avait plus hâte que jamais de découvrir ce qu'il manigançait, et s'il gardait Nick et Mir en captivité quelque part dans les environs. Elle accéléra le pas, sans se soucier du sentier cahoteux et des racines à moitié enfouies.

« Fais attention », prévint Pénélope d'un ton moqueur. « Si tu te casses une jambe en trébuchant, je vais devoir te laisser ici. »

Arabella grogna.

Moorside apparut soudain devant elles, tel un pâle fantôme au clair de lune. « Faisons vite », chuchota Arabella. « Il vient de passer derrière le chalet. »

Les filles longèrent le mur du chalet et s'approchèrent à pas de loup de l'arrière, où se trouvait le salon de thé. Elles arrivèrent sur le coin juste à temps pour voir Mini traverser d'un pas lourd les jardins français, piétinant tout sur son passage.

« Sale type », chuchota Arabella en colère. « Nous devrions laisser une note pour leur dire qui a piétiné les jardins. »

Contournant les parterres, elles traversèrent la pelouse en courant puis s'arrêtèrent. Mini n'était pas à plus de cinq mètres d'elles. Il était immobile comme une statue, le dos tourné aux filles. Il regardait fixement l'arche imposante située au bas d'une colline à la lisière de la forêt. Les filles la contemplaient, elles aussi. La vue de ces colonnes blanches qui luisaient au clair de lune leur coupait le souffle. Pénélope détecta du mouvement. Elle avait peine à identifier les formes qui se déplaçaient près de la structure gigantesque.

Pénélope pinça le bras d'Arabella. « Qui c'est ? » demanda-t-elle à voix basse.

« Je ne sais pas », lui souffla Arabella à l'oreille, « mais il y a plus de deux personnes. »

« Ça doit être Nick et Mir. Ça ne peut être qu'eux. »

« Ouais, mais qui sont les autres avec eux ? »

« Des chevaux », répondit Pénélope, déçue. Elle venait de commettre une grave erreur. Mini ne les avait pas menées à Nick et Mir. Elle était pourtant certaine qu'il avait quelque chose à voir avec leur disparition. « Ce n'est pas eux », chuchota-t-elle. « Je suis désolée, Bell. »

« Chut ! » siffla Arabella, observant une silhouette de grande taille mener un cheval à travers l'arche. Ensuite, elle se tourna et saisit le bras de Pénélope. « C'est eux. Je crois que c'est le druide qui vient tout juste de franchir l'arche. »

« Es-tu sérieuse ? » chuchota Pénélope. « J'en étais sûre. J'en étais sûre. »

Arabella voulait se rapprocher à tout prix, mais Mini bloquait le chemin entre les deux amies et l'arche. Les filles virent une autre silhouette, plus petite celle-là, marcher jusqu'à l'arche puis disparaître dans l'obscurité.

« Où vont-ils ? » demanda Pénélope tout en prenant son téléphone cellulaire.

« Je ne vois rien de l'autre côté de l'arche », dit Arabella. « Il faut se rapprocher. »

Pénélope tira son amie par le bras, la tirant en arrière jusqu'à la maison. « Chester, c'est moi », chuchota-t-elle dans le téléphone. « Tu peux repartir à la maison. Si mes parents te demandent où je suis, dis-leur que tu m'as déposée chez Miranda et que je vais aller au camp avec elle. » Elle garda longtemps le silence, puis elle dit : « Ne t'inquiète pas, je ne vais pas les laisser te mettre à la porte. Je dois y aller. » Elle éteignit le téléphone et le mit dans sa poche.

« Tu ne penses pas qu'ils voudront savoir à quel camp tu es ? » demanda Arabella, étonnée que Pénélope pût mentir à ses parents aussi facilement.

« Pourquoi est-ce qu'ils voudraient savoir ça ? » demanda Pénélope. « Est-ce que tu voudrais le savoir ? »

« Eh bien oui ! » dit Bell. « Je crois que la plupart des parents veulent savoir où vont leurs enfants. »

« Vraiment ? » demanda Pénélope. « Pourquoi ? »

« Es-tu sérieusement en train de me dire que tes parents ne te demandent jamais où tu vas ? Et s'ils veulent te joindre ? »

« Pourquoi voudraient-ils me joindre ? »

« Comment veux-tu que je le sache ? » demanda Arabella d'un ton sec. « Et si ton père mourait, ou quelque chose dans ce genre-là ? » Elle voulait secouer l'autre fille jusqu'à ce que ses dents tombent.

« Bell, je ne comprends pas pourquoi tu t'énerves. Si papa mourait, venir me chercher ne servirait à rien. Je ne peux pas ressusciter les morts. Vaut mieux terminer ce que je suis en train de faire, et ensuite apprendre son décès à mon retour à la maison. »

« Tu es une sans-coeur ! » Arabella la regardait avec un air profondément choqué.

« Tu ignores tout de moi », dit Pénélope. Elle avait mis sa main dans son blouson et caressait Muffy distraitement. « Je serais terriblement triste, peu importe le moment où j'aurais appris la nouvelle. Que je pleure mon père au moment de sa mort ou encore un mois après sa mort, il n'y a pas de différence. C'est tout ce que je dis. » Elle mit sa main sur l'épaule d'Arabella. « De toute manière, ils peuvent toujours me joindre avec mon téléphone cellulaire. »

Arabella rit doucement, hochant la tête. Pénélope avait raison, elle ne la connaissait pas beaucoup. Elle décida de changer de sujet. « As-tu une idée de la façon dont nous allons prendre les pierres de sang à Mini ? »

« Ne t'inquiète pas, j'ai un plan. »

« Ouais », siffla Arabella. « C'est ce qui m'inquiète. »

Lorsqu'une troisième silhouette franchit l'arche, Mini se remua enfin. Il descendit la colline à pas de loup. En bas, une autre silhouette, petite mais de forte carrure, attendait seule près de l'entrée sombre.

« Tiens, prends ça. » Pénélope confia à son amie le sac en plastique. Puis, avant que Arabella n'ait le temps de l'arrêter, elle partit comme une flèche, courant à toutes jambes vers Mini. Arabella attendit une seconde avant de se lancer à sa poursuite.

Entendant tout à coup des bruits de pas derrière lui, Mini se retourna à temps pour voir une forme sombre foncer vers lui. Une petite main froide saisit la chaîne autour de son cou et l'arracha brusquement. Mini se recroquevilla et poussa un cri strident. Serrant sa poitrine, il perdit son équilibre et tomba en arrière sur le gazon. En sanglots, il se releva juste à temps pour se faire pousser violemment par une autre forme sombre filant à toute allure. Cette fois, il tomba tête première dans un tas de fumier puant.

« Bien fait pour toi, salaud ! » siffla méchamment une voix. Et puis, la forme sombre descendit la colline à toute allure, à la poursuite du premier assaillant.

Arabella riait encore lorsqu'elle rattrapa Pénélope. « Tu aurais dû le voir », dit-elle. « Il était mort de peur. » Elle serra la main de Pénélope. Au moment même où Emmet disparaissait dans la noirceur, les filles coururent jusqu'à l'arche, puis elles franchirent le seuil.

Mini se releva lentement, tremblant de colère. Il posa sa main contre son cou sensible. La petite D'Arte l'avait bien eu, le prenant par surprise comme cela... l'agressant... l'étranglant presque. Il comptait bien régler leur compte, à elle et à son complice. Il comptait aussi reprendre possession des précieuses gemmes. Elles avaient beaucoup trop de valeur pour être dans les mains d'un crétin. Il était passé à deux doigts de s'évanouir lorsqu'il avait fait estimer leur valeur. « Elles sont inestimables. » C'est ce qu'on lui avait dit. Elles lui appartenaient de droit maintenant. Il les avait trouvées et la loi disait : *celui qui le trouve le garde*. Il était prêt à tout pour les récupérer.

Il regarda l'arche. Qu'est-ce que des enfants faisaient ici dans le noir ? Et qui était l'homme qui avait franchi l'ouverture avant les autres ? Miranda et ses amis étaient-ils impliqués dans la sorcellerie ? Est-ce qu'ils aimaient faire le mal comme il l'avait toujours soupçonné ? Eh bien ! cette fois, il avait l'intention de trouver la réponse. Il se rendit avec précaution jusqu'au portail. Il contempla un moment la belle structure. Ensuite, il entra à son tour.

CHAPITRE 20

LA RÉUNION

 e druide enfonça le long bâton en bois dans une fissure au sol. Ensuite, il enleva sa cape, et plaça le capuchon à l'extrémité du bâton. Tenant un des rabats ouvert, il fit signe à ses compagnons d'entrer dans la tente de fortune.

« C'est vraiment incroyable », dit Nicholas en disparaissant dans l'abri.

« Miranda ! »

Appuyée contre un rocher énorme, Miranda sursauta, ouvrant les yeux et jetant des regards éperdus autour d'elle. Pendant un instant, elle crut qu'ils étaient encore dans le chalet, et que Morda approchait d'elle avec son couteau pour la découper comme une dinde. Lorsqu'ils quittèrent précipitamment le chalet des augures, Miranda était vraiment soulagée de s'en être sortie en un morceau. Mais elle avait subi un choc, et commença peu après à en ressentir les effets. Elle voyait sans cesse les beaux traits de la vieille femme se déformer par la folie.

Et elle entendait sans cesse *sa* voix venir des lèvres méprisantes de la femme.

Qu'est-ce qui avait détruit la personnalité des augures ? Pourquoi étaient-ils devenus fous furieux tout à coup ? Cela n'avait assurément rien à voir avec le fait de poser des questions. Miranda pensait que c'était juste une excuse. La réponse se trouvait plus vraisemblablement dans la bouteille de vin presque vide. Le vieux couple lui faisait de la peine. Le cœur lourd, frigorifiée et complètement épuisée, elle entra dans la tente.

La tente offrait étonnamment beaucoup d'espace.

« Vous ne serez pas confortables, mais au moins vous serez au sec », dit le druide en tendant la main. Une petite étincelle s'alluma dans sa paume et devint une flamme blanche.

Nicholas regardait, subjugué, tandis que Naim pliait ses genoux et déplaçait la flamme de sa main au sol en roche humide.

« Comment avez-vous fait ça ? » demanda Nicholas, le souffle coupé. « Pouvez-vous me l'enseigner ? »

L'homme rit doucement. « Cela, mon jeune ami, est un simple exercice que j'ai appris lors de ma première journée à l'Allée des Druides. Que ferais-tu de ce savoir si je te l'enseignais ? »

« Je ne sais pas », répondit Nicholas. « Ce serait cool de pouvoir faire ça. »

« Cool n'est pas la bonne réponse », dit Naim. « Le feu va sécher la roche. Étendez vos vêtements de rechange sur le sol et reposez-vous. Je vais être de retour bientôt. » Alors qu'il était sur le point de sortir de la tente, il se tourna vers Nicholas. « Et ne touche pas à la flamme. »

« Je n'avais pas l'intention d'y toucher », dit Nicholas. Mais il avait gaspillé sa salive pour rien, car le druide n'était plus là.

Miranda prit une pile de vêtements et eut à peine le temps de s'installer qu'elle était déjà profondément endormie. Quelques minutes plus tard, les yeux de Nicholas se fermèrent. Il vit ses camarades d'école rester bouche bée en le voyant allumer un feu magique dans la paume de sa main. Son feu était bleu.

Le roi Ruthar souriait chaleureusement. Il tendit son bras, attendant que Miranda prenne sa main. Mais elle ne semblait pas pouvoir l'atteindre. Elle sentait ses jambes bouger. Elle savait donc qu'elle avançait vers lui, mais elle ne se rapprochait pas de lui. Quelque chose n'allait vraiment pas.

Elle sentit la présence derrière elle avant même d'entendre les bruits de pas sur le plancher en pierre. La panique lui coupa le souffle. Elle se retourna pour faire face à la menace inconnue. « Étrange », pensa-t-elle, en reprenant son souffle. En même temps, elle se demandait comment le roi avait réussi à se mettre derrière elle. Il était maintenant proche. Quelques pas de plus, et elle pourrait toucher à sa main tendue. Elle sourit et fit un pas vers l'homme.

C'est à ce moment qu'il commença à enfler, grossissant de plus en plus. Enfin, sa peau se déchira et quelque chose de noir et d'huileux se libéra de son corps. Miranda recula de peur, couvrant son visage avec ses mains. Une horrible créature géante était en train de déployer sa pleine longueur, comme une voile roulée. Lentement, elle s'éleva dans les airs jusqu'à ce qu'elle se dresse au-dessus de la jeune fille comme un édifice imposant. Sa grande cape noire ondulait comme si elle était vivante.

Sous sa cagoule, on pouvait voir la langue de la créature se tortiller dans tous les sens. La créature la faisait parfois claquer comme un fouet. Du sang noir comme le goudron dégoulinait d'une paire de crocs acérés. On ne pouvait voir son visage sous la cagoule, mais ses yeux de feu fixaient Miranda. Deux rayons brûlants jaillirent de ses yeux, carbonisant sa chair. Le Démon leva la tête et siffla.

« Au secours ! » cria Miranda. Elle se retourna, s'apprêtant à fuir. Mais c'était trop tard. La Haine frappa. Levant un pied, elle l'abattit sur la fille, la faisant tomber sur le dos, l'immobilisant sur le plancher et l'empêchant de respirer. Des griffes pénétraient profondément dans la poitrine de Miranda. Et puis, tout devint noir.

« Au secours ! Au secours ! Quelqu'un ! Aidez-moi ! »

« Mir ! » cria Nicholas. « Qu'est-ce qui arrive ! Hé ! Arrête ! Dégage ! »

Miranda se débattait pour se libérer de l'emprise mortelle du Démon, pour s'éloigner des griffes acérées. Elle pensait avoir entendu Nicholas l'appeler, mais il y avait d'autres voix aussi. Elles étaient en colère et elles criaient.

Puis, une autre voix, forte et bourrue celle-là, demanda aux autres de se taire. Les cris cessèrent à l'instant même.

Miranda reconnaissait cette voix. Elle appartenait à Emmet, le Nain. Mais qu'est-ce qu'il faisait ici ? En un clin d'œil, elle se rendit compte qu'elle faisait un cauchemar lorsque la cape du druide tomba sur eux. Mais, à part Naim et Emmet, qui d'autre pouvait bien crier à l'extérieur ?

Et quelle était cette créature mouillée sur sa poitrine ? Le Démon ? Elle attrapa la créature qui tremblait comme une feuille, ses griffes pointues s'enfonçant dans sa chair. « Muffy ? » dit-elle, pour ensuite éclater de rire. « Pénélope, peux-tu m'expliquer ce que tu fais ici ? »

« Nous avons décidé de faire une petite promenade à la campagne », répondit Pénélope, éclatant de rire à son tour.

« Ouais, mais nous avons eu un peu de difficulté à trouver la campagne », ajouta Bell.

« Fermez-la et faites-nous sortir d'ici », grogna Nicholas, se débattant sous la lourde cape. « Je n'arrive pas à respirer. »

« Ouais, et pouvez-vous me débarrasser de Muffy ? » dit Miranda.

Nicholas aida Emmet à remonter la tente, en l'aidant à accrocher la cape au bâton du druide. Le feu disparut lorsque la tente tomba ou, comme Arabella l'avait expliqué, le feu s'était éteint lorsqu'elle et Pénélope étaient tombées sur la tente. Puisque Naim n'était pas encore revenu, ils durent se passer de flamme magique. Mais les compagnons ne semblaient remarquer ni le froid ni l'humidité. Ils s'étaient blottis sous la tente, se racontant leurs aventures. Miranda rit lorsque Arabella raconta comment elle avait poussé Mini dans le tas de fumier.

Durant une rare pause dans le bavardage, Pénélope déposa la petite poche contenant les six pierres de sang dans la main de Miranda. Miranda serra la main sur les pierres, tandis que des larmes de gratitude lui montaient aux yeux.

« Maintenant, si les Elfes ont besoin d'aide, je vais peut-être pouvoir faire quelque chose », dit-elle.

Nicholas fit un compte-rendu animé de leur étrange rencontre avec les augures, faisant une excellente imitation de Morda appliquant l'horrible bouche noire sur son visage.

Soudainement, Miranda saisit le bras de Nicholas.

« Nick, arrête. Je viens de penser à quelque chose. »

« Quoi ? » Ses compagnons la regardaient avec curiosité.

« Le poème que Morda a récité. Nick, est-ce que tu te souviens de ce qu'il disait ? »

« De quoi parlez-vous ? » demanda Arabella.

« Les augures sont des devins. Ils prédisent le futur, comme un oracle. Morda a commencé à se comporter étrangement quand Naim lui a dit de ne pas nous servir du vin, mais elle a complètement perdu la boule quand je lui ai demandé si elle pouvait prédire le futur. » Le simple fait de penser à cette femme donnait à Miranda froid dans le dos. Elle se tourna vers Nicholas. « Peux-tu leur raconter la suite ? »

Nicholas hocha tête. « Vous auriez dû voir cette personne déséquilibrée lancer des bols de nourriture un peu partout et manger la dinde avec ses doigts. C'était dégoûtant. Elle retire ensuite ce truc noir et flasque de sa poche et le met sur son visage. C'était une bouche vraiment incroyable. C'est cette bouche qui a récité, avec sa voix inquiétante, un poème sur Ellesmere, sur les choses mortes et sur le sang. C'était juste un paquet de bêtises. »

« Non, Nick, tu as tort », dit Miranda, l'air inquiet. « Ce n'était pas un poème et ce n'était pas un paquet de bêtises. Nous devons nous souvenir des mots exacts, parce que je crois que c'est vraiment important. Ce que la voix a récité était en fait une recette, une recette pour la chute d'Ellesmere et la fin des Elfes. »

« Vous avez tous les deux en partie raison », dit le druide, qui avait glissé la tête par l'entrée de la tente. « C'est en effet un paquet de bêtises, comme le garçon le disait, mais il y a une part de vérité dans la prophétie. Eh oui, Miranda, c'est une recette, mais tu ne dois pas te laisser tromper par les mots ni par l'ordre dans lequel l'oracle les a prononcés. » Il tendit son bras, les enfants le regardant avec stupéfaction, tandis qu'une petite étincelle blanche se forma dans sa paume et prit feu. Puis, il déposa la flamme sur le sol. Il haussa ses sourcils à la vue de Pénélope et Arabella, mais ne dit rien.

« Je n'aime pas les prophéties », continua Naim. « Elles sont dangereuses. Elles mènent souvent au désastre, parce que des imbéciles oeuvrent pour les accomplir. La fin ultime de l'univers est peut-être fixée d'avance dans la mesure où les planètes et les étoiles vont toutes être absorbées par un trou noir dans le ciel. Mais le futur immédiat des êtres vivants comme nous n'est pas fixé d'avance et ne pourra jamais l'être. N'oubliez jamais cela. »

« Je ne comprends pas », dit Miranda.

« Mon enfant », dit le druide doucement. « L'oracle peut seulement faire la liste des ingrédients qui signaleraient la chute du royaume elfique... si... si... si... Il y a trop de si. »

« Mais ça pourrait être vrai », insista Arabella.

« Oui », admit Naim. « Mais je connais bien les Elfes. Par conséquent, je n'en crois rien. » Il sortit de la tente à reculons. « Il y a d'habitude une accalmie à l'aube. Il faut donc être loin d'ici avant la fin de l'aube », dit-il. « Ou affronter une autre journée le ventre vide. »

« Oh ! oh ! comment j'ai pu être aussi bête », s'écria Pénélope. « Ne partez pas », dit-elle à Naim. « J'ai amené de la nourriture. » Elle essaya de prendre le sac en plastique, mais Nicholas et Miranda arrivèrent en premier. Le garçon affichait un sourire espiègle.

« Nous n'avons pas toujours été d'accord, Pénélope, mais maintenant je crois que je suis en amour. »

« Voyons donc ! Beurk ! » dit Pénélope.

CHAPITRE 21

L'EXIL

 e prince Elester fonçait vers le Hall du Conseil, le visage en colère. Andrew Furth, son assistant, et une douzaine de cavaliers le suivaient, l'arme au poing. Ils venaient tout juste de rentrer à Béthanie, après avoir patrouillé pendant un mois la côte est du Royaume. Un mois auparavant, un message inquiétant était parvenu à la capitale elfique : on avait découvert plusieurs grands bateaux dans une région inhabitée de la côte d'Ellesmere, chacun capable de transporter une douzaine de passagers. Le message ajoutait qu'on avait trouvé les bateaux sur la terre ferme, camouflés au milieu des pins.

Dès son arrivée à Bethol-Aire, la garnison le plus à l'est et chargée de défendre cette portion désolée du littoral, Elester n'avait pu s'empêcher de remarquer le regard surpris du commandant lorsque le Prince lui avait demandé plus de détails sur le débarquement. Non, lui avait-il répondu, ils n'avaient repéré aucun bateau. Et non, ils n'avaient envoyé aucun message à Béthanie.

Elester et ses cavaliers avaient passé un mois à ratisser la région, mais leur exercice avait été vain. Elester ordonna finalement aux cavaliers de rentrer à la maison. Il venait à peine de descendre de son cheval, Noble, lorsqu'un jeune palefrenier laissa échapper en pleurant que Laury, le capitaine des cavaliers, avait été amené devant les Erudicia pour répondre à des accusations de trahison.

« Qu'est-ce qui se passe ici ? » se demanda Elester, les yeux rivés sur la demi-douzaine de gardes armés postés à l'extérieur du Hall. Ils étaient debout, faiblement éclairés par les deux lampes qui se trouvaient de chaque côté de solides portes en chêne. Ils regardaient avec méfiance le prince et les cavaliers approcher. Ils étaient des membres de la Garde, les soldats d'élite qui assuraient la protection du roi des Elfes. Dans quelques semaines, lorsqu'Elester allait enfin porter la couronne d'Ellesmere, ils n'allaient pas hésiter à sacrifier leurs vies pour protéger la sienne.

Ils avaient l'air aussi féroces qu'on le disait dans leurs uniformes complètement noirs. Des couteaux étaient dissimulés dans des gaines situées sur leurs bottes et sur leurs ceintures. Et ils portaient tous une épée en acier noir, dont la poignée était incrustée de runes d'argent. Leurs chapeaux en forme de béret étaient ornés de trois feuilles de chêne en argent.

Un des hommes s'avança pour intercepter le prince. Elester le reconnut, mais ne connaissait pas son nom. *Ne montre pas que tu es en colère*, pensa-t-il. *Tu ne dois pas te montrer faible, ni montrer que tu as peur.*

Tandis que l'homme s'approchait, Elester ralentit le pas. « Bonsoir, l'ami. Qui diable a ordonné à la Garde de se poster ici à une telle heure ? »

« Bonsoir, mon prince », répondit l'homme, touchant solennellement son chapeau en guise de salut. « Je suis désolé, mais je ne peux pas discuter des affaires des Anciens avec vous. » Il était de toute évidence mal à l'aise, mais il avait répondu à la question de manière ingénieuse. Il regardait Elester dans les yeux, mais même dans la lumière faible, le prince vit le soldat rougir.

« Quel est ton nom ? » demanda Elester.

« Coran, sire. Je suis l'officier responsable. »

« Ordonne à la Garde de rentrer à la caserne, et écarte-toi, Coran », dit Elester, d'une voix ferme. « J'ai l'intention de savoir pourquoi les Erudicia accusent mon plus loyal capitaine d'être un traître, et pourquoi ils se rencontrent en cachette. »

Au début, le prince n'avait pas cru le jeune palefrenier. Les Erudicia, les douze Elfes les plus sages du royaume, étaient incontestablement dignes de confiance. Ils étaient élus par le peuple pour conseiller le roi sur des questions importantes, relatives à la sécurité du royaume et à celle de ses sujets. Elester connaissait de nom chacun des douze Elfes et, comme son père avant lui, tenait en haute estime leurs conseils intelligents et raisonnables. Alors, pourquoi agissaient-ils aussi étrangement tout à coup, se réunissant comme des voleurs dans la nuit ? Et pourquoi Elester n'en avait-il pas été avisé ?

Coran avait l'air malheureux. « Je suis désolé, mais je ne peux ordonner à la Garde de rompre les rangs, et vous ne pouvez pas entrer dans le Hall. »

Elester serra les poings, essayant de se contrôler. « Je ne vais pas le demander deux fois. Maintenant, écartez-vous de mon chemin. »

Coran ne savait pas de toute évidence comment réagir. Elester chercha des signes de colère sur le visage de l'homme, mais n'en vit aucun. En fait, le garde semblait profondément troublé.

« Vous ne pouvez pas passer », répéta-t-il.

« Dis-moi ce qui se passe ici, Coran. »

Coran jeta un rapide coup d'œil aux autres gardes, qui assistaient, impassibles, à leur échange. Mais Elester remarqua qu'ils avaient maintenant posé la main sur leurs épées. Lorsque Coran se retourna vers le prince, il baissa la voix. « Je ne sais pas, sire, mais… » Il rougit. « Il semblerait que nos ordres viennent directement du roi. »

Elester rit. « Mais qu'est-ce que tu me racontes là ? Je suis le seul roi à Ellesmere. »

« Vous n'êtes pas encore le roi », corrigea Coran. « Pas avant de porter la couronne. D'ici là, nous serons gouvernés par les Erudicia. »

« C'est une formalité, rien de plus. Qui est l'Ancien qui ose donner des ordres au nom du roi ? »

« C'est tout ce que je sais, sire. On dit que Mathus parle… euh… avec le roi. »

« Qu'est-ce que tu me racontes là ? » fit Elester, le ton tranchant. « Mon père est mort. »

« Je sais », répondit le garde. « J'étais présent à la bataille de Dundurum. J'ai vu le roi tomber au champ d'honneur. Mais... » Il hésita.

« Mais…? » insista Elester.

« Je ne sais pas comment vous le dire. »

« Dis-le donc. » Cette fois, le prince n'arrivait plus à cacher son impatience.

« Mathus prétend que le roi lui parle et, sire, le vieil homme ne ment jamais. »

Elester sentit de la glace se former dans ses veines en se rappelant tout à coup la nuit où Mathus était venu lui rendre visite. Il était stupéfait. « Ce n'est pas possible », dit-il, voyant rouge. « Je veux voir de mes propres yeux cet imposteur qui parle avec la voix de mon père. » Il posa la main sur la poignée de son épée, et il sentit les cavaliers se mettre en position derrière lui, prêts à le suivre.

« S'il vous plaît, ne faites pas cela », supplia Coran. « Ni moi ni mes hommes ne lèverons nos armes contre vous. » Il fit un signe en direction du Hall. « Mais il y a plus de trois douzaines de gardes à l'intérieur. Vous devrez tous les tuer si vous voulez entrer dans le Hall. »

Elester enleva sa main de la poignée de son épée. Il fit signe à ses hommes de faire de même. « N'ayez crainte, Coran. Nous ne voulons pas faire couler le sang de nos frères. Mais je dois absolument avoir un entretien avec le capitaine des cavaliers. Pouvez-vous nous dire où il est détenu ? »

« Avec plaisir. Le capitaine Laury est consigné à la caserne, sous haute surveillance. » Il fit une pause, mais ouvrit la bouche, comme s'il voulait ajouter quelque chose. Elester attendit.

« Sire, je connaissais déjà le capitaine avant que vous ne veniez au monde. Il est honnête et brave, et les hommes lui font confiance. Je ne crois pas ce qu'ils racontent à son sujet. » Il fit un geste en direction du Hall. « Et je ne suis pas le seul à croire qu'il est la victime d'un coup monté. »

« Brave homme », dit le prince.

« Et une autre chose me trouble, sire. Les gardes nous sont inconnus. »

« Qu'est-ce que tu veux dire ? » demanda Elester, sentant la nuit chaude se refroidir. « Les gardes ne sont pas des Elfes ? »

« Non », répondit Coran. « J'ignore qui ils sont et d'où ils viennent. Mais il y a quelque chose... »

Elester se tourna vers les cavaliers. « Je n'aime pas ça. »

« Il faut aller libérer le capitaine », dit Andrew avec colère, faisant un pas en avant.

Coran leva la main. « Il y a quelque chose d'autre que vous devez savoir, sire. À l'aube, le capitaine sera emmené en un endroit secret. »

« Sire, supplia Andrew. C'est maintenant qu'il faut agir. »

« Un peu de patience », dit Elester. « J'ai une dernière question pour notre ami ici présent. » Il se tourna vers Coran. « Je vais découvrir le fin fond de cette affaire. Et si c'est aussi grave que je le crains, est-ce que je peux compter sur toi et sur les gardes pour m'aider le moment venu ? »

« Nous sommes fidèles à notre pays », répondit Coran. « Si vous promettez de nous appuyer lorsqu'on nous accusera, à notre tour, de trahison, cela me suffit. »

« Merci, Coran », dit Elester. « Tu as ma parole. »

Elester et ses cavaliers se précipitèrent vers la caserne. La nuit était calme, la lune invisible derrière l'épaisse couche de nuages. Le prince ralentit le pas et examina le bâtiment, qui était plongé dans l'obscurité. Il aurait pourtant dû y avoir de la lumière à l'intérieur. La seule lumière qu'il pouvait déceler était celle des flammes qui dansaient dans le foyer se trouvant dans le salon. À travers les fenêtres, il pouvait voir que les flammes vacillantes projetaient des formes étranges sur les murs de la caserne. Elester s'arrêta et écouta attentivement, mais il ne put déceler aucun signe de mouvement.

La porte de la caserne était ouverte, mais il n'y avait aucun signe de vie. Elester ignora l'avertissement qui criait dans sa tête, prenant plutôt un moment pour prendre note de tous les détails. Que la porte fût ouverte était très curieux. Et il n'y avait pas de gardes postés à l'extérieur du bâtiment. Si Laury était confiné à la caserne, où étaient donc les gardes étrangers ?

« Quelque chose ne va pas », dit-il, son sang se glaçant dans ses veines. Il saisit le bras d'Andrew. « Prends quelques hommes avec toi et passe par-derrière ». Le prince se dirigea vers la porte ouverte de la caserne, prenant de la vitesse à chaque pas. Bien vite, il courut à toutes jambes. Plusieurs cavaliers le suivirent, tandis que les autres prirent leurs armes et se dispersèrent parmi les arbres pour faire le guet.

En courant, Elester parcourut du regard le terrain autour de la caserne. Il ne vit rien, mais il sentit la présence de quelque chose de sinistre et de malveillant. Et de puissant aussi ! La puissance de cette chose faillit faire tomber le prince.

« La Haine ! » hurla-t-il, en prenant son épée et en entrant en trombe dans la caserne. À l'intérieur, la puanteur de la haine était suffocante. Mais Elester reconnut une autre odeur et son cœur s'arrêta. C'était l'odeur du sang, du sang d'Elfe.

« Ils sont tous morts », murmura une cavalière, sa voix remplie d'horreur et d'incrédulité. Elle tendit la main vers un des interrupteurs en forme de disque situé sur le mur à côté de la porte.

Elester saisit son bras. « Ne touche pas à la lumière », siffla-t-il. « Servez-vous de vos yeux. Comptez les morts. Je dois savoir ce qui est arrivé ici. »

Dans le noir, les cavaliers examinèrent rapidement le salon et les chambrées, le cœur gros en voyant que le nombre de morts allait en augmentant. Elester les plaignait. Ils étaient certes des soldats aguerris, mais rien ne les avait préparés à ce spectacle : leurs camarades, massacrés, reposant dans des mares de sang sur le plancher de la caserne.

« Sire », siffla Andrew, qui était entré par l'arrière du bâtiment. « Venez voir. »

Elester rejoignit l'autre homme. Il glissa sur le plancher gluant, mais ne tomba pas. Il s'agenouilla, ignorant le sang qui recouvrait ses genoux, et vit dans les bras d'Andrew une forme brisée, sans vie. Il ferma les yeux pour empêcher ses larmes de couler. Ce n'était pas le temps d'étaler ses émotions au grand jour. Après s'être ressaisi, il ouvrit les yeux et regarda le mort. C'était Laury, capitaine des cavaliers du roi, les yeux encore ouverts. Pendant un instant, personne ne dit un mot. Puis, le prince posa sa main sur le front du mort et ferma ses yeux.

« Qui a fait cela ? » demanda Andrew, fixant le capitaine du regard. Son visage était baigné de larmes, mais déformé par la colère. « Et pourquoi ? »

« C'est l'œuvre du Démon », répondit Elester sans hésiter. « Mais je ne sais pas qui a accompli sa volonté, ni comment elle a pu orchestrer tout cela à partir de sa sombre prison. »

Et la réponse le frappa tout à coup, comme si une montagne lui était tombée sur la tête. Il savait pourquoi on avait massacré Laury et tous ces autres Elfes. S'en voulant de ne pas y avoir pensé plus tôt, il bondit sur ses pieds.

« C'était un piège ! » dit-il, sachant qu'il avait raison. « C'était un piège qui avait été tendu pour attraper le prince, et ce pauvre Laury avait été l'appât. Quiconque avait commis cet acte atroce s'était organisé pour donner l'impression qu'Elester, dans un accès de rage, avait attaqué et tué ses propres soldats, et ce, parce qu'il croyait que les soldats étaient responsables de la mort de Laury. Il savait aussi que Mathus et les autres seraient bientôt ici. Ils avaient probablement prévu le prendre sur le fait, couvert de sang. »

Il réprima son sentiment de désespoir, mais laissa monter en lui sa colère. « Allons ! » dit-il. « Nous devons nous en aller d'ici. » Puis, repensant à ce que Coran lui avait dit à propos de son défunt père, selon quoi il serait resté en contact avec Mathus, le prince saisit la manche d'Andrew. « Mettez le feu à cet endroit. Je ne vais pas laisser nos morts entre les mains de ces meurtriers. Vaut mieux brûler leurs corps. »

Andrew regarda le visage sombre du prince et inclina la tête, solennellement.

Ils allumèrent du papier et des bouts de vêtements dans les flammes mourantes du foyer, pour ensuite les jeter sur les lits de camp, sur les canapés et sur les meubles en bois. Ils prirent feu rapidement. Les flammes se propagèrent sur les rideaux à toute allure, dévorant le tissu fragile comme une bête affamée. Le peu de temps qu'il fallut aux cavaliers pour se rendre à la porte de derrière, la caserne était déjà un brasier à l'intérieur.

« Allons aux étables », dit Elester, essuyant avec son bras la sueur sur son front. Il se précipita à l'extérieur, suivi de près par les cavaliers.

Subitement, ils entendirent des bruits sourds. Quatre créatures musclées tombèrent du toit comme des rochers, atterrissant parmi les cavaliers. Elles tenaient dans leurs mains griffues de longues lances pointues. Et leurs visages stupides ressemblaient à des morceaux de

fromage cottage qui souriaient. Elester réagit instinctivement, prenant son épée et attaquant la créature la plus
proche. Elle poussa un hurlement quand le prince coupa
profondément sa chair douce et poreuse.

« Des trolls ! » cria Elester, ses pensées étant aussi
brouillées que des œufs. Il avait peine à croire ce qu'il
avait devant les yeux. Des trolls à Ellesmere. Et à l'allure
de ces féroces créatures blanchâtres, il n'avait pas devant
lui ces aimables trolls à la peau sombre qui cultivaient
les prairies. Ces créatures plus grandes et plus laides
venaient du Marais. C'étaient des trolls de marécage,
aussi malfaisants que leur allié, le Démon.

Jusqu'à présent, aucun troll de marécage n'avait mis
les pieds sur l'île d'Ellesmere, patrie des Elfes. Elester
était tellement stupéfait qu'il n'avait plus les idées claires. Un million de questions défilaient dans son esprit,
mais il n'avait pas une seule réponse. Sa poitrine le faisait souffrir et, pendant une seconde, sa rage l'aveugla à
tel point qu'il jeta un regard rempli de haine sur les créatures qui avaient massacré un aussi grand nombre des
siens. C'est avec beaucoup de peine qu'il réussit à se res-
saisir. Il ne devait surtout pas se montrer faible devant
les trolls.

« Har ! Har ! » C'est un grand troll qui venait de rica-
ner ainsi, de toute évidence le chef. Sa voix sonnait
comme un éboulement, ou comme un CD que l'on jouait
à l'envers. Il leva sa lance et fit mine d'attaquer Elester.

« Har ! Har ! » gloussèrent les autres trolls.

« Qu'est-ce que nous avons ici, hein ? Un petit prince, hein ? »

« Bien, nous allons tuer le petit prince, hein Grotch ?
Après, nous mangerons son cœur, » dit un des autres
trolls.

Elester se dit à lui-même qu'il n'avait jamais vu de créatures plus répugnantes. Il se demanda pourquoi leur peau était aussi pâle et spongieuse. Lorsque son épée avait transpercé la chair de l'autre troll, il avait eu l'impression de trancher un fruit pourri. Est-ce parce qu'ils vivaient dans le Marais et s'aventuraient rarement à l'extérieur à la lumière du jour ? Est-ce que cela pourrait expliquer les plaies purulentes sur leur chair ?

« La ferme, hein, Lepp, » dit Grotch. Il donna un coup avec le manche de sa lance dans les côtes de Lepp, mais en gardant à l'œil Elester et les cavaliers. Il pointa une griffe tordue en direction du prince. « Dauthus veut celui-là, hein. Dauthus veut ton cœur, petit prince. T'as entendu, hein ? »

Elester jeta un coup d'œil à Andrew, indiquant les étables de la tête. L'autre Elfe hocha la tête et s'éloigna en douce du centre du groupe. À ce moment, Elester se replia sur lui-même, puis bondit sur Grotch, visant le ventre mou du troll avec son épée. Pris au dépourvu par la charge soudaine du prince, Grotch recula pesamment. Il attaqua le prince à plusieurs reprises avec sa lance. Elester s'esquiva de la lance meurtrière en faisant une roulade. Il se retrouva alors derrière le troll et planta profondément son épée dans une de ses fesses pleines de bosses.

Grotch hurla de rage, agitant frénétiquement ses gros bras. Il se retourna, en sautant de haut en bas, pour faire face à l'Elfe et lui régler son cas. Elester vit qu'il restait seulement trois trolls et que deux d'entre eux étaient blessés. Mais il savait que les trolls, même blessés, étaient des adversaires dangereux.

« Fuyez ! » cria-t-il. Et avant que les trolls n'aient eu le temps de réagir, le prince et les cavaliers étaient déjà partis.

CHAPITRE 22

LE SIFFLEMENT DES SERPENTS

 t le prince ? » Dauthus détestait cette chambre glaciale, profondément enfouie sous la ville de Béthanie. Il haïssait son hôte : le corps de cet Elfe était froid, gauche et en voie de décomposition. Le serpent avait, plus que tout, envie de sentir la chaleur des autres serpents de son espèce qui se tortillaient autour de la taille du Démon, telle une ceinture faite d'une matière vivante et dangereuse. Mais s'il voulait revoir sa Maîtresse un jour, il devait la libérer du Lieu sans nom. Et il y avait un seul moyen pour accomplir cela : lui, Dauthus, devait porter la couronne d'Ellesmere.

« Je sssuis désolé, maître », siffla le serpent qui avait pris possession du corps de Mathus. « Cet être malfaisant a réussi à sss'échapper. »

Le corps du roi Ruthar trembla de rage. « Trouve-le, Mathus, et tue-le. »

« Oui, maître. »

« Sais-tu ce qui va t'arriver si tu échoues ? »

« Non, sssire, mais je n'échouerai pas. J'ai empoisonné le cerveau des anciens. Je les ai montés contre la mauviette. »

Pendant un instant, Dauthus songea à lui donner un bref aperçu de la punition que lui infligerait la Haine s'il échouait. Mais il faisait froid, et le froid le rendait paresseux. « Est-ce que ces idiots de l'Erudicia croient vraiment qu'il a tué les autres ? »

Mathus sourit d'un air narquois avant de répondre. « Oui, ces bons à rien d'Elfes le traitent maintenant de meurtrier et de traître. Ils le traitent d'*imposssteur*. »

Cela fit plaisir à Dauthus. Il prit un instant pour savourer ce moment. « Et la couronne d'Ellesmere ? »

« Elle est en notre posssesssion. Elle arrivera ici bientôt. »

« Bien », dit Dauthus. « Laissse-moi, maintenant. »

Le serpent qui portait le corps de Mathus se tourna et se dirigea vers la porte de la chambre souterraine.

« Cache ton visage avec un capuchon, Mathus. Il ne faut surtout pas leur montrer tes yeux », dit le roi Ruthar en s'allongeant sur la dalle en marbre froid.

Aussitôt l'ancien parti, Dauthus se pelotonna confortablement dans le corps du roi. Tout se déroulait comme l'avait prévu le Démon. Quatre œufs avaient éclos. Un d'entre eux avait tué l'ancien, Mathus, le membre des Erudicia le plus digne de confiance. Et maintenant, il portait le corps du vieux et menait à bien sa mission : monter les Elfes contre leur prince.

Dauthus avait confié un des œufs à ce Tug repoussant avant que ce dernier n'emprunte le portail pour se rendre à Ottawa. Les ordres du Tug venaient directement du Démon : attrape la fille et empare-toi des pierres de sang. Sa Maîtresse faisait bien d'enlever à cette insignifiante jeune fille la source de ses pouvoirs magiques. De cette manière, elle ne risquerait pas de contrecarrer les plans d'évasion du Démon. Bientôt, la fille et les pierres seraient entre les mains sans vie de Dauthus. Il avait l'intention de tuer la fille et de réduire les pierres en poudre.

Mais que faire au sujet du prince ? se demanda-t-il. Devait-il informer le Démon que l'héritier était encore en vie ? Devait-il embêter la Grande Dame avec cette bagatelle ? Non. Ce petit braillard avait lâchement pris la fuite dès les premiers signes d'ennui, comme un vilain garnement que l'on aurait pris sur le fait. Dauthus ouvrit sa bouche et siffla avec jubilation. Ellesmere était une île, après tout. Il y avait seulement trois moyens de s'enfuir. Le premier était le portail dans le parc à l'extérieur du Hall, qui était maintenant sous le contrôle de Dauthus. Le deuxième était par bateau, mais le port était tellement sous haute surveillance que même une souris ne serait parvenue à se rendre jusqu'aux quais. Le prince pouvait s'enfuir d'une troisième manière, et le serpent frémissait juste à y penser. Il pouvait nager.

Dauthus avait entendu les histoires que racontaient les Elfes au sujet de la créature qu'ils appelaient Dilemme et qui vivait dans les eaux du lac Léanora. Il n'avait jamais vu la créature, mais il se l'imaginait gigantesque, noire et gonflée, comme une boule faite d'un pétrole particulièrement épais. Ses yeux énormes étaient complètement blancs, et parfaitement inutiles. Et sa peau était un réseau de veines qui palpitait et qui ressemblait à la toile d'une araignée. Sa peau lui servait à piéger et à retenir sa proie, tandis qu'elle déchiquetait la chair de sa victime avec ses grandes griffes, le lac devenant alors aussi rouge que de la pâte de tomate. Les Elfes racontaient que la bouche de Dilemme était un gouffre béant, muni d'une double rangée de dents irrégulières. Les poissons et les autres habitants du lac fuyaient tous devant le monstre, et parfois, ils se montraient chanceux. Mais un simple humain, lui, n'avait aucune chance de s'en sortir.

Un bruit, tout près, lui fit perdre le fil de ses pensées. Il déroula son corps couvert d'écailles lisses et manipula le roi de manière à ce qu'il s'assoie. Il détecta avec ses yeux reptiliens un mouvement dans l'obscurité, près d'une colonne à sa gauche. Il attendait, le corps tendu, prêt à attaquer.

Une silhouette courte et trapue émergea de l'ombre. C'était un sale Nain. Dauthus cracha, dégoûté. Mais il remarqua que la créature tenait dans ses mains une hache affûtée et qu'une épée pendait à sa ceinture. C'est alors que la créature laissa échapper de sa bouche une série de sifflements courts et stridents. À vrai dire, cela ressemblait à un éclat de rire.

« Donne-moi les pierres de sang. » C'était un ordre.

« C'est la jeune fille qui les a », siffla le Nain qui avait été Malcolm. « Le druide l'a amenée avec lui. »

« COMMENT OSES-TU ÉCHOUER ! » En un battement de cœur, Dauthus attaqua le Nain, crachant du venin sur son visage.

Malcolm laissa tomber sa hache et, poussant un cri ressemblant à une bouilloire qui siffle, posa ses mains sur sa peau qui crépitait.

« Tu es déjà mort, mon frère », dit Dauthus. « *Elle* ne se contentera pas de faire quelques trous dans ta peau d'incapable. »

« Je ne suis pas un autre de tes lèche-bottes », dit Malcolm d'une voix rauque, se tenant hors de portée du roi. « J'ai suivi les ordres. N'ai-je pas trouvé la fille ? N'ai-je pas fouillé sa maison ? Je me suis lié d'amitié avec elle et elle m'a dit où elle avait laissé les pierres. Je suis allé à son école et j'ai fouillé partout, mais elles n'étaient pas là. La petite m'avait menti. C'est elle qui les avait depuis le début. »

« Qu'est-ce que le druide vient faire dans tout cela ? » Dauthus savait combien sa Maîtresse le détestait, cet ami des Elfes. « Comment a-t-il pris connaissance des plans de notre Maîtresse ? Comment savait-il pour la fille ? »

« Qu'est-ce que j'en sais ! » siffla Malcolm. « Peut-être en as-*tu* trop dit aux mauvaises personnes. »

« Silence ! » Le regard de Dauthus était plein de rage. « C'est vraiment du travail bâclé, mon frère. Et c'est pourquoi tu n'es pas indispensable. Fais donc bien attention. Où sont le druide et la fille ? »

« L'animal de compagnie de la Haine suit leurs traces. »

« Trouve-les, tue le druide et amène-moi la fille et les pierres de sang. »

Malcolm cracha par terre et sortit de la salle d'un pas lourd.

CHAPITRE 23

DES QUESTIONS POUR LE DRUIDE

es compagnons d'Ottawa tantôt marchaient, tantôt montaient à cheval. Le druide et le Nain, Emmet, marchaient devant eux d'un pas décidé, comme s'ils connaissaient par cœur le chemin pour Dunmorrow. Miranda était de bonne humeur après avoir réussi à rattraper quelques heures de sommeil. Mais après avoir passé de longues heures à parcourir des sentiers accidentés, elle et ses jeunes amis avaient des courbatures. Pénélope se plaignait d'avoir des ampoules sur les fesses.

« Avez-vous déjà remarqué que les filles se plaignent toujours ? » chuchota Nicholas à Emmet.

Le Nain lui lança un regard hargneux puis accéléra le pas pour se distancer du garçon. Nicholas soupira. Bon, il avait essayé. Qui avait dit qu'il devait être aimable avec ce méchant petit avorton ? Il affichait toujours un air suffisant et n'arrêtait pas de regarder Nicholas comme s'il était un idiot. *Qu'est-ce que ça peut bien faire ?* pensa le garçon. *J'aimerais bien savoir ce qu'il a fait pendant ce périple pour se rendre utile. Rien, autant que je sache.* Pour toute l'aide qu'il nous a apportée, il aurait aussi bien pu rester dans les tunnels sous la colline du Parlement.

Nicholas hocha la tête pour ne plus penser à Emmet. Bien qu'il n'aimât pas le type, il avait hâte d'arriver à Dunmorrow et de voir ce que le roi Gregor et les Nains avaient fait de leur nouveau pays. Il se souvenait de Dundurum — avec ses larges boulevards taillés à même la montagne — avec autant de peine que lorsqu'il pensait à son grand-père qui était mort il y a deux ans de cela. Son grand-père n'aurait pas dû mourir et Dundurum n'aurait pas dû disparaître. Il n'en revenait pas que quelque chose d'aussi fantastique que la vie pût prendre fin en une seconde. Ou que des milliers d'années de travail et d'histoire pussent se volatiliser en un clin d'œil. Ce n'était pas juste !

À mesure que la compagnie s'éloignait du Désert de glace, le vent se calmait de plus en plus et le grésil se transforma graduellement en une bruine légère. En début de soirée, on pouvait voir des pans de ciel bleu se pointer à travers les nuages épais. Et la pluie finit par s'arrêter. Le druide regarda les jeunes : ils étaient tellement fatigués qu'ils ressemblaient à des zombies. Il indiqua un groupe de sapins géants. « Il y a une clairière de l'autre côté de ces arbres. Nous allons y passer la nuit.

« Allez, hue ! » cria Arabella, guidant Tonnerre à travers les arbres. Une fois arrivée à la clairière, elle se glissa en bas du grand cheval brun. Ses jambes faiblirent en touchant le sol et elle faillit tomber.

Miranda se laissa tomber sur le sol, près d'un arbre. Pénélope ouvrit la fermeture éclair de son blouson et Muffy se sauva. Elle courait en cercle tout en jappant, comme pour avertir les animaux sauvages de la forêt de se tenir à l'écart de son territoire.

Nicholas et Arabella dessellèrent les chevaux, et les brossèrent en utilisant des morceaux des collants en laine rouge de Nicholas. Ils laissèrent les chevaux brouter l'herbe. Emmet et le druide eurent une conversation à mots couverts, après quoi Emmet disparut. Miranda se sentait coupable d'être assise là, contre le tronc d'un arbre, à rien faire. Les jeunes applaudirent lorsque Naim pointa son bâton vers une pile de bûches et alluma un feu. Pénélope ouvrit le sac en plastique qu'elle avait amené d'Ottawa et partagea ce qui lui restait de nourriture avec les autres. Le fromage Brie et les sandwichs à la gelée de pommes sauvages n'étaient plus bien frais, mais ils les dévorèrent en un rien de temps. Ils firent descendre le tout avec du thé glacé. Par la suite, au grand étonnement de Pénélope, tout le monde s'entendit pour dire que cela avait été le meilleur repas de leur vie.

Plus tard, pendant que Naim était allé voir les chevaux, Miranda et ses amis s'étaient assis en tailleur autour du feu, discutant amicalement. Pour la première fois depuis qu'ils avaient franchi le portail de Kingsmere, ils se sentaient au chaud.

« Est-ce qu'il vous arrive de penser à la mort ? » demanda Nicholas tout à coup. Il remua les braises avec une branche, ce qui libéra une pluie d'étincelles qui scintillèrent comme une nuée de lucioles avant de s'évanouir dans la nuit.

« Non », dit Pénélope. « Cela servirait à quoi ? De toute manière, il faut déjà penser à trop de choses. Pas besoin d'en rajouter. »

« Ça m'arrive », dit Arabella. « Parfois, je me demande ce qui m'arriverait si mes parents mouraient dans un accident. »

« Et toi, Mir ? As-tu peur de mourir ? »

Miranda ne répondit pas tout de suite. Elle était sur le point de dire oui, mais quelque chose la fit hésiter. « Cela dépend », dit-elle. « Lorsque j'ai conjuré le Démon à Dundurum, et qu'elle se trouvait tout à coup là devant moi, j'ai pensé que j'allais mourir et j'étais vraiment terrifiée. Mais seulement parce que je risquais de mourir à ce moment-là. Mais, en temps normal, je ne pense pas trop à la mort. »

« Crois-tu qu'il y a une vie après la mort ? »

Miranda se tourna pour regarder Nicholas. Il avait un air pensif. Elle se demanda ce qui lui avait fait penser à la mort tout à coup. « Je ne sais pas », dit-elle. « Ce serait bien s'il y en avait une. »

« Je parie que le druide le sait », dit Pénélope. « Pourquoi ne pas lui demander ? »

« Me demander quoi ? » dit le druide alors qu'il rejoignait les enfants. Il s'assit sur une grosse pierre située près du feu.

« Y a-t-il une vie après la mort ? » demanda Nicholas.

Le vieil homme fixa le feu du regard sans dire un mot. Il avait l'air tellement plongé dans ses pensées que personne n'osa l'interrompre. Puis, il hocha la tête et leva les yeux vers Nicholas. « Je suis incapable de répondre à ta question parce que je ne connais pas moi-même la réponse. »

« Alors », soupira Nicholas, « à quoi bon tout cela, s'il n'y a rien à la fin ? »

Naim rit. « C'est une très bonne question, mon ami. On se la pose depuis le commencement du monde. Malheureusement, ta question est plus sage que toutes les réponses. » Il devint sérieux, fixant le garçon du regard. « Tu es très jeune, Nicholas. Je te conseille de te préoccuper plutôt de la vie ici-bas. »

« C'est justement le problème », dit Nicholas. « La vie n'a pas de sens s'il n'y a rien après. »

« Crois-tu vraiment cela ? » demanda le druide, en levant les sourcils. « Admettons, pour les besoins de la discussion, qu'il n'y a rien à la fin. Dirais-tu, alors, que nous n'avons plus aucune raison de faire des lois ? »

« Eh bien ! non », dit Nicholas. « Ce serait assez épouvantable si les gens pouvaient faire tout ce qu'ils veulent, s'ils pouvaient faire du mal aux autres ou les voler. »

« S'il n'y a pas de vie après la mort, avons-nous une raison de chercher les remèdes contre les maladies ? Ou une raison de nous faire de nouveaux amis ? »

Nicholas fit pensivement oui de la tête.

« Tu vois ? Je peux seulement répondre à tes questions par d'autres questions. Je ne dirais pas non à une vie après la mort, mais si je meurs et qu'il n'y a rien après, à quoi me servira de connaître la réponse ? »

« Ouf ! » dit Arabella. « C'est profond tout ça. »

Le druide tapota la tête d'Arabella. « Oui, cela l'est », dit-il doucement.

« Pourquoi y a-t-il des druides ? »

« J'avais oublié combien les enfants de votre monde aimaient à poser des questions. »

Les enfants éclatèrent de rire. Puis, ils bondirent sur l'occasion et bombardèrent l'homme de questions.

« Est-ce que tous les druides ont un bâton ? »

« Pourquoi y a-t-il un trou noir dans la Voie lactée ? »

« Pouvez-vous nous rendre invisibles ? »

« Pourquoi pouvons-nous voir la lumière provenant des mondes distants seulement des millions d'années plus tard ? »

« Est-ce que notre planète sera un jour avalée par un trou noir ? »

« Qu'est-ce qu'un continuum ? »

Naim leva les bras de désespoir, mais son rire réchauffa le cœur des jeunes. « C'est assez ! J'ai la tête qui tourne à cause de vous. Je vais répondre à la question d'Arabella. » Il se leva avec l'aide de son bâton. « Le premier druide a été Currer. Il a vécu il y a des milliers d'années de cela, lorsque le Démon gouvernait les contrées des ténèbres. »

Les compagnons échangèrent des regards. C'était du nouveau.

« Qu'est-ce que les contrées des ténèbres ? » demanda Pénélope.

« Je vais y venir au moment opportun », dit le druide en regardant la jeune fille avec un air de reproche. « Taog — c'est ainsi que le Démon s'appelait elle-même à l'époque — s'éloignait de ses terres seulement pour leurrer les hommes avec des promesses d'immortalité. En échange, ils devaient se mettre à son service. Plusieurs d'entre eux se joignirent à elle, à leur grand malheur. Sur une période de plusieurs siècles, elle parvint à lever une redoutable armée de Tugs. (Vous avez déjà eu affaire avec ces créatures mortes-vivantes.) Personne ne prêtait attention à elle, pour la simple raison qu'ils ignoraient ce qu'elle préparait. Peu de chemins mènent dans les contrées des ténèbres. Et pour autant que je sache, les seules créatures à y être entrées vivantes le firent en compagnie de la Haine. Sauf Currer. »

« J'ignore comment Currer a réussi à franchir l'orage violent qui ceinture les contrées des ténèbres, mais il y est arrivé. Et il est revenu. Lorsqu'il entra, il était un jeune homme, quelques années de plus que toi, Nicholas. Mais lorsqu'il sortit quelques mois plus tard, il était vieux et ridé. Même ses amis ne le reconnaissaient plus. Il a vécu juste assez longtemps pour réunir trois hommes et deux femmes, qu'il a ensuite formés pour qu'ils utilisent leurs pouvoirs afin de combattre le mal. »

Il s'éloigna du feu et s'assit sur le sol, appuyant son dos contre un arbre. « Il y a toujours eu cinq druides depuis le temps de Currer. Nous avons fait serment sur notre vie de trouver le mal et de le détruire. »

« Il faut mettre combien de temps avant de devenir un druide ? » demanda Arabella.

« Une éternité », répondit Naim d'un ton cassant. Il enroula sa cape autour de lui, ferma les yeux et se tut.

C'était le signal qu'il était temps de se coucher. Les jeunes compagnons se couchèrent en boule par terre près du feu, chacun perdu dans ses pensées. Muffy se blottit dans les bras de Pénélope et ferma ses petits yeux. Miranda songea à la prophétie. *Il était question de serpents capables de marcher.* Cela la rendait mal à l'aise. Elle essaya de se rappeler pourquoi elle avait cru que le serpent de Kingsmere était sorti de la forme noire sur le sol, et pourquoi elle avait pensé à Malcolm à ce moment-là. Est-ce que Malcolm était un serpent ? Non, il était un Nain. Elle ne comprenait plus rien. Elle contempla le ciel jusqu'à ce que ses paupières se ferment. Tandis que le petit groupe se laissait gagner par le sommeil, le seul son venant briser le profond silence était le crépitement des bûches dans le feu mourant.

Plus tard, les aboiements de Muffy détonèrent dans le silence de la nuit comme des coups de fusil. Miranda se redressa, son cœur battant à grands coups. Le feu était mort et il faisait si noir qu'elle ne pouvait pas voir ses mains. Mais elle pouvait entendre ses amis se déplacer autour d'elle. « Nick, qu'est-ce qui se passe ? »

Puis, Muffy s'arrêta brusquement d'aboyer. C'était Pénélope qui l'empêchait de japper en lui serrant le museau avec sa main.

« Shhh ! » chuchota Nick. « J'ai entendu quelque chose dans les arbres, et puis Muffy s'est mise à japper. »

« Qu'est-ce que c'est ? »

« Je ne sais pas, mais je n'aime pas ça. »

« Je vais aller chercher Naim », chuchota Miranda. Elle rampa jusqu'à l'endroit où le druide s'était installé pour la nuit. « Naim ! » chuchota-t-elle.

« Silence ! Ne bouge surtout pas », répondit-il.

Miranda se changea en pierre, tombant à plat ventre contre le sol. Elle plissa les yeux, essayant de voir dans le noir. Un grognement sinistre s'éleva dans la nuit tandis que l'obscurité s'épaississait devant elle. Une silhouette noire se matérialisait devant elle, aussi imposante que les arbres géants autour du campement. Miranda frissonna. Le Tug était là, dans l'obscurité, depuis le début. Invisible, il avait observé et attendu le moment propice pour agir.

L'ombre noire s'approcha d'elle, la paralysant. Elle regardait, sans défense, les yeux rouges de la créature s'agrandir de plus en plus. Elle savait qu'elle était à deux doigts de la mort, et elle voulait s'enfuir, mais son corps refusait de lui obéir. Elle ferma les yeux et pria pour qu'il y ait une vie après la mort.

CHAPITRE 24

L'EMBUSCADE DE NUIT

ne chose indistincte, couleur vert néon, passa en flèche à côté de Miranda et attaqua le Tug, grognant aussi férocement qu'un animal cent fois plus gros. L'attaque courageuse, mais stupide, du caniche poussa enfin Miranda à agir. Elle s'accroupit, puis avança avec précaution vers les arbres. Elle posa sa main tremblante sur le petit sac argenté qui pendait à son cou. Serrant fortement les pierres de sang, elle plaqua son corps contre un gros tronc d'arbre. Au début, elle ne voyait rien. Puis, une des pierres, la pierre de vision, aspira les pensées de la fille en elle. Les formes indistinctes qui bougeaient autour de Miranda devenaient de plus en plus consistantes, prenant la forme de créatures vivantes. Cela coupa le souffle à Miranda. Il y en avait des centaines.

C'était d'imposantes créatures au teint pâle. Et elles étaient partout, plantant leurs lances dans le sol. À cause de leurs vêtements sombres, leurs visages pâles donnaient l'impression de lunes pleines de bosses flottant dans l'obscurité. Quelles sortes de créature étaient-ce ? Miranda n'arrivait pas à repérer ses amis au milieu de ces silhouettes massives. Elle chercha du regard la silhouette de grande taille du druide, mais lui, non plus, elle ne le voyait nulle part.

Puis, elle l'entendit, et sa voix était terrifiante : « QUITTEZ CET ENDROIT, IMMÉDIATEMENT ! » cria-t-il.

Quelques secondes plus tard, un torrent de feu blanc jaillit des arbres à environ cent mètres de Miranda. Il s'abattit sur une des silhouettes pâles, la catapultant dans les airs. Sous les yeux horrifiés de Miranda, la créature sembla fondre dans les flammes blanches, hurlant de douleur jusqu'à ce que le feu la consume complètement. Le spectacle la rendait malade. Elle avait vu Naim déchaîner le feu druidique une fois déjà, contre Indolent le sorcier, et son pouvoir l'avait terrifiée. Il l'avait terrifiée à l'époque, et il la terrifiait en ce moment.

En utilisant les pierres de sang, Miranda balaya du regard la clairière. Elle reconnut la silhouette robuste d'Emmet, les jambes solidement plantées au sol, brandissant une épée dans une main et une hache dans l'autre. Les créatures se jetaient sur lui sans relâche. Comme les autres Nains, Emmet était un guerrier fort et courageux, mais il y avait un si grand nombre de ces étranges créatures qui l'attaquaient en même temps qu'il ne pouvait les vaincre toutes. Puis, du coin de l'œil, elle vit un reflet métallique.

« Nick ! » cria-t-elle. Mais son cri n'était qu'un chuchotement dans l'ouragan autour d'elle.

Nicholas était caché entre deux rochers se trouvant derrière le druide lorsque Naim ordonna aux assaillants de partir. Cela ne l'étonna pas beaucoup lorsqu'ils ignorèrent l'avertissement du vieil homme. Naim n'adressa plus la parole aux ennemis. Il leva son bâton et arrosa une des créatures avec un jet de feu blanc. Nicholas en eut le souffle coupé. Soudain, le garçon en eut assez de se cacher ; il en avait assez d'être poursuivi par des créatures qu'il n'avait jamais rencontrées. Il sortit de sa cachette et se dirigea à pas de loup vers le druide. Il était à présent debout, aux côtés de Naim. Il remarqua que le druide avait les yeux rivés sur la douzaine de créatures qui s'en prenaient à Emmet. Le Nain se défendait bien, mais Nicholas savait que ce n'était qu'une question de temps avant qu'elles n'aient le dessus.

Le druide tira un autre jet de feu blanc, incinérant un autre assaillant et brûlant grièvement plusieurs autres. Mais Nicholas vit le problème tout de suite. Naim ne pouvait pas prendre le risque d'utiliser le feu contre la bande qui resserrait son étau autour d'Emmet, car il avait peur de le tuer.

« Mais c'est quoi ces créatures ? »

« Des trolls ! » dit brusquement le druide, sans tourner la tête. « Va te mettre à l'abri, petit. » Sa voix grondait comme le tonnerre. « Tout de suite ! »

« Non », dit Nicholas. « Je veux aider Emmet. »

L'homme éclata de rire. Et son rire était terrifiant, comme si un géant se moquait de la sottise d'une fourmi. Le garçon rougit.

« Je dispose de mes pouvoirs. Tu disposes seulement de bonnes intentions. Maintenant, fais ce que je dis. Vas-t-en ! »

« Non ! » s'écria Nicholas avec colère. « J'ai mon épée. » Et puis, il la tira de son fourreau et, avant que le druide n'ait eu le temps de l'arrêter, il se précipita pour aider le Nain.

Emmet leva les sourcils en voyant le garçon de douze ans charger à travers la masse de trolls, esquivant en chemin une douzaine de coups de lance. Mais il se contenta de grommeler lorsque Nicholas se posta à ses côtés pour faire face aux assaillants. Pendant une seconde, Nicholas resta paralysé par la peur en voyant autant de créatures hideuses se jeter sur lui avec leurs lances. Il regarda l'épée dans sa main, comme s'il ne savait pas comment elle s'était retrouvée là ni ce qu'il était censé faire avec elle. Puis, en un éclair, les leçons que lui avait données Laury, le capitaine des Cavaliers du roi, lui revinrent à l'esprit.

« Pour les cavaliers ! » cria-t-il en attaquant la créature le plus près de lui. Sa lame en acier mordit profondément dans la chair du troll, lui coupant le bras aussi facilement que si c'était du beurre mou. Nicholas eut mal au cœur en voyant la tache sombre sur sa lame, mais il n'eut pas le temps d'être malade, parce qu'une autre créature l'attaqua, le faisant tomber sur le dos. Puis elle bondit sur lui. Son cœur battant à vive allure, Nicholas se roula sur le côté pour se mettre hors de portée de son adversaire, et bondit sur ses pieds.

À la lueur d'une autre explosion de feu druidique, il vit une silhouette pâle se dessiner derrière Emmet. Il tenta de l'avertir, mais le Nain avait déjà les mains pleines avec une horde de trolls qui l'attaquaient par-devant et sur les côtés. Sachant qu'il ne pouvait pas rejoindre l'assassin à temps, Nicholas lança son épée. L'arme tournoya dans les airs et transperça le bras du troll avant de venir se loger dans ses côtes.

Hurlant de douleur, le troll laissa tomber sa lance et s'éloigna en titubant, essayant d'extraire l'épée. Se rendant compte qu'il venait de lancer son seul moyen de défense, Nicholas se précipita vers un troll qui gisait au sol, à la recherche d'une lance. Il vit quelque chose dépasser sous la créature morte, saisit la hampe et la dégagea. C'est alors que des mains griffues se saisirent du garçon et le firent pivoter. Avant qu'il n'ait eu le temps de donner un coup de pied à son assaillant, on lui asséna un coup violent au visage. Il était sans connaissance lorsque le troll le hissa dans les airs pour ensuite le fourrer dans un grand sac.

« Ils ont attrapé Nick ! » cria Miranda, se précipitant vers le garçon. Mais elle eut le temps de faire quelques pas seulement lorsqu'une main puissante la saisit par le bras et la ramena sous le couvert des arbres.

« Reste ici », rugit le druide, tenant fermement le bras de la fille. « C'est toi qu'ils veulent, et les pierres de sang. »

« Mais... Nick... » sanglota Miranda, sans pouvoir se retenir.

Et puis, son cœur s'arrêta lorsqu'elle vit la petite silhouette d'Arabella surgir de nulle part et se jeter sur le ravisseur de Nicholas. « Dépêchez-vous ! Faites quelque chose » cria-t-elle, se débattant pour dégager son bras de la poigne de fer du druide. Elle ressentait chaque coup que le troll donnait à Arabella, comme si c'était elle qu'on frappait.

Mais Naim n'écoutait pas et Miranda comprit vite pourquoi. Il cherchait un point faible dans le mur d'assaillants qui déferlait autour d'eux. Puis, le druide se mit à grandir sous les yeux stupéfaits de Miranda. Bientôt, sa silhouette gigantesque surplombait le champ de bataille. Les premiers trolls à arriver reculèrent en poussant un hurlement de terreur, faisant tomber à la renverse ceux qui les suivaient. Dans leur précipitation à fuir devant ce géant qui les menaçait avec ce redoutable bâton de feu, ils piétinèrent leurs compagnons tombés au sol.

Miranda se ferma les yeux et se concentra sur les trolls en fuite. Lorsqu'elle ouvrit enfin les yeux, elle fut stupéfaite de voir le druide se diviser et se multiplier en une douzaine de copies de lui-même, toutes aussi terrifiantes les unes que les autres. Puis, chacune des versions du druide se lança à la poursuite des assaillants. Après quelques minutes, il n'y avait déjà plus un seul troll dans la clairière. Le druide en avait le souffle coupé. Il se tourna vers Miranda avec un air surpris : « Comment as-tu fait cela ? »

« Quoi ? » demanda Miranda, d'un ton perplexe.

« Je ne sais pas », dit Naim. « Mais je me suis senti devenir multiple. Qu'est-ce que tu as fait avec les pierres ? »

« Rien », dit Miranda. « J'ai essayé de penser à quelque chose qui éloignerait les trolls. »

« Je ne possède pas ce pouvoir », murmura Naim avec stupéfaction.

« J'ignore ce que j'ai fait », dit Miranda en haussant les épaules. « Mais cela a marché. » Elle regarda autour d'elle, surprise qu'il n'y eût aucun signe qu'une bataille venait d'avoir lieu à cet endroit. Les trolls avaient emmené Nicholas et Emmet, les transportant dans des sacs. Il n'y avait aucun signe d'Arabella ou de Pénélope. Miranda espérait qu'elles étaient cachées dans un endroit sûr. Il n'y avait aucun signe du Tug. Aucun corps de troll ne gisait dans la clairière. « Où sont passés tous les corps de trolls ? »

« Les trolls récupèrent toujours leurs morts », répondit Naim, froidement.

« Mais vous m'avez dit que les trolls se détestent mutuellement. Cela ne peut pas être vrai, sinon ils n'auraient pas assez de compassion pour ramener leurs morts à la maison. »

« Ce n'est pas la raison pour laquelle ils récupèrent leurs morts », dit le druide. Il n'aimait pas du tout vers où se dirigeait cette conversation. Il s'éloigna un peu plus loin et se pencha, comme s'il examinait le sol. Mais Miranda le suivit.

« Pourquoi, alors ? » insista-t-elle.

« Miranda, je ne souhaite pas poursuivre cette conversation. »

« Dites-le donc. Je ne vous embêterai plus avec ça. » Elle devint blême tout à coup. « Ils les mangent, c'est ça ? » murmura-t-elle. « C'est pourquoi vous ne vouliez pas me le dire. »

Avec un air malheureux, l'homme fit oui de la tête. « Mais… »

Miranda l'interrompit. « C'était des trolls de maréca- ge, n'est-ce pas ? » Sa voix devint triste tout à coup « Ceux qui ont tué mon père ? » dit-elle, au bord des lar- mes.

Naim inspira à fond, puis expira lentement. Se redressant, il se tourna vers Miranda et hocha la tête. « Mais ils ne mangent pas les humains. »

Miranda renifla. « C'est juré ? »

« Je le jure », dit le druide solennellement.

Miranda était soulagée d'apprendre qu'ils ne man- geaient pas les humains. L'idée qu'ils auraient pu dévo- rer son père lui était impossible à supporter. Mais parler ainsi des trolls de marécage raviva un espoir. Elle n'avait jamais connu son père. Elle savait seulement qu'il était allé seul dans le Marais pour négocier un accord de paix avec les trolls, et qu'on ne l'avait plus jamais revu depuis. Les trolls prétendaient l'avoir tué. Et s'ils mentaient ? Et s'il était toujours vivant et le gardaient prisonnier dans le Marais ?

Miranda voulait connaître la vérité. Non, elle avait *besoin* de connaître la vérité. Elle voulait absolument poursuivre les trolls jusqu'à leur contrée, non seulement pour délivrer Nicholas et Emmet, mais aussi pour découvrir ce qui était vraiment arrivé à son père.

En pensant à ce père qu'elle n'avait jamais connu, elle avait complètement oublié la clairière et le druide. C'est le bruit de quelqu'un qui pleurait qui la ramena sur terre. Il faisait à présent assez clair pour voir, et elle parcourut la clairière du regard pour trouver celui ou celle qui pleurait. Elle vit alors une petite silhouette, assise par terre près de l'endroit où le Tug l'avait attaquée plus tôt.

C'était Pénélope. Elle se balançait d'avant en arrière. Miranda fonça vers la fille, craignant ce qu'elle allait y trouver. « S'il vous plaît, faites qu'elle n'ait rien », pria-t-elle, gardant ses yeux sur les épaules de Pénélope. Ses yeux se remplirent de larmes lorsqu'elle vit la raison pour laquelle son amie pleurait. Le petit corps vert reposait, immobile sur les genoux de Pénélope, sa fourrure étant tâchée de sang. Pénélope arrêta de se balancer et leva son visage baigné de larmes.

« Regarde ce qu'ils ont fait, Mir. Ils ont tué Muffy. »

CHAPITRE 25

DÉCISIONS DIFFICILES

e druide posa doucement ses mains sur la forme immobile, couverte de sang. Il cherchait des signes de vie. Le corps de Muffy était froid sous son pelage vert. *Un très mauvais signe,* pensa Naim, en secouant tristement la tête. Mais c'est alors qu'il la sentit, une pression à peine perceptible sur sa main, comme si l'aile d'un papillon lui avait frôlé la peau.

« Le chien est vivant », dit-il, stupéfait qu'une créature aussi fragile ait pu survivre à un affrontement avec un Tug. « Mais elle a été gravement blessée. Elle a perdu beaucoup de sang, surtout à cause de la blessure à son flanc et de sa queue, qui a été arrachée. Elle est en état de choc et elle ne survivra pas une heure de plus si elle ne reçoit pas de soins. »

Pénélope saisit la manche du druide. « S'il vous plaît, ne la laissez pas mourir », supplia-t-elle.

« Je vais faire ce que je peux pour la garder au chaud et pour arrêter l'hémorragie », dit Naim. « Maintenant, il faut travailler en équipe. Je vais tenir l'animal.» Il ne pouvait se résoudre à dire *caniche* ou *Muffy*. «Vous devez trouver ce dont j'ai besoin». Il était probablement trop tard pour le petit chien, mais donner des tâches à Miranda et à Pénélope les tiendrait occupées et les empêcherait de penser à l'animal mourant.

Il leur indiqua ce dont il avait besoin et elles se dépêchèrent pour exécuter ses ordres. Miranda ramassa des brindilles sèches pour le feu. Pénélope prit une outre et versa de l'eau dans une casserole et la mit à bouillir sur le feu. Puis, elles fouillèrent dans les douzaines de poches à l'intérieur de la cape de Naim pour trouver des herbes et des racines médicinales, prenant soin d'éviter les poches que le druide leur avait interdit de toucher.

Une fois l'eau en ébullition, Pénélope en versa une partie dans un contenant pour nettoyer les blessures du chien. Ensuite, elle versa un peu d'eau bouillante dans une minuscule fiole, ajouta une pincée d'une substance mauve (provenant d'une des poches de Naim) et mit la fiole de côté pour la laisser refroidir. Elle vida quatre ou cinq sachets étranges dans ce qui restait de l'eau, et remua les ingrédients avec une petite branche jusqu'à ce qu'ils forment une pâte épaisse comme le gruau.

Tenant une touffe de poils de Muffy entre ses doigts, Miranda tentait de couper avec des ciseaux les poils autour des blessures du chien. Mais elle avait tellement peur de lui faire du mal qu'elle ne pouvait s'empêcher de trembler. «Je n'y arriverai pas», dit-elle.

«Laisse-moi faire», dit Pénélope, en prenant les ciseaux des mains moites de Miranda. «J'ai l'habitude avec les chiens.» Elle se pencha par-dessus Muffy et coupa des touffes de poils collants autour des blessures du petit chien. Elle nettoya ensuite ses blessures, tandis que Miranda appliquait la pâte épaisse sur la profonde blessure que Muffy avait à son flanc. Elles procédèrent de la même manière avec ce qui restait de la queue du chien. Miranda enroula tellement de lanières de tissu autour du moignon qu'il finit par ressembler à une balle de ping-pong blanche.

Après avoir pansé les blessures de l'animal, elles fixèrent des attelles à ses membres brisés. Prenant la fiole, Miranda versa ensuite quelques gouttes dans la bouche de Muffy, tandis que Pénélope la tenait ouverte. Pénélope enveloppa le chien dans ce qui restait des collants en laine rouge de Nicholas et, avec précaution, coucha le caniche dans son blouson.

Après avoir terminé, les trois compagnons se regardèrent et poussèrent de profonds soupirs. Naim se tourna vers Pénélope. « Tu dois maintenant nous quitter et partir pour Dunmorrow. Les Nains vont faire ce qu'ils peuvent pour sauver ton chien. »

Miranda regardait l'homme avec stupéfaction. « Qu'est-ce que vous voulez dire par là ? Elle ne peut pas partir, vlan ! comme ça, à Dunmorrow. Elle ne sait même pas comment s'y rendre. »

« C'est vrai », admit le druide. « Mais elle sera avec quelqu'un qui connaît le chemin. » Il prit son bâton et le pointa vers le ciel.

Miranda et Pénélope regardèrent dans la direction indiquée par le druide. Elles virent, en plissant les yeux, une petite tache dorée dans le ciel. Et elle grossissait à vue d'œil : elle se dirigeait à toute vitesse vers eux. Un grand sourire apparut alors sur le visage de Miranda. Mais en jetant un coup d'œil vers Pénélope, elle fut étonnée de voir que son amie avait l'air terrifiée.

« Oh ! non ! » s'écria Pénélope, serrant le bras de Miranda tellement fort que Miranda poussa un cri.

« Tout va bien », dit Miranda, se demandant ce qui lui prenait. « C'est Charlemagne. »

« Es-tu sûre ? Ce n'est pas le dragon ? »

Miranda rit. « Non, ce n'est pas Typhon. »

Pénélope vivait dans la peur de Typhon, le dragon gigantesque qui gardait le trésor de sa Clique de dragons. Lors de leur dernier voyage, elle avait volé un énorme rubis d'une grande valeur dans le trésor du dragon. Et Typhon l'avait attrapée sur le fait, l'avait jugée et trouvée coupable. Les autres jeunes ne parlaient jamais de la punition devant Pénélope, mais ils en riaient encore dans son dos.

Le grand aigle à deux têtes fondit des airs, passant par-dessus les arbres, et se posa doucement sur le sol, à quelque distance des trois compagnons. Naim se couvrit les yeux pour se protéger contre le reflet du soleil sur les pointes en or des plumes de la créature. Il s'approcha de l'oiseau géant, un sourire illuminant son visage d'habitude sévère. Lorsqu'il rejoignit l'aigle, il s'inclina solennellement.

« Bonjour ! mon vieil ami », dit-il. « Quel plaisir de te revoir ! »

L'aigle inclina ses deux têtes. « Moi de même », répondit Charlemagne poliment. Sa voix était profonde et chaude. Miranda trouvait que Charlemagne avait l'air très raffiné, comme l'idée qu'elle se faisait d'un monarque britannique. Mais elle frissonna en se rappelant que la créature cultivée devant elle était aussi un redoutable prédateur. Comme si l'aigle se sentait observé, une de ses têtes se tourna brusquement vers Miranda.

« Et ceci est l'humain, Miranda, si je ne me trompe pas. »

« Bonjour », dit Miranda, s'inclinant comme le druide. « Oui, c'est moi. » Elle saisit le bras de Pénélope et la poussa en avant « Et voici mon amie, Pénélope. »

« Heureux de faire votre connaissance », dit une des têtes de l'aigle. L'aigle inclina sa tête et tendit une de ses ailes pour prendre la main de la jeune fille.

Pénélope s'avança jusqu'à l'aigle et toucha aux plumes sur le bout de son aile. « Je suis moi aussi heureuse de faire votre connaissance », dit-elle.

Charlemagne s'excusa et s'éloigna un peu pour s'entretenir avec le druide. Mais Miranda remarqua qu'il tenait les filles à l'œil avec une de ses têtes. L'énorme créature déploya ensuite ses ailes massives et s'envola dans les airs. Il s'éleva haut dans le ciel, puis retomba en décrivant des cercles. En poussant un cri strident, il attrapa Pénélope dans ses serres en or et s'éleva dans les airs.

Miranda les regarda s'éloigner au loin. Elle se sentait seule, étrangement.

« Il est temps de partir », dit Naim doucement.

« Nous partons à la recherche de Nick, Bell et Emmet ? » demanda Miranda. Elle croyait que Bell avait probablement été capturée, elle aussi, par les trolls. « N'est-ce pas ? »

« Non », dit Naim d'un ton las. « On ne peut rien faire pour eux, pas maintenant. Notre route nous mène à l'est, vers les contrées des ténèbres. »

« Mais... on ne peut pas les abandonner. » Miranda était horrifiée. Elle ne voulait pas avouer au druide que si elle voulait se rendre à tout prix au Marais, c'était en partie pour savoir ce qui était vraiment arrivé à son père. Elle se croisa donc les bras et lui lança un regard furieux. « Je vais nulle part sans eux », dit-elle.

Naim ne répondit pas tout de suite. Il siffla les chevaux pour les faire venir et rangea ce qui restait des herbes et des racines dans les poches de sa cape. Puis, il s'assit par terre, étira ses grandes jambes devant lui et s'appuya le dos contre un rocher. « Assieds-toi, mon enfant », dit-il doucement.

Miranda s'assit en tailleur sur le sol, gardant ses distances avec le druide. « Quoi ? » dit-elle froidement.

« Les trolls amènent tes amis au Marais. À l'heure qu'il est, ils ont découvert que toi et les pierres de sang ne faites pas partie du nombre des prisonniers. Tes amis ne les intéressent pas, sauf comme moyen pour te capturer. Nos ennemis *comptent* sur toi pour courir à leur rescousse. Nous ne pouvons pas faire ça parce que nous ne pouvons pas nous battre contre la population de trolls en entier. Mes pouvoirs sont grands, mais pas si grands que cela. »

« Peut-être pas, mais les miens le sont », insista Miranda. « Vous l'avez dit vous-même. Je peux utiliser les pierres de sang. Grâce à elles, je peux me rendre invisible, trouver Nick et Bell et les aider à s'échapper. »

« Tu n'arrives même pas à contrôler les pierres de sang », dit le druide avec impatience.

« J'en suis capable, j'en suis capable ! Vous avez vu comment j'ai fait fuir les trolls. »

« Explique-moi alors comment tu as fait. »

Voyant tomber en poussière son plan pour en savoir plus sur son père, Miranda avait les larmes aux yeux. « Je l'ignore. Mais, je vous en prie, ne les abandonnez pas. »

Le druide se leva et tendit la main. « Viens. Tes amis ne sont pas aussi mal en point que tu le penses. »

Miranda prit sa main et il l'aida à se relever. « Qu'est-ce que vous voulez dire ? »

« L'aigle va parler avec le roi Gregor au sujet d'Emmet et des autres. Le sort de tes amis repose désormais entre les mains des Nains. Et ils sont assez nombreux pour tenir tête aux trolls. Moi, je ne suis qu'un seul homme. »

Miranda avait un peu honte à présent. Elle aurait dû savoir que Naim n'abandonnerait pas Nicholas et Arabella comme cela, sans faire quelque chose pour les sauver. Il agissait comme un dur, mais il n'était pas un sans-cœur. Mais sans ses amis comme excuse, comment pouvait-elle à présent convaincre le druide d'aller au Marais ?

« Je sais que tu t'inquiètes à propos de tes amis, mais je sais aussi que ce n'est pas la seule raison pour laquelle tu tiens absolument à suivre les trolls. » Naim marcha jusqu'à Miranda, se baissa sur ses talons et plaça ses mains sur ses épaules. « Est-ce que je me trompe ? »

Miranda leva ses yeux verts et croisa le regard perçant du druide. Elle n'eut pas à dire un mot. Il lut la réponse sur son visage.

« Si j'étais à ta place, je voudrais moi aussi connaître la vérité. Il n'y a rien de mal là-dedans. Mais ce n'est pas le bon moment. »

« Mais pourquoi ? On ne me laisse jamais rien décider de quoi que ce soit. » Miranda savait qu'elle se comportait comme une petite morveuse, mais elle ne pouvait pas cacher sa déception et cela la mettait en colère.

Naim réfléchit un instant. L'enfant était vexé, et il n'aimait pas l'idée d'avoir à entreprendre ce voyage périlleux avec un compagnon en colère et rebelle. Juste à y penser, il frémissait. Pendant un instant, il fut tenté de laisser la fille décider entre la contrée des ténèbres et le Marais. Miranda était sensible et intelligente. Après y avoir réfléchi, elle prendrait certainement la bonne décision. *Non !* pensa-t-il. *C'en est fini des caprices !* Il se tourna vers Miranda et lorsqu'il parla, sa voix était dure.

« Tu as déjà pris ta décision lorsque tu as accepté d'ê-
tre mes yeux dans les contrées des ténèbres. »

Miranda pâlit en entendant ces mots. Elle serra les
poings, résistant à l'envie de lui crier après, de lui dire
de partir et de la laisser tranquille. Elle le détestait pour
lui avoir rappelé pourquoi elle était ici. Elle le détestait
parce qu'il disait vrai, et parce qu'elle avait maintenant
honte d'elle-même à cause de lui.

« Es-tu en colère contre moi ? » demanda le druide
doucement.

Elle ne se faisait pas assez confiance pour répondre à
voix haute. Elle fit non de la tête, en évitant le regard
perçant de l'homme.

« Il y a une raison pour laquelle rien ne peut nous
détourner de notre objectif », dit-il. « Je ne veux pas être
cruel, mais ton père a disparu il y a plus de dix ans. Rien
de catastrophique ne risque de se produire si tu patientes un peu plus longtemps avant d'apprendre pourquoi
il a disparu. Mais si nous échouons à trouver la couronne et à la ramener à Béthanie, alors tu peux oublier ton
père, parce que ce sera la fin du monde tel que nous le
connaissons. »

« La fin du monde ? Comment ça ? » demanda
Miranda.

« N'oublie pas que celui qui porte la couronne, gouverne. Si j'ai raison — et j'ai raison la plupart du temps
— le Démon veut qu'un de ses serviteurs porte la couronne d'Ellesmere. Qu'est-ce qui arriverait à ton avis si
le Mal régnait sur la contrée des Elfes ? »

« Tous les Elfes mourraient », chuchota Miranda.

« Oui », dit Naim. « Les Elfes, les Nains, les humains
qui vivent ici et ceux qui vivent dans ton monde. Ils
mourraient tous. Et tout cela parce que le charme qui
scelle le Lieu sans Nom se briserait. »

« Ohh ! » chuchota Miranda, se rendant compte tout à coup pourquoi Naim voulait à tout prix reprendre la couronne aux werecurs. Oh ! elle savait depuis le début que c'était important, mais elle ne s'était pas rendu compte à quel point. Elle vit alors des dizaines de milliers de créatures mortes-vivantes défiler dans son esprit. Elles se déversaient du Lieu sans Nom, comme de l'eau noire jaillissant d'un barrage qui avait cédé. « Ohh ! » répéta-t-elle. « Je suis désolée. Je ne savais pas... Je n'ai pas pensé que... » Elle se tint la tête entre ses mains pour chasser ces images terrifiantes de son esprit. Elles disparurent peu à peu. Une seule image resta à la fin, celle d'une énorme silhouette noire avec une masse de serpents grouillant autour de la taille.

« Le Démon va s'échapper », dit-elle d'une voix à peine audible.

L'air sombre, le druide fit oui de la tête. « Et cette fois, il n'y aura pas de magie elfique pour l'arrêter. »

« Je suis désolée », dit Miranda. « Je me sens un peu idiote, ne voulant en faire qu'à ma tête, alors que j'ai promis de vous aider. Je suppose que je peux attendre un peu avant de savoir ce qui est arrivé à mon père. »

Naim posa sa main sur son épaule. « Tu n'as aucune raison de te sentir idiote, petite. Il n'est pas facile d'avoir à choisir entre un parent et une aventure qui va certainement être dangereuse, et peut-être même fatale. »

Miranda le suivit jusqu'au cheval. « Je vois maintenant que je n'ai jamais vraiment eu le choix », dit-elle, caressant Éclair tandis que Naim se hissait sur la selle.

« Je te promets une chose », dit le druide. Il saisit la main de la fille et la hissa derrière lui sur le cheval. « Si nous revenons en vie du royaume du Démon, je vais aller au Marais pour voir ce que je peux apprendre sur Garrett. »

Parce que les mots lui manquaient, Miranda resta silencieuse. Ce n'est que bien plus tard qu'elle lui dit enfin merci.

Le Tug était furieux. Il regardait le dos de Miranda tandis qu'elle s'approchait de ce gros cheval repoussant. Quelques secondes de plus et il se serait emparé de la fille. Et, plus tard, il aurait lancé les pierres de sang à la figure du Nain. Mais ces stupides trolls avaient attaqué avant qu'il n'en eût donné le signal. Ils avaient tout gâché. Puis, ces imbéciles s'étaient sauvés comme des poules mouillées quand le druide avait fait son petit tour de magie inoffensif. Et maintenant, la Haine était furieuse. « Tu n'es même pas capable de tuer un misérable enfant ? Est-ce que je dois en envoyer un autre pour qu'il le fasse pour toi ? » hurla-t-elle dans son esprit. Les dernières paroles de sa maîtresse lui donnèrent froid dans le dos : « N'échoue pas, sinon tu vas mourir. »

Il fit une marque dans le sol avec son pied, et aiguisa ses griffes sur l'arbre le plus proche, coupant profondément dans le tronc. Était-il à blâmer si ces traîtres de trolls étaient incapables de comprendre un ordre tout simple ? « Attendez mon signal. » C'est ce qu'il leur avait dit. Il détestait les trolls. Ces créatures étaient sales, repoussantes et imprévisibles, sauf pour leur stupidité, qui était une constante. Le Tug ne comprenait pas pourquoi sa maîtresse avait besoin d'eux. Il aurait aimé les tuer tous. Mais la Haine n'aimait pas les trolls morts. Leur sang était différent de celui des humains et des autres créatures, et c'est pourquoi le Démon le rejetait. En ce qui la concernait, un troll mort était comme un insecte mort.

Le Tug suivait du regard le druide et la fille tandis qu'ils s'éloignaient de la clairière à dos de cheval, suivis par l'autre cheval. Puis, il les suivit, ne quittant jamais la fille des yeux

CHAPITRE 26

LE MARAIS

orsque Arabella vit le troll donner à Nicholas un grand coup au visage avant de le fourrer dans un sac, elle agit instinctivement, sans réfléchir. Elle chargea, tête baissée, la créature puante, la mordit, lui donna des coups de pied et la griffa. En apercevant cette minuscule enfant humaine se ruer sur lui comme un chien en colère, avec plus de courage que de cervelle, le troll ne put s'empêcher de rire, comme si on le chatouillait. Mais cela ne l'empêcha pas d'assommer la courageuse fille, la prenant par le bras pour ensuite la mettre dans un autre sac. Il lui donna ensuite un coup de pied. Beaucoup plus tard, Arabella gémit et ouvrit un œil gonflé. Elle était dans un endroit sombre qui empestait. Elle avait mal à la tête. Elle était courbaturée et elle avait mal partout. Fermant les yeux, elle réfléchit à la situation difficile dans laquelle elle se trouvait. Elle était encore dans le sac et, à en juger par la façon dont elle était ballottée, elle devina que son ravisseur portait le sac à l'épaule et marchait rapidement. Elle tendit l'oreille pour avoir un indice de l'endroit où ils allaient. Mais les trolls ne disaient pas un mot. Les seuls sons qu'elle pouvait entendre étaient le clapotement des pieds qui marchaient d'un pas lourd dans l'eau et de longs sifflements, comme de l'air s'échappant d'un pneu. Où l'amenaient-ils ? Et qu'est-ce qu'ils comptaient faire d'elle une fois là-bas ? Est-ce que Nicholas était encore vivant ? Miranda et Pénélope avaient-elles réussi à s'échapper ? Elle ne savait pas combien de temps elle avait été dans le sac, un jour ou une semaine peut-être, mais cela lui avait semblé une éternité. Elle pensait qu'elle deviendrait folle si elle ne s'étirait pas les jambes bientôt. Et puis, elle entendit tout à coup des cris gutturaux, et le troll s'arrêta. Elle avait prié pour ce moment, mais, maintenant, l'idée de sortir du sac la terrifiait.

Le troll enleva le sac de son épaule et le secoua brutalement. Arabella tomba sur le sol humide et spongieux. Les yeux à moitié fermés, elle poussa un gémissement de soulagement en voyant Nicholas tenter de s'asseoir tant bien que mal. Emmet était là, lui aussi, dans une colère noire. Pour la première fois depuis sa rencontre avec ce grognon, Arabella était tellement contente de le voir qu'elle voulait le serrer dans ses bras.

Un des trolls lui donna un petit coup avec son pied. « Har ! Vag, espèce de salaud. Qu'est-ce qu'on a ici, hein ? »

« Dégage Bugg, espèce de vomissure », hurla le troll nommé Vag, qui était le ravisseur d'Arabella.

Bugg poussa Vag brutalement, mais l'autre tint bon. Il souleva sa lance et la brandit au visage de Bugg. « Je vais le dire à Grotch. Qu'est-ce que tu dis de ça ? »

« Har, har ! » hurla Bugg, sortant brusquement un poignard de sa ceinture et faisant mine de lui trancher la langue. « T'es pas capable de parler si t'as perdu ta langue, hein ? Espèce de cul puant. »

Les autres trolls s'éloignèrent des prisonniers, formant un cercle autour de leurs camarades qui se querellaient. Ils faisaient des paris, criaient, se poussaient et se traitaient de tous les noms. Arabella rampa jusqu'à Nicholas à l'aide de ses coudes. « Je me sens mal », dit-elle. Ensuite, elle rota une fois et vomit dans la boue.

« Hé ! Fais attention ! » s'écria Nicholas, tandis que lui et Emmet s'écartaient précipitamment. Voyant le sourire penaud d'Arabella, il sourit à son tour. « Je suppose que tu te sens mieux à présent », dit-il en riant.

« Désolée », dit Arabella. « Je crois que je me suis trop fait ballotter dans le sac. Vous allez bien ? » Elle regarda le garçon, puis le Nain silencieux.

« Qu'est-ce que tu crois ? » répondit Nicholas en serrant fermement ses bras autour de sa cage thoracique. « Je crois que j'ai quelque chose de brisé. »

« Je ne vais pas en mourir », marmonna Emmet, ignorant les blessures ensanglantées qu'il avait sur les bras.

« C'est vraiment moche », dit Nicholas, amèrement.

« Sans blague ! » dit Arabella. Elle se tourna vers le Nain. « Emmet, où sommes-nous ? »

« Le Marais », marmonna le Nain. « Le pays des trolls. Mauvais. »

Arabella regarda autour. Si c'était cela le Marais, le nom était bien choisi. Dans la pénombre lugubre, elle vit qu'ils se trouvaient sur une étendue de sol détrempé, recouvert de brins d'herbe. Au-dessus de leurs têtes, d'étranges arbres difformes masquaient le ciel, de longues branches sans feuilles s'enroulaient et s'entortillaient les unes dans les autres, comme si des mains étranglaient le bois. Arabella frissonna et baissa les yeux pour ne plus voir la voûte d'arbres menaçants.

Le long des deux côtés du sol couvert d'herbes, elle
voyait des centaines de petits bâtiments délabrés, construits sur des radeaux. « Je crois que nous sommes dans
un village de trolls », dit-elle d'un ton songeur, et puis
elle gloussa involontairement.

« Qu'est-ce qu'il y a de drôle ? » demanda Nicholas
en grognant. Il regardait son amie, comme si elle était
devenue folle tout à coup.

« Ce n'est pas vraiment drôle », dit Arabella. « J'ai
déjà écouté une émission de télévision où un type racontait qu'il faisait souvent le même cauchemar : il était
poursuivi par des villageois en colère. » Elle gloussa à
nouveau. « C'est en train de nous arriver. »

Lorsqu'elle remarqua que Nicholas et Emmet ne
trouvaient pas cela amusant, elle rougit. « Laissez tomber. Il fallait le voir pour comprendre. »

« Ce n'est pas un village », chuchota Nicholas. « Jette-
moi un coup d'œil à ces cabanes. Il doit bien y en avoir
des milliers. »

Il fut bouleversé en réalisant à quel point la ville était
énorme, et en voyant ses habitants s'affairer autant. Il
n'avait jamais considéré les trolls comme une menace
sérieuse. Le fait qu'ils l'avaient capturé et emmené jusqu'au Marais n'avait pas changé son opinion. Comme
Arabella avec son histoire de villageois en colère, il avait
toujours considéré les trolls comme des idiots stupides
et empotés... comme des créatures comiques. Mais
maintenant, il n'était plus trop sûr.

« Est-ce qu'il y a d'autres villes comme celle-ci ? »
demanda-t-il, redoutant la réponse. Il interpréta le grognement d'Emmet comme un oui. « Combien ? »

« Vingt... trente. »

Nicholas siffla doucement. Cela voulait dire qu'il
devait y avoir des centaines de milliers de trolls... peut-

être même des millions. Les trolls qu'il pouvait voir étaient tous des mâles. Y avait-il des femelles ? Est-ce qu'ils vivaient au sein de familles avec des enfants ? Tout à coup, il fronça le nez par dégoût. « Qu'est-ce que cette odeur horrible ? »

Arabella se pinça le nez et grimaça. « Tu veux dire que ce n'est pas toi ? »

« Ha ! ha ! » fit Nicholas d'un ton brusque.

C'est Emmet qui répondit finalement à la question du garçon : « Marécage. »

« Pas cette odeur-là », dit Nicholas. « Celle qui vient des bâtiments. L'odeur me rappelle celle d'un raton laveur que j'ai trouvé mort une fois. »

Emmet poussa un long soupir. « Tu sens des os. »

Cela coupa le souffle à Nicholas. « Qu'est-ce que vous voulez dire par *os* ? »

« Les trolls construisent avec des os. »

Nicholas et Arabella échangèrent des regards horrifiés.

« Des os humains ? » glapit Arabella.

Emmet grogna encore une fois.

Nicholas prit sa tête entre ses mains. « J'ai un mauvais pressentiment. »

« Là-bas », dit Emmet, en indiquant de la tête une des cabanes. « Des gardes. »

Nicholas tourna la tête dans la direction indiquée par Emmet. Comme les autres bâtiments, c'était une structure flottante. Mais le radeau sur lequel ce bâtiment était posé était amarré à l'écart des autres bâtiments. Nicholas compta une douzaine de trolls costauds qui étaient plantés sur le radeau, comme des arbres géants. La noirceur, qui flottait autour de cet endroit comme de la fumée, attira son regard. Il serra les lèvres en remarquant l'étendard noir qui pendait mollement d'un mât sur le toit du bâtiment. « C'est quoi ce drapeau ? » demanda-t-il, souhaitant qu'une brise redresse l'étendard pour qu'il puisse voir ce qu'il y avait dessus.

« Le Démon préfère le noir », dit Emmet.

« Croyez-vous que c'est l'endroit où ils gardent les prisonniers ? » demanda Nicholas.

« Mmm », répondit le Nain. « Pas de barreaux. Quelque chose d'autre. Quelque chose qui fait peur aux gardes. »

Emmet parcourut lentement du regard les environs, prenant note de l'activité inhabituelle autour d'eux. Une montagne d'armes et des sacs de provisions étaient chargés sur de grands chariots, tirés par d'énormes créatures à cornes qu'il n'arrivait pas à identifier. Tandis qu'il regardait, fasciné, une des créatures rugit et se cabra, soulevant avec elle le troll terrifié qui tenait le harnais. Lorsque ses pattes monstrueuses retombèrent à terre, le sol détrempé céda et en moins d'une minute, la créature géante, le chariot et une douzaine de trolls disparurent dans le marécage noir, comme s'ils n'avaient jamais existé.

« Oh ! » s'exclama le Nain, tout en se demandant s'il n'avait pas imaginé toute l'horrible scène. Il regarda autour d'eux. Un peu plus loin, les trolls qui les avaient capturés se querellaient encore, ils se battaient et se poussaient. Ils n'avaient pas vu ce qui venait d'arriver, ou s'ils l'avaient vu, cela ne les avait pas déconcertés. Le seul signe qu'une grande tragédie venait d'avoir eu lieu était l'effroyable cri de mort de la créature gigantesque, qui retentit longtemps avant de s'évanouir pour toujours. Nicholas et Arabella sursautèrent en entendant le cri effroyable, et regardèrent autour pour en trouver la source, mais ne purent voir ce qui était arrivé.

Emmet donna un petit coup de coude à Nicholas. « Les trolls sont très occupés. On dirait qu'ils se préparent pour la guerre. »

Mais Nicholas n'écoutait pas. Il pensait encore au bâtiment sombre en forme de boîte. Une idée folle lui vint à l'esprit. Et si le père de Miranda était encore vivant ? Et s'il était emprisonné dans la cabane isolée, gardé jour et nuit ? Et si lui, Nicholas, parvenait à le retrouver… et à le secourir ? Il pouvait déjà voir la réaction sur le visage de Miranda en rencontrant son père pour la première fois. Il était tellement perdu dans ses pensées qu'il n'entendait plus les sons gutturaux des trolls qui se battaient et se disputaient. Mais un nouveau son le ramena sur terre.

« QU'EST-CE QUE ÇA VEUT DIRE ? » La voix aiguë venait de quelque part derrière les prisonniers.

Instantanément, les trolls cessèrent de se battre. Ils se séparèrent brusquement, comme si on les avait brûlés, et se turent. Ils tournèrent leurs têtes blanches, couvertes de bosses, dans la direction de la voix. Nicholas pivota et vit deux humains s'approcher. Mais son regard s'arrêta sur le bossu de grande taille, vêtu d'une longue robe en loques. Il planait avec grâce, comme si ses pieds ne touchaient pas le sol. Le garçon ouvrit la bouche, dérouté, et il devint aussi pâle qu'un fantôme. « Ah non ! » grommela-t-il.

« Ah non ! » répéta Arabella, en regardant le petit homme aux côtés de l'homme de grande taille. « C'est Mini ! »

« Ne te préoccupe pas de Mini », dit Nicholas avec rudesse. « C'est de l'autre dont tu dois t'inquiéter. C'est Indolent… le sorcier. »

Arabella n'avait jamais rencontré le dangereux sorcier, mais Nicholas en parlait lorsqu'il lui arrivait de raconter son emprisonnement dans le château de l'Indolence, et comment le sorcier l'avait ensorcelé afin de le monter contre ses amis. Son regard passa du professeur de quatrième à l'homme de grande taille au dos voûté.

Les vêtements d'Indolent étaient dégoûtants. Le devant de sa grande robe de sorcier, qui était d'un noir tirant sur le vert, était recouvert de restes de nourriture et de quelque chose d'autre, qui ressemblait à de la bave. Le bord de sa robe était en loques et recouvert de boue. Les cheveux du sorcier étaient d'un jaune criard, comme des jaunes d'œufs, avec des mèches noires. Arabella était dégoûtée par les affreuses croûtes couleur sang qui recouvraient les portions rasées du crâne du sorcier.

Soudain, elle eut le souffle coupé. Un petit bâton noir apparut par magie dans une de ses mains, là où il n'y avait rien un instant auparavant.

« De la magie », chuchota Arabella. « Mais… je croyais que… »

« Ouais », dit Nicholas. « Je croyais qu'il était fini, moi aussi. Faux ! »

« Mais Naim nous a dit qu'il avait brisé sa baguette et qu'il lui avait retiré ses pouvoirs… »

« Tu as vu comme moi le bâton apparaître dans sa main. Si ce n'est pas de la magie », dit Nicholas, « je ne sais pas ce que c'est. » Il prit une poignée de boue et l'appliqua sur son visage, dans un effort désespéré pour que le sorcier ne le reconnaisse pas.

Mais il n'avait pas à s'inquiéter. Le sorcier n'avait d'yeux que pour Arabella. Il fit signe à Mini, qui fit signe à un troll, qui saisit la fille par le bras, la traîna sur le sol et la lâcha sur un tas, aux pieds d'Indolent.

Le sorcier donna un petit coup de coude à Mini. « C'est elle ? »

Mini jeta un coup d'œil. « Imbéciles ! » cria-t-il, le visage déformé par la colère. Il planta son orteil dans le sol mouillé et fit voler de la boue sur Arabella. « Vous vous êtes emparés de la mauvaise fille ! » Il donna un autre coup de pied dans le sol, projetant de la boue sur les trolls cette fois-ci. « Ce n'est pas la sale petite D'Arte. C'est sa copine. Ne vous ai-je pas dit qu'elle était assez laide pour faire tourner le lait ? »

« Tous les humains sont laids », marmonna un des trolls.

« Laissez-la tranquille ! » dit Nicholas avec hargne. Il aurait sauté sur M. Petit si Emmet ne l'avait pas retenu par le bras.

Voyant la frustration du garçon, Mini sourit cruellement, et releva Arabella en la tirant par les cheveux. Puis, il leva son autre main et la gifla. « Où est Miranda ? » demanda-t-il.

Le coup fut assez violent pour l'envoyer valser par terre et lui faire venir des larmes aux yeux. Résolue à ne pas pleurer devant ce petit salaud gonflé d'orgueil, elle serra les dents et se força à sourire. Ensuite, elle le regarda dans les yeux.

« Va donc plonger ta tête dans le marécage », cria-t-elle, pour ensuite lui cracher au visage.

Mini recula d'un bond, évitant le crachat. Tremblant de manière incontrôlable, il saisit les épaules d'Arabella et la secoua jusqu'à ce que les dents de la jeune fille s'entrechoquent.

« ARRÊTE ! » ordonna Indolent, écartant brusquement Mini, comme s'il était un des trolls. Il plana jusqu'à la fille, tout en secouant légèrement son bâton dans sa direction.

À sa grande surprise, Arabella fit tout à coup une culbute dans les airs. Elle atterrit sur le dos, ce qui lui coupa le souffle. Nicholas pensa qu'elle avait l'air d'une poupée brisée et il souffrait pour elle. Sa colère lui faisait peur. Elle le consumait comme le feu, qui transformait tout en noir. Il voulait tuer Indolent.

« Ne bouge pas, petit », siffla Emmet, en saisissant le bras de Nicholas. Il le serra tellement fort que le garçon grimaça de douleur. Malgré cela, le Nain ne lâcha pas prise avant de voir le feu s'éteindre dans le regard de l'autre.

« Pourquoi avez-vous fait ça ? » demanda Nicholas, en lançant un regard mauvais à Emmet et en massant son bras, là où les doigts du Nain s'étaient enfoncés dans sa chair.

« Tu sais pourquoi », répondit Emmet simplement.

Nicholas ouvrit sa bouche et puis la ferma brusquement. Leurs regards se croisèrent et Nicholas hocha la tête lentement. Il savait. Il savait qu'il venait presque de tout foutre en l'air. Si le Nain ne l'en avait pas empêché, il se serait emporté et aurait dit ou fait des choses qui leur auraient attiré des ennuis plus graves encore. À cause de lui, ils seraient peut-être tous morts à l'heure qu'il est. Grâce au Nain, il regagna son sang-froid.

Arabella avait encore toute l'attention du sorcier. Et, bien que cela ne fût pas de bon augure pour la jeune fille, cela voulait dire que lui et Emmet n'étaient pas surveillés d'aussi près que s'ils avaient été importants.

C'est en serrant les dents que Nicholas regarda Indolent sourire comme une bonne fée et tendre le bras pour aider Arabella à se relever. Voyant qu'elle avait de la peine à rester debout, le sorcier posa ses mains sur ses épaules pour la soutenir. Lorsqu'il fut assuré qu'elle ne s'effondrerait pas, il fit claquer ses doigts devant le visage de la jeune fille et se pencha vers elle. Immédiatement, Arabella leva la tête vers Indolent.

« Ne le regarde pas ! » cria Nicholas.

Mais l'avertissement vint trop tard. Arabella regardait profondément dans les yeux du sorcier, stupéfaite que Nicholas n'ait pas mentionné à quel point ses iris étaient noirs ou comment le blanc de ses yeux passait du jaune pâle à l'orange, comme une flamme souffrant de jaunisse. Avant de pouvoir détourner les yeux, elle était déjà prise au piège, comme une mouche prise dans une toile d'araignée.

Indolent se frotta les mains. « Maintenant, ma petite, où est la jeune d'Arte ? »

« Tais-toi, Bell ! Ne lui dis rien. » Nicholas prit une motte de terre boueuse et la lança sur son amie, espérant ainsi la libérer de l'enchantement du sorcier.

Arabella tressaillit quand la boue heurta son cou, mais elle ignora la douleur. Pendant une seconde, elle afficha un air confus. Puis, celui-ci disparut, remplacé par un sourire méprisant. Pourquoi Nicholas avait-il dit toutes ces choses horribles sur un homme aussi gentil et doux ? Eh bien ! la réponse était évidente, n'est-ce pas ? Elle avait toujours su que son soi-disant ami avait un côté méchant, un côté jaloux et malveillant. À bien y penser, elle ne lui avait jamais fait confiance. En fait, elle se rendait à présent compte qu'elle ne l'avait jamais beaucoup aimé. Elle regarda le sorcier et sourit. « Elle est avec le druide. Ils sont à la recherche de la couronne d'Ellesmere. »

Indolent et le professeur de quatrième échangèrent un regard.

« Viens avec moi, ma petite », dit le sorcier, gentil comme tout. « On ne veut pas que tu attrapes la fièvre du marécage. Viens à l'intérieur, au chaud. Petit va te trouver de quoi te mettre sous la dent. » Il se retourna vers Mini. « Mets ces deux-là au travail dans le trou de drom. » Ensuite, il prit la main d'Arabella. « J'ai une surprise pour toi. »

« Quoi ? » s'écria Arabella, gambadant joyeusement à côté d'Indolent. « Dites-le-moi. »

« Mais alors ce ne serait plus une surprise, n'est-ce pas ? »

Entendre Indolent utiliser les mêmes mots qu'il avait déjà utilisés avec lui dégoûta Nicholas, mais ce n'est pas cela qui le fit frissonner. Alors que le sorcier prenait la main d'Arabella, Nicholas remarqua le crâne d'or sur son avant-bras. La présence de la marque du Démon sur Indolent l'horrifia. Est-ce que le sorcier était à ce point imbu de lui-même pour croire qu'il pouvait s'allier avec la Haine sans devenir une de ses créatures ? Est-ce qu'il était assez fou pour croire qu'il pouvait utiliser le Démon pour prendre lui-même le pouvoir ? Cela lui donnait froid dans le dos. Il plissa les yeux et la colère l'envahit. Il avait à présent une réponse à la question de savoir d'où Indolent tirait ses nouveaux pouvoirs. Il devait trouver un moyen de s'évader et d'avertir le druide.

Tenant fermement la main d'Arabella, Indolent la mena vers un des bâtiments à la périphérie du village flottant. Mini suivit le duo, en poignardant Arabella du regard. Il haïssait se faire appeler *Petit* et il haïssait l'idée d'avoir à servir Arabella. Il n'était pas une vulgaire bonne ou un serveur qui voulait un pourboire. Il était mieux que cela. Il était instruit, l'égal d'Indolent. Craignant d'aller se plaindre au sorcier, il rebroussa chemin et s'en prit aux trolls. « Vous l'avez entendu, bandes de lourdauds », cracha-t-il, en assénant un coup de pied au troll le plus proche. « Et que ça saute ! » dit-il, en tapant des mains.

Alors que le professeur passait devant les prisonniers, Emmet agit sans réfléchir. Il lui fit un croc-enjambe. Mini tomba à plat ventre dans la boue, le visage en plein dans le vomi d'Arabella. C'était arrivé si brusquement que Nicholas éclata de rire et, pour la première fois depuis leur rencontre, il vit un sourire se dessiner sur le visage du Nain grincheux.

« C'est pas juste », dit-il en gloussant, laissez quelques gros morceaux à vos amis les trolls. » Puis, il se roula par terre près du Nain, en proie à une crise de fou rire.

Mini se releva avec difficulté, muet de rage en voyant ses vêtements détrempés et abîmés. Il prit une lance des mains d'un des trolls et s'avança vers Emmet, mais quelque chose dans le visage du Nain le fit hésiter. Il fit un pas en arrière. Il regarda Emmet pendant un instant, son corps tremblant, comme s'il était en proie à une crise épileptique. Le Nain soutint le regard du professeur, le soupçon d'un sourire se dessinant sur ses lèvres. Enfin, Mini baissa les yeux. Le professeur recula jusqu'à ce qu'il estima être à une distance sécuritaire du Nain. Ensuite, il jeta la lance sur Emmet et se hâta pour rattraper le sorcier.

« C'était cool », dit Nicholas, essuyant les larmes sur son visage recouvert de boue. « J'aurais dû y penser. »

« C'était bon », grogna Emmet, en lui donnant une tape dans le dos.

« Debout, espèces de fosses sceptiques », dit Vag d'une voie tonitruante. Il souleva les prisonniers par la peau du cou et les remit sur leurs pieds. « Dans le trou de drom, har, har ! » Il passa de grosses cordes autour de leurs cous et les poussa. « Foutez le camp ! »

« Qu'est-ce qu'ils vont faire de nous ? » chuchota Nicholas à Emmet.

Le Nain haussa les épaules. « Rien de bon. »

Vag et cinq ou six autres trolls amenèrent Nicholas et Emmet avec eux. Alors qu'ils pataugeaient péniblement dans la boue, le sol spongieux se gonflait et tremblait sous eux. La pression de leurs pieds sur la terre détrempée produisait de longs sifflements. C'est l'air et l'eau emprisonnés sous la surface qui s'échappaient. Nicholas avait des sueurs froides rien qu'à penser qu'il pouvait s'enfoncer dans la mince couche de terre gorgée d'eau et se retrouver dans l'eau noire sous la surface. Il jeta un coup d'œil à Emmet. À en juger par la mine sombre du Nain, il devina qu'il refrénait, lui aussi, son envie de prendre la fuite.

Ils avaient parcouru environ trois kilomètres lorsque Vag tira brusquement sur les cordes, étranglant presque les prisonniers. Le paysage changeait au fur et à mesure qu'ils s'aventuraient de plus en plus profondément dans le marécage. Au début, l'étendue de sol détrempé sur laquelle ils avaient marché était bordée de cabanes de trolls. Puis, les cabanes avaient cédé la place à des berges recouvertes de mousse. Maintenant, l'odeur de moisissure que Nicholas avait remarquée en entrant dans le marécage avait remplacé la puanteur répugnante des bâtiments. L'odeur était devenue tellement écrasante qu'elle le prenait à la gorge, le faisant tousser violemment. Il essaya de respirer par la bouche, mais l'odeur restait sur lui comme une lotion épaisse. Elle recouvrait sa langue et s'infiltrait par ses pores.

« Gaz », murmura Emmet, en toussant violemment. « Comme le cancer. Tue tout sur son passage. »

Vag poussa Nicholas en avant avec la pointe de sa lance, le dirigeant vers un petit trou dans la berge. « Trou de drom », grommela-t-il, enlevant la corde du cou du garçon et fourrant un sac dans le col de son blouson.

Puis, il lui donna un coup sur la poitrine avec un de ses gros doigts. « Va chercher les pierres de drom. »

Nicholas regarda le trou avec horreur. « Pas question », dit-il en hochant la tête. « Vous ne pouvez pas m'envoyer là-dedans. »

« HAR, HAR ! » Les trolls éclatèrent de rire, en se donnant des coups de lance sur la tête. Vag saisit le garçon et l'enfonça tête première dans le trou noir.

CHAPITRE 27

LE TROU DE DROM

icholas était coincé. Dans ce trou humide et froid, il avait l'impression que la terre se resserrait autour de lui, l'écrasant lentement à mort. Ses côtes lui faisaient mal, il avait de la difficulté à respirer. Il avait plus peur que lorsqu'il s'était battu contre les trolls aux côtés d'Emmet. Puis, quelque chose heurta ses chaussures et il glissa un peu plus loin dans l'obscurité.

« Bouge, petit. » La voix d'Emmet était sourde, comme si elle venait d'une distance lointaine.

Soulagé de ne pas être seul, Nicholas se rentra le ventre, planta ses doigts dans la boue et avança petit à petit. Une ou deux fois, quelque chose de gros et visqueux lui passa entre les doigts, le faisant sursauter. Il n'avait pas peur des petites bestioles qu'il pouvait voir et identifier. Mais les bestioles gluantes qui se promenaient sur sa peau sans qu'il puisse les voir lui donnaient la chair de poule. Il espérait qu'il n'y avait rien de venimeux dans le marécage ou, pour être plus précis, dans le trou de drom.

Beaucoup plus tard, il allongea le bras, cherchant une prise dans la boue, mais sa main ne trouva que de l'air. Il resta figé sur place, craignant ce qui pouvait bien l'attendre au fond du trou. Quelle distance le séparait du fond ? Et s'il continuait et ne pouvait plus remonter à la surface par la suite ? Comment arriverait-il à sortir alors ?

« Je suis au bout, Emmet. Mais il n'y a plus rien. J'ai peur de continuer. »

Emmet prit les chevilles de Nicholas avec ses grosses mains. « Je te tiens, petit. Vas-y lentement. »

Alors que Nicholas se glissait, tête première, hors du trou, il sentit la terre ferme sous ses mains. « O.K. », criat-il, « on peut y aller. » Il se dégagea du trou en se tortillant. Puis, il allongea les bras à l'intérieur du trou, saisit les poignets du Nain et tira jusqu'à ce qu'Emmet tombe à ses côtés.

Plongés dans l'obscurité la plus complète, ils se blottirent en silence l'un contre l'autre dans cet endroit froid et humide. Ils ne bougeaient pas de crainte de se perdre et de ne plus jamais retrouver leur chemin vers le trou.

« À la limite, je peux comprendre à propos des Tugs, » dit Nicholas, toujours intrigué par les trolls. « Comment ils se sont donnés au Démon pour obtenir la vie éternelle. Mais les trolls des marécages ? Sont-ils humains, ou quoi ? »

« Non », répondit Emmet. « Les trolls des rivières sont humains. Évolués. Connaissent la différence entre le bien et le mal. Ont des coutumes. Créent des lois qui rendent prévisibles leurs comportements. On sait comment ils vont réagir. Pas imprévisibles et capricieux comme les trolls des marécages. Ne commettent pas de meurtres. Ne sont pas violents. Prennent soin de leurs enfants. »

Nicholas était stupéfait. Il n'avait jamais entendu Emmet prononcer plus d'un ou deux mots à la fois. Il demeura silencieux, espérant que le Nain continue. Il ne fut pas déçu.

« Pour les trolls des marécages, le mal, c'est le bien. Vouent un culte au Démon, mais ne lui appartiennent pas comme les Tugs. Créatures violentes, ignorantes. Haïssent toutes les autres races. Cachent leurs femmes et leurs enfants. Les traitent comme des esclaves. Les tuent s'ils ne respectent pas les règles. Les tuent s'ils parlent… s'ils rient. Femmes ne désobéiront pas. Trop ignorantes. Comme des enfants géants. Effrayant. » Emmet soupira. « Non », répéta-t-il, « les trolls des marécages ne sont pas humains. »

Nicholas réfléchit un instant. « Sont-ils malfaisants comme le Démon ? »

Emmet hocha la tête. « Non », dit-il, « pas comme le Démon. Font le mal parce qu'ignorants. Font le mal parce que fous. »

Nicholas s'appuya la tête contre la paroi du terrier et réfléchit à ce que son compagnon venait de lui dire. Plus il en apprenait sur les trolls, plus il avait peur d'eux.

« Ce qu'il nous faut, c'est de la lumière », murmura-t-il beaucoup plus tard, en serrant ses bras contre sa poitrine. Il sentit quelque chose dans son t-shirt qui le grattait. Il mit la main sous son t-shirt et en retira un morceau de toile. C'était le sac que Vag avait fourré dans le col de son blouson. Il avait dû se glisser sous ses vêtements pendant qu'il rampait dans le trou noir.

« Qu'est-ce qu'on est censé faire ici ? Pourquoi nous ont-ils donné ces sacs ? »

« Le troll a dit de trouver pierres de drom. »

« Savez-vous ce que c'est ? Moi, je n'en ai aucune idée. »

« Peut-être. Nom différent. »

Nicholas songea à ce que le Nain venait de dire. « Il est trop tard maintenant, mais on aurait dû leur demander de nous montrer une des pierres. » Il respira à fond. « Je suppose que ça n'a pas d'importance. Même si on savait à quoi elles ressemblaient, on ne pourrait pas les trouver sans lumière. »

« Hum », marmonna Emmet, pensivement. « Trolls veulent pierres de drom. Doivent avoir de la valeur. »

« Croyez-vous que c'est ça qu'ils gardent dans la cabane ? » dit Nicholas, pensivement. Il croyait — ou espérait — encore retrouver le père de Miranda, mais avant d'en savoir plus, il ne voulait pas en parler.

« Non », dit le Nain. « Gardes effrayés. Pas effrayés par les pierres de drom. »

Fatigué après avoir passé des heures dans le noir à ne rien faire, Nicholas enleva son blouson, puis son t-shirt. Avec ses dents, il fit un trou dans le tissu, puis déchira le t-shirt en fines bandes.

« Tenez », dit-il, en déposant les bandes dans la main d'Emmet. « Attachez-les ensemble, par le bout. Ça ne sera pas très long, mais si je tiens une extrémité, vous pouvez prendre l'autre et partir à la recherche de ces pierres de drom. »

« Arr », dit Emmet. En gardant le silence, il fabriqua une corde de fortune en nouant les bandes du t-shirt de Nicholas.

Tenant la corde par un bout, Emmet avançait en tâtonnant dans le noir, à la recherche de quelque chose qui ne se tortillait pas. Le Nain avait l'habitude des tunnels, mais il n'aimait pas cet endroit. Il n'avait rien dit à Nicholas, mais il savait que ce trou n'était pas un phénomène naturel. Quelque chose avait creusé dans la terre ce terrier froid et humide. Il avait de la difficulté à imaginer quel type de créature c'était, mais à en juger par la grandeur de l'endroit, elle était grosse.

« Ahh ! » hurla-t-il, en touchant à quelque chose de rugueux et froid. Il promena ses doigts sur l'objet et puis sursauta, comme s'il était brûlant.

Nicholas était debout à côté du trou de drom, se tenant tantôt sur une jambe, tantôt sur l'autre, pour empêcher les insectes et les autres bestioles de grimper sur sa jambe. L'obscurité était si écrasante, si tangible, qu'il avait peur qu'elle s'imprime de manière permanente dans ses cristallins et qu'il ne soit jamais plus capable de percer ce voile noir, même pendant une belle journée ensoleillée. Il haïssait chaque seconde passée dans ce trou sombre. Il se demandait ce qui arriverait s'il devait passer le restant de ses jours plongé dans l'obscurité la plus totale. Est-ce que ses yeux s'ajusteraient ? Ou bien deviendraient-ils bulbeux, blancs et inutiles, comme les organes de la vue des créatures vivant au fond des océans ? Il souhaitait voir ce qu'Emmet fabriquait. Et si quelque chose avait attrapé le Nain et l'avait dévoré, et ensuite suivait la corde jusqu'à lui ? Emmet n'aurait pas pu choisir un pire moment pour pousser un cri et arracher la corde des mains du garçon.

« Emmet ? » s'écria Nicholas, tombant sur les genoux et cherchant la corde à tâtons, comme si sa vie en dépendait.

« Des os », dit Emmet en jurant. « Là depuis longtemps. »

« Quelle sorte d'os ? » demanda Nicholas, essayant tant bien que mal de garder son calme, mais il avait des sueurs froides.

« Humains, je crois. »

Lorsque le Nain se cogna contre lui quelques secondes plus tard, Nicholas faillit mourir de peur. « Ne faites pas ça », le réprimanda-t-il.

« Tiens », dit Emmet. Il trouva la main de Nicholas et déposa dans sa paume un objet de la grosseur d'un morceau de charbon de bois.

« Qu'est-ce que c'est ? » demanda le garçon, en retournant l'objet dur dans sa main. « Croyez-vous que c'est une pierre de drom ? »

« Sais pas », répondit le Nain. « Trouvé dix-sept. Dois aller plus loin. »

« Croyez-vous vraiment que ces choses ont de la valeur ? » demanda Nicholas. Une idée commençait à germer dans sa tête.

« Trolls pensent que oui. »

« Eh, bien ! » dit Nicholas, souriant dans l'obscurité. « Les trolls sont trop gros pour entrer dans le trou. Ils n'ont donc aucun moyen de savoir le nombre de pierres que nous avons vraiment trouvées, n'est-ce pas ? »

« Mmm », dit Emmet.

« Je veux dire que si nous leur apportons cinq pierres chacun, et si on leur dit que c'est tout ce qu'on a trouvé, ils n'ont aucun moyen de savoir si nous mentons ou non, pas vrai ? »

« Voler pierres ? »

« Je n'appellerais pas ça du vol. »

« Quoi, alors ? »

Les questions du Nain le rendaient nerveux. « D'accord, c'est probablement du vol. Je l'admets. Du moins pour les trolls. Mais… » Il ne savait pas trop comment lui expliquer que prendre les pierres, qui n'appartenaient même pas aux trolls, n'était pas la même chose que lorsque le druide avait pris les chevaux de l'écurie Cundell à Ottawa, et avait laissé une pierre en guise de paiement. Ce que le druide avait fait était sérieux. Ce qu'ils faisaient était comme prendre du miel dans une ruche d'abeilles, ou des œufs à une poule.

« Sournois », grommela Emmet, « j'aime ça. » Nicholas aurait pu jurer qu'il riait.

« Vraiment ? » demanda Nicholas, content de recevoir ce compliment inattendu de la part du Nain.

« Ouais. »

« Hé ! » dit Nicholas en riant. « Qui sait ? Nous sommes peut-être riches. »

Emmet prit sept pierres et les fit passer à Nicholas, qui les déposa dans son sac. Puis, il plaça le sac sur le sol, directement sous le trou de drom. « Comme ça, nous allons les retrouver plus facilement », expliqua-t-il, avant de se glisser dans le trou et de ramper jusqu'à la surface.

Les prisonniers perdirent graduellement toute notion du temps. La vie de Nicholas était tellement ennuyeuse que cela avait un effet néfaste sur son esprit et sur son corps. La seule chose qui l'empêchait de devenir complètement fou était le nombre toujours grandissant de pierres de drom qui s'empilaient. Tôt le matin, Vag et une demi-douzaine de trolls les emmenaient jusqu'au trou de drom, et les fourraient dans le tunnel obscur. Tard la nuit, lorsque les compagnons sortaient du trou, les trolls étaient là pour les ramener au village, où on les enfermait dans un taudis minable, sans fenêtre, situé sur un des radeaux.

Ils avaient un repas par jour, et il suffisait à peine pour les garder en vie. Au début, Nicholas faisait la fine bouche et refusait de toucher aux bols de nourriture que les trolls lui donnaient. La nourriture avait l'air avariée et il était résolu à ne pas manger ce que ses ravisseurs lui servaient. Mais Emmet lui conseilla vivement d'avaler ces plats dégoûtants afin qu'il conserve ses forces.

Le garçon perdit beaucoup de poids, à tel point que ses vêtements sales étaient maintenant beaucoup trop grands pour lui. Il était presque à plat et son moral était très bas. Il mourait d'envie de voir le ciel bleu et de sentir le soleil réchauffer son corps gelé. Mais il ne se plaignait jamais. Pendant les longues nuits, qui étaient plongées dans le silence, sauf pour le Nain qui grattait le plancher en bois, deux choses occupaient l'esprit de Nicholas : sauver le père de Miranda et s'évader de cet endroit lugubre et déprimant.

Puis, une nuit, Emmet s'approcha du garçon et chuchota : « Peux-tu nager, petit ? »

« Bien sûr », répondit Nicholas en chuchotant. « Pourquoi ? »

« Je nous ai creusé un trou », dit le Nain fièrement.

Les prisonniers examinèrent avec excitation l'ouverture pratiquée par Emmet dans le fond du radeau. S'évader n'était plus un rêve irréalisable, c'était faisable. L'idée d'échapper aux trolls redonna le goût de vivre à Nicholas. Même sa peur des eaux noires du marécage ne pouvait refroidir son enthousiasme.

« J'y vais », chuchota-t-il, arrivant à peine à se retenir d'entrer dans l'eau et de s'éloigner à la nage le plus rapidement possible.

« Sois prudent », dit Emmet. « On ne voit rien là-dessous. Prends ton temps. » En voyant que Nicholas ne répondait pas, il saisit le bras du garçon et le tint fermement. « Dis-le, petit. »

« D'accord, d'accord », dit Nicholas, se contorsionnant le bras jusqu'à ce que le Nain lâche prise. « Je vais faire attention. »

Il se déshabilla rapidement, ne gardant sur le dos que ses vêtements d'intérieur. Ensuite, il donna à son compagnon une petite tape sur l'épaule et disparut dans l'eau noire et froide. Emmet s'agenouilla sur le plancher humide et regarda dans le trou noir, attendant le retour du garçon. L'attente n'en finissait pas. Il attendait encore lorsqu'il entendit des cris et le son pesant de bottes de trolls qui approchaient, mais il n'y avait aucune trace de Nicholas. L'eau noire qu'il voyait dans l'ouverture pratiquée dans le plancher était aussi calme qu'une plaque de verre.

CHAPITRE 28

LA CABANE SOMBRE

 e cœur gros, Emmet se tourna vers la lourde porte de la cabane. Il se passait quelque chose à l'extérieur, mais quoi ? Avaient-ils attrapé le garçon ? C'est la seule chose qui pouvait, semble-t-il, expliquer ce soudain remue-ménage. Les trolls seraient ici bientôt. S'ils n'avaient pas déjà attrapé le garçon, ils allaient constater bien assez tôt sa disparition. Et le trou dans le plancher.

Le Nain faillit sauter au plafond lorsque quelque chose saisit sa cheville dans le noir. Un instant après, il entendit un léger clapotis lorsque la tête de Nicholas surgit à la surface. Rapidement, Emmet prit le bras du garçon et commença à le tirer à la surface.

« Non », dit Nicholas en haletant, puis en toussant. On pouvait entendre la peur dans sa voix. « On ne peut pas rester ici. Il faut s'en aller. Tout de suite ! »

Les trolls étaient presque arrivés à la cabane.

Le Nain hésitait quand même.

« Qu'est-ce que vous attendez ? J'ai dit qu'il faut partir tout de suite. »

« Sais pas nager », dit Emmet.

« Qu'est-ce que vous voulez dire, vous ne savez pas nager ? » demanda Nicholas d'un ton incrédule.

« Ça veut dire ce que ça veut dire. Sais pas nager. »

« Venez donc dans l'eau », insista Nicholas. « Cramponnez-vous à l'ouverture. Prenez une profonde inspiration. Faites-moi confiance, Emmet, je ne vais pas vous laisser vous noyer. »

Sans dire un mot de plus, Emmet prit une profonde inspiration et sauta les pieds devant dans le trou. Ses lourdes bottes de Nain agissaient comme des poids et, à sa grande horreur, il se mit à couler comme une roche vers le fond du marécage.

Nicholas sentit le mouvement de l'eau au moment où le Nain passa près de lui. Il était un bon nageur, mais il faisait noir comme dans un four sous l'eau, et cela le troublait. Il devait aller chercher le Nain et le ramener à la surface sans tarder. Nicholas plongea tout droit vers le fond, les bras allongés devant lui. Il faillit pousser un cri de soulagement lorsqu'il toucha aux cheveux épais d'Emmet. Instinctivement, Nicholas plaça un bras autour du cou de son ami et le remonta à la surface. Ils firent surface sous le radeau, Nicholas se cognant la tête sur le bois rugueux. Sans s'arrêter, Nicholas utilisa les planches pour propulser son corps vers l'extrémité du radeau. Puis, il sortit la tête d'Emmet hors de l'eau.

Le Nain ne bougeait pas.

Le cœur de Nicholas battait rapidement après cet effort considérable, sans compter les longues heures passées dans l'eau froide. « Emmet ! » siffla-t-il, donnant des tapes dans le dos du Nain. Il savait que c'était probablement la mauvaise chose à faire, mais il était tellement sur les nerfs qu'il n'avait plus les idées claires.

Le corps du Nain remua. Il était vivant.

Nicholas retourna Emmet sur le dos et le tira à la nage. C'était à lui de les sortir de cet endroit. À en juger par les cris tout autour de lui, il savait que les trolls avaient constaté la disparition des deux prisonniers. Affaibli par l'épuisement et le froid, il serra les dents et s'éloigna sans faire de bruit de la cabane, en prenant la direction de ce qu'il espérait être le trou de drom. Si seulement lui et le Nain pouvaient s'y rendre avant que les trolls ne pensent à poster des gardes devant le tunnel, ils seraient en sécurité. Au moins, ils seraient à l'abri des trolls, dont la taille les empêchait de poursuivre les fugitifs jusque dans l'étroit tunnel. Nicholas refusait de penser à ce qu'ils feraient après s'être réfugiés dans le terrier. C'était trop déprimant.

C'est engourdi par le froid qu'il s'effondra, des heures plus tard, à côté du nain, sur le sol détrempé du terrier. Emmet n'avait pas dit un mot depuis qu'il avait plongé dans l'eau. Ils étaient hors de danger pour le moment. Mais combien de temps survivraient-ils dans ce terrier humide, avec des vêtements mouillés sur le dos ? Nicholas dut s'endormir à ce moment, parce que la prochaine chose dont il fut conscient, c'est que quelqu'un le secouait sans ménagement. Croyant que les trolls leur avaient mis la main au collet, il serra ses mains gelées et donna un coup de poing à son assaillant.

« Pas besoin de ça », murmura Emmet, qui avait attrapé les poignets du garçon.

« Eh, bien ! ça suffit ! » s'écria Nicholas, en repoussant le Nain.

« Mets ceci », dit le Nain, déposant des vêtements secs dans les bras de Nicholas. « Suis retourné. Emprunté vêtements. »

Nicholas était au bord des larmes. « M-merci », balbutia-t-il, ne trouvant pas les mots pour lui dire à quel point il était reconnaissant pour ce cadeau inattendu.

« En avoir besoin. Tenir au chaud, ou mourir. »

Le corps émacié de Nicholas flottait dans ces nouveaux vêtements, mais ils étaient secs et chauds, ce qui remontait le moral du garçon.

« Maintenant », dit Emmet, après qu'ils furent installés. « Dis-moi ce que tu as vu. »

« J'ai vu ce qu'il y a dans la cabane sous haute surveillance », dit Nicholas. Les poils sur ses bras se dressèrent tandis qu'il revivait, en la racontant au nain, son aventure nocturne dans les eaux noires du Marais.

Lorsqu'il sortit la tête de l'eau, sans créer la moindre ride à la surface, il fut stupéfait d'avoir parcouru une aussi grande distance sous l'eau. Devant lui, comme une monstrueuse boîte noire, se trouvait le bâtiment isolé. Partout ailleurs, Nicholas pouvait voir de la lumière, provenant des feux et des lanternes. Mais autour de la cabane bien gardée, il n'y avait que de l'obscurité. Même la lumière environnante ne parvenait pas à percer cette zone obscure. Nicholas avait l'impression qu'on avait découpé un morceau du Marais, pour ne laisser que du vide. Il examina la zone obscure, essayant de repérer les gardes qui, plus tôt, encerclaient la cabane comme un mur vivant. Il ne vit rien.

Nicholas s'approcha de la cabane, en utilisant les plateformes flottantes pour se propulser dans l'eau sans faire de bruit. Il ne savait pas si les trolls avaient une aussi bonne vue que les Elfes, mais il gardait la tête basse, au cas où. Il était sûr que son visage blanc, flottant sur l'eau noire, luirait comme une ampoule, avertissant les gardes de sa présence. Tout à coup, quelqu'un poussa un cri strident tout près de lui, ce qui le fit sursauter violemment. S'efforçant de garder son sang-froid, il compta jusqu'à dix avant de continuer à avancer. Silencieux comme une ombre, il passa devant un groupe de trolls accroupis autour d'un feu, sur lequel mijotait un grand chaudron. Leurs voix stridentes lui tapaient sur les nerfs. Il se cacha dans la fumée, guettant le moindre signe de danger. Mais personne ne le vit. Droit devant, l'obscurité semblait tendre vers lui, l'attirant en elle comme le drain attire l'eau. Même s'il faisait froid, des gouttes de sueur perlaient sur son cuir chevelu, se mélangeant avec les eaux stagnantes du marécage. Nicholas allait maintenant plus vite, le regard fixé sur sa destination. Il était presque arrivé. Il pouvait à présent voir la silhouette du bâtiment : une présence menaçante, telle une créature malfaisante qui s'animait. Il pouvait voir l'étendard noir qui pendait mollement dans l'air immobile, mais il ne se demandait plus à qui il appartenait. Il le savait. Comme Emmet l'avait fait remarquer : *Le Démon préfère le noir.*

Nicholas s'immobilisa, examinant soigneusement l'étendue d'eau entre lui et la plateforme sur laquelle reposait le bâtiment solitaire. Il serait complètement à découvert dans cette étendue d'eau. Il estimait qu'environ quinze mètres séparaient le radeau des autres structures flottantes. Il regarda autour, cherchant les gardes. Où étaient-ils ? Il regarda pendant plusieurs minutes, puis il prit une grande inspiration et plongea sous la surface.

Il nageait lentement, s'imaginant être un prédateur géant, un requin blanc s'approchant furtivement de sa proie, qui ne se doutait de rien. Un peu plus tard, ses doigts entrèrent en contact avec le radeau sur lequel s'élevait le sombre bâtiment. Avec précaution, il sortit sa tête de l'eau. Son cœur se mit à battre comme une bombe à retardement lorsqu'il vit un des gardes tout près de lui. Puis, il vit les autres. Il compta huit trolls. Il devait y en avoir d'autres de l'autre côté du radeau. Ou cachés dans le bâtiment. Nicholas était tout petit à côté d'eux. Ils étaient comme des statues en pierre géantes, silencieuses et immobiles, tenant dans leurs grosses mains des armes bien aiguisées.

Fuis ! lui cria son esprit, et Nicholas lui obéit presque. *Non !* dit-il en remuant les lèvres silencieusement. *Non !* Il était maintenant trop tard pour reculer. Il comptait bien élucider le mystère de la cabane isolée, découvrir ce qu'on y avait caché, une chose d'une telle importance que des trolls costauds devaient la garder jour et nuit.

Il hésita un moment, avec un air résolu sur son visage maigre. Puis, il avança petit à petit le long du radeau, se dirigeant vers l'arrière du bâtiment. En regardant autour de lui, il constata qu'il ne pouvait plus entendre les sons qu'il avait entendus plus tôt, et qu'il ne pouvait plus voir la lueur des feux et des lampes. Il avait le sentiment d'être entré dans un espace vide, un endroit anormal, noir comme la mort, que rien à l'extérieur ne pouvait pénétrer. S'agrippant sur le bord du radeau, il sortit doucement de l'eau et se plaqua contre le mur du bâtiment. Il voyait une entrée. Sans faire de bruit, il longea le mur et s'arrêta à côté de l'entrée. Puis, s'armant de courage, il plongea sa main dans l'obscurité. Il n'y avait pas de porte pour lui bloquer le chemin, seulement un épais rideau noir, fabriqué à partir d'un tissu lourd et grossier. Il écarta le rideau et jeta un coup d'œil à l'intérieur.

Une lanterne suspendue à une poutre au plafond produisait une lumière faible, invisible de l'extérieur. Nicholas constata que la pièce était vide, à l'exception d'un matelas rudimentaire dans un coin, sur lequel reposait une silhouette immobile que le garçon voyait de dos. Il entra discrètement dans la pièce, laissant les rideaux se refermer derrière lui. Les yeux rivés sur la forme immobile, il s'approcha d'elle à pas de loup. *J'avais raison,* pensa-t-il, *c'est le père de Miranda.* Il était de plus en plus excité, malgré la peur qui le tenaillait. Il songea pendant un instant aux autres possibilités, mais il les rejeta toutes du revers de la main. C'était la seule explication qui tenait debout.

Nicholas s'agenouilla auprès de la forme inerte. Il lui toucha l'épaule doucement, s'attendant à ce que le prisonnier se débatte. Mais il ne résista pas. Le corps se tourna sur le dos. Nicholas recula d'un bond en voyant le regard absent du Nain, avec ses yeux fixes, grand ouverts. Puis il entendit un sifflement. Et le bruit venait du Nain. Nicholas fut paralysé par la terreur en voyant les yeux morts du Nain cligner et son corps se convulser de manière grotesque. *C'est Malcolm !* pensa Nicholas, tandis que son sang se glaçait dans ses veines. La tête du Nain se tourna brusquement vers le garçon, ses yeux horribles parvenant tant bien que mal à faire la mise au point sur l'intrus.

Fuis ! Fuis ! Mais Nicholas était paralysé. Tout à coup, le corps du Nain se relâcha. La bouche de Malcolm s'ouvrait lentement et Nicholas vit alors quelque chose de noir bouger à l'intérieur. Puisant dans ce qui lui restait de ses forces, Nicholas se releva et se sauva à la course.

Il était tellement affolé qu'il ne se souciait plus de ne pas faire de bruit. Il plongea dans le marécage noir en faisant un plouf retentissant, ce qui alerta les gardes. Puis il nagea plus rapidement qu'un poisson, battant bruyamment l'eau avec ses membres.

Nicholas s'effondra par terre, épuisé, et s'appuya le dos contre la paroi humide du terrier. Emmet ne dit rien, mais se contenta de siffler doucement. L'histoire que le garçon lui racontait le stupéfiait. Des serpents de mèche avec le Démon... ici même, dans le Marais. Et ils utilisaient le corps du pauvre Malcolm comme hôte. Le garçon était chanceux de s'être échappé vivant. Il espérait que Nicholas n'apprenne jamais à quel point il avait été chanceux. Mais il n'avait pas le temps de méditer sur ces questions. Ils devaient prévenir le roi Gregor.

« Il faut partir, petit », dit-il

« Je dois y retourner », chuchota Nicholas, comme si l'idée venait juste de lui traverser l'esprit.

« Non », dit Emmet. « Rien pour nous là-bas. »

« Bell est encore là-bas », dit Nicholas d'un ton brusque, « au cas où vous l'auriez oublié. »

« Elle a été ensorcelée, petit », dit Emmet tristement. « Perte de temps. »

« Je m'en fous », dit Nicholas. « Je ne pars pas sans elle. »

Le Nain soupira. Comment se fait-il que les enfants humains pouvaient être si sages à un moment, et être si incroyablement stupides à un autre moment ? Il secoua la tête. C'était un grand mystère ; c'était à n'y rien comprendre. « Je vais y retourner. »

« Non », dit Nicholas. « Il faut que ce soit moi. Elle ne vous écoutera pas. »

Il se cacha parmi les racines entortillées des arbres du marécage, les yeux rivés sur le bâtiment dans lequel Indolent avait amené Arabella le jour de leur capture. Il se rendit alors compte qu'il n'avait plus vu son amie depuis ce jour. Il n'avait pas pensé que c'était étrange, pas jusqu'à maintenant. Il se demanda, en frémissant, si elle était toujours en vie.

À ce moment, la porte de la cabane s'ouvrit et Arabella sortit avec précaution. Elle regarda autour d'elle, avec méfiance. Puis, elle descendit du radeau pour se rendre sur le sol mou. *Elle veut probablement s'assurer que je ne suis pas dans les parages*, pensa Nicholas amèrement. Ensuite, il la vit se diriger vers l'endroit où il était tapi. Brusquement, elle s'arrêta à une courte distance de lui, les yeux rivés sur les arbres rabougris, comme si elle savait où il se trouvait.

Nicholas profita de l'occasion. Il sortit de sa cachette et attendit, aussi immobile que l'air du Marais. Arabella le regarda avec un air perplexe, puis elle le reconnut. Nicholas la héla : « Bell, c'est moi. Nick. »

« Fiche-moi le camp ! » s'écria Arabella, levant ses bras pour se protéger et reculant d'un pas.

« Bell, attends », dit Nicholas. Il savait qu'il perdait son temps, mais il était prêt à tout pour libérer son amie de l'emprise du sorcier. « Nous... » Il ferma la bouche brusquement, blessé par le regard haineux que lui jetait Arabella. Il se rendit compte qu'il ne pouvait prendre le risque de lui dire quoi que ce soit. Elle irait tout raconter au sorcier. Elle ne pourrait s'en empêcher. « Fais ceci », dit-il doucement. « Jette un coup d'œil à son bras. Tu vas voir la marque du Démon. C'est un homme malfaisant, Bell. » Puis, Nick inclina la tête et tourna le dos à son amie. Il se sentait triste parce qu'il était en colère contre elle, même s'il savait que ce n'était pas sa faute.

« La ferme ! C'est toi qui es malfaisant », cria Arabella. « Et je ne veux plus jamais te voir. Tu m'entends ? Je ne peux plus te sentir. »

Nicholas se retourna. « C'est ça ! » cria-t-il, trop fâché pour se soucier d'être capturé. « Pourquoi ne vas-tu pas faire un petit tour dans la cabane sombre, Bell. Tu vas y trouver un de nos amis. »

Le troll s'empara du bras de Nicholas, le tordant jusqu'à ce que le garçon pousse un cri de douleur. C'était Vag, celui qui avait capturé Arabella.

« J'vais t'apprendre à ne pas t'enfuir ». Vag lui donna un coup sur le côté de la tête, le faisant tomber sur ses genoux.

Nicholas secoua la tête et soupira. « J'en ai assez de me faire frapper », murmura-t-il, en se débattant comme une anguille. Il réussit à se dégager de l'étreinte de la créature géante, lui donna un coup de pied sur le genou et se mit à courir.

Emmet l'attendait à l'extérieur du tunnel. Il écoutait tandis que Nicholas lui racontait à propos d'Arabella. Puis, le Nain piétina le sol boueux avec ses grosses bottes et lui donna une grande tape dans le dos « Désolé, petit ».

Nicholas hocha la tête. « Vous aviez raison, Emmet. Mais je devais essayer ».

En arrivant dans le terrier, la première chose que fit Nicholas fut de compter les pierres de drom qu'ils avaient accumulées, et ce, même s'il les avait comptées la veille. « Quarante-cinq ». Il les remit dans le sac.

Plus tôt, ils s'étaient décidés à aller jusqu'au bout de la caverne, puis à remonter à la surface en creusant un tunnel. Durant leur emprisonnement dans le terrier froid et humide, ils avaient progressé petit à petit, explorant la caverne de plus en plus profondément. Pendant tout ce temps, ils n'avaient pas entendu le moindre bruit, sauf le son de leurs propres voix.

À deux reprises, Nicholas fut glacé d'horreur en trouvant des ossements. Les os avaient complètement été nettoyés par le processus de décomposition, ou par quelque chose d'autre, quelque chose qui vivait dans le terrier. Ils sonnaient creux aussi, comme si on en avait sucé la moelle il y avait très longtemps de cela. Pendant ces moments-là, Nicholas était content d'être plongé dans l'obscurité.

Ils s'éloignèrent rapidement de ces squelettes macabres, ne voulant pas penser à ce qui pouvait bien en être responsable. Ils continuèrent à avancer dans le noir, en palpant les parois de boue.

« Ce qu'il nous faut, c'est une lumière », se plaignit Nicholas, changeant son sac d'épaule. « J'échangerais volontiers ma part des pierres de drom contre le bâton du druide. »

Ils avançaient avec précaution dans le terrier depuis maintenant près d'une heure quand Emmet saisit tout à coup l'épaule du garçon, serrant tellement fort que le garçon poussa un grognement de douleur.

« Silence ! » chuchota le Nain. « Écoute ! Là-bas. Quelque chose approche. »

Les créatures qui avaient creusé ces tunnels au fil des ans avaient évolué à partir des gaz et de saletés qui s'accumulaient dans des poches sous le sol détrempé. Elles n'étaient pas des êtres pensants, ni n'étaient destinées à jouer un rôle important. Elles existaient, voilà tout. Les trolls les appelaient les droms. C'était des créatures pâles, translucides et aveugles. Elles ressemblaient à des vers de terre, mais étaient de la taille d'un homme. À une de leurs extrémités, il n'y avait rien d'autre qu'une énorme gueule. Leur existence se résumait à creuser des tunnels et à manger la boue ou les pauvres créatures qui se trouvaient sur leur chemin. Elles creusaient et elles mangeaient, et elles avaient toujours très, très faim.

Les droms étaient au courant de la présence des deux humains depuis plusieurs jours maintenant. Le bruit sourd de leurs pas sur le sol humide créait des secousses qui atteignaient les droms, faisant bouillir leur sang et les rendant fous. Sans hésiter, les droms qui se trouvaient dans les parages changèrent de cap et creusèrent des tunnels vers les intrus.

CHAPITRE 29

LE CADEAU DU DRAGON

énélope s'ennuyait à mourir. Elle était à Dunmorrow depuis plus d'une semaine et, jusqu'à présent, elle n'avait même pas encore vu Gregor. Les Nains étaient tellement occupés à rebâtir leur nouveau pays qu'ils n'avaient pas eu de temps à lui consacrer. Bien sûr, ils voyaient à ce qu'elle ait tout ce dont elle avait besoin. Elle avait la permission d'aller où elle voulait et de faire comme bon lui semblait. Mais, ce qu'elle voulait en réalité, c'était être avec ses amis. Elle n'avait personne à qui parler, et elle ne s'était jamais sentie aussi seule. La nuit où elle était arrivée avec Charlemagne, elle avait mangé dans la salle commune. Pendant qu'elle mangeait, un millier de Nains l'avaient fixée du regard, en agitant nerveusement les pieds. Elle avait trouvé cela tellement embarrassant qu'elle avait décidé de prendre dorénavant tous ses repas dans sa chambre.

La bonne nouvelle était que Muffy avait survécu à son attaque contre le Tug et que, selon les guérisseurs,

elle s'en remettait plutôt bien. C'est eux qui avaient mis les pattes brisées de Muffy dans le plâtre. Pénélope avait fait en sorte que tout le monde écrive un petit mot mignon et signe son nom sur les plâtres de Muffy. Le petit chien portait un collier autour du cou pour l'empêcher de mordre ses blessures. Son flanc avait été traité et recousu, et le peu qui restait de sa queue arrachée était recouvert d'une boule blanche faite de pansements.

Hier, les guérisseurs avaient autorisé Pénélope à venir chercher Muffy. En revenant, le petit chien avait suivi sa maîtresse en boitant, ce qui faisait sourire les Nains qui les croisaient dans les rues nouvellement sculptées de Dunmorrow.

Après le déjeuner, Pénélope fit sa promenade quotidienne, en suivant un itinéraire différent de celui des jours précédents. Elle marcha pendant une heure. Puis, craignant que Muffy ne commence à se fatiguer, elle décida de faire demi-tour. Mais lorsqu'elle vit le grand escalier en pierre qui donnait accès à un niveau supérieur de la montagne, elle changea d'avis. Prenant Muffy dans ses bras, elle gravit les marches un peu distraitement, en pensant à ses amis. Est-ce que Miranda et le druide s'étaient rendus jusque dans les contrées des ténèbres ? Avaient-ils trouvé la couronne d'Ellesmere ? Étaient-ils déjà sur le chemin qui menait à Dunmorrow ? Lorsque ses pensées se tournèrent vers Nick et Bell, qui avaient été capturés par les trolls, des larmes lui vinrent aux yeux. Elle n'osait penser à ce que ces horribles trolls pourraient leur faire, et s'ils étaient encore vivants.

L'escalier montait de plus en plus haut, grimpant en spirale vers le sommet de la montagne. La longue remontée avait épuisé la jeune fille et elle était contente de voir l'escalier déboucher sur un long corridor, avec un haut plafond en pierre. Un grand panneau était accroché au-dessus de l'entrée du corridor. Il était écrit en lettres géantes : *IL EST INTERDIT AUX HUMAINS D'AVANCER PLUS LOIN. LES INTRUS SERONT AU MENU.*

Ne tenant pas compte de l'avertissement, elle déposa doucement Muffy sur le plancher en pierre et regarda fixement le corridor interdit. Puisque ses bras étaient raides après avoir porté le petit chien, elle fit une pause pour se masser les bras. Puis, elle se mit à trembler subitement. Elle savait qui avait accroché le panneau : Typhon, le dragon. Elle se rappelait avoir entendu les ouvriers près de sa chambre mentionner que le dragon n'était pas chez lui. Elle ne s'était alors pas rendu compte qu'ils parlaient de Typhon. Une voix intérieure insista pour qu'elle fasse demi-tour, mais elle n'y prêta pas attention. Elle voulait seulement jeter un coup d'œil. Elle fit un pas en avant.

Muffy était réticente à aller plus loin. Elle planta ses pattes chancelantes dans la pierre et tira sur la laisse. Pénélope soupira : « Ça va aller, Muffy », dit-elle en prenant le caniche récalcitrant dans ses bras.

Une fois dans le repaire du dragon, Pénélope alla d'une pièce à l'autre, à la recherche des salles au trésor. Lorsqu'elle en trouva enfin une (il y en avait plusieurs autres), elle resta debout dans l'embrasure de la porte, les yeux grand ouverts. Muffy lui glissa des mains et poussa un glapissement strident en retombant maladroitement sur ses pattes. Mais pour une fois, Pénélope ne s'en était pas rendu compte. Ses yeux, grand ouverts, étaient soudés sur les pierres précieuses et sur les montagnes de bijoux en or. Elle entra lentement dans la caverne. Puis, elle s'agenouilla sur le plancher, prit une poignée d'émeraudes, de diamants, de rubis et les laissa s'écouler à travers ses doigts, tel un liquide multicolore.

Muffy entra dans la caverne à son tour. Elle plongea sa tête dans un panier débordant de saphirs bleus et noirs, pressant son museau noir contre les pierres. Ensuite, elle se promena dans la caverne en jappant.

Pénélope s'enveloppa dans une longue étoffe faite d'un tissu doré, qui ressemblait à de l'eau au toucher. Dans un coin de la pièce, elle vit un miroir couché sur le côté, appuyé contre le mur. Elle remit le miroir sur ses pieds, fit un pas arrière, et drapa l'étoffe dorée sur ses épaules, comme une longue traîne. Elle sourit en se voyant ainsi dans le miroir. « Regarde, Muffs », dit-elle. Le petit chien rejoignit sa maîtresse, renifla le tissu somptueux, remuant avec excitation son moignon couvert de pansements.

L'après-midi passa et Pénélope trouva une couronne en or miniature, avec de minuscules citrines et tourmalines incrustées dans la bande délicate. En riant, elle déposa la couronne sur la tête de Muffy. Elle lui allait comme un gant. Lorsqu'elle tendit le bras pour reprendre la couronne, le chien grogna et s'éloigna avec son butin en boitant. Il alla se cacher quelque part au milieu du trésor.

Drapée d'or et couverte de la tête aux pieds de bijoux qui auraient suffi pour rembourser la dette nationale de tous les pays sur terre, Pénélope était debout dans l'embrasure d'une autre caverne, stupéfaite par ce qu'elle voyait devant elle : une montagne de couronnes et de diadèmes, incrustés de pierres précieuses de toutes les tailles, formes et couleurs imaginables. Elle essaya une couronne, mais elle était beaucoup trop grande pour sa tête et pendait maintenant autour de son cou.

Muffy se mit à grogner. Pénélope sursauta, puis se retourna. Une créature monstrueuse se trouvait là, devant elle, dans l'entrée de la caverne. Ses yeux étaient ardents et du feu lui sortait des naseaux. C'était Typhon, le dragon.

« VOLEUR ! » hurla Typhon, crachant une boule de feu sur la jeune fille.

Pénélope poussa un cri et s'esquiva juste à temps pour ne pas être touchée par la boule de feu. À la taille du cratère produit par la boule de feu, elle conclut que si elle n'avait bougé, elle serait morte. Elle fixait du regard le gigantesque dragon, s'en voulant d'avoir l'air coupable, alors qu'elle n'avait rien fait de mal.

« J-je n-n'ai r-rien v-volé », s'écria-t-elle.

L'énorme tête du dragon se tourna brusquement vers Muffy, qui grognait comme un loup et essaya de mordre un des orteils de la créature. Rapide comme l'éclair, Typhon saisit le petit animal avec sa main. Malgré cela, Muffy continua à japper. Elle continua à japper pendant tout le trajet qui la menait jusqu'à la bouche du dragon. Juste au moment où Typhon s'apprêtait à mettre le caniche dans sa gueule caverneuse, Pénélope se mit à genoux, le visage baigné de larmes.

« Je vous en prie, ne la dévorez pas », supplia-t-elle. « On jouait, c'est tout. Je n'ai rien volé, parole d'honneur ! »

« TU MENS ! » Le dragon fouetta l'air de sa queue, démolissant presque l'entrée ce faisant, et provoquant la chute de gros rochers sur son dos couvert d'épaisses écailles noires.

« Je vous en prie, ne faites pas de mal à Muffy. Je vais nettoyer votre trésor. Ne lui faites pas de mal. Elle a déjà reçu assez de blessures. Je vous en prie, laissez-la partir. Je vais faire tout ce que vous voulez. »

« TOUT ? »

« Oui », dit Pénélope. Elle se raccrochait à l'hésitation du dragon, comme un naufragé se raccroche à une bouée de sauvetage.

« SUIS-MOI », ordonna le dragon, en se reculant de l'entrée.

Pénélope le suivit docilement, devant se servir de ses mains pour passer par-dessus les rochers qui étaient tombés. Elle le suivait de loin pour éviter d'être écrasée à mort par la queue du dragon. Typhon la fit entrer dans une grande caverne sur le flanc de la montagne, dont une des entrées menait directement à une grande corniche à l'extérieur. Au milieu de la salle, une énorme pierre noire, sillonnée de bandes rouges et tachetée d'or, reposait sur un coussin dans un panier de la taille d'une baignoire.

Typhon indiqua la pierre. « Surveille-la jusqu'à mon retour. Ne la quitte pas des yeux. N'y touche pas. Ne la perds pas, sinon vous allez le regretter amèrement, toi et ta petite amie. On se comprend bien ? »

Pénélope se recroquevilla en entendant le ton menaçant du dragon, mais elle fit oui de la tête. Elle osa même parler. « Q-quand al-allez-vous être de retour ? »

« À MON RETOUR », répondit Typhon d'une voix tonitruante. Il ouvrit sa main et libéra Muffy. Puis, il fouetta l'air de sa queue, fit passer son corps gigantesque à travers la petite ouverture et disparut à l'extérieur.

« D'accord », se dit Pénélope. « Prends ton temps. »

Aussitôt après le départ du dragon, la jeune fille se sentit profondément soulagée, comme l'insomniaque qui réussissait enfin à s'endormir. Ses jambes se ramollirent comme des spaghettis cuits et elle tomba à terre, le dos appuyé contre le mur de la caverne. Muffy boitilla jusqu'à elle pour se faire réconforter. Elle prit dans ses bras l'animal qui tremblait, ajusta le collier, et fixa du regard la pierre géante. Est-ce que le dragon les laisserait vraiment partir si elle faisait ce qu'il demandait ? Et s'il ne revenait pas avant une semaine ? Comment arriveraient-elles à survivre aussi longtemps sans nourriture ? Est-ce que Typhon était sérieux lorsqu'il lui avait dit de ne pas quitter la pierre des yeux ? Elle devait bien cligner des yeux, non ?

Tout à coup, elle entendit un *crac !* bruyant. Elle se leva. Elle se sentait désorientée, comme si on l'avait brutalement réveillée d'un sommeil profond. S'était-elle endormie ? Reprenant courage en constatant que la pierre était toujours là, elle déposa Muffy et se promena dans la caverne, se demandant ce qui avait bien pu faire ce bruit. N'ayant rien trouvé qui clochait, elle posa la paume de sa main contre la surface froide de la pierre et marcha autour. Quelle sorte de pierre précieuse est-ce ? se demanda-t-elle. Le druide avait dit que les dragons travaillaient dur pour obtenir leur trésor. Est-ce qu'on avait donné la pierre à Typhon comme paiement pour un travail ? Qu'est-ce que les dragons faisaient, au juste ?

Crac ! Elle retira subitement sa main de la pierre et recula d'un bond, comme si on venait de la mordre. Elle recula contre le mur. La pierre craqua à nouveau sous son regard horrifié et une fissure se forma sur sa longueur. Le son venait de la pierre. En un éclair, Pénélope comprit que l'objet qu'elle gardait n'était pas du tout une pierre précieuse. C'était un œuf géant. Un œuf de dragon. Et il était en train d'éclore.

« Oh ! mon Dieu ! Oh non ! » s'écria-t-elle. Elle paniqua et courut jusqu'à l'entrée de la caverne, puis revint près de l'œuf. « Ça ne peut pas m'arriver ! Qu'est-ce que je vais faire ? »

En entendant la note de panique dans la voix de Pénélope, Muffy se mit à grogner et à regarder autour d'elle pour trouver la cause de la détresse de sa maîtresse. Ses minuscules yeux noirs s'arrêtèrent sur l'œuf juste au moment où la fissure s'ouvrait pour laisser une tête émerger de la coquille. Puis, les quelques poils qui lui restaient se hérissèrent et elle s'immobilisa, les yeux fixés sur la créature qui tentait de s'extraire de l'œuf.

Pénélope faisait une crise de nerfs. Son esprit allait dans une douzaine de directions à la fois. Cet énorme bébé dragon pouvait les engloutir toutes les deux en une bouchée. Cela ne faisait pas partie de l'entente qu'elle avait faite avec Typhon. Comment avait-il pu la laisser seule avec un œuf de dragon ? Il aurait dû lui dire. De cette façon, elle ne serait pas en train de faire une dépression nerveuse. Elle devait penser à quelque chose avant que la créature ne sorte de l'œuf. Mais quoi ? Elle ne savait rien à propos des dragons. Qu'est-ce qu'ils mangent ? Et s'il sortait et tombait au bas de la montagne ? Est-ce que les bébés dragons peuvent voler ?

Le dragon noir sortit le reste de son corps de la coquille et déroula sa grande queue. La créature était au moins deux fois plus grande que Pénélope. Cette dernière avait remarqué les petites bosses dans le dos de la créature, là où ses ailes allaient se former. Cela répondait donc à la question de savoir s'il pouvait voler. La créature cligna ses yeux pour s'adapter à la lumière ambiante. En voyant la fille, la créature s'immobilisa comme Muffy.

Pénélope fixait du regard l'énorme nouveau-né. Elle se rappelait que Miranda avait déjà dit que les bébés étaient mignons, mais elle n'avait probablement jamais vu un bébé dragon. Cette créature-là n'était pas mignonne. C'était une chose primitive et effrayante, et la jeune fille n'avait aucune idée de la manière de s'y prendre avec elle. Son cœur se mit à battre violemment dans sa poitrine en voyant que c'est vers elle que le dragon fit ses premiers pas. Muffy était encore paralysée par la peur et restait muette comme une tombe. *C'est probablement pourquoi elle est encore en vie*, pensa Pénélope, priant que le chien continue à avoir peur.

« RESTE ! » cria-t-elle. Mais le dragon étira son long cou. Son visage était maintenant à quelques centimètres de celui de Pénélope. Ses naseaux se dilataient tandis qu'il reniflait la jeune fille et les bijoux entassés autour de son cou.

Des gouttes de sueur perlaient sur le visage de Pénélope. Le dragon émit alors un bruit grinçant, et colla son museau contre le visage de la jeune fille. Oh non ! pensa-t-elle. Qu'est-ce qu'il veut ? *Il va m'arracher la tête. Il va me cracher du feu sur le visage.* Se sentant défaillir sous l'effet de la peur, elle s'arma de courage et toucha le museau du dragon. Il était chaud. Est-ce qu'il avait de la température ? pensa-t-elle. Est-ce qu'il était malade ? Oh ! mon Dieu ! Pourquoi est-ce que je suis venue ici ? *Je vous en prie, faites que je sorte d'ici vivante et je vous promets de ne plus jamais mentir. Je ne volerai plus. Je vais travailler plus dur à l'école. Je vais donner tous mes CD. Je vais même donner tout mon argent aux pauvres… enfin, peut-être pas tout, mais je vais en donner une bonne partie.*

Le dragon semblait fasciné par les pierres précieuses se trouvant sur les colliers qu'elle avait autour du cou. Il semblait particulièrement intéressé par un étincelant diamant jaune qui pendait à une grosse chaîne. Pénélope enleva la chaîne et fit balancer la pierre précieuse devant le museau du dragon. Incapable de détourner le regard, le nouveau-né suivait la pierre avec sa tête. Il va peut-être s'endormir, pensa Pénélope. Elle voulait à tout prix que Typhon revienne. Le diamant cessa de se balancer pendant qu'elle changeait de main. C'est à ce moment que le bébé dragon s'empara du joyau avec sa gueule.

« NON ! » cria Pénélope. Elle avait plus peur de Typhon que du bébé. Elle saisit la mâchoire du bébé et tenta de l'ouvrir. « Lâche ça ! »

Le dragon la regarda, cligna des yeux et avala la pierre. Ensuite, la lumière du soleil qui filtrait à travers l'entrée de la caverne détourna son attention. La créature se dirigea alors tout droit vers l'entrée. Pénélope refoula ses larmes et courut après la créature. Elle savait qu'elle n'arriverait jamais à rattraper le dragon avant qu'il n'arrive sur l'étroite corniche à l'extérieur.

Tout à coup, apparue de nulle part, Muffy se plaça entre le gigantesque nouveau-né et la sortie, lui bloquant ainsi le passage.

Pénélope ouvrit la bouche pour pousser un cri, mais sa gorge était paralysée par la peur. Aucun son ne put en sortir. Elle était horrifiée de voir le dragon s'approcher en trébuchant de Muffy, telle une baleine s'approchant d'un vairon.

Muffy aboya. Le dragon hésita. Muffy aboya à nouveau, s'approchant avec précaution du nouveau-né. Le dragon hésitait encore. Muffy s'approcha un peu plus. Le bébé dragon recula d'un pas.

Pénélope avait retenu son souffle si longtemps qu'elle craignait de perdre connaissance. Elle n'en croyait pas ses yeux. Ni Typhon d'ailleurs, qui avait tout vu depuis l'entrée de la caverne. Lentement, le dragon monstrueux se glissa à travers la petite ouverture. Il roula un rocher massif devant l'entrée. Ensuite, il se tourna lentement, son regard ardent se posa sur Pénélope, puis sur Muffy. Personne ne dit un mot.

« Il a mangé un des bijoux », dit enfin Pénélope, d'un air malheureux. « Désolée. »

« Viens », dit Typhon ». Étrangement, sa voix était douce.

Il mena la jeune fille à une des salles au trésor. « Rends-moi les bijoux », dit-il.

Pénélope enleva les colliers, puis les autres bijoux. Elle retira enfin la couronne en or et la déposa dans la main de Typhon.

Le dragon la mena à une autre salle. « Attends ici », dit-il. Il entra dans la caverne et fouilla dans un bric-à-brac d'objets sales et noircis. Pénélope l'observait de l'embrasure. Cela devait certainement être l'endroit où Typhon gardait les déchets. Elle n'avait jamais vu un tel fouillis. Typhon trouva finalement ce qu'il cherchait. Il prit quelque chose dans le tas et se tourna vers la jeune fille.

« Tu aimes les couronnes », dit-il. « Je crois que tu disais la vérité. Tu n'es pas venue ici pour me cambrioler. Prends ceci. Je rembourse mes dettes avec un cadeau et une faveur. Maintenant, va-t-en. »

Pénélope prit Muffy dans ses bras et se sauva à toutes jambes. Ce n'est qu'une fois rendue dans l'escalier qu'elle s'arrêta pour examiner de plus près le cadeau du dragon. Elle n'avait jamais rien vu de plus laid : une couronne de pacotille, toute cabossée. Elle était d'un noir luisant, et semblait être en plastique. Soudain, elle éclata de rire. Elle voulait la couronne en or qui lui était tombée autour du cou. Alors, Typhon lui a donné cette camelote. Est-ce que c'était le prix que demandaient normalement les gardiennes de dragon ?

« Viens, Muffy. Allons-y. » Mais en retournant à sa chambre, elle se demanda pourquoi le dragon avait dit qu'il payait ses dettes avec une faveur. Est-ce que cela voulait dire qu'il lui devait une faveur, ou le contraire ?

CHAPITRE 30

LA PROPHÉTIE

 a troublante obscurité était un mur impénétrable. Miranda passa maladroitement une jambe par-dessus le dos d'Éclair et descendit du cheval. Un sentiment de terreur jaillit en elle comme un geyser.

« Qu'est-ce que c'est ? » demanda-t-elle à son compagnon de voyage, incapable de détourner son regard du phénomène tumultueux et assourdissant.

Elle savait que le druide était descendu de son cheval et était en train de brosser les chevaux. Elle se sentait coupable de ne pas l'aider, mais elle était comme hypnotisée par la puissance de la chose qui protégeait les contrées des ténèbres.

« Certains disent que c'est une guerre qui fait rage entre les éléments », répondit le druide en se joignant à elle et en posant une main sur son épaule. « Un grand cataclysme qui fait rage autour des contrées des ténèbres depuis que le Démon a manifesté sa présence sur terre. Le premier druide a écrit dans son journal que si on le

fixe trop longtemps du regard, on risque de perdre son sens de l'équilibre et d'être attiré à l'intérieur. »

Miranda avait beaucoup de mal à arracher son regard du cataclysme, ce qui confirmait ce que le druide venait de dire. « Je me demande comment il savait ça », dit-elle en clignant rapidement des yeux. « À moins que... »

« Dans son journal, il décrit le combat acharné qu'il a mené pour ne pas se faire engloutir par la tempête. Mais il savait en même temps que s'il lui résistait, la tempête gagnerait en vigueur, ce qui affaiblirait le druide. »

« C'est horrible », s'écria Miranda. « Il pourrait être là-dedans à l'heure où on se parle. »

« Je ne sais pas ce qu'il y a dans la tempête. »

Miranda frémit. Prenant bien soin de ne pas le regarder, elle agita le bras dans la direction du nuage tourbillonnant. « Je ne peux pas vous guider à travers ça. Si nous entrons là-dedans, nous allons mourir. »

« Je crois que tu es peut-être la seule à pouvoir nous faire entrer dans les contrées des ténèbres. »

« Vous avez tort. Je n'en suis pas capable. » La peur de Miranda la mettait en colère. Elle se sentait comme un insecte au beau milieu d'un violent incendie de forêt. Pourquoi les gens s'attendaient-ils toujours à ce qu'elle fasse ce qu'elle était incapable de faire ? Pourquoi *elle* ? Comment se débrouillaient-ils sans elle ? « Je ne suis pas capable de faire ça, » répéta-t-elle.

Elle s'attendait à ce que le druide lui parle sur un ton sévère. Mais lorsqu'il se décida enfin à parler, sa voix était douce. « Mon enfant, je ne te demanderais pas de faire quelque chose si je t'en croyais incapable. »

« C'est pas vrai », s'écria Miranda. Elle lui tourna le dos, sachant qu'elle agissait comme un enfant. « Vous m'avez envoyée chercher l'œuf du serpent. Mais ce n'était pas assez. J'ai dû ensuite aller à Dundurum et prendre le Démon au piège afin qu'Elester puisse l'enfermer. »

« Regarde-moi, Miranda. »

À contrecoeur, Miranda tourna la tête vers le druide et le regarda dans ses yeux bleu-noir. Elle se sentait maintenant coupable à cause de lui. Pourquoi le laissait-elle faire ?

« Est-ce là le souvenir que tu gardes de ton dernier séjour dans ce monde ? » La voix de Naim correspondait bien à la tristesse dans son regard. Il savait que la fille avait peur. Il ne la blâmait pas. Il savait qu'elle n'était probablement pas aussi effrayée qu'elle aurait dû l'être.

Miranda regarda ses pieds. Elle hocha la tête lentement. « Non », chuchota-t-elle.

« Es-tu en colère depuis tout ce temps ? » demanda le druide, doucement.

« Non, non ! » s'écria Miranda. « Je ne suis pas en colère. Je n'ai jamais été en colère, sauf contre le Démon… contre le mal. Naim, j'ai peur. »

Naim regarda la jeune fille en plissant les yeux, comme s'il essayait de lire dans ses pensées. Il n'était pas absolument convaincu qu'elle n'avait pas gardé de ressentiment envers lui. Après tout, elle avait seulement dix ans. Et il avait toujours exigé beaucoup d'elle, plus qu'il n'en avait jamais exigé d'un adulte. N'en avait-elle pas déjà fait assez ?

« Ce n'est pas juste, comme vous dites, toi et tes compagnons, n'est-ce pas ? » demanda-t-il.

« Je suppose que oui », répondit Miranda. « Je n'ai jamais rien fait au Démon. Je ne comprends pas pourquoi il veut tout détruire. » Elle poussa un grand soupir. « Je hais le mal. Je souhaite que le Démon meure et que ce soit la fin du mal. »

Naim rejeta la tête en arrière et rit. « Le mal n'a pas besoin du Démon pour exister, mon enfant. »

« Si le mal ne vient pas du Démon, d'où vient-il alors ? » demanda Miranda, totalement confuse.

« Il existe, Miranda, comme la mauvaise herbe. »

« Mais vous combattez le mal. Comment pouvez-vous continuer à vous battre, jour après jour, sachant que vous n'arriverez jamais à éradiquer le mal ? »

« Je hais le mal, moi aussi. J'ai consacré ma vie à le combattre, sous toutes ses formes. Mais imaginons un instant ce qui arriverait si on parvenait à éradiquer le mal et que notre tragique combat prenait fin. »

« On vivrait dans un monde parfait », dit-elle, en poussant un soupir de soulagement. En fait, c'était le type de monde dont rêvaient Miranda et ses amis.

« Exactement », dit le druide, comme si un monde parfait n'était pas une bonne chose.

« Qu'est-ce que vous voulez dire ? » demanda la jeune fille.

« Penses-y », répondit le druide. « Un monde parfait, ce serait un monde où le plaisir viendrait sans effort, sans lutte. J'ai peur que ton monde idéal soit, à cause de sa perfection, à l'origine d'une nouvelle forme de mal. »

« Je ne comprends pas », dit Miranda.

« Moi non plus », répondit le druide, tristement.

Tandis que Naim s'occupait des chevaux, il demanda à Miranda de cueillir des champignons sauvages. Ils poussaient dans le sol, près des racines, et sur les troncs d'arbre. Miranda aimait manger les champignons, mais elle ne pouvait pas faire la différence entre un champignon vénéneux et un champignon comestible. Une fois leurs corvées faites, le druide tria soigneusement les champignons vénéneux et comestibles, expliquant à Miranda ce qui les différenciait. Ensuite, il alluma un feu et ils s'assirent côte à côte sur un rondin, faisant griller en silence les champignons au bout de bâtons.

Même si le druide lui avait conseillé de ne pas en faire grand cas, Miranda ne pouvait s'empêcher de penser à la prophétie de l'oracle. Et puis, une image qui se cachait sous les eaux de sa conscience fit surface tout à coup. Elle sursauta et laissa tomber son bâton dans le feu.

« Des serpents capables de marcher », chuchota-t-elle, pensivement, comme si elle essayait de se rappeler les paroles d'une chanson.

Miranda se tourna vers le vieil homme. « Je sais ce que "serpents capables de marcher" veut dire ! »

« Mais qu'est-ce que tu me racontes là, petite ? »

« La prophétie ! » s'écria Miranda. « Vous souvenez-vous du serpent dont je vous ai parlé, celui qui avait essayé de m'empêcher de passer par le portail ? »

« Je m'en souviens », dit Naïm. « Et alors ? »

« Il n'est pas sorti tout droit de l'obscurité, comme j'ai cru. Il venait d'une silhouette sombre qui gisait au sol. Je me souviens d'avoir pensé que c'était Malcolm. »

« Et tu crois que le serpent animait le corps de Malcolm pour servir ses propres intérêts ? »

« Oui », dit Miranda, avec certitude. « Je crois que c'est ce que l'oracle voulait dire par des serpents capables de marcher. »

Pendant un instant, le druide eut le regard perdu dans les flammes. « Si tu as raison, et je crois que tu as raison, cela veut dire que le serpent attrapé par le chien de Pénélope sur l'île d'Ellesmere n'est pas mort à la suite de ses blessures. »

Miranda se leva et s'approcha du feu. Mais la chaleur des flammes n'arrivait pas à chasser le frisson qui s'était emparé de son corps et qui lui faisait claquer des

dents. Elle réfléchissait à toute vitesse, essayant de se rappeler la formulation exacte de la prophétie. « Si le serpent anime Malcolm... » Elle hésita, cherchant les mots pour exprimer ce qu'elle pensait. « Ce que je veux dire, c'est... eh bien... c'est juste *un* serpent. La prophétie mentionne *cinq serpents capables de marcher*. Est-ce que ça veut dire qu'il y en a quatre autres ? »

Le druide hocha la tête. « Je ne sais pas », dit-il, « mais l'idée qu'il y en a d'autres m'effraye. »

Ils discutèrent encore un temps et ensuite le druide s'éloigna du feu, s'enroula dans sa cape foncée et s'installa sur le sol, le dos appuyé contre un arbre. « Il faut dormir maintenant », dit-il. « Rien ne sert de s'inquiéter. Nous avons une longue route devant nous si nous voulons atteindre, à la même heure demain, le col qui mène dans le royaume de la Haine. »

Miranda n'arrivait pas à s'endormir. Elle était sur les nerfs. Elle s'inquiétait au sujet de la prophétie et se demandait ce que demain leur réservait. Elle remua la braise avec son bâton. Les étincelles qui s'élevaient au-dessus du feu brillaient un bref instant pour ensuite mourir brusquement, comme les bonnes intentions. Bien que la nuit sans lune dissimulât le cataclysme, Miranda pouvait quand même sentir la présence inquiétante de la barrière noire. La chose semblait être au courant de la présence de Miranda, et la jeune fille avait le sentiment que la chose ratissait l'air pour la trouver.

« Viens. Il faut y aller ». La voix du druide était empreinte de lassitude, comme s'il n'avait pas fermé l'œil depuis plusieurs nuits.

Miranda ouvrit les yeux et s'assit, étonnée qu'elle se fût endormie. Elle regarda vers le nord-est et son cœur s'arrêta de battre. La tournoyante masse noire était tellement proche qu'elle avait le sentiment que si elle tendait la main, elle disparaîtrait dans les ténèbres et se briserait net. La chose n'avait pas semblé aussi massive la nuit dernière. Si elle regardait assez longtemps, elle pouvait identifier des choses qui se déplaçaient en son sein.

« Miranda…? »

Elle sursauta en entendant son nom. C'est avec difficulté qu'elle détourna son regard du cataclysme, puis elle suivit le druide jusqu'aux chevaux. Elle avait l'impression d'avoir le ventre creux et elle avait le cœur gros.

Ils montèrent sur Tonnerre jusqu'au début de l'après-midi, puis firent une pause pour s'étirer. En moins d'une demi-heure, ils reprirent la route, sur Éclair cette fois-ci. Miranda pouvait maintenant entendre la tempête noire. C'était comme un grondement de tonnerre continu. Les chevaux l'entendaient aussi. Ils piaffaient nerveusement, leurs oreilles à plat sur leurs têtes. À mesure qu'ils approchaient, les ténèbres prenaient de l'expansion, voilant une partie du ciel. Elle avait le sentiment qu'elle, le druide et les chevaux rapetissaient de plus en plus, et que les ténèbres allaient bientôt tous les dévorer.

À la tombée de la nuit, Naim arrêta Éclair. « Nous devons laisser les chevaux ici », dit-il.

Miranda comprenait pourquoi ils ne pouvaient pas amener les chevaux plus loin, mais elle avait les larmes aux yeux lorsque vint le moment de leur dire au revoir. Leur sombre voyage semblait à présent encore plus sombre, plus dangereux, maintenant qu'ils étaient seulement deux. Naim dessella les chevaux, et déposa la selle, les sacoches en cuir et les brides sur la grosse branche d'un érable. Ensuite, il appela les animaux et, posant une main sur leurs têtes, leur parla doucement. Miranda ne pouvait entendre ce qu'il disait, mais elle se disait qu'il les remerciait probablement de les avoir transportés

301

aussi loin. Il prit ensuite son bâton en bois et se tourna vers la tempête.

« Et prenez garde aux trolls », mit en garde Miranda, en les caressant une dernière fois. Ensuite, elle suivit le druide, tenant fermement dans sa main le petit sac contenant les pierres de sang.

Les chevaux brun pâle restaient immobiles, comme s'ils avaient été taillés dans le bronze, regardant l'homme et la jeune fille s'éloigner à l'horizon.

CHAPITRE 31

L'ATTAQUE DES DROMS

icholas serra les dents pour les empêcher de claquer. Derrière eux, il pouvait entendre un frottement à glacer le sang. Quelle que fût la créature qui était à leurs trousses, elle gagnait du terrain. Pour la centième fois, il souhaita avoir une lumière. S'il pouvait voir leur poursuivant, même si c'était la Haine elle-même, ce serait déjà mieux que toutes ces choses affreuses qu'il s'imaginait. Parfois, il s'imaginait que c'était une araignée géante qui les traquait, dont les jambes poilues produisaient le frottement qu'il entendait. D'autres fois, il s'imaginait qu'un rat géant, muni de longues griffes, les poursuivait, et dont la queue traînait derrière lui comme un serpent mort.

Nicholas suivait Emmet, qui était passé devant. Tenant dans sa main une des extrémités de la corde de fortune, Emmet s'arrêtait fréquemment pour se repérer. Il savait tout sur les roches et sur les tunnels que l'on creusait sous les montagnes, mais il était mal à l'aise dans ce terrier sombre et humide. Il n'avait aucune idée de

quelles sortes de créature peuplaient les marécages. Ces créatures étaient-elles féroces ? Ou bien timides et inoffensives ? Serrant la corde plus fermement, il avançait avec précaution. Sans avertissement, il tomba tête la première dans un trou profond.

Soudain, Nicholas sentit la corde s'étirer et se tendre, avant de se casser net.

« Emmet ! » siffla-t-il. « Où êtes-vous ? »

Lorsque le Nain répondit, sa voix était sourde, comme s'il parlait à travers un mur épais. « À terre ! Silence ! » dit Emmet avec insistance.

Le garçon obéit sur le coup. Il se laissa tomber à plat ventre et rampa dans la direction d'Emmet. Lorsqu'il sentit le trou, il étira le bras et mit la main à l'intérieur. « Emmet ? » chuchota-t-il, d'une voix un peu trop forte. Il savait qu'il était sur le point de paniquer, mais il n'arrivait pas à dominer sa peur.

« Ne bouge surtout pas », ordonna le Nain. « Écoute ! »

Nicholas tendit l'oreille. Plus tôt, il entendait un frottement derrière eux. Mais maintenant, il entendait des bruits similaires tout autour d'eux, comme si les parois en boue du terrier s'animaient. Ils étaient pris au piège. Il retint son souffle et se plaqua contre le sol humide. Alors qu'il efforçait tant bien que mal de demeurer immobile, de la sueur se forma, malgré le froid, sur son cou et dans son dos. Mais il lui était presque impossible de rester immobile alors que ses instincts lui criaient de s'enfuir le plus vite possible.

« Donne-moi la main, petit. »

En entendant la voix d'Emmet, Nicholas oublia sa peur pendant un moment et s'empressa d'obéir. Tout en évitant de tomber dans le trou, il tendit le bras et cherchait à l'aveuglette jusqu'à ce qu'il touche à une main calleuse. Empoignant la main d'Emmet, il s'apprêta à le tirer hors du trou. C'est à ce moment qu'une des créatures se fraya un chemin à travers la paroi.

Instinctivement, Nicholas lâcha brusquement la main d'Emmet et s'immobilisa, ses nerfs tendus comme les cordes d'un violon. Il sentit que la chose s'était immobilisée, elle aussi. Elle guettait, près de ses orteils, le moindre signe de mouvement qui lui indiquerait l'emplacement de sa proie. Il tenta de s'enfoncer dans le sol mou, dans un effort désespéré pour se cacher. Les secondes semblaient durer des heures. Nicholas maudit l'obscurité et le sentiment d'impuissance qui montait en lui. L'envie qu'il avait éprouvée de prendre la fuite revint de plus belle. Mais il risquait d'arriver nez à nez avec une des créatures. Il savait qu'il ne pouvait pas rester couché là, priant pour que la chose près de sa cheville l'ignore. Il devait faire quelque chose. Mais quoi ? Comment pouvait-il se battre contre elle sans arme ? Il était maintenant trop tard pour songer à reprendre son épée aux trolls.

Nicholas versa d'amères larmes de frustration. Il était complètement sans défense. Mais il était en même temps résolu à ne pas finir ses jours dans cet endroit sombre, où personne, ni même ses parents, ne pourrait jamais savoir ce qui lui était arrivé. L'idée de finir comme un tas d'os, comme les autres pauvres créatures qui étaient mortes seules dans cet endroit horrible, le terrifiait. Il n'y avait rien de pire. Rien ! Il pensa un instant à Miranda. Son père était-il mort ici ? Peut-être était-ce les ossements de son père qu'ils avaient trouvés, lui et Emmet ? *J'espère que non !* pensa-t-il. *Non !* Il sentit la colère monter en lui. Il tendit la main dans le trou. « Ils approchent », chuchota-t-il. « Nous devrons les affronter tôt ou tard. »

Emmet attrapa le bras du garçon. « Le plus tôt sera le mieux », répondit-il. Il posa son pied contre la paroi

et, utilisant le bras de Nicholas comme d'une corde, commença à se hisser hors de la fosse.

Nicholas sentit une violente douleur dans son bras pendant que son compagnon se hissait hors du trou. Il avait l'impression que son épaule venait de se disloquer et que son bras s'était allongé de trente centimètres. Mais il n'avait pas le temps de se soucier de cela, puisque la créature près de lui remua tout à coup : elle avait détecté le mouvement des deux humains. Emmet respirait bruyamment quand il parvint enfin à se hisser hors du trou. « Debout, petit », siffla-t-il en s'éloignant du garçon.

Nicholas regardait le Nain, et se rendit compte tout à coup qu'il pouvait voir. Il entendit ensuite des voix fortes, bourrues.

Une armée de Nains avaient pris d'assaut le terrier. Épées et haches à la main, ils étaient prêts à charger les créatures en forme de ver qui recouvraient le sol comme une mer de lait vivante, ou encore à charger celles dont la tête sortait des parois ou du plafond, tels d'énormes pouces blancs. Bien que les droms fussent aveugles, ils semblaient être sensibles à l'intensité des lumières fixées sur la tête des Nains. L'apparition soudaine de toutes ces lumières les étourdit, comme un troupeau de cerfs paralysés par les phares d'une automobile.

La vue de ces êtres géants et translucides souleva le cœur de Nicholas, laissant un goût amer dans sa bouche. Il se plia en deux et eut un haut-le-cœur, essayant de cracher la puanteur qui lui collait à la bouche.

« Salut ! » cria Emmet. Il agitait les bras tout en se frayant un passage à travers les créatures immobiles. « Vous avez pris tout votre temps pour venir ici. Lance-moi une hache, Cyrus. »

Avec un large sourire, le Nain regarda derrière lui. Ce qu'il vit l'arrêta net. Autour de Nicholas, les droms reprenaient vie. Et Nicholas disparaissait lentement dans la gueule immense d'une des créatures, dont le corps se contractait tandis qu'elle aspirait le garçon en lui. Emmet se rendit compte que le jeune était paralysé de terreur. Nicholas ne clignait pas des yeux, et ceux-ci sortaient de leurs orbites comme des balles de golf. Emmet secoua la tête, attrapa la hache que lui avait lancée Cyrus, et marcha d'un pas lourd vers le garçon, en se frayant à coups de hache un passage à travers les droms.

« Ça va aller, petit », cria-t-il, en s'emparant du poignet de Nicholas. « Tiens bon ! »

Nicholas clignait des yeux d'un air stupide tandis que le Nain saisit le poignet du garçon avec sa main puissante et tira de toutes ses forces. Il essaya de dire un mot, mais la peur lui avait coupé la parole.

Tenant Nicholas avec une main et la hache de l'autre, Emmet donna des coups de hache au drom jusqu'à ce que les convulsions de la créature ralentissent, puis s'arrêtent. Lorsqu'il fut certain que la créature était morte, Emmet glissa la hache dans sa ceinture et libéra Nicholas avec ses deux mains. Nicholas était étendu sur le sol, aussi immobile que le drom mort. Il ne pouvait pas sentir ses jambes et il avait trop peur de regarder, au cas où elles seraient restées à l'intérieur du drom.

« Debout ! » ordonna Emmet. « Tout de suite, petit. »

« Mes jambes… » dit Nicholas d'une voie rauque. Il essaya de se relever, mais il était trop faible pour bouger. « Sont-elles…? »

Emmet grogna. « Tu as deux jambes, petit. Maintenant, sers-t'en. » Son impatience s'envola lorsqu'il se rendit compte tout à coup que les jambes de Nicholas étaient engourdies après avoir été comprimées par les

muscles puissants du drom. Il plaça doucement le bras du garçon autour de son épaule et l'aida à se relever. Mais cela ne servit à rien. Nicholas n'avait plus aucun contrôle sur ses jambes. Elles se dérobaient sous lui comme des haricots verts trop cuits.

« Eh ! » cria Emmet, tandis qu'il emmenait le garçon vers les autres Nains, en le traînant à moitié, le portant à moitié.

Plusieurs Nains se précipitèrent auprès de Nicholas et prirent le relais d'Emmet. Puis, ils se précipitèrent tous pour sortir du terrier, en passant par où ils étaient entrés.

CHAPITRE 32

LES CONTRÉES DES TÉNÈBRES

'est là ! » cria le druide, en pointant du doigt. Les paroles du druide se noyèrent dans le rugissement du cataclysme, mais Miranda regarda où il pointait, plissant les yeux dans l'obscurité. Ils se tenaient là, au bord de la tempête. Même si le sombre nuage tourbillonnant anéantissait la lumière, elle pouvait distinguer les deux colonnes gigantesques qui bordaient l'entrée du royaume de la Haine, le Démon. Au fur et à mesure qu'ils approchaient, les colonnes révélaient de plus en plus de détails qui n'avaient pas été visibles au loin. Miranda voyait à présent qu'elles n'étaient pas du tout des colonnes, mais deux immenses statues — de gigantesques gardiens provenant d'une autre époque — sculptées dans une pierre aussi noire que le milieu de la nuit.

Elle ne pouvait pas quitter les imposantes sentinelles des yeux. Son regard se promenait sur la statue la plus proche, dont la taille colossale lui coupa le souffle. Elle se dressait si haut que sa tête disparaissait dans la

tempête qui rugissait dans le ciel. En présence d'une telle puissance, elle se sentait comme un grain de poussière.

Des runes païennes et d'affreuses images représentant des monstres qui s'en prenaient à toutes sortes de créatures, grandes et petites, étaient profondément gravées dans la pierre. Miranda savait instinctivement que les runes correspondaient aux images et avaient été gravées par quelque chose de profondément malfaisant.

Le druide se tourna vers elle. « Ils étaient les derniers de leur espèce » expliqua-t-il, en inclinant la tête vers les sentinelles. « Avant que le Démon ne décide de prendre le contrôle sur Dars-Healyng, ces terres appartenaient aux Dars, une fière race de géants. »

« Que sont-ils devenus ? » demanda Miranda.

« La Haine leur donna un choix : se joindre à elle ou mourir. Ils sont morts. »

Miranda fit un signe en direction des géants. « Vous voulez dire que les Dars sont morts… tous jusqu'au dernier ? »

« Oui », répondit Naim tristement. « Ces deux-là étaient les derniers. »

« Pourquoi en parlez-vous toujours comme si elles n'étaient pas des statues ? »

« Parce qu'elles ne sont pas de simples statues », répondit Naim. « Le Démon brûla ces géants avec une chaleur si intense qu'ils se transformèrent en pierre. »

« Vous voulez dire que ces deux-là ont déjà été vivants ? » Miranda frissonna rien qu'à penser à la douleur indescriptible que ces créatures avaient dû endurer des mains de la Haine, le Démon. Elle se sentait triste pour le sort des géants et en colère contre le Démon. Autrefois, elle pensait que le Démon pourrait, un jour, en venir à regretter les choses horribles qu'il avait faites. Miranda savait maintenant qu'il n'en était rien. La haine était la haine. Et on ne pouvait rien faire pour changer cela. La Haine ne connaissait pas l'amour. Ni la pitié, ni la miséricorde. Elle n'éprouvait que de la haine. « Je la déteste », chuchota-t-elle, horrifiée par la noirceur qui s'emparait d'elle. Elle dirigea ses pensées et son regard vers la statue la plus proche. Lorsqu'elle remarqua le serpent en pierre noire, qui était solidement enroulé autour de la statue comme pour la broyer, ses cheveux se dressèrent. Elle était à la fois révoltée et fascinée. Elle s'approcha. Pourquoi y avait-il autant de serpents au service du Démon ? Pourquoi des serpents ?

Le druide ouvrit la bouche pour avertir Miranda de ne toucher à rien, mais avant que les mots n'aient eu le temps de se former dans sa bouche, elle avait posé sa paume contre la surface du Dar. Puis, elle poussa un cri en sentant sa main se coller à la pierre brûlante et glaciale à la fois. Sur le choc, elle réagit instinctivement et enleva sa main d'un geste brusque, arrachant la peau. La douleur cuisante qui lui transperça la main était cent fois pire que la fois où, à la maison, elle avait collé sa langue contre une porte de métal gelée.

Le druide se précipita aux côtés de Miranda, prenant son poignet et examinant la chair abîmée. Il secoua la tête avec colère. « Je suis désolé », dit-il. Et, tandis que Miranda le regardait avec surprise, il ajouta : « J'aurais dû prévoir que le Démon avait tendu des pièges. »

« Ce n'est pas votre faute », gémit-elle. Les larmes aux yeux, elle regarda la peau arrachée grésiller sur la statue en pierre noire. En quelques secondes, la bande de peau fut réduite en poussière et tomba au sol comme de la brume noire.

Pendant que Naim fouillait dans sa cape pour trouver quelque chose qui soulagerait la blessure de Miranda, la jeune fille saisit son poignet, se détourna de son compagnon, et pleura sans faire de bruit. Même le contact de l'air sur sa paume blessée était insoutenable.

« Si elle appelle ça un piège », dit-elle en reniflant, « elle est plutôt stupide. Ce n'est pas perdre un peu de peau sur ma main qui va nous arrêter. » Elle grimaça de douleur. « Ça fait juste très mal. »

Naim se pencha en avant et posa doucement sa main sur l'épaule de Miranda. « Je ne veux pas t'effrayer, mais tu dois me le dire tout de suite si tu te sens faible ou fatiguée. »

Miranda le dévisagea, clignant rapidement les yeux pour se débarrasser de ses larmes. « Pourquoi ? Qu'est-ce que vous voulez dire ? » Elle prit peur lorsqu'elle comprit où le druide voulait en venir. « Quoi ? Quoi ? Est-ce qu'il y avait quelque chose sur la pierre ? Est-ce que je vais mourir ? » Elle prit peur.

« Je ne sais pas », répondit le druide. Il étala de la teinture verte sur un bout de tissu blanc, puis appliqua le pansement sur la paume de Miranda.

Le soulagement fut instantané. La douleur s'arrêta complètement en un battement de cœur. Miranda sentait qu'elle allait se mettre à rire. « Ne vous inquiétez pas », dit-elle. « Je vais bien. Je ne pourrais pas me sentir comme ça si j'étais mourante. »

Mais le druide ne partageait pas l'euphorie de la jeune fille. Il la regardait avec un air inquiet. « Tu dois quand même me tenir informé de tout changement dans ta condition », répéta-t-il.

« D'accord, d'accord », dit Miranda en riant. Elle s'étonnait à quel point il lui faisait penser à sa mère quand il était inquiet.

Puis, sans avertissement, elle chancela et tomba sans vie sur le sol.

« MIRANDA ! » Naim fut à ses côtés en un éclair. Son cœur battant à grands coups, il s'agenouilla, mit sa main sous la tête de la fille et souleva doucement sa tête. Il maudit en silence son incapacité à prendre soin de l'enfant. Car elle n'était qu'une enfant. Son amie, Arabella, l'avait accusé d'utiliser des enfants pour faire son sale boulot. Eh bien ! c'était vrai, n'est-ce pas ? Il utilisait Miranda pour accomplir quelque chose qu'il ne pouvait accomplir seul.

« Je ne vais pas laisser le Démon te prendre », dit-il d'une voix terrible.

Il réfléchissait à toute vitesse, cherchant dans ses vastes connaissances un remède qui neutraliserait le poison. Une partie de son cerveau bouillait de colère de n'avoir pas réussi à récupérer la couronne elfique et de l'avoir retournée à Ellesmere. Miranda était malade... sans doute mourante. Sans elle, la quête allait échouer. Soudain, il sentit un tendon se tendre dans le cou de Miranda. Puis elle éclata de rire.

« NE FAIS PLUS JAMAIS CELA », rugit le druide. Il se releva brusquement.

Miranda ne pouvait s'arrêter de rire. « Vous... auriez... dû... vous... voir », réussit-elle à dire entre ses crises de fou rire.

« Crois-tu que c'est un jeu ? » La voix du druide était glaciale.

« Non », dit-elle en riant, se roulant sur le côté et essayant de s'arrêter de rire. « Pas un jeu. »

Naim soupira. Ensuite, il se retourna et se dirigea à grands pas vers l'entrée entre les deux sentinelles géantes. Miranda se leva lentement. Elle essayait de garder son sérieux, mais n'arrivait pas à cacher son sourire alors qu'elle trottait pour rattraper le druide, le regard fixé sur son dos raide et rigide.

Alors qu'elle passait entre les deux statues noires, un mouvement infinitésimal attira son attention. Elle tourna brusquement la tête vers une des statues, s'immobilisa complètement et l'examina. Elle pouvait jurer avoir vu quelque chose bouger. Elle promena son regard sur la statue. Rien. Miranda cligna des yeux. Cela avait dû être le fruit de son imagination. Elle chercha du regard le serpent sculpté. Mais il n'était plus là. Elle regarda plus haut et elle le vit, flottant à quelques mètres au-dessus du druide, comme un cumulonimbus muni de crocs.

« NAIM ! ATTENTION ! » cria-t-elle.

Naim s'arrêta net et leva les yeux. Lorsqu'il vit la créature se balancer juste au-dessus de lui, son cœur s'arrêta. Il resta immobile comme une pierre, fasciné par le regard froid et hypnotique du serpent. Miranda regardait, malade de peur. Naim était un druide avec des pouvoirs incroyablement terrifiants, mais à côté du serpent monstrueux, il avait l'air d'un petit oiseau sans défense, trop fasciné pour s'envoler.

Les deux combattants demeurèrent si longtemps engagés dans ce combat silencieux et immobile que Miranda faillit crier à cause de la tension. Le serpent ouvrit sa gueule et Miranda entendit un sifflement par-dessus le grondement du cataclysme. Puis, le serpent monstrueux attaqua aussi vite que l'éclair. Sa grande tête fondit sur le druide.

Miranda eut le souffle coupé par la rapidité de l'attaque. Elle n'avait jamais rien vu se déplacer aussi rapidement. Mais le druide était encore plus rapide. En un mouvement continu, il se ramassa sur lui-même avant de s'écarter d'un bond. Puis, il leva son bâton, sur la pointe duquel crépitait du feu blanc. Il jeta un rapide coup d'œil à Miranda. « Va-t-en ! » cria-t-il, indiquant avec son bâton un passage étroit dans la roche.

Le serpent recula. Il était suspendu au-dessus du druide, en position pour l'attaquer à nouveau. Miranda se précipita vers le passage, s'attendant à tout moment à recevoir la morsure mortelle du serpent. Une fois à l'abri à l'intérieur, elle se laissa tomber contre la paroi en roche, les bras autour du ventre, les jambes molles. Elle chercha le druide du regard, mais un mur d'obscurité semblait être tombé du ciel, entre Naim et elle. Elle tenta de rejoindre le druide, mais le mur lui bloquait le passage.

CHAPITRE 33

LE DRUIDE CONTRE LES SERPENTS

e serpent attaqua à nouveau, ses crochets miroitant comme du verre. Naim leva son bâton, le pointant vers la tête du serpent. Du feu blanc fit irruption du bout du bâton et partit comme un éclair vers la créature, l'obligeant à reculer. Le serpent se tortilla et se tassa, évitant facilement les flammes mortelles. Le feu passa en flèche à côté de l'assaillant et heurta de plein fouet l'autre Dar. L'explosion délogea un morceau de l'épaule du géant carbonisé, un morceau de la taille d'un rocher. Il tomba et percuta le sol en soulevant un nuage de poussière immense. Naim recula d'un bond pour éviter d'être écrasé à mort par le rocher. Même s'il appuyait son bras contre son nez et sa bouche, la poussière noire lui piquait les yeux et avait trouvé un moyen de s'introduire dans ses voies respiratoires. Il suffoquait.

Le serpent siffla. *Meurs !* pensa-t-il, triomphalement. *Meurs, druide !* Ses paupières nictitantes — la troisième paupière qu'il avait en commun avec les autres reptiles et les oiseaux — se glissèrent sur ses yeux, comme si on tirait les rideaux devant une fenêtre. Cela atténua momentanément la lueur dans ses yeux rouges. Puis, les rideaux s'ouvrirent à nouveau. Du feu rouge sang jaillit des yeux de la créature et se dirigea sur le druide, qui avait encore de la difficulté à voir à cause de la poussière. Mais il sentit la chaleur et s'esquiva juste à temps. Le feu rouge vint s'abattre sur un mur en pierre derrière lui. Une section du mur de la taille d'un autobus se désintégra, projetant des pointes de pierre partout alentour.

« Je ne peux pas arrêter cette créature ! » murmura Naim, cherchant du regard le passage où il avait envoyé Miranda se réfugier. Où était-il ? Il devait être là, juste à sa gauche. Mais l'ouverture n'était plus là. En même temps, il sentait un changement autour de lui, une perturbation causée par une chose ayant de grands pouvoirs. C'était comme si une barrière s'était élevée tout à coup entre lui et la jeune fille. Mais il ne pouvait laisser ses pensées s'attarder là-dessus. Il devait trouver un moyen de vaincre le serpent monstre ou de s'échapper.

La sentinelle fondit de nouveau sur lui, prête à enfoncer ses crochets géants dans la chair de l'homme. Soudain, le serpent s'immobilisa. Il sentait onduler, derrière lui sur l'autre statue, le corps huileux de son compagnon.

Naim trouvait le comportement de son ennemi curieux. Quelque chose d'important venait d'avoir eu lieu. Mais quoi ? Pourquoi la créature avait-elle interrompu son attaque aussi brusquement ? Le druide secoua la tête. Il ne pouvait pas réfléchir à cela maintenant parce que le serpent plongeait sur lui. Naim pointa son bâton à nouveau, invoquant ses pouvoirs druidiques pour qu'il reste braqué sur la tête du serpent, peu importe si la créature se tortillait ou tournoyait. Ensuite, comme de l'eau jaillissant d'un tuyau d'arrosage, des flammes blanches jaillirent du bâton. Le serpent s'esquiva et recula rapidement, mais cette fois-ci, il ne fut pas assez rapide. Le feu se dirigea tout droit sur la créature, la touchant sur les plaques dures sous sa gueule béante. Le feu mordit dans sa chair, laissant une plaie ouverte qui versait sur le corps du serpent des gouttelettes d'un liquide pâle, arrosé d'un sang aussi noir que le pétrole.

La créature poussa un retentissant sifflement de douleur, qui déchira l'air, trancha les roches de part en part et se planta profondément dans le sol. Une crevasse s'ouvrit aux pieds du druide, ce qui lui fit perdre l'équilibre et tomber sur ses genoux, juste au bord de l'abîme. Secoué, il baissa les yeux, regardant dans le néant. Puis, il se leva en chancelant et rassembla ses forces pour faire face à la prochaine attaque. Il n'attendit pas longtemps.

Assoiffé de sang, le serpent se précipita sur le druide. Naim visa avec son bâton, mais un rocher tomba au sol à quelques mètres de là, ce qui le déconcentra. Avant qu'il n'ait le temps de s'écarter, un énorme crochet se planta dans son épaule. La puissance du coup le souleva de terre et le projeta en arrière. Il tomba comme une masse aux pieds du mur en pierre.

Malgré la douleur lancinante à son épaule, et la tache de sang qui s'agrandissait sur le devant de sa cape, Naim se releva immédiatement. Il devait trouver un moyen pour mettre rapidement un terme à ce combat. Il était las et ses réflexes n'étaient plus très bons. Et sa puissance déclinante suffisait à peine pour invoquer le feu magique. Pendant un instant, il se demanda si l'énorme crochet qui venait de le transpercer ne contenait pas du venin. Enfin, il le saurait bien assez tôt.

Ses pensées se tournèrent vers Miranda. Est-ce qu'elle en savait assez pour continuer sans lui, au cas où il serait incapable de la rejoindre ? Il aurait dû parler à l'enfant, lui dire tout ce qu'il savait sur les contrées des ténèbres, de manière à ce qu'elle soit au courant des embûches qu'elle risquait de rencontrer. Mais qu'est-ce qu'il savait, vraiment, du royaume du Démon ? Juste ce qu'il avait lu dans les journaux du premier druide, et ceux-ci manquaient cruellement de renseignements détaillés.

Le deuxième serpent frappa si rapidement qu'il prit le druide au dépourvu. Il l'attaqua de côté, le percutant de plein fouet avec sa tête large et plate. Le druide tomba à terre. La large gueule se ferma avec un bruit sec à quelques centimètres de son visage. Il s'en dégageait une odeur à ce point fétide que la tête de Naim se mit à tourner.

Rassemblant toutes ses forces, Naim abattit le bâton avec violence sur la tête du serpent, entre la gueule et les yeux. Il sentit un craquement alors que le coup avait visé juste, puis il s'écarta d'un bond et recula rapidement, ne quittant pas la créature des yeux.

« Recule ! » siffla le premier assaillant, en se déroulant de la figure colossale du Dar. « Il est à moi ! »

Naim était tendu, le regard fixé sur le premier serpent, qui descendait du Dar avec un air décidé. Mais il n'avait pas oublié le deuxième serpent. Il voyait du coin de l'œil que la créature reculait, s'apprêtant à attaquer. Il respirait bruyamment. Il avait eu de la peine à rester vivant en se battant contre une des créatures. Comment pouvait-il se battre contre les deux à la fois ?

« Non ! » siffla le deuxième serpent, répondant à son compagnon. « À moi ! » Et il se jeta sur le druide, comme un poing meurtrier. Naim vit le mouvement brusque du coin de l'œil et leva son bâton, priant pour que l'autre créature ne choisisse pas, elle aussi, ce moment pour l'attaquer. Le bâton produisit des étincelles, qui s'unirent pour former une boule de feu blanc. Le druide catapulta la boule de feu sur le monstre qui fonçait droit sur lui.

La boule blanche explosa contre les écailles du serpent et se propagea le long de son corps, comme si on avait mis le feu à une rivière de gaz. Le serpent poussa un hurlement, bondissant très haut dans les airs. Il se tortillait et faisait des contorsions pour déjouer le feu qui le consumait. Puis, il retomba comme une pierre, sa chair brûlée laissant derrière elle une traînée de feu et de fumée. En retombant, son regard brûlait de haine contre le druide.

Le feu rouge des yeux de la créature rata miraculeusement le druide, mais rasa les énormes pierres autour de lui, créant une tempête de poussière. L'humain était debout au milieu des gravats. Il n'avait nulle part où se cacher. Malgré la douleur de sa mâchoire cassée et sa peau brûlée, le serpent rendu fou siffla avec plaisir. Il pouvait déjà sentir ses crochets s'enfoncer dans la chair de l'homme. Et quelle sensation ! Il avait enduré le long jeûne, et maintenant, pas même le Démon ne pouvait lui enlever sa prise. Rien ne pouvait lui prendre sa prise.

Il était presque sur le druide lorsqu'il sentit quelque chose de puissant s'emparer de son corps. L'énorme tête se tourna brusquement.

« Il est à moi ! » siffla le premier serpent, ses crochets acérés plantés dans le corps de son compagnon, sa queue enroulée autour du Dar comme un étau.

« À moi ! ».Le deuxième serpent se jeta sur son compagnon, les yeux rivés sur la blessure qui saignait sur la gorge de l'autre serpent.

Pendant un instant, Naim était trop stupéfié pour bouger. Sous ses yeux horrifiés, les deux titans s'affrontaient violemment. Se rendant compte qu'il tenait encore le bâton dans les airs, Naim l'abaissa. Puis, en appuyant fermement une main sur son épaule ensanglantée, il se retourna et se sauva à toute allure, cherchant avec sa main une ouverture dans la pierre qui lui permettrait de rejoindre Miranda. S'il avait regardé derrière lui, il aurait remarqué la traînée de sang qu'il avait laissée sur son passage.

CHAPITRE 34

LE JARDIN DU DÉMON

 aites qu'il ne lui soit rien arrivé », murmura Miranda. Des heures semblaient s'être écoulées depuis qu'elle s'était réfugiée dans le passage étroit. Elle était morte d'inquiétude. Et s'il ne venait pas ? Quoi alors ? Comment était-elle censée trouver la couronne d'Ellesmere, alors qu'elle ne savait même pas où chercher ? S'il était encore vivant, il serait sûrement ici à l'heure qu'il est. Elle s'imagina le druide affrontant seul le monstrueux serpent. Cela lui fit venir les larmes aux yeux. Elle se sentait coupable de douter de la magie de Naim, mais elle ne croyait pas que cela suffisait cette fois-ci. Le serpent était beaucoup trop puissant. Elle n'avait jamais rien vu de plus gros. Il était encore plus gros que le Démon. Elle se résigna. « Il ne viendra pas », se dit-elle.

En avant, l'obscurité tourbillonnait. Miranda se leva et examina le passage étroit, mais ses yeux ne pouvaient percer les ténèbres. Elle avait le sentiment d'être enfermée dans le mur noir. Elle fit quelques pas hésitants en avant. Puis elle entendit des voix.

Mirannndaaa !

Miranda hésita, écoutant attentivement. Les voix lui transperçaient le cœur et la remplissaient de tristesse.

Mirannndaaa !

« Qui êtes-vous ? » demanda-t-elle, en tendant instinctivement la main pour prendre les pierres de sang.

Ne les écoute pas ! prévinrent les pierres de sang, en communiquant par la pensée.

Aide-nous, Mirannndaaa !

Se cramponnant aux pierres de sang, elle essaya d'expulser les voix de sa tête, en se concentrant plutôt sur l'obscurité. Graduellement, l'obscurité se déplaça, ouvrant une voie devant elle. C'était comme si elle regardait les choses autour d'elle avec des lunettes de vision nocturne.

Viens à nous, Mirannndaaa. S'il te plaît, aide-nous.

Miranda se demandait d'où venaient ces voix. Elle regardait autour d'elle, plongée dans la sinistre pénombre. Puis, elle leva les yeux. Elle pâlit d'horreur à la vue du cataclysme. Rien dans sa courte vie ne l'avait préparée à voir une telle chose. Les voix venaient de la tempête. Non, les voix venaient des personnes prises au piège dans le cataclysme. C'était une tempête de formes humaines. Pendant une seconde, Miranda ne put parler, ne put respirer. Tout ce qu'elle pouvait faire était de fixer du regard la masse grouillante de corps brisés et endommagés. C'était plus qu'elle ne pouvait en supporter.

« Je dois leur venir en aide », dit-elle, sentant qu'elle ne pourrait plus vivre avec elle-même si elle tournait le dos à ces pauvres créatures.

Oui, s'écrièrent les voix. *Viens à notre secours !*

Tu ne peux rien faire pour elles ! Elle sentit les pierres de sang battre dans sa paume, comme des cœurs minuscules.

« Que voulez-vous ? » s'écria-t-elle.

Toi ! C'est toi qu'elles veulent ! hurlèrent les pierres de sang. *Fuis ! Fuis !*

Du haut des airs, une jeune femme fondit sur elle. Elle tendait ses bras difformes vers Miranda, s'efforçant de prendre la main de la fille. La première réaction de Miranda fut d'attraper la main de la femme et de la tirer vers le bas, hors de la tempête. Mais en apercevant le regard sur son visage, elle décida d'obéir aux pierres de sang et de courir aussi vite qu'elle pouvait. Le regard de la créature était froid, sans vie.

Miranda s'enfuit en courant, en prenant soin de garder les yeux baissés et de ne pas regarder la masse grouillante de créatures qui avaient approché le Démon parce qu'elles ne croyaient pas être comme les autres. Sachant que la mort les attendait à la fin, aussi sûrement que la nuit succède au jour, elles ne se contentaient pas de travailler et de se battre, et d'élever des enfants pour qu'ils travaillent et se battent à leur tour. Non, elles étaient différentes, spéciales, elles avaient toujours besoin de prouver leur supériorité sur les êtres inférieurs. La Haine n'avait pas à les chercher bien loin. Ce sont elles qui venaient toujours la trouver.

Miranda continua à courir, restant sourde aux lamentations et aux implorations des créatures. Miraculeusement, elle esquiva les énormes rochers et les longues lances de glace et de verre tirés du haut du cataclysme. Elle savait que si elle n'avait pas eu les pierres de sang pour la guider, elle serait perdue à l'heure qu'il est, probablement aplatie comme une feuille de papier sous un des rochers qui pleuvaient du ciel. Mais, étonnamment, elle savait toujours à quel moment s'écarter d'un bond. De toute évidence, ce sont les pierres de sang qui la prévenaient, mais elle ne comprenait pas comment.

L'Ouverture dans le royaume du Démon était un lieu de chaos et de destruction. Miranda gardait les yeux rivés sur le sentier devant elle. Et sa seule préoccupation était de rester en vie. Elle ne pouvait se permettre de penser à la nourriture ou à l'eau, ni même à un lit confortable où elle pourrait étendre ses jambes fatiguées. *Je dois continuer,* pensa-t-elle. *Il n'y a rien ici.*

Miranda sursauta en apercevant quelque chose traverser le sentier en trottinant, puis disparaître dans la rocaille. Mis à part les formes humaines qui étaient prisonnières du cataclysme, elle se demandait quelles sortes de choses vivaient dans cet endroit. Rien de bien gentil, trancha-t-elle. Elle accéléra le pas pour se tenir à bonne distance de ce qu'il y avait derrière elle.

Brusquement, l'Ouverture s'élargit et Miranda se trouva dans une clairière de taille respectable. Pour une raison obscure, la tempête qui tourbillonnait autour des contrées des ténèbres ne faisait pas rage ici. Et il faisait plus clair. Elle s'arrêta et prit une grande respiration. Elle avait déjà fait un bon bout de chemin. Malgré tout, elle avait peut-être une chance de trouver la couronne. Elle examina la clairière avec méfiance. Elle respira plus facilement en voyant qu'elle était déserte.

Elle avança avec précaution, jetant des regards furtifs autour d'elle. *Quel endroit horrible,* pensa-t-elle. Elle frémit lorsque son regard se posa sur une colossale tour noire qui dominait le fond du sinistre jardin du Démon.

« Miranda ! »

Miranda s'arrêta et se retourna en entendant la voix grave de l'homme.

Un personnage portant une cape sombre était debout à côté d'une grande table en pierre, sa main étant posée sur une caisse noire. Son cœur s'arrêta de battre. La couronne ! Elle tourna la tête pour regarder derrière elle, estimant la distance qui la séparait du passage par où elle était arrivée. Elle courait vite, mais y avait-il une chance que l'étranger la rattrape ?

Son regard se posa à nouveau sur l'étranger. Il n'avait pas bougé. Il était encore au même endroit et la regardait. Il était grand, peut-être même plus grand que le druide. La cape dissimulait les vêtements qu'il portait en dessous. Miranda tenta de voir le visage qui se cachait sous le capuchon, mais il était complètement plongé dans l'obscurité. D'où venait-il ? Elle aurait pu jurer que la clairière était déserte il y a un instant de cela. Était-ce de la magie ? Était-il une illusion envoyée pour la piéger ? Il n'avait pas l'air menaçant. Mais qui était-il ? Que faisait-il ici ? Et comment savait-il son nom ?

« Ne crains rien », dit l'étranger, tendant le bras pour retirer son capuchon.

Au moins, il a des mains, songea Miranda. Elle tenait les pierres de sang si fermement qu'elles se mirent à battre violemment en signe de protestation. Lorsque l'étranger enleva enfin son capuchon, elle eut le souffle coupé en se rendant compte qu'il s'agissait d'un Elfe. C'était le prince Elester. Pas tout à fait. Elle pouvait voir que cet homme et le prince n'étaient pas la même personne. Elester était plus mince, et plus jeune. Malgré tout, son visage lui disait quelque chose…

« Qui êtes-vous ? » demanda-t-elle, la voix pleine d'émerveillement. « Que faites-vous ici ? Comment savez-vous qui je suis ? Est-ce qu'Elester vous a envoyé ? »

L'homme rit. « J'avais entendu dire que les enfants de ton monde posaient beaucoup de questions. Je vois que mes amis disaient la vérité. »

En riant d'une manière aussi décontractée, les traits sévères de l'Elfe s'adoucirent, ce qui donna à Miranda le goût de rire avec lui. L'homme avait l'air gentil et tout, mais ceci était le pays du Démon et elle n'allait pas lui faire confiance avant qu'elle ne soit assurée qu'il ne lui voulait pas de mal. Elle lui sourit. « Eh bien ? » insista-t-elle, en croisant les bras et en tapant du pied impatiemment.

L'étranger rit de nouveau, levant les mains, comme pour faire la paix. « Un peu de patience, petite. Je vais répondre à tes questions. »

Miranda hocha la tête. « Qui êtes-vous ? » demanda-t-elle une nouvelle fois.

« Je suis un Elfe. Comme toi, Miranda. »

« Êtes-vous de Béthanie ? Connaissez-vous Elester ? »

« Oui », répondit l'étranger. « Mais je ne suis pas rentré à la maison ni n'ai vu mes amis depuis bien des années. »

« Comment êtes-vous entré dans les contrées des ténèbres ? »

L'homme désigna l'Ouverture d'un geste. « Par là », dit-il. Il sourit en voyant le visage grave de la jeune fille. Anticipant sa prochaine question, il poursuivit : « Et, oui, étant un Elfe, je peux trouver mon chemin dans l'obscurité. »

« Pourquoi êtes-vous venu ici ? Comment savez-vous qui je suis ? »

L'homme se raidit et un regard de tristesse vint assombrir son visage. Il ne répondit pas tout de suite, et lorsqu'il le fit, sa voix n'était guère qu'un murmure. « Ce sont les questions les plus difficiles », dit-il, en se détournant de Miranda.

Miranda attendit. Les pierres de sang étaient silencieuses, aussi inertes que des cailloux ordinaires. L'étranger regardait la tour noire, mais à en juger par son expression, Miranda savait qu'il ne voyait pas la structure. Il avait l'esprit ailleurs. Finalement, il se redressa les épaules et se tourna vers Miranda.

« Est-ce que je peux te poser une question ? »

« Oui », dit Miranda.

« Est-ce que ta mère t'a déjà parlé de ton père ? »

Miranda haussa les épaules, se demandant où il voulait en venir. Qu'est-ce que son père avait à voir avec tout cela ?

« Eh bien ? »

« Oui », dit Miranda.

« Qu'est-ce qu'elle t'a dit ? »

« Qu'il était mort. »

« Et si je te disais que ton père n'a pas été tué par les trolls ? Que dirais-tu ? »

« Je dirais que vous mentez », cria-t-elle avec colère.

« C'est vrai, Miranda. »

Elle le croyait. Au fin fond de son cœur, elle avait toujours su qu'il était vivant, quelque part. L'histoire que lui avaient racontée Naim et sa mère sur les circonstances entourant la mort de son père sonnait faux. Comment un homme intelligent, qui avait combattu les trolls pendant des années, qui avait étudié leurs coutumes et les connaissait mieux que n'importe qui, avait-il pu s'aventurer seul dans le Marais ? Et, lorsqu'il n'était pas revenu, pourquoi le roi Ruthar n'avait-il pas envoyé une armée d'Elfes à sa rescousse ?

« Tu sais que je dis la vérité », dit l'étranger.

« Où est-il ? » Miranda n'avait jamais été plus effrayée de toute sa vie. Elle était terrifiée à l'idée que quelque chose tourne mal et détruise ses espoirs et ses rêves. Son père était vivant. « S'il vous plaît, faites que ce soit vrai », supplia-t-elle en silence.

« Il est ici », murmura l'étranger.

Miranda se retourna brusquement, ses yeux verts cherchant une autre présence dans la clairière. Elle regarda partout autour d'elle. Puis, son regard se posa à nouveau sur les yeux verts de l'étranger. « Mais... Je ne comprends pas. Il n'y a personne d'autre que vous et moi ici », dit-elle.

« Oui », dit l'homme de grande taille. Son sourire était comme un rayon de soleil dans la sinistre clairière.

« Vous... » Miranda regardait l'homme, comme si elle le voyait pour la première fois. Elle s'était dit que son visage lui semblait familier. Elle savait pourquoi maintenant. C'était comme si elle se regardait dans le miroir, tant l'air de famille était frappant. « Vous êtes mon père. » Elle avait l'impression que son cœur allait exploser dans sa poitrine. Elle voulait se précipiter vers lui, mais elle se sentait timide et gauche tout à coup. Est-ce qu'il allait l'aimer ? Elle examina ses vêtements sales et déchirés et peigna ses cheveux avec ses doigts.

L'homme hocha la tête, les larmes aux yeux. « Et tu es ma Miranda », dit-il. Puis il sourit à nouveau et, cette fois-ci, Miranda se surprit à sourire, comme s'ils plaisantaient tous les deux. Elle songea brusquement à la prophétie... quelque chose à propos d'un père et de mensonges. Elle se creusa le cerveau, mais elle ne se souvenait plus des mots exacts.

« J'ai confié les pierres de sang à Ruthar pour qu'il te les donne. »

Miranda ouvrit sa main et regarda les petits ovales verts qui étaient blottis dans son creux. « Reprenez-les », dit-elle. « Elles vous appartiennent. »

« Tu peux les garder, Miranda. Elles sont à toi maintenant. »

« Non », insista-t-elle. « Prenez-les. » Elle sourit. « Elles vont m'appartenir un jour, de toute manière. » Elle tendit le bras et s'approcha de son père.

« Arrête ! » dit froidement quelqu'un derrière elle. « Cette chose n'est pas ton père. »

Miranda se retourna brusquement. Une douzaine d'hommes de grande taille, portant chacun des capes, se déversèrent dans la clairière. Un homme se précipitait vers Miranda. Elle le connaissait.

« Elester ! » s'écria-t-elle, et puis elle vit la colère dans son visage. « Non ! » hurla-t-elle. « Vous vous trompez. C'est lui ! »

« Vite ! » dit l'homme qui prétendait être le père de Miranda. « Donne-moi les pierres de sang. Elles sont à moi. » Sa voix était douce, mais son visage fut soudain déformé par la rage.

« Va là-bas ! » dit Elester d'un ton brusque, poussant Miranda dans la direction de l'Ouverture. Puis, c'est avec un air décidé qu'il s'approcha de l'homme, son épée luisant faiblement dans la pénombre.

Mais Miranda ne se laissa pas faire, même si elle était blessée et confuse. « Qui êtes-vous ? » cria-t-elle.

L'homme se mit à rire, un rire épouvantable qui glaça le cœur de Miranda. « Je suis ton père », dit-il.

En un clin d'œil, une douzaine de flèches se logèrent dans la poitrine de l'homme. Pendant un instant, il ne s'est rien passé. Ensuite, la créature ouvrit grand les yeux et tomba sur le dos et resta immobile. Miranda resta paralysée tandis que les cavaliers elfiques se précipitèrent sur le corps immobile pour ensuite le porter au milieu de la clairière. Elester saupoudra le corps avec une poudre blanche pour ensuite y mettre feu. Les Elfes formèrent un cercle autour du corps en feu et inclinèrent la tête. Ils demeurèrent comme ça, sans parler, jusqu'à ce que le corps et le serpent qui se cachait à l'intérieur soient réduits en poussière.

« Retire la couronne de la caisse », dit Elester. Il enleva sa cape et la lança à Andrew. « Enveloppe-la dans ça. »

Le jeune cavalier se précipita pour exécuter l'ordre du prince. Lui et quelques autres cavaliers brisèrent le sceau sur la caisse et l'ouvrirent. Puis, Andrew en retira la couronne et l'enveloppa dans la cape. Ensuite, avec un sourire fendu jusqu'aux oreilles, il prit une pierre plate et la déposa dans la caisse en fer. Les cavaliers scellèrent la caisse et la laissèrent là, comme ils l'avaient trouvée.

Pendant tout ce temps, Miranda demeura immobile, inconsciente de ce qui se passait autour d'elle. Elle se promenait dans un endroit lointain dans son esprit où personne ne pourrait plus jamais lui faire de mal. Lorsque vint l'obscurité, elle était contente.

CHAPITRE 35

LES DÉMONS DE LA FORÊT

iranda rêva qu'elle courait dans une forêt dense, cherchant désespérément quelque chose, mais elle ne pouvait pas se rappeler quoi. Elle sentait une autre présence dans les bois. Elle ne pouvait la voir, mais elle était là, elle la suivait comme un courant d'air froid. Et elle la pourchassait. Soudain, le sol se déroba sous ses pieds et elle chancela au bord d'une gorge. De l'autre côté, un homme criait et lui faisait des gestes frénétiques avec ses mains.

« Qui êtes-vous ? » cria-t-elle.

La réponse lui vint, portée par le vent. « Ton père. »

« Je ne peux pas traverser », cria Miranda.

« Saute ! » dit l'homme.

« C'est trop loin. » Et c'était trop loin. Même si elle rêvait, Miranda savait qu'elle n'y arriverait jamais.

« Saute ! » répéta l'homme. « Saute ! Saute ! »

Miranda ferma ses yeux et sauta. Et, tandis qu'elle tombait comme une brique, elle ne pouvait penser qu'à une seule chose : *Il savait ! Il savait que c'était trop loin !*

Ensuite quelque chose s'empara de son bras, et la désagréable sensation de tomber se dissipa. Miranda ouvrit les yeux pour regarder son sauveteur.

« Ahh ! » soupira-t-elle, immensément soulagée de voir le visage sévère du druide. Mais elle se dégagea ensuite de son étreinte et fit un mouvement en arrière. « Est-est-ce bien vous ? »

« Ne crains rien », dit le druide. « Je suis bien assez réel, petite. »

Miranda remarqua que sa cape était comme lustrée près de l'épaule. Elle savait que c'était du sang séché. « Vous êtes vivant. » Elle se demandait pourquoi elle avait soudainement envie de pleurer.

« Bien sûr que je suis vivant », dit l'homme d'une voix brusque. Puis sa voix s'adoucit aussitôt : « Toi aussi, à ce que je peux voir. Je suis heureux de l'apprendre »

Elle regarda autour et vit qu'il faisait nuit. Dans le ciel, les étoiles scintillaient à travers les branches des arbres. L'air était frais et sentait un peu la menthe. Elle pouvait sentir l'odeur appétissante d'un plat qui mijotait. Tout ce qu'elle pouvait entendre était le murmure d'un petit ruisseau et le crépitement du feu. Tout lui revenait graduellement : la course chaotique à travers l'Ouverture ; cette menaçante tour noire qui se dressait comme le Démon au-dessus de la clairière ; son père... non, l'homme qui prétendait être son père... Miranda posa ses mains sur ses yeux. « Oh ! Naim », murmura-t-elle. « Je voulais que ce soit lui. Je le voulais tellement. »

L'homme hocha la tête lentement et prit la main de Miranda. « Elester m'a tout dit », fit Naim. Il était tellement en colère que chaque mot était comme un coup de feu.

« Il voulait les pierres de sang. »

« Oui », dit le druide. « Sans les pierres, tu es moins que rien aux yeux du Démon. »

Miranda renifla. « Je l'ai cru. J'ai même pensé à un certain moment à la prophétie, la partie sur le 'mensonge d'un père'. Mais je n'ai pas écouté. »

« Je suis vraiment désolé, mon enfant. »

« Ne le soyez pas », dit Miranda. Elle renifla encore et prit le petit sac argenté et le tint fermement. « Il n'a pas réussi à les prendre. Ça veut dire que je suis encore une menace. » Elle examina la petite poche un instant avant de la remettre dans sa chemise. « Les pierres ne m'ont pas avertie », dit-elle avec un air interrogateur. « Elles ne faisaient plus rien. Je me demande pourquoi. »

« Je ne sais rien au sujet des pierres de sang », dit Naim. « Demande à Elester à son retour. » Il planta le bâton druidique dans le sol et se releva en poussant un gémissement. « Viens avec moi. Tu dois manger. Nous avons un long voyage devant nous. »

« Un instant ! Et la couronne ? »

Naim lui lança un de ses rares sourires. « La couronne est en lieu sûr. »

« Au fait, où est Elester ? » demanda Miranda. Elle suivit l'ombre du druide jusqu'à un petit feu qui brûlait joyeusement à l'intérieur d'un cercle de pierres, à une distance sécuritaire des arbres.

« Parti », dit le druide, en indiquant une marmite en fer sur une des pierres plates autour du feu. « Mange. »

« Parti », chuchota-t-elle, en imitant le druide. Elle tira la langue au druide alors qu'il avait le dos tourné. Elle trouva une assiette en fer-blanc et une cuillère, et se servit plusieurs louches du consistant ragoût. Puis, elle s'affala près du feu et s'empiffra. Après avoir terminé, elle rinça l'assiette et la cuillère dans le ruisseau et alla retrouver Naim.

Elle le trouva en pleine conversation avec un groupe de cavaliers. Ils parlaient à voix basse, têtes rapprochées. Elle ouvrit sa bouche pour l'appeler, mais se cacha plutôt derrière un arbre et s'approcha d'eux à pas de loup. Pourquoi chuchotaient-ils ? La réponse était évidente et elle faisait plus mal qu'une claque. Ils chuchotaient parce qu'ils ne voulaient pas qu'elle entende ce qu'ils se disaient. La douleur se transforma en colère. Après avoir fait tout ce chemin, après avoir infiltré le royaume de la Haine pour récupérer la couronne, comment osaient-ils la traiter comme une stupide enfant ! Elle s'approcha. Elle vit Naim se raidir et examiner les arbres autour d'elle. Elle se figea, osant à peine respirer. Ce n'est que lorsqu'elle le vit se retourner vers les autres qu'elle s'avança plus près.

Soudain, elle s'arrêta, avec un sourire malicieux sur les lèvres. Elle prit le petit sac argenté et versa les six pierres de sang dans le creux de sa main. En tenant fermement les pierres, elle se concentra sur les arbres qui entouraient les conspirateurs, comme des gardiens géants. Elle habilla les arbres de longs vêtements noirs, puis elle les fit pousser plus haut dans le ciel étoilé. Ensuite, elle donna à leurs branches l'apparence de bras et de jambes munis de griffes. Et elle leur donna des yeux rouges qui brûlaient dans le noir. Puis, elle attendit.

Soudain, le monde autour d'elle explosa.

« DES DÉMONS ! » cria un des hommes.

Au milieu des cris, Miranda entendit les soldats dégainer leurs épées. Elle entendit aussi le bruit de leurs armes coupant dans les illusoires vêtements noirs pour venir se loger profondément dans le bois.

En gloussant, Miranda s'apprêtait à revenir en courant vers le campement lorsque la voix sévère du druide l'arrêta net.

« Viens ici, immédiatement ! »

À cause de la honte qu'elle éprouvait, son visage était rouge et chaud comme un coucher de soleil. Mais ensuite, sa colère éclata de plus belle. Elle serra les poings et sortit des arbres d'un pas furieux, s'arrêtant à une courte distance du druide. Pendant un instant, le druide et la jeune Elfe se lancèrent des regards mauvais, mais c'est Miranda qui baissa finalement les yeux.

« C'est toi qui as fait cela ? » La voix de Naim resta impassible, mais il maîtrisait sa colère avec difficulté.

« Vous voulez dire ceci ? » demanda Miranda innocemment, indiquant les cavaliers. Elle était contente de voir que certains d'entre eux n'avaient pas encore réussi à déloger la lame de leurs épées des arbres. Le druide ne dit rien. Il la regardait avec colère, comme s'il ne la reconnaissait plus… comme si elle avait tué quelqu'un. Le silence du druide attisa la colère de Miranda. « Oui ! C'est moi. Êtes-vous content maintenant ? »

Pendant un instant, un silence absolu s'installa dans la forêt. Les hommes fixaient la fille du regard, leurs visages exprimant à la fois de l'étonnement et de l'amusement. Puis, une silhouette se détacha du groupe et s'approcha de Miranda. Mettant un genou par terre, le prince d'Ellesmere serra doucement les épaules de la jeune fille.

« Mais pourquoi, Miranda ? » demanda-t-il, en la transperçant du regard. Il se montrait tellement soucieux à son égard qu'elle eut honte de ce qu'elle avait fait.

« P-Parce que », bégaya Miranda, sa colère s'étant dissipée aussi vite qu'elle avait éclaté.

« Je ne comprends pas », dit Elester.

« Parce que j'étais venue trouver Naim… et puis j'ai vu que vous chuchotiez entre vous, comme si vous ne vouliez pas que j'entende… et puis j'ai su que vous ne me faisiez pas confiance… et cela m'a mise en colère parce que j'avais fait tout ce chemin pour vous aider… et ensuite personne ne me demande de venir lorsque vous avez une réunion secrète… » Elle regarda les autres Elfes, l'un après l'autre, jusqu'à ce que son regard se pose sur le druide. « Vous m'avez dit que je suis moins que rien sans les pierres de sang. Vous n'êtes pas venu à Ottawa pour *moi*, n'est-ce pas ? Vous aviez besoin de mes pouvoirs. »

« Ce n'est pas ce que j'ai dit », dit le druide en poussant un long soupir. « Eh oui, j'avais besoin des pierres de sang. » Il serrait son bâton tellement fort que ses jointures étaient blanches. Puis, il s'éloigna à grands pas dans la forêt, une silhouette grande et sombre se fondant dans l'obscurité.

« Regarde-moi Miranda », dit Elester en prenant la main de la fille. « Il n'y a pas de secret entre nous. »

« Mais, je croyais que… » Miranda se sentait mal. Elle voulait détourner le regard, mais ses yeux n'obéissaient pas. « Mais alors, pourquoi chuchotiez-vous ? »

« Parce que nous sommes encore dans l'ombre des contrées des ténèbres, et les chasseurs du Démon sont réveillés. »

« Oh ! » s'exclama-t-elle. Elle devint pâle comme un fantôme en se rendant compte de ce qu'elle avait fait.

« Oui », dit Elester. « Mes hommes croyaient être attaqués, et leurs cris ont alerté les werecurs de notre position. »

« Oh non ! » s'écria Miranda. « Ces werecurs viennent vers nous ? »

Elester hocha la tête.

« Je suis désolée », dit Miranda. Elle parlait avec un filet de voix, à cause de la peur. « J'étais en colère. Je ne savais pas. »

Elester lui donna une petite tape sur l'épaule. Il n'avait pas l'intention de la gronder. Elle avait encore de la peine après sa rencontre avec l'imposteur. Que sa peine se transforme en colère n'était pas inattendu. Rien de ce qu'il pouvait lui dire ne pouvait faire en sorte qu'elle se sente pire que maintenant. Elle savait qu'elle avait eu tort de faire ce qu'elle avait fait. Il pouvait le lire dans ses yeux. « Ne sois pas trop dure avec le vieil homme », dit-il. « Il avait besoin des pierres de sang, mais sache qu'il donnerait sa vie pour protéger la tienne. » Il prit sa main. « Viens maintenant. Tu peux te reposer pendant que nous préparons les chevaux. »

« Non », dit Miranda, retirant sa main de la poigne de l'autre. « Je veux attendre Naim. Et j'ai besoin qu'on me laisse seule un moment. »

Elester hocha la tête et se dirigea vers le campement. « C'est un plaisir de te revoir, jeune Elfe », ajouta-t-il, par-dessus son épaule.

Miranda avait tellement honte de ce qu'elle avait fait qu'elle attendit le retour du druide. Elle savait qu'elle ne pourrait pas fermer les yeux si elle ne lui disait pas à quel point elle était désolée. Un peu plus tard, le druide la trouva, couchée en boule par terre, dormant à poings fermés. L'homme soupira en prenant la fille dans ses bras, puis il la porta jusqu'au campement, l'enveloppant dans sa lourde cape pour la protéger contre l'herbe couverte de rosée. Ensuite, il se laissa tomber près du feu, le dos contre un arbre mort, fixant les flammes mourantes jusqu'à ce que les tisons deviennent froids et que la lumière grise du matin chasse l'obscurité et les ombres. Quand Elester lui toucha l'épaule, il se leva lentement, le dos courbé sous le poids de son long combat contre le mal.

« Nous devons partir », dit Elester. « Réveille la fille. »

CHAPITRE 36

LES CHASSEURS AILÉS

 ls voyageaient en silence, en suivant les contreforts des montagnes de la lune. Ils voyageaient au galop, la tête baissée par-dessus la crinière des chevaux. Miranda était à sa place habituelle derrière le druide, qui avait été touché de découvrir que les Elfes avaient amené sa propre monture. Miranda enlaça la tête soyeuse d'Avatar. Le rouan avait déjà sauvé sa vie et elle l'aimait du fond du cœur. Le cheval semblait reconnaître la jeune fille, puisqu'il colla son nez contre son cou et hennit avec entrain. Elle était contente de voir Tonnerre et Éclair heureux de trotter derrière les cavaliers. Elle caressait le flanc d'Avatar en pensant à ce qu'elle voulait dire au druide. Elle parla enfin.

« Naim ? »

« Hmm ? »

« Je suis désolée d'avoir transformé les arbres en monstres. »

« Hmm. »

« Êtes-vous encore fâché contre moi ? » Elle souhaitait voir son visage.

« Je ne suis pas fâché. » Naim savait que la jeune fille avait besoin de parler, de dire ce qu'elle avait sur le cœur. Il attendait, sachant qu'il n'aurait pas longtemps à attendre.

« Ma mère appelle ce que j'ai fait 'extériorisation'. Elle a dit que les enfants le font quand il n'y a pas d'autre moyen de faire sortir la colère. » Elle regarda le dos du druide.

« Ta mère a toujours été sage », dit le druide.

« Elle est psychiatre », dit Miranda avec fierté.

« Je ne connais pas ce mot », dit le druide.

Miranda réfléchit un instant. « C'est comme un guérisseur, sauf qu'elle s'occupe des désordres mentaux. »

« Sais-tu pourquoi tu t'es extériorisée ? » demanda Naim.

« Je crois », dit Miranda. « Je me souviens d'avoir été profondément blessée lorsque j'ai appris que l'homme n'était pas mon père. Mais je n'ai pas pensé à me fâcher. Puis, lorsque vous m'avez réveillée, j'avais envie de botter des choses. Mais je ne l'ai pas fait. Après, lorsque je vous ai vu dans le bois avec les autres, je vous ai en quelque sorte donné un coup de pied. Mais je n'étais pas vraiment fâchée contre vous ou les cavaliers. »

« Non », dit Naim. « Tu étais en colère contre la créature pour t'avoir raconté ces mensonges, et tu étais en colère contre toi-même pour l'avoir cru. »

« Je suppose », répondit Miranda, sachant qu'il avait raison. « Donc, vous n'êtes pas en colère contre moi ? »

« Je ne suis pas en colère. »

« Vraiment ? »

« MIRANDA, JE NE SUIS PAS EN COLÈRE ! »

« Pas obligé de crier », dit Miranda, avec un sourire malicieux.

« DES CHASSEURS ! » cria un des cavaliers.

Tous les membres de la compagnie firent demi-tour sur leurs chevaux. Miranda fronça les sourcils, regardant le ciel en plissant les yeux. Elle ne vit rien. Elle tira sur la cape du druide. « Où ? » demanda-t-elle. Son cœur battait rapidement. Elle avait déjà entendu parler des werecurs, mais ils étaient complètement sortis de son esprit.

« Là-bas ! » dit Naim, pointant son bâton vers une tache noire dans le ciel.

Cela ressemblait à un nuage noir. Mais Miranda vit qu'il venait avec un but précis, défiant les vents et se déplaçant rapidement dans le ciel, comme une grande tache d'encre noire. Elester s'approcha d'eux, faisant en sorte que sa monture s'arrête à côté d'Avatar. Noble étira son cou et poussa la main de Miranda avec son nez.

« Ils ne nous ont pas repérés », dit le prince, les yeux rivés sur quelque chose au loin. « Là-bas ! » dit-il, en pointant vers le sud.

Miranda scrutait la vaste campagne en plissant les yeux. « Quoi ? » demanda-t-elle.

« Du mouvement », dit Elester. « À l'orée de la forêt. »

« Tu as raison, mon ami », dit le druide, son regard passant de la forêt aux werecurs.

Elester dirigea son regard sur les minuscules silhouettes, ses yeux elfiques agissant comme des jumelles. « On dirait une compagnie de Nains », dit-il. « Ils ne sont pas encore conscients du danger. »

« On ne peut rien faire ? » s'écria Miranda. « Les avertir ou… »

Elester poussa un long soupir. « Ils sont trop loin de nous. »

« Naim ? »

En voyant que le druide ne répondait pas, Miranda posa sa main autour des pierres de sang. Elle les sentait remuer dans sa main, tirant, essayant de l'attirer en elles. Elle ne lâcha pas prise, mais elle laissa les pierres prendre ses pensées. Puis, étonnamment, elle volait, elle filait vers les Nains comme un météore, les collines et les plaines défilant à toute allure sous elle. Elle crut voir de minces lignes rouges, mais elle allait beaucoup trop vite pour savoir ce que c'était. Elle allait de plus en plus vite, trop surprise par ce qui venait d'arriver pour songer à ce qu'elle ferait lorsqu'elle aurait rejoint les Nains.

Naim sentit le corps de la fille tomber en avant, contre son dos. Étonné, il attrapa le bras de la jeune fille pour l'empêcher de tomber en bas du cheval. « Miranda ! Elester, la fille. »

Elester sauta en bas de son cheval et attrapa Miranda. Il la déposa au sol. Il posa sa main sur son cou, cherchant un pouls. Le druide se dépêcha pour le rejoindre.

« Elle est vivante », dit le prince, avec un air perplexe. Il y a quelque chose qui ne va pas ici. Dis-moi ce qui est arrivé.

« Il n'est rien arrivé », répondit le druide, avec impatience. Il avait l'impression que les yeux de Miranda étaient rivés sur lui. « Eh bien ? Vas-y, parle ! Qu'est-ce qui ne va pas ? »

« Miranda est vivante, mais elle n'est pas ici. »

Les paroles du prince eurent l'effet d'une douche froide sur le druide. « Qu'est-ce que tu veux dire, elle n'est pas ici ? » demanda-t-il. « Où est-elle ? » Il avait tout à coup peur de la réponse d'Elester. C'est alors qu'il remarqua le petit poing de la jeune fille, et il sut la réponse. Il donna un coup sur le sol avec son bâton. « TON-

NERRE ! » dit-il d'une voix tonitruante. « Elle utilise les pierres de sang ! »

Elester hocha la tête lentement. « Elle a appris à voyager sans son corps. »

« Mais elle n'est qu'une enfant, Elester. Les pierres sont inertes dans son monde. Comment a-t-elle appris à les manier ? Depuis qu'elle est ici, elle ne m'a pas quitté des yeux plus de quelques heures. » Il ferma les yeux un instant avant de poursuivre. « Elle ne se rend pas compte du danger. »

« Vrai. » Elester était d'accord avec le druide. Les pierres de sang étaient puissantes et Miranda les utilisait capricieusement. « Ce n'est pas elle qui dirige les pierres, elle leur fait plutôt confiance pour la guider. »

Le druide soupira. « Je n'aurais jamais dû les lui donner. J'aurais mieux fait de les jeter. »

« Tu n'as jamais été en situation de les donner, ou de les jeter », dit Elester, doucement. « Elles lui appartiennent et, éventuellement, elles seraient entrées en sa possession. »

Naim se détourna du corps immobile de la jeune fille et de son regard fixe, aveugle. *Elle a raison de me regarder ainsi,* pensa-t-il. *Je suis à blâmer pour tout ce qui lui est arrivé.* Se protégeant les yeux du soleil, il regarda au loin. « Que vois-tu, Elester ? » demanda-t-il.

Elester fit signe à Andrew, son jeune assistant, celui qui avait découvert le corps sans vie de Laury au milieu du carnage de la caserne des cavaliers à Béthanie.

« Reste avec la jeune fille », dit-il, et puis il alla rejoindre le druide.

Miranda tombait maintenant vers la terre ferme. Oubliant, ou ne se rendant pas compte, qu'elle était un être immatériel — une chose composée de pensées et d'air — elle s'attendait à ce que son corps s'écrase au sol.

Lorsqu'elle se posa aussi gracieusement et légèrement qu'un papillon sur le pétale d'un bouton-d'or, elle n'aurait pas pu cacher son sourire, même si elle s'était posée au beau milieu d'une armée de démons.

La compagnie de Nains se dirigeait tout droit vers l'endroit où elle venait de se poser. Elle estimait leur nombre à environ trente. Ils n'étaient pas assez. Un millier de Nains n'auraient aucune chance face à un essaim de chasseurs. Elle piqua un sprint afin d'intercepter la petite troupe, agitant ses bras dans tous les sens et pointant vers le nuage de la mort qui prenait de l'expansion derrière eux. Pendant qu'elle courait, elle criait à tue-tête : « REGARDEZ DERRIÈRE VOUS ! »

Mais les Nains ne réagirent pas. Ils marchaient vers elle, inconscients du péril qu'ils couraient. Brusquement, Miranda s'arrêta et regarda la compagnie qui approchait, bouche bée de stupeur. Ils ne pouvaient pas la voir ! Elle était venue pour les sauver et ils ne pouvaient même pas la voir. Elle les rejoignit quand même à la course, se jetant sur un Nain puis sur un autre, poussant des cris de frustration. Lorsqu'elle essayait de se saisir de leurs vêtements, ses mains passaient à travers leurs corps. Elle devait faire en sorte qu'ils écoutent.

Puis elle vit Nicholas.

Elle se précipita vers lui, espérant, en dépit de tout, réussir à entrer en contact avec lui. Il était son ami après tout, elle l'avait connu toute sa vie. Si quelqu'un pouvait l'entendre, c'était Nicholas.

« Nick ! »

Aucune réaction.

À l'endroit où le corps de Miranda reposait sur le sol, Andrew remarqua les jointures de la fille devenir blanches : elle resserrait son poing autour des pierres de sang.

Nicholas ralentit. Il pencha sa tête et écouta attentivement. Il sentait une impression désagréable, comme s'il avait oublié quelque chose d'important. *Danger ! Fuyez !* cria Miranda. Pendant un instant, il pensa à Miranda. Puis, il secoua la tête, se demandant pourquoi il se sentait comme si le marécage l'aspirait. *Danger ! Fuyez !* hurla Miranda.

Quelque chose n'allait pas. Nicholas sentit quelque chose remuer l'air autour de lui — quelque chose qui n'avait pas de corps, mais qui était aussi réel que la chair et les os. Il ne savait pas ce que c'était. Il ne pouvait la voir. Mais il savait qu'elle était là et qu'elle essayait de l'avertir de… *Danger ! Fuyez !*

Il s'arrêta et regarda autour de lui. Ensuite, il saisit le bras d'Emmet et l'obligea à s'arrêter. « Qu'est-ce que c'est ? » demanda-t-il, indiquant la tache noire dans le ciel.

« DIRIGEZ-VOUS VERS LES ARBRES ! » hurla Emmet. Il libéra son bras brusquement et poussa Nicholas.

« EMMET, QU'EST-CE QUI SE PASSE ? » cria le garçon.

« DES CHASSEURS, PETIT ! BOUGE ! »

Nicholas et les autres se précipitèrent vers la forêt dense, mais Miranda pouvait voir que c'était trop tard. Les werecurs frappèrent comme un ouragan. Elle regardait impuissante alors que les chasseurs du Démon fondirent sur les Nains en fuite, les attaquant avec leurs serres acérées et leurs dents cruelles.

« NON ! » hurla-t-elle. Les werecurs fondirent sur les Nains, les saisissant en vol avec leurs serres avant de pousser des cris triomphaux. Miranda ne pouvait supporter cela. Elle chargea aveuglément les créatures ailées, voulant arracher avec ses doigts la chair sur leurs os immondes. Mais elle était aussi impuissante qu'un courant d'air.

Lâche prise ! Lâche prise ! crièrent les pierres de sang, dans sa tête.

Miranda résista, jusqu'à ce qu'elle voit une créature foncer tout droit vers Nicholas. Son ami voyait le monstre qui venait le prendre, mais il était incapable de bouger. Sa peur de la créature le paralysait, faisant de lui une proie facile. Miranda lâcha prise, laissa les pierres de sang la consumer. Elle sentit le changement s'opérer immédiatement, lui donnant des pouvoirs inimaginables. Ignorant les werecurs, elle parcourut du regard la clairière, se faisant une idée de la situation de chaque Nain. Ensuite, elle fixa son choix sur Nicholas et libéra le pouvoir.

Les Nains se retournèrent pour faire face aux prédateurs. Les werecurs crièrent avec jubilation. Ils volaient en cercles, zigzaguant comme d'énormes chauves-souris ivres. Brusquement, les Nains et Nicholas se volatilisèrent. Les cris devinrent des hurlements tandis que les werecurs se jetèrent les uns sur les autres, furieux d'avoir perdu leurs prises. Ensuite, là où les Nains se trouvaient il y a un instant, une multitude de créatures colossales surgirent de terre. Elles étaient des choses hideuses avec des yeux affamés et de la mousse blanche qui s'écoulait de fentes sur leurs visages. Alors que les créatures s'approchaient des chasseurs qui étaient au sol, des griffes sortirent de leurs membres difformes. Les werecurs poussèrent des cris de terreur, se mettant à battre leurs énormes ailes faites de chair. Piétinant leurs camarades plus faibles, ils s'enfuirent en s'envolant dans le ciel.

Nicholas ne pouvait en croire ses yeux lorsque l'horrible créature ailée fit soudain demi-tour, comme si elle ne pouvait plus le voir. Le garçon saisit la chance et se précipita pour se mettre à l'abri sous les arbres. Il savait qu'il venait d'arriver quelque chose, quelque chose qu'il ne comprenait pas. Il se demanda s'il saurait un jour ce qui avait poussé les chasseurs à abandonner la chasse.

Miranda se concentrait sur les monstres, maintenant l'illusion jusqu'à ce que les werecurs ne soient plus qu'une tache au loin. Elle jeta un coup d'œil sous les arbres, mais Nicholas et les Nains avaient disparu. Puis, elle volait à nouveau au-dessus des champs verts, sillonnés par de longs rubans rouges.

CHAPITRE 37

DUNMORROW

 e soleil couchant était un spectaculaire brasier cramoisi quand le prince Elester ordonna à la compagnie de s'arrêter pour la nuit. Les cavaliers installèrent rapidement le camp et s'occupèrent de leurs chevaux. Miranda les aida en prenant soin d'Avatar, de Noble et des deux étalons d'Ottawa. Elle brossait les chevaux et leur parlait, gloussant chaque fois qu'ils mordillaient ses vêtements ou la poussaient avec leur nez. En faisant cela, elle sentait la tension quitter son corps pour la première fois depuis des jours. C'était une corvée simple et plaisante, qui chassait les cauchemars et soulageait son esprit.

Elester vint la trouver à ce moment. Il la vit réprimander, en plaisantant, les animaux fougueux. Il s'émerveillait du fait que, pendant ces précieux instants, elle n'avait plus peur. Miranda pouvait alors redevenir une enfant insouciante.

« Viens Miranda », dit-il doucement, attristé d'avoir à lui gâcher ce moment. « Nous avons repéré Nicholas et les Nains. » Il crut voir les épaules minces de la jeune fille s'affaisser un peu sous le poids. Elle caressa doucement chaque cheval avant de suivre le prince.

Miranda riait et pleurait, tant elle était contente de voir Nicholas. Nicholas était ému, lui aussi, bien qu'il essayât de le cacher en toussant.

« C'était toi ! » murmura-t-il plus tard, lorsqu'ils étaient enfin seuls. « C'était toi. Mais comment as-tu…? » Miranda sourit. « Va savoir ! On ne pouvait pas vous prévenir. Vous étiez trop loin. Et on ne voulait pas se faire repérer par les werecurs, à cause de la couronne. Je n'ai pas hésité une seconde. J'ai pris les pierres de sang et soudain j'étais là-bas. »

« Je le savais », dit Nicholas. « Vraiment. C'est pourquoi j'ai regardé derrière nous. Je sentais qu'un danger nous guettait et puis j'ai pensé à toi. »

« Pas de blague ? »

« Vraiment », répéta Nicholas.

« Où est Bell ? »

Nicholas secoua la tête. « J'ai tout fait pour qu'elle vienne avec nous, Mir, mais… »

« Tu veux dire qu'elle est toujours là-bas ? » Miranda n'arrivait pas à retenir ses larmes. « Tu l'as laissée là-bas ? »

« Pas de sa faute », dit Emmet, en s'approchant de Nicholas. Il posa sa main sur l'épaule du garçon.

Elester serra la main de Nicholas. « C'est un plaisir de te revoir, Nicholas. »

« Où est Laury ? » demanda Nicholas en cherchant son ami du regard. En voyant le prince hésiter avant de répondre, Nicholas sentit son cœur palpiter. Plus tard, il expliqua que c'est à ce moment-là qu'il avait compris qu'il lui était arrivé quelque chose.

« Je suis désolé », dit Elester, après avoir dit au garçon comment le capitaine des cavaliers avait péri.

Nicholas hocha la tête. « Moi aussi », dit-il. Puis, il se détourna et fit une longue promenade, essayant de comprendre la raison de toute cette violence et de ces effusions de sang. C'est beaucoup plus tard qu'il rejoignit Miranda et les autres autour du feu. Les compagnons discutèrent jusqu'aux petites heures de la nuit. Nicholas leur parla d'Indolent, comment il portait désormais la marque du Démon sur son avant-bras, comment il semblait être à la tête des trolls. Il raconta ensuite comment le sorcier avait ensorcelé Arabella. Enfin, il raconta ce qu'il avait vu dans la cabane sombre et isolée.

« Miranda ne croit pas que Malcolm a été corrompu par le Démon. Elle croit que la créature qui l'a tué utilise maintenant son corps comme un hôte », dit le druide. Il se tourna vers Miranda. « Peux-tu raconter ton rêve à Elester, la partie sur Ruthar ? »

Miranda hocha la tête. « J'ai suivi ce vieillard jusqu'à une salle souterraine où le roi Ruthar reposait sur une grande table. L'homme tenait la main du roi et c'est alors que le roi s'est levé. Il lui a donné une petite chose noire qui ressemblait à une bille. Lorsque l'homme a baissé les yeux pour regarder la chose dans sa main, elle a explosé et il s'est mis à hurler. » Elle fit une pause, voulant s'assurer de n'avoir rien oublié. « Oh ! lorsque le roi Ruthar a ouvert la bouche, j'ai vu la langue d'un serpent. »

Pendant un moment, personne ne dit un mot. Puis, Elester siffla doucement. « C'est incroyable », dit-il. « Cela explique beaucoup de choses. » Il regarda Miranda. « L'homme qui t'a suivie, l'as-tu reconnu ? »

« Oui », répondit Miranda. « Je connaissais son nom dans mon rêve, mais je l'ai oublié par la suite. Je crois qu'il était un des Erudicia. »

« Mathus ! » dit Elester, se souvenant de la nuit où le meilleur ami de son père était venu le trouver dans sa chambre. Quelque chose perturbait le vieil homme. Il prétendait que le roi, qui était mort, l'appelait. Elester frappa sa paume avec son poing. Puis, il raconta aux autres l'étrange visite de Mathus au beau milieu de la nuit. « C'est compatible avec ton rêve, Miranda. » Mais il se demandait si c'était seulement un rêve. « Lorsque nous nous sommes quittés ce soir-là, je parie qu'il est allé se recueillir auprès de mon père. J'avais l'intention d'envoyer quelqu'un pour vérifier que tout était en ordre, mais alors les Erudicia m'ont envoyé… » Il réfléchit un instant. « Ils se sont débarrassés de moi, à bien y penser… en m'envoyant dans ce coin perdu pour rien. »

« Je ne comprends toujours pas ce qui se passe », dit Nicholas, qui avait écouté avec avidité. « Pourquoi les créatures du Démon se servent-elles des morts comme hôtes ? Qu'est-ce qu'elles veulent ? »

« Ce qu'elles veulent depuis toujours », répondit Naim. « Nous détruire. »

« Trolls se préparent pour la guerre », dit Emmet.

Ils se rendirent compte de l'urgence de la situation en écoutant Emmet leur donner les détails sur la machine de guerre massive que les trolls assemblaient dans le Marais.

« As-tu appris où ils veulent frapper en premier ? »

Emmet secoua la tête.

« Dunmorrow », dit Hirum, en se tapant la cuisse. « Les trolls haïssent les Nains. »

« Je me le demande », dit le druide, le regard plongé dans les flammes. « D'après ce que Nicholas et Emmet nous ont dit, ce ne sont pas les trolls qui prennent les décisions dans le Marais. »

« Qu'est-ce que tu penses, mon vieil ami ? » demanda Elester.

« Je pense que dans cinq jours tu seras couronné roi d'Ellesmere. » Le druide fit une longue pause.

« Et alors ? » dit Nicholas.

Naim ignora le garçon. « Et je pense à une chose que j'ai déjà lue dans les annales elfiques : 'Quiconque porte la couronne, règne.' »

Elester regarda son vieil ami. « Tu penses qu'ils vont frapper à Ellesmere ? »

Le druide hocha la tête. « Oui. »

Le prince se leva et marcha à grands pas vers les cavaliers, dont plusieurs dormaient, enveloppés dans leurs lourdes capes. Il jeta un coup d'œil par-dessus son épaule. « Je rentre à la maison », dit-il.

Ils partirent en moins d'une heure. Les Nains voyagèrent avec les cavaliers, et Nicholas monta sur Éclair, qui semblait se souvenir du garçon. Cette fois, cela fut un plaisir de laisser Emmet monter derrière lui sur le dos du cheval. Miranda ne put s'empêcher de rire en voyant les pauvres Nains s'accrocher de toutes leurs forces à Nicholas et aux Elfes.

Un jour et demi plus tard, ils franchirent les portes de Dunmorrow, le royaume des Nains. Miranda contemplait le sommet, qui la laissait sans voix par sa beauté et sa majesté. Ce n'était pas du tout comme Dundurum, l'ancien pays des Nains. Le mont Oranono n'était pas noir, mais blanc. Il était d'un blanc pur, aveuglant et éblouissant. Il brillait comme de l'argent poli qu'on avait fait reluire. Elle regarda Nicholas. Il contemplait avec émerveillement le spectacle impressionnant, ses yeux étant aussi ronds que des pièces de monnaie. Les Nains étaient occupés à sculpter leur nouveau pays dans le mont Oranono, un parmi les quelques centaines de sommets constituant les montagnes de la lune ou, comme les Nains les appelaient, les montagnes blanches. Les montagnes blanches tombaient sous la garde du dragon Typhon, chef d'une clique de gargantuesques dragons noirs. Après que la terre des Nains fut aspirée dans le Lieu sans Nom avec le Démon, Typhon offrit au roi des Nains un bail de quatre-vingt-dix-neuf mille ans sur le mont Oranono. Gregor, le roi des Nains, accepta les termes du bail, incluant celui qui stipulait que les Nains devaient refaire le repaire du dragon qui était situé près du sommet.

Les montagnes blanches se formèrent durant la période permienne, vers la fin de l'ère paléozoïque, entre le carbonifère et le trias, qui dura quarante-cinq millions d'années. Elles étaient déjà debout avant que l'extinction du permien ne donne naissance aux dinosaures, avant que les Elfes n'arrivent de l'empyrée, avant que le mal ne tombe sur le monde. Les veines d'or blanc et d'argent qui parcouraient la roche donnaient aux montagnes leur éclat.

« Nick ! Mir ! » s'exclama une voix fébrile dans la cour.

Nicholas grogna en voyant Pénélope franchir la cour à la course. Miranda éclata de rire en apercevant le corps vert de Muffy rebondir dans les bras de Pénélope. Elle était contente de voir que le petit chien avait survécu aux blessures infligées par le Tug. Quand elle avait aidé à nettoyer et à panser les blessures de Muffy, elle ne s'attendait pas à ce que l'animal survive au voyage jusqu'à Dunmorrow. Elle était étonnée de voir qu'elle s'était complètement rétablie. Elle prit le bâton de Naim qui était attaché à la selle. Puis, elle donna à Nicholas un coup sur la jambe. Elle remit enfin le bâton à sa place, avant que le druide ne remarque quoi que ce soit.

« Aïe ! » cria Nicholas, massant l'endroit sensible sur sa jambe et lançant un regard furieux à Miranda. « Pourquoi as-tu fait cela ? »

« Cesse d'être méchant avec Pénélope. »

« Je ne suis jamais méchant. »

« Jamais, hein ? » dit Miranda en riant. Ensuite, elle devint sérieuse. « Muffy a attaqué le Tug et est presque morte. C'est pourquoi Naim a envoyé toutes les deux à Dunmorrow. Essaye donc d'être gentil pour une fois. »

« D'accord, je vais essayer », murmura Nicholas. « À condition qu'elle ne commence pas à se plaindre ou à faire des commentaires stupides. »

« Le roi vous attend », dit le guide. Mais lorsque Miranda voulut suivre les adultes, Naim se tourna vers elle. « Reste ici. Nous vous rejoindrons dans la salle commune. »

« Mais je veux venir avec vous », dit Miranda. Elle savait qu'elle faisait la moue comme un enfant, mais elle s'en moquait.

« Pas cette fois-ci », dit Naim avec fermeté. Il se tourna et marcha à grands pas pour rattraper les autres.

Nicholas passa son bras autour des épaules de Miranda. « Ne t'occupe pas de lui, Mir. Viens, je suis affamé. »

Les amis d'Ottawa suivirent leur guide le long d'une large rue. Ils s'arrêtèrent à quelques reprises pour admirer le remarquable travail de maçonnerie des artisans. Miranda versa des larmes de joie en remarquant que les murs des deux côtés de la rue étaient réservés à l'histoire des Nains. La destruction de Dundurum par l'armée du Démon lui avait fait aussi mal que la mort d'un proche. En la détruisant, ils détruisirent aussi des milliers d'années d'histoire que les Nains racontaient à l'aide d'images minutieusement sculptées dans les murs en pierre, année après année, et ce, depuis les premiers Nains.

Une des gravures attira son attention et elle s'approcha pour la regarder de plus près. C'était l'image d'une jeune fille qui était seule au milieu d'une incroyable dévastation. S'approchant de la jeune fille, on voyait une monstruosité à quatre bras, au moins vingt fois sa taille. Miranda se rendit compte avec stupéfaction que c'était elle, la jeune fille sur la gravure. Pendant un instant, elle le voyait dans sa tête, aussi clairement que si cela venait d'arriver. Elle était là, seule dans une rue en ruine se trouvant près de la capitale de DunNaith. Elle vit le monstre noir qui s'approchait d'elle. De ses longues griffes ruisselait du sang, provenant d'une profonde blessure à la poitrine que la créature s'était infligée. Elle revit le feu dans les yeux du Démon et ses crocs blancs, éclaboussés de sang.

Miranda se détourna, incapable d'empêcher ses jambes de trembler. Elle n'en revenait pas de voir à quel point elle avait l'air minuscule comparée au Démon. Où avait-elle seulement pu trouver le courage pour piéger la Haine ? Si elle l'avait vue gravée sur la pierre, elle ne l'aurait jamais fait.

« Hé ! regarde ! » s'écria Nicholas, sur un ton animé. « On peut me voir, moi aussi. »

Il tapa sur l'épaule d'un artisan près de lui et indiqua un garçon qui brandissait son épée courte en chargeant une meute de quadrupèdes sans poils. « C'est moi », dit-il, en bombant la poitrine.

Le Nain grogna évasivement et se remit au travail.

« Je crois que la gravure serait plus fidèle si elle te montrait en train de t'enfuir », dit Pénélope, étouffant un rire.

Miranda se joignit à Pénélope. « Ou faisant pipi dans ton pantalon », dit-elle en riant.

Nicholas rougit. « Je ne te vois pas là-dessus, Pénélope », dit-il d'un air méprisant. « Je suppose qu'ils n'ont pas d'espace assez petit pour montrer ce que tu as fait. »

« La ferme », dit Pénélope d'un ton sec. Et Muffy l'assista en grognant contre Nicholas.

« Ouais, Nick », répéta Miranda. « C'était méchant. La ferme. »

Leur guide les mena jusqu'à la salle commune, une énorme salle à manger bien éclairée, meublée avec de longues tables disposées en rangées. Contrairement aux Elfes, qui préfèrent souper plus tard dans la soirée, les Nains mangeaient toujours à la même heure, à six heures du soir. Puisque le soleil était couché depuis plusieurs heures, la salle commune était maintenant déserte. Andrew et les autres cavaliers étaient déjà arrivés et firent signe aux jeunes de venir se joindre à eux.

« J'espère qu'ils ont de la choucroute et des saucisses », dit Nicholas, en repensant au dernier repas qu'il avait savouré en compagnie des Nains. « J'ai vraiment aimé ça. »

« Beurk ! » s'exclama Pénélope. « Je déteste la choucroute. Ça donne des gaz. »

« Tu es trop dégoûtante », dit Miranda, « tais-toi. »

Pendant le repas, où on leur servit — au grand bonheur de Nicholas et au grand malheur de Pénélope — de la choucroute et des saucisses fumées, les jeunes se racontèrent leurs aventures. Pendant que Muffy mangeait le dîner de Pénélope avec voracité, les filles écoutaient, horrifiées, pendant que Nicholas leur racontait sa rude épreuve comme prisonnier des trolls dans le Marais. Nicholas et Pénélope sentirent leur visage devenir pâle comme la mort en entendant Miranda leur raconter son voyage dans les contrées des ténèbres. Et les trois compagnons furent saisis d'un rire convulsif en apprenant les détails de la rencontre de Pénélope avec Typhon, le dragon. Puis, ils se turent, leur bonne humeur s'envola. Ils venaient de se rappeler qu'Arabella n'était pas là pour raconter *son* histoire.

Tout à coup, les portes de la salle commune s'ouvrirent violemment et Gregor XV, le roi des Nains, entra d'un pas lourd, suivi par le druide, le prince Elester et Emmet. Ces retrouvailles entre vieux amis furent très bruyantes et animées. Le visage du roi devint aussi rouge que de la viande crue en voyant Miranda. Il exprima son plaisir en lui donnant trois grosses tapes dans le dos, ce qui la fit chanceler. « BIEN ! BIEN ! » hurla-t-il, avec un sourire un peu idiot sur le visage.

Ensuite, Muffy péta.

Pendant un instant, un profond silence plana sur la salle commune alors que tout le monde regardait le petit chien. Pénélope rougit et essaya d'attraper le caniche, mais Muffy, sentant qu'elle allait avoir des ennuis, se dégagea de Pénélope et fila se cacher sous une chaise à l'autre bout de la salle.

Naim lança un regard noir à Pénélope en sortant de la salle avec Elester et Gregor.

« Nous allons l'attraper », proposa Andrew, faisant signe aux cavaliers de se disperser et de s'approcher de la minuscule terreur verte.

Miranda croyait qu'elle allait mourir de rire en voyant ces cavaliers grands et costauds s'approcher du minuscule animal. Un cavalier souleva la chaise et Andrew s'assit sur ses talons pour prendre le chien. Mais Muffy montra ses dents et bondit sur lui. Ne s'attendant pas à ce que le caniche soit aussi féroce, Andrew perdit l'équilibre et tomba sur le dos. Muffy atterrit sur sa poitrine, bondit au sol, planta ses dents dans la botte en cuir du cavalier et tira de toutes ses forces. En voyant cela, tous les cavaliers, sauf Andrew, éclatèrent de rire, pliés en deux.

Puis le druide apparut dans le cadre de porte.

Pressentant une nouvelle menace, Muffy laissa la botte d'Andrew et traversa la salle à toute allure en aboyant. Naim ne le vit pas venir. Le chien bondit sur le bâton, mais rata son coup et planta plutôt ses dents dans la cape du druide. Naim sursauta et baissa les yeux vers la créature qui pendait à sa cape, en grognant sauvagement.

« Pénélope », dit-il, d'une voix calme. « Emmène cette créature loin d'ici avant que je ne la transforme en... »

« ... en ballon », cria Nicholas.

« ... en souche », dit Miranda en riant.

« ... en paillasson », dit le druide.

Pénélope se précipita à l'autre bout de la salle. Elle attrapa Muffy d'une main, en essayant de lui faire lâcher la cape de l'autre. Essayant tant bien que mal de garder son sérieux, elle sortit à toute vitesse. « Mauvais chien ! » dit-elle, en sortant.

Naim lança un regard furieux aux autres occupants de la salle. En sortant de la salle, les cavaliers regardaient le druide d'un air penaud, mais ils ne pouvaient s'empêcher de sourire.

« Trouvez vos chambres et allez-y, tout de suite », ordonna le druide aux deux jeunes. « Reposez-vous, et soyez prêts à partir dans trois heures. »

« À vos ordres ! » dit Nicholas d'un ton sec, le saluant avec raideur alors qu'ils marchaient devant lui. Puis il chuchota du coin de la bouche : « Il est toujours aussi emmerdeur. J'aimerais bien l'enfermer avec Muffy pour une nuit. Les gaz le tueraient. »

« Chut ! » l'avertit Miranda. « Il pourrait bien te transformer en quelque chose s'il t'entendait. »

« Sais-tu où nous allons ? » chuchota Nicholas.

« Ouais », dit Miranda, partageant ce qu'elle savait avec son ami. « Nous allons sur l'Île d'Ellesmere ». Mais elle oublia de partager sa crainte, celle qu'ils n'arrivent pas à temps.

CHAPITRE 38

RETOUR À L'ÎLE D'ELLESMERE

ncore à moitié endormis, les compagnons attendaient en silence que s'ouvrent les portes en fer qui scellaient l'entrée de Dunmorrow. Les hommes étaient tendus, impatients de partir. La route était longue jusqu'aux vieux docks se trouvant sur la rive nord-est du lac Léanora, où les Elfes avaient stationné une flotte de vaisseaux, en conformité avec les termes de leur alliance avec les Nains. Puis, ils franchirent l'immense porte pour entrer dans un monde où régnaient le chaos le plus complet et la confusion la plus totale.

« Génial ! » dit Nicholas, les yeux grand ouverts, émerveillé par ce qu'il avait sous les yeux.

Miranda resta sans voix. Elle ne pouvait trouver de mot pour décrire un aussi grand nombre de dragons. Ils étaient partout, dans le ciel et sur le sol, des milliers de créatures géantes. De la vapeur s'échappait de leurs énormes naseaux, transformant l'endroit où ils se trouvaient en un sauna. Et quel vacarme ils faisaient !

Miranda ne pouvait s'entendre réfléchir. *Je sais maintenant ce que 'tohu-bohu' veut dire*, pensa-t-elle. Elle se rendit alors compte que les dragons leur bloquaient le passage. Ils étaient pris au piège. « Oh non ! » s'écria-t-elle, accourant vers le druide.

Elle vit le roi Gregor, avec Naim et Elester sur ses talons, s'approcher à grands pas d'une de ces créatures colossales, qui ratissait impatiemment ses griffes sur la pierre. Miranda décida de les suivre, évitant de justesse une étincelle plus grosse que sa tête, provoquée par le frottement des griffes.

« Bonjour », marmonna Gregor. « Un peu tôt pour les gens de votre espèce, non ? »

L'énorme dragon regarda le Nain et cracha une boule de feu sur le côté. « Ce n'est pas trop tôt », hurla-t-il. « Nous étions sur le point de partir. »

« Eh bien ! » marmonna Gregor, craignant la fiente que pouvaient laisser tous les dragons dans sa cour. « Je ne veux pas vous retenir. »

« Vous venez, ou non ? » hurla le dragon. « Je vais compter jusqu'à cinq. Un… »

« Mais de quoi parlez-vous ? » demanda Naim, en s'approchant du dragon.

« Recule, druide. Ceci ne te concerne pas. »

« Dites-nous ce que vous faites ici », dit Elester.

« Nous étions ici pour vous emmener à Ellesmere », dit le dragon d'un ton sec, comme s'il parlait à un enfant. « Pour quelle autre raison serions-nous ici, à cette heure ? »

« Mais… qui…? » demanda le prince, étonné.

« Je ne fais pas cela pour vous, prince des Elfes », précisa le dragon, d'un ton brusque et avec un regard méprisant. « Ni pour vous », ajouta-t-il, tournant brusquement sa tête vers le druide.

« Pardon », dit une petite voix. Pénélope s'approcha du dragon. « Il est ici à cause de moi. Je lui ai demandé de nous emmener à Ellesmere. Il me devait une faveur, alors… »

Ils regardaient tous la jeune fille, incrédules.

C'est le druide qui brisa le silence en riant doucement. « La chance nous sourit enfin », dit-il, donnant à Elester une tape sur l'épaule. « Avec l'aide des dragons, nous arriverons à Béthanie à temps. »

Miranda s'empara du bras de Pénélope et l'entraîna à l'écart des autres. « Une faveur ? »

« C'est vraiv, dit Pénélope. « Je vous ai parlé de l'œuf du dragon. »

« Ouais, mais tu n'as jamais mentionné de faveur. »

« Ah bon ? » dit-elle, en toute innocence. « Oh la la ! J'ai dû oublier. »

« Ce n'est pas bien de mentir », dit Miranda en riant. « De toute manière, si tu n'as pas envie de me le dire… C'était génial quand tu as dit 'Il est ici à cause de moi.' Tu aurais dû voir la réaction de Naim. »

« En fait, je l'ai vue », gloussa Pénélope. Puis, elle changea d'avis et lui parla de la faveur.

Il avait fallu deux jours complets pour mettre sur les dragons les harnais et les courroies qui allaient servir à attacher les passagers. Après cela, le roi Gregor donna à tout le monde, y compris les dragons, l'ordre de dormir quelques heures et d'être prêts à partir avant l'aube. Mais Miranda et ses amis étaient trop excités pour songer à dormir. Ils se réunirent dans la chambre de Miranda et parlèrent de leurs craintes et de leurs doutes. Demain était le jour où Elester serait couronné roi des Elfes. Ils savaient aussi que cela n'arriverait pas sans violence.

Tôt le lendemain matin, les premiers dragons s'élancèrent du haut des escarpements, déployèrent leurs ailes énormes et s'envolèrent. Les autres suivirent jusqu'à ce que le ciel surplombant les montagnes blanches devienne une masse compacte de dragons noirs. Les dragons montèrent en flèche, de plus en plus haut dans le ciel, traversant les nuages, montant là où l'air était plus froid qu'une journée d'hiver. Ils décrivirent un cercle, puis tombèrent comme des pierres, de manière à se placer à la même altitude que le dragon de tête. Les dragons transportaient l'armée des Nains au grand complet, soit plus de trente mille soldats aguerris.

Et c'était Typhon qui était à la tête de cette formation épique. Sur le dos du grand dragon, attachés à un harnais qui avait été ajusté à son épine dorsale, se trouvaient Miranda et Pénélope, accompagnées par le druide, le prince Elester et le roi des Nains, Gregor. Andrew voyageait aussi avec eux, tenant fermement dans ses bras la cape du prince Elester, qui dissimulait la lueur émanant de la couronne en or. Nicholas avait choisi de voyager avec Emmet et une douzaine d'autres Nains, tous équipés pour faire la guerre. Le visage du garçon arbora un sourire pendant tout le long du trajet jusqu'à la capitale elfique.

Miranda repéra les toits blancs peu avant midi. Elle pinça Pénélope et indiqua devant. « Béthanie ! » cria-t-elle. « Nous sommes presque arrivés à la maison ». Au même moment où son amie lui lança un regard curieux, Miranda songea, elle aussi, à ce qu'elle venait de dire. Pourquoi avait-elle dit que la capitale elfique était sa maison ? Est-ce cela qu'elle ressentait, au fond d'elle-même ?

Lorsque Typhon piqua en spirale vers le sol, elle avait le cœur au bord des lèvres. La terre ferme et les bâtiments fonçaient vers eux pour les accueillir. Miranda se ferma les yeux pour ne pas voir le spectacle terrifiant, mais fermer les yeux ne l'empêchait pas d'être prise de vertige, ni de se sentir malade. Ensuite, le puissant dragon se redressa et, frôlant les toits, se dirigea vers une vaste étendue de gazon vert. Miranda ouvrit les yeux. Sous eux, des centaines de personnes fixaient le ciel. Elle regarda derrière elle et ce qu'elle vit lui coupa le souffle. Le nuage de dragons noirs avait complètement couvert le ciel bleu.

Droit devant, elle reconnut le Hall du Conseil, niché au milieu des grands chênes qui délimitaient la frontière nord du parc. Son cœur s'accéléra en voyant le drapeau elfique flotter en haut d'un mât en face du Hall. Sur un fond blanc comme la neige, on avait blasonné une paire de chênes droits et solides, tels de fiers gardiens. Au milieu des troncs se trouvaient des cœurs rouges, ce qui rappelait à Miranda une expression que sa mère utilisait souvent : *cœur de chêne*. Au-dessus des arbres, la couronne brillait comme un petit soleil.

Ensuite, ce fut l'activité dans le parc qui attira et retint son attention. Des milliers d'Elfes — hommes, femmes et enfants — se pressaient autour d'une plateforme surélevée. À l'arrière de la plateforme, on pouvait voir une rangée de douze chaises, qui étaient situées derrière une autre chaise, plus grande celle-là. Cette chaise était à la fois simple et belle. De plus en plus inquiète, Miranda avait le sentiment que la scène qui s'étalait sous elle — les gardes, la plateforme et les accessoires — n'était qu'une énorme pièce de théâtre. Et les Elfes se présentaient pour assister à l'événement principal : le couronnement ! Le couronnement aurait donc lieu comme prévu. La question était maintenant de savoir qui ils avaient l'intention de couronner.

Typhon se posa juste à l'extérieur de l'entrée du parc. Tout autour, les dragons tournaient en rond, cherchant un endroit où se poser et décharger leurs passagers. Le battement des énormes ailes des créatures causa une violente bourrasque qui fouetta les arbres et arracha du sol de grands morceaux de pelouse et de terre. Plissant leurs yeux pour se protéger des débris qui volaient un peu partout, Miranda et les autres passagers défirent les courroies qui les avaient tenus en place tout au long du voyage, descendirent du dragon à l'aide de cordes, se posant sur le sol à côté du gigantesque dragon.

« Comme toujours, mon ami », dit Elester en touchant une des pattes de devant du dragon. « Je t'en dois une. »

« Maintenant que nous sommes ici, aussi bien rester dans les parages. Cela risque de devenir intéressant », dit Typhon, le dragon.

« C'est bien le moins qu'on puisse dire », soupira le prince des Elfes.

« Pourquoi pas un casse-croûte pour les miens ? » grommela le dragon.

Elester réfléchit un instant. « Aimeraient-ils manger du werecur ? »

Ensuite, le prince s'en alla précipitamment. Il traversa le parc à la course, se frayant un chemin à travers la foule et se dirigea vers la chaise inoccupée qui se trouvait sur la plateforme. Le suivaient comme des chiens sur les traces d'un renard, le druide, les filles d'Ottawa et la compagnie des cavaliers, y compris Andrew qui tenait son précieux colis. En courant, Miranda chercha Nicholas du regard, mais il était perdu quelque part au milieu des rangs de Nains.

Le roi Gregor était nerveux. Il voulait protéger Elester, mais il ne voulait pas se battre contre des Elfes. Il fut soulagé lorsque Coran et un millier de cavaliers se joignirent à son armée.

Tout à coup, le parc au grand complet se tut. Tout devint parfaitement immobile. La brise tomba. Les oiseaux s'arrêtèrent de chanter. Les arbres s'immobilisèrent, comme s'ils étaient pétrifiés. Pour Miranda, c'était comme si le monde au grand complet avait cessé de respirer. Les lourdes portes en chêne du Hall du Conseil s'ouvrirent lentement. Des gardes elfiques, vêtus de noir, l'air sombre, sortirent en file du bâtiment, et se mirent en rang le long du chemin qui menait du Hall à la plateforme.

Miranda garda les yeux sur la porte ouverte. Elle vit les douze membres des Erudicia, les conseillers du roi, émerger du Hall l'un après l'autre. Ils marchèrent en procession jusqu'à la plateforme, chaque conseiller occupant une chaise. Miranda les regardait, essayant de se souvenir du nom qui allait avec chaque visage. Ces hommes et ces femmes étaient les Elfes les plus sages du royaume. Ils avaient l'air gentils et aimables dans leurs longues capes blanches, munies de capuchons. Elle remarqua qu'un seul conseiller avait rabattu son capuchon sur sa tête. Tous les autres étaient nu-tête. Elle n'aimait pas comment l'homme portant le capuchon gardait toujours la tête inclinée, comme s'il avait quelque chose à cacher.

Lorsqu'elle vit Arabella franchir le seuil de la porte, Miranda s'arrêta net et poussa un cri. Alarmé, le druide ralentit et jeta un coup d'œil vers la jeune fille. Voyant qu'elle était devenue très pâle tout à coup, il accourut vers elle et la saisit par les épaules, comme s'il voulait la brasser.

« Qu'est-ce que c'est ? » demanda-t-il.

« C'est Bell », chuchota Miranda. « Elle est là-bas. »

« Reste avec le prince », ordonna le druide, en prenant le bras d'Andrew. Son visage était très sombre. Puis il se tourna vers Miranda. « Viens avec moi. »

Miranda s'accrocha à la manche de sa cape. Elle était obligée de courir pour arriver à suivre Naim, qui marchait à grands pas. Elle se demandait ce qu'il allait faire. Pouvait-il rompre le sort qu'Indolent avait jeté à Arabella ? Pauvre Bell, pensa-t-elle. Elle ne se rend même pas compte qu'elle a été ensorcelée.

Ils contournèrent le parc, évitant ainsi la foule. En arrivant près du Hall, Miranda chercha Arabella du regard, mais son amie n'était plus là.

« Elle est là », s'écria-t-elle, indiquant une jeune fille au teint basané. Elle était debout sur le côté du bâtiment, près d'un laurier-rose. Même si celle-ci avait le dos tourné, Miranda pouvait voir qu'elle griffonnait le sol avec une longue tige.

« Ne lui dis pas que tu es ici », mit en garde le druide.

« Pourquoi ? » demanda Miranda.

« Parce qu'Indolent l'a montée contre toi. »

« Et si elle me reconnaissait ? »

Comme si elle avait senti qu'ils approchaient, Arabella sursauta et jeta un coup d'œil par-dessus son épaule. Elle laissa tomber la tige. « Si vous savez ce qui est bon pour vous, partez d'ici, tout de suite », dit-elle, froidement.

Miranda recula, comme si l'autre fille l'avait giflée.

« Nous essayons d'être aimables, c'est tout », dit Miranda. « Es-tu ici pour le couronnement ? »

Les traits d'Arabella étaient déformés par la fureur. « Crois-tu que je ne sais pas qui tu es ? » dit-elle d'un air méprisant. « Mir-ran-DA ! »

Miranda retint ses larmes en clignant des yeux. Dans la bouche d'Arabella, son nom avait semblé grossier, laid. Elle hocha la tête lentement, fit un pas en avant. « Et tu es ma meilleure amie, Bell. »

Arabella se mit à rire. C'était un son horrible, à écorcher les oreilles, faisant grincer les dents de Miranda. « Va-t-en. Tu prétends le contraire, mais je suis sûre que tu es l'un d'eux. »

« Arabella ! » Le mot avait sonné comme le claquement d'un fouet. « Regarde-moi. »

Le regard vide d'Arabella passa de Miranda au druide.

« ÉLOIGNE-TOI DE LA FILLE ! »

Miranda sauta au plafond en entendant cette voix aiguë, hystérique. La voix venait de derrière eux. Elle et le druide se retournèrent en même temps, le bâton dans la main de Naim étant déjà prêt à frapper. Du coin de l'œil, Miranda vit Arabella reculer de peur, levant ses bras pour se protéger des coups. Miranda mourait d'envie d'accourir vers son amie et de la tenir dans ses bras, mais elle craignait que cela empire les choses.

« TOI ! » hurla le sorcier Indolent, son visage tordu par la colère et la haine.

« C'est terminé, Indolent », dit le druide, avec la certitude de la Mort qui cogne à la porte.

Cela figea le sang de Miranda. Cette autre facette de Naim, sa facette insensible et impitoyable, l'effrayait. Elle aurait souhaité qu'il brandisse son bâton et transforme le sorcier en souche, comme il avait fait avec Nicholas. Est-ce que cela n'aurait pas tout réglé ?

« Oh que non ! » fulmina Indolent. « Pas cette fois-ci, druide ! »

Naim se mit à rire. Miranda pensait qu'il était cruel et insensible et que cela ne servirait qu'à attiser la fureur d'Indolent. Le sorcier claqua les doigts. En un éclair, une baguette noire se matérialisa dans sa main. Il l'agita vers le druide. Naim rit encore. « Comparés aux miens, tes pouvoirs sont insignifiants », dit-il, d'une voix calme.

« Ha, ha ! » cria le sorcier, bondissant d'un pied à l'autre avec jubilation, comme s'il connaissait quelque chose que les autres ignoraient.

Des langues de flammes bleues jaillirent de sa baguette et se dirigèrent sur le druide. En un éclair, Naim planta son bâton devant lui sur le sol. Les langues de flammes s'écrasèrent contre l'air autour du bâton et rebondirent vers le sorcier comme une vague de feu. Indolent poussa un hurlement et s'esquiva d'un bond, évitant à peine d'être dévoré par son propre feu de sorcier.

Hypnotisée par le combat entre le magicien et le druide, le cœur de Miranda s'arrêta quand quelqu'un lui donna un coup derrière la tête et que des doigts tirèrent ses cheveux. Elle donna un coup de coude à son assaillant dans les côtes. Elle l'entendit pousser un gémissement et la main qui tenait ses cheveux lâcha prise. En serrant les poings, elle se retourna et se retrouva face à face avec son professeur de quatrième. Pendant un instant, Miranda ne put en croire ses yeux. « Qu'est-ce que *vous* faites ici ? » demanda-t-elle, d'un ton incrédule. « Comment êtes-vous venu ici ? »

« La ferme », dit Mini d'un ton brusque. « Dis-moi où sont les pierres. »

« Vous pouvez toujours rêver », dit Miranda. Soudain, elle ouvrit grand les yeux. « Ah, ah ! » s'écria-t-elle. « Vous nous avez suivis jusqu'à Kingsmere. C'est par là que vous êtes entré. Et maintenant, vous et votre idiot de sorcier êtes les meilleurs des amis. »

« J'ai dit la ferme, espèce de petite... aaargh... »

Miranda cligna des yeux. Monsieur Petit semblait rapetisser sous ses yeux. Elle cligna encore des yeux. Il était bel et bien en train de rapetisser. Bientôt, sa tête glissa sous sa chemise et il disparut à l'intérieur de ses vêtements. Elle jeta un coup d'œil vers Naim. C'était forcément lui qui avait rapetissé Mini. Mais le druide ne semblait pas faire attention à la jeune fille. Son regard était fixé sur Indolent alors que les deux hommes se tournaient autour, tels deux prédateurs prudents.

Du feu bleu explosa de la baguette et forma une masse bouillonnante de gaz brûlants. Pendant un instant, elle flotta dans les airs, tel un ballon géant. Puis, avec une rapidité déconcertante, Indolent la lança sur le druide. Cette fois, Naim ne réagit pas assez rapidement. Quelque chose l'avait momentanément distrait du coin de l'œil. Lorsque son attention revint sur Indolent, il était trop tard. La boule de feu bleu le percuta avec la force d'un poing de géant, le soulevant dans les airs et le projetant en arrière. Il entendit Miranda pousser un cri lorsqu'il s'effondra sur le dos, donnant des tapes sur sa cape pour éteindre le feu.

Mais il s'était relevé presque aussitôt. « J'ai dit que c'est terminé. » Ensuite, il donna un coup au sol avec le bout de son bâton. Des étincelles blanches se détachèrent du bois pâle et s'étendirent d'un bout à l'autre, transformant le bâton en une longue flamme blanche. Sous le contact de la fumée qui s'élevait de la cape roussie de Naim, la flamme devint rouge sang. Naim leva son bras et fit tournoyer le bâton, comme s'il s'agissait d'un bâton de majorette. Il tournait de plus en plus vite, jusqu'à ce qu'il forme un bouclier de feu. Il s'approchait lentement du sorcier. « Les pouvoirs de ta Maîtresse ne peuvent te protéger de moi », dit-il. « Ou peut-être celle que tu sers maintenant a-t-elle oublié de le mentionner ? »

« JE NE SERS PERSONNE ! » cracha le sorcier. Il saisit une touffe de ses longs cheveux et l'arracha.

Miranda faillit vomir, tant cette créature malpropre la dégoûtait.

« Tu te trompes ! » dit le druide, derrière le bouclier de feu. « Tu as toujours servi ta propre cause, et maintenant tu sers le Démon. Je vais te dire comment il récompense ses serviteurs, Indolent. »

« SILENCE ! Je n'écouterai pas une seconde de plus le radotage, les divagations calomnieuses d'un abruti de ton espèce. »

Miranda se crispa, s'attendant à ce que la colère du druide s'abatte sur Indolent comme la foudre. Elle fut soulagée de l'entendre rire.

« Comme tu veux », dit le druide. « Tu n'as jamais écouté mes conseils dans le passé, mais je vais le dire à nouveau. Il n'est pas trop tard pour toi. Enlève la marque du Démon sur ta chair et quitte cet endroit. Ne regarde pas en arrière. » Une minuscule étincelle blanche vola du bouclier de feu et toucha la baguette du sorcier.

« LAISSEZ-LE TRANQUILLE ! » cria Arabella, se jetant sur le druide comme un petit derviche fanatique.

« Non, Bell ! » Miranda attrapa le bras d'Arabella, arrêtant la fille dans sa course.

Arabella se jeta sur elle, mais Miranda s'empara des poignets de la jeune fille et serrait si fort qu'elle craignait de lui briser des os. « Bell, je t'en prie. Je ne veux pas te faire de mal. »

Indolent donna un petit coup de baguette pour se débarrasser de l'étincelle. Il donna un autre petit coup de baguette, et puis un autre, mais il n'arrivait pas à déloger l'étincelle qui semblait creuser dans le bois noir. Puis, il lança un regard furieux au druide. « Qu'est-ce que tu as fait ? »

Il fut stupéfait de voir la baguette noire se désintégrer dans sa main, tombant en poussière pour être ensuite emportée par la brise. Pendant un instant, il fixa du regard sa main vide, comme si cela pouvait faire réapparaître sa baguette magique. Ensuite, il poussa un long cri plaintif et s'enfuit entre les arbres.

« Non mais ! » s'écria Arabella, dégageant d'un mouvement brusque son bras de la poigne de Miranda. « Qu'est-ce que tu fais, Mir ? Ça fait mal. » Elle regarda autour d'elle.

Le cœur de Miranda bondit de joie. Elle relâcha les poignets d'Arabella et se tourna vers le druide. « Naim ! Tu as réussi ! Tu as rompu le charme ! » Elle s'empara de son amie et la serra dans ses bras, faisant sortir l'air de ses poumons. « Oh Bell, Dieu merci ! Je suis tellement contente que tu sois de retour. »

« Lâche-moi », dit Arabella, qui commençait à suffoquer. Puis son corps se mit à trembler alors que tout lui revint en un éclair : les trolls, Mini la giflant et le sorcier Indolent.

« Tu es maintenant en sécurité, mon enfant », dit le druide doucement.

« Je me souviens de certaines choses », dit Arabella, les larmes aux yeux. « Nicholas ! Où est Nicholas ? »

« Il est ici. Il s'est évadé avec Emmet. »

« J'ai été horrible avec lui, Mir. Je lui ai dit que je le haïssais. »

« Ça va aller, Bell. Il sait que c'était hors de ton contrôle. Je te rappelle qu'Indolent lui avait fait la même chose. »

« J'espère que je ne t'ai pas fait quelque chose d'horrible ? » demanda-t-elle. « Tu es encore ma meilleure amie, j'espère ? »

Miranda et le druide échangèrent un regard rapide. Puis, Miranda se mit à rire. « Je suis probablement ta seule amie. »

« Venez. Nous devons y aller. Il faut être présent pour le couronnement d'Elester. »

« Quoi ? » s'écria Arabella, blême tout à coup.

« Nous avons la couronne, Bell. Naim et moi l'avons ramenée des contrées des ténèbres. »

« Non ! » dit Bell. « Écoutez ! Je ne sais pas ce que vous avez, mais ce n'est pas la couronne empyréenne. Je le sais, parce que la vraie couronne se trouve ici. »

CHAPITRE 39

LE COURONNEMENT

 e cœur du prince Elester martelait dans sa poitrine alors qu'il se dirigeait en courant vers la plateforme surélevée. Personne ne lui demanda d'explications ni essaya de l'arrêter. *Quelque chose ne va pas*, pensa-t-il, jetant un rapide coup d'œil par-dessus son épaule, comme s'il s'attendait à ne pas voir les autres. Mais ils étaient là, le suivant comme son ombre. Les cavaliers scrutaient la foule du regard, à l'affût du moindre danger. Andrew Furth tenait la couronne dans un bras, laissant son autre bras libre pour Pénélope, qui s'y cramponnait solidement. Rassuré, Elester accéléra le pas, le regard fixé sur l'homme encapuchonné, occupant une des douze chaises à l'arrière de la plateforme. *Mathus !* pensa-t-il avec tristesse, se rappelant la nuit où l'homme était venu à sa rencontre, inquiet parce qu'il s'imaginait entendre la voix du roi mort. Le jeune prince se réprimanda en silence pour avoir ignoré les pressentiments du vieil homme.

Le prince avait le regard tourné vers le Hall du Conseil quand il vit la grande silhouette apparaître dans l'embrasure de la porte. Puis, il sentit son monde chavirer en reconnaissant son père. *C'est impossible !* pensa-t-il, déchiré entre l'envie brûlante d'aller à la rencontre de l'homme qui s'était occupé de lui pendant toute sa vie, et la colère contre le monstre responsable du massacre de son capitaine et des autres cavaliers.

Le roi Ruthar marchait lentement, maladroitement, entre des rangées de gardes. Il trébucha et faillit tomber en montant les marches qui menaient à la plateforme. La tête inclinée, comme s'il était écrasé par la tristesse, le vieux monarque se rendit jusqu'à la chaise qui restait et s'assit avec précaution sur le siège.

Elester était à quelques pas de la base de la plateforme quand, tout à coup, une vingtaine de gardes féroces se placèrent rapidement entre lui et le roi.

« MEURTRIER ! » hurla le conseiller encapuchonné, bondissant sur ses pieds et désignant le prince du doigt. « TUEZ-LE ! »

Plusieurs gardes se placèrent de chaque côté d'Elester et le saisirent. Le prince ne résista pas. Il regarda autour de lui à la recherche de Pénélope, puis il regarda les hommes qui lui bloquaient le passage. Il pouvait lire de la colère sur leurs visages, de l'incrédulité aussi — et peut-être même de la tristesse. Il était leur commandant. Il les connaissait, plusieurs personnellement. Il s'était battu à leurs côtés, avait partagé leurs repas, partagé leurs ennuis. Il n'avait jamais pensé à ce qu'ils pouvaient ressentir à son égard. Il les avait simplement menés le mieux qu'il pouvait.

Son père avait vécu et gouverné en accord avec certains principes, les principes de vérité, d'honneur et de courage. On lui avait inculqué ces principes depuis sa plus tendre enfance. Avec le temps, ils se gravèrent de manière permanente dans sa psyché. Il n'avait jamais demandé à un autre de faire ce qu'il refusait lui-même de faire. Il avait toujours pris pour acquis que ses hommes savaient qu'il donnerait sa vie pour sauver la leur. Croyaient-ils vraiment qu'il avait tué ses propres hommes ? Seraient-ils capables d'exécuter l'ordre de Mathus ? Seraient-ils capables de le tuer ?

Il ne connaîtrait jamais la réponse, puisque le roi se leva à ce moment-là et leva sa main droite. Elester remarqua que son geste était saccadé, qu'il manquait de naturel, comme si son corps était une marionnette manipulée par des cordes invisibles. « Ne le tuez pas », ordonna le roi. « Laissez celui qui n'est plus mon fils observer. »

Ensuite, il se tourna vers deux énormes silhouettes qui attendaient au bas des marches, complètement dissimulées sous des capes. Il s'inclina un peu plus, sa tête se convulsant de manière obscène. Elester regarda la foule. Qu'est-ce qui n'allait pas chez eux ? Étaient-ils à ce point aveuglés par de faux espoirs qu'ils ne pouvaient plus voir que cette créature n'était pas leur roi, que ces deux silhouettes costaudes n'étaient pas des Elfes ? Les deux énormes créatures gravirent les marches, transportant avec elles la caisse en fer noir.

Elester retint son souffle. Des gouttes de sueur perlaient dans son cou. Qu'est-ce qui était arrivé au druide et à Miranda ? Il aurait souhaité qu'ils soient à ses côtés. Il aurait voulu partager ce moment avec eux. Pendant un bref instant, il fut de retour dans le jardin du Démon, ordonnant à Andrew de briser le sceau et de retirer la couronne. Il se souvenait du sourire espiègle sur le visage du jeune cavalier alors qu'il remplaçait la couronne par une pierre. Ensuite, ils scellèrent la caisse et la laissèrent où ils l'avaient trouvée.

Les silhouettes imposantes se penchèrent sur la caisse et brisèrent le sceau. La foule se tut tandis que les créatures prirent les poignées en fer et soulevèrent le lourd contenant. Elles l'apportèrent jusqu'au roi, qui attendait aussi immobile qu'une bête sur le point de bondir sur sa proie. Le roi Ruthar souleva le couvercle. Immédiatement, chaque personne dans l'assistance détourna la tête et couvrit ses yeux pour les protéger de l'aveuglante lumière jaune qui émanait de l'intérieur de la caisse.

Le corps d'Elester devint froid tandis qu'il jetait un rapide coup d'œil à Andrew, son visage posant la question qui restait dans sa gorge. Andrew souleva la cape, créant une petite ouverture à travers laquelle le prince pouvait voir la couronne briller comme de l'or fondu. Puis, le jeune cavalier haussa les épaules, comme pour dire : *Je ne comprends pas ce qui se passe.*

Le roi plongea ses deux mains dans la caisse et en retira l'éblouissante lumière dorée. Au même moment, un gros nuage noir passa devant le soleil, plongeant l'Île d'Ellesmere dans la noirceur. Le cœur d'Elester se changea en plomb. Il regardait, impuissant, tandis que le roi Ruthar levait la couronne et la tenait par-dessus sa tête. Ils avaient échoué. La couronne qui était dissimulée dans sa cape était un faux. Le Démon les avait bernés. Il les avait leurrés dans les contrées des ténèbres, loin de Béthanie, tandis que les werecurs transportaient la véritable *coiffe* à Béthanie.

« DÉMON ! » cria-t-il, cherchant désespérément à se dégager de la poigne de fer des gardes. « Montre-toi, serviteur de la Haine. »

La foule en eut le souffle coupé et un millier de têtes se tournèrent vers Elester. Les Elfes plus vieux s'échangèrent des regards en soupirant. Ils ne voulaient pas croire que les mains de leur prince étaient rouges avec le sang de son propre peuple. Elester regarda leurs visages un à un. « Depuis quand les morts ressuscitent-ils à Ellesmere ? » cria-t-il. « Mon père est mort à Dundurum. » Il indiqua l'imposteur qui tenait la couronne par-dessus sa tête. « Cette créature a été envoyée par le Démon pour nous détruire ! »

Le prince recula, ébranlé en voyant ses concitoyens et ses concitoyennes se détourner, avec une expression de honte sur leurs visages… ou de colère… ou de dégoût. Il jeta un coup d'œil à Andrew et aux cavaliers, mais il n'arrivait pas à lire leur expression. Puis il remarqua Pénélope, le visage baigné de larmes. Il sourit, doucement. « Ce n'est pas encore fini, mon enfant. »

« V-vous v-vous t-trompez », bégaya Pénélope, les yeux rivés sur le roi mort. « R-regardez ! »

Sur la plateforme, le roi Ruthar déposa la couronne sur sa tête inclinée, la tenant en place avec ses mains, qui étaient prises de convulsions. Ensuite, un sifflement s'échappa des lèvres du roi, qui devint de plus en plus fort à mesure qu'il relevait lentement la tête. Dans le visage de leur roi bien-aimé, on pouvait voir deux yeux rouges, comme des charbons ardents — les yeux du Démon.

Stupéfiés, les Elfes dans la foule reculèrent, hurlant de terreur. Mais les yeux rouges les tenaient, les hypnotisaient comme des oiseaux captivés par un serpent. Ils regardaient, dans un silence horrifié, tandis que la créature prise de convulsions se mettait à enfler, comme si quelque chose à l'intérieur prenait de l'expansion et poussait contre la fragile enveloppe humaine. Puis, le corps du roi commença à se détacher, à se décomposer et un serpent lisse et brillant émergea triomphalement, la couronne empyréenne brillant comme une étoile sur sa tête.

Comme si c'était le signal qu'ils attendaient, une armée de trolls envahit en masse, en passant par la forêt derrière le Hall du Conseil. Ils se pressèrent rapidement autour de la plateforme.

« Nous sommes là trop tard ! » s'écria Miranda. Elle dérapa et s'immobilisa. Elle fondit en larmes. À ses côtés, le druide et Arabella étaient silencieux, fixant du regard le monstre qui avait détruit les Elfes.

« Attendez ici », dit Naim. « Je dois trouver Elester et les autres. Aussi longtemps que le prince est vivant, il court un danger. Ils voudront le tuer. »

Miranda essuya ses larmes et parcourut la foule du regard, cherchant Elester et ses amis. Mais elle n'arrivait pas à les trouver au milieu des milliers d'Elfes. Puis elle examina la plateforme, espérant de tout son cœur qu'il restait une lueur d'espoir. Mais lorsqu'elle vit l'importance de l'armée de trolls entassés autour de la plateforme et le flot de trolls qui arrivaient de la forêt, elle comprit que c'était sans espoir. Son regard se posa sur l'énorme créature qui rayonnait grâce à la lumière émanant de la couronne elfique, et elle fondit à nouveau en larmes. Sa main vola à son cou, cherchant le petit sac argenté, comme si seules les pierres de sang pouvaient la protéger contre le mal qui emplissait l'air.

Brusquement, elle sentit les pierres battre à travers le métal délicat. Elle ouvrit rapidement le petit sac et vit les six pierres précieuses dans le creux de sa main.

Ce n'est pas la couronne !

Les mots détonèrent dans sa tête.

Ce n'est pas la couronne !

« Qu'est-ce qu'il y a ? » s'écria Arabella, voyant Miranda se figer et devenir aussi blanche que de la farine.

Mais Miranda n'avait pas entendu. Elle se précipitait déjà vers la plateforme, à l'endroit où elle avait vu le druide pour la dernière fois. Arabella poussa un long soupir et se jeta à ses trousses.

La paupière nictitante se glissa sur les yeux de Dauthus tandis que le serpent penchait sa tête de côté et attendait un signe que la magie elfique, celle qui maintenait en place les murs de la prison du Démon, se mette à faiblir, qu'elle se désintègre comme la coquille inutile du roi mort. Sa peau noire ondulait avec plaisir. Bientôt, elle serait libre. Dans un moment, sa voix emplirait sa tête, chassant au loin les ténèbres. Va-t-elle faire mon éloge ? se demanda-t-il. Le serpent siffla doucement pendant qu'il attendait, rêvant de sa récompense. Mais il ne s'était encore rien passé... il attendait quand même.

« Ce n'est pas la couronne ! »

La voix interrompit la rêverie de Dauthus, ce qui était pour lui aussi irritant qu'une piqûre d'épingle. Il tourna brusquement sa tête vers la source de l'irritation. Il lança un regard furieux à l'enfant, qui était debout devant la plateforme, et la flamme dans ses yeux gagna en intensité. Mais, il poussa soudain une série de petits sifflements, telles des bouffées de vapeur s'échappant d'une bouilloire. Dauthus riait.

Un instant après, la couronne sur sa tête toussota et son éclat sembla diminuer. Sursautant, le corps de Dauthus se convulsa et la couronne glissa de sa tête et tomba, roulant sur la plateforme jusqu'à ce qu'elle heurte le bord. « VA LA CHERCHER ! » siffla-t-il à Mathus. Lorsque le conseiller se pencha pour la prendre, la peinture en or commençait déjà à s'écailler et en moins de cinq secondes, la couronne tomba en poussière.

« Je vous l'avais bien dit que ce n'était pas la couronne ! » répéta Miranda. Elle s'agenouilla, et mit la main dans le sac à dos qu'elle avait arraché à Pénélope alors qu'elle passait à toute allure à côté de la jeune fille. Puis, elle se releva et montra la couronne noire bosselée — la *pacotille* — le cadeau que Typhon avait donné à Pénélope. « Voici la couronne empyréenne », dit-elle. Puis, elle se tourna et fit un pas en direction d'Elester, rougissant en se rendant compte que tous les yeux étaient rivés sur elle.

« Amène-moi la couronne, Miranda. »

La voix l'arrêta net. Elle tentait désespérément de résister à l'ordre, mais elle ne pouvait plus bouger. Elle crut entendre Naim l'appeler, sa voix faible et effrayée, mais elle disparut aussitôt, chassée par l'irrésistible envie qu'elle avait de donner la couronne au serpent. Elle hésita, comme si elle ne pouvait se décider sur la marche à suivre. Les mots de la prophétie lui vinrent alors à l'esprit : *Une fille trahit.*

Puis, presque à contrecœur, elle fit demi-tour, ignorant la consternation de la foule et les cris désespérés de ses amis. Sur un signe de Dauthus, les trolls se reculèrent, laissant passer Miranda. Miranda était morte de peur. Mais, elle parvint tout de même à se rendre jusqu'à l'escalier de la plateforme, où Mathus l'attendait, les bras tendus pour prendre la couronne des mains de la stupide enfant. *Une fille trahit.*

Pendant un instant, Miranda tint fermement la couronne, regardant autour d'elle avec un regard effrayé. Puis, elle déposa la couronne noire dans les mains du conseiller et se retourna, se faufilant à travers les trolls et passa en courant devant ses amis, ignorant leurs regards tristes et consternés. Elle courut se réfugier sur un banc en bois, caché dans les lauriers-roses près d'un petit étang.

Le serviteur de la Haine s'enroula autour de lui-même de manière à ce que sa gueule ouverte soit au niveau de la poitrine de Mathus. Il inclina la tête et attendit d'être couronné roi des Elfes par le conseiller.

« Qu'est-ce que tu as fait, petite ? » murmura Naim, la voix fatiguée.

Soudain, le serpent poussa un horrible sifflement. Il roula les yeux. Son corps se souleva tandis que des vagues de douleur s'abattaient sur lui. Il se tordit de douleur sur la plateforme, se débattant furieusement, incapable de déloger la couronne noire qui rongeait son corps lentement.

« ENLÈVE-LA ! » hurla-t-il.

Mathus se précipita pour obéir, mais il vit que c'était déjà trop tard. Il s'arrêta un instant et observa son frère mort. Ensuite, il siffla doucement, presque tristement, et s'éloigna rapidement.

En un éclair éblouissant, la couche noire et bosselée se volatilisa, exposant les flammes blanches jaillissant de la *coiffe* d'or. Le feu entra par la tête de la créature et emplit son corps comme de la lave. Lorsque le feu atteignit la queue, il éclata hors du corps du serpent. Mais Dauthus était mort bien avant que sa carcasse n'explose, et ne fasse pleuvoir sur les trolls de la poussière noire.

Recroquevillée sur le banc en bois, Miranda ne vit pas l'énorme nuage de dragons prendre son envol pour se lancer à la poursuite des werecurs. Elle ne vit pas Typhon et les autres dragons fondre sur les trolls et les chasser hors de la ville et dans le lac Léanora, où vivait l'énorme créature appelée *Dilemme*.

ÉPILOGUE

ard dans l'après-midi, trois jours après la débâcle dans le parc à l'extérieur du Hall du Conseil, Elester Conaire Mor déposa la couronne empyréenne sur sa tête et s'assit calmement dans une chaise finement sculptée, sous un magnifique chêne tandis que le nouveau conseiller supérieur des Erudicia le proclama roi des Elfes.

Il n'y avait pas un seul œil sec dans le parc.

Tant qu'ils vivront, Miranda et ses amis d'Ottawa se souviendront de cette journée avec nostalgie. Le ciel était d'un magnifique bleu vif. Les chênes semblaient plus hauts, leurs feuilles plus vertes que jamais. Le soleil brillait avec plus d'éclat, l'air sentait particulièrement bon.

Les enfants acclamèrent le nouveau roi à en perdre la voix, souriant joyeusement en essuyant les larmes de joie coulant sur leurs visages. Ils retinrent leur souffle lorsqu'on hissa le drapeau elfique et déploya l'étendard des rois elfiques du passé. Puis, accompagnés par dix mille hommes, femmes et enfants, ils chantèrent des chansons qu'ils n'avaient jamais entendues, dans un langage qu'ils ne connaissaient pas.

À minuit sonnant, les célébrations débutèrent.

Pour commencer, ils festoyèrent. Ils s'assirent à la plus grande table que Miranda n'avait jamais vue. Elle s'étirait d'une extrémité du parc à l'autre, et elle était éclairée par de grands candélabres en argent. Des bols en argent contenaient une profusion de fleurs sauvages qui luisaient au clair de lune. Il y avait de grands plateaux en argent chargés de faisans rôtis farcis avec des abricots, des pommes de terre frites contenant de la crème, des pyramides de poivrons farcis, des maïs, des feuilles de raisins remplies de riz et de dattes, et une douzaine d'autres plats que Miranda ne pouvait identifier.

La soirée du quatrième jour de célébration, Miranda et ses amis exténués s'assirent autour du foyer dans le chalet où logeaient les filles, discutant jusqu'à tard dans la nuit. Lorsque Nicholas les quitta pour rentrer à la caserne des cavaliers — où il logeait — ils avaient décidé que le temps était venu pour eux de rentrer à la maison.

Le lendemain matin, Miranda se leva à l'aube. Elle sortit discrètement et se dirigea vers le parc. Elle trouva le druide assis sur l'herbe au bord de l'étang. Il regardait cinq canetons danser sur l'eau en suivant leur mère. Il leva les yeux lorsque Miranda s'assit en tailleur à ses côtés.

« Nous partons aujourd'hui. »

« Oui », dit le druide, comme s'il le savait déjà.

Ils restèrent comme cela, assis en silence. Ils étaient comme deux vieux amis, à l'aise ensemble. C'était la première fois que Miranda avait réussi à coincer le druide depuis cette journée inoubliable où elle avait donné la couronne à Dauthus. Elle avait beaucoup de choses à lui dire et peu de temps pour le faire.

« Est-ce que je peux revenir ? » demanda-t-elle, brisant le silence. Elle n'attendit pas la réponse du druide. « C'est les pierres de sang. Vous aviez raison lorsque vous avez dit que je ne savais pas comment les contrôler. Mais je ne peux apprendre cela au Canada, puisqu'elles ne fonctionnent pas là-bas. Je dois être ici. » Elle prit une grande respiration, comme si elle se préparait à sauter dans une piscine. « Est-ce que je peux revenir et, si oui, est-ce vous qui allez m'enseigner comment contrôler leur pouvoir ? »

Naim la regarda longuement avant de répondre. « Non », dit-il, doucement.

« Pourquoi pas ? » s'écria Miranda.

« Parce que, pour l'instant, ta place est auprès de ta mère et de tes amis. » Voyant que Miranda voulait en discuter, il leva sa main. « Écoute-moi, Miranda. J'ai dit que *pour l'instant* ta place est chez toi. Plus tard, lorsque tu seras plus vieille, tu pourras reposer ta question. »

« Et lorsque je vais la poser, allez-vous dire oui ? »

Le druide se mit à rire. « Je vais probablement dire oui. Maintenant, dis-moi, savais-tu ce qui allait se produire lorsque tu as donné la couronne au serviteur du Démon ? »

Miranda haussa les épaules. « Je ne le savais pas. J'allais donner la couronne à Elester... et... honnêtement, je ne comprends toujours pas ce qui m'a fait changer d'idée. Je me suis souvenue de ce que disait la prophétie : 'Une fille trahit, la couronne tue.' Je n'étais pas sûre de comprendre ce que ça voulait dire, mais je crois que les pierres de sang m'ont fait savoir que je devais trahir Elester pour que la couronne tue le serpent. Le contraire n'avait pas de sens… Si j'avais trahi le serpent et que la couronne tue Elester. Je n'étais pas l'amie du serpent, comment aurais-je pu le trahir dans ce cas ? »

« Mais tu ne savais pas ce qui allait se produire », insista le druide doucement.

« Non », dit Miranda. « Mais tout est bien qui finit bien, non ? »

Le druide soupira. « Oui, petite. Grâce à toi, nous avons évité une bataille qui aurait décimé les Elfes et l'armée des Nains. »

« Sérieusement ? » dit Miranda. Elle jeta un coup d'œil au druide pour voir s'il ne la taquinait pas. « Comment ? »

« Si tu avais donné la couronne à Elester, le serpent serait toujours en vie. Il aurait lâché les trolls et les werecurs sur nous. Avec l'aide des dragons, nous aurions probablement pu les vaincre, mais pas sans des pertes de vie énormes. En laissant la couronne tuer le serpent, les trolls et les werecurs se sont soudain retrouvés sans commandant. »

« Je devais m'enfuir », dit Miranda pensivement. « J'avais peur parce que je ne voulais pas voir ce qui allait arriver après le couronnement du serpent. Je n'avais jamais rien tué, pas avant ce jour-là. » Cela la rendait encore malade.

Le druide lui donna une petite tape sur la main. « Tu crois avoir tué le serpent ? » Il rit doucement. « Ma pauvre petite. Je suis désolé de te décevoir, mais tu n'y étais pour rien. Le Démon avait tué la créature bien avant qu'elle n'émerge de son œuf. Et il s'en servait pour faire le mal. » Il s'arrêta un instant. « Cette chose était dangereuse, mais elle n'était pas noble, pas comme un serpent de feu, un dinosaure ou un dragon. C'était la Haine. »

Miranda se sentait soulagée d'un poids qui lui pesait sur les épaules. Elle se demandait si la sixième pierre de sang savait que la couronne avait le pouvoir de rejeter le mal. Peut-être le saurait-elle un jour.

Le druide pensait également aux pierres de sang. Miranda était intelligente, mais il ne croyait pas qu'elle avait agi de sa propre initiative en donnant la couronne au serpent. Non, pensa-t-il. Ce devait être les pierres de sang. Leur pouvoir était vraiment impressionnant — au-delà de tout ce qu'il avait connu. C'est pourquoi il était dangereux de les laisser entre les mains d'un enfant. Oui, pensa-t-il. Elle doit apprendre à contrôler les pierres. Et il y a un seul endroit où elle pouvait apprendre cela... à l'Allée du druide.

« Nous vous avons cherchés partout », dit Arabella. Elle s'assit sur l'herbe, plongeant ses doigts dans l'eau. Nicholas et Pénélope apparurent un instant après. Pénélope laissa tomber la laisse de Muffy et le petit chien fila vers le bord de l'étang, grognant et aboyant après les canetons.

« Qu'est-ce qui se passe maintenant ? » demanda Nicholas, qui astiquait fièrement sur sa manche sa nouvelle épée courte. La nuit dernière, à une cérémonie spéciale qui avait eu lieu dans la caserne des cavaliers, Andrew Furth avait amorcé — selon la volonté du roi — la première étape dans la formation de Nicholas qui allait, un jour, faire de lui un cavalier à part entière.

Le druide se releva lentement. « Le roi vous attend. »

Ils suivirent Naim à travers le parc et le long d'un sentier étroit qui serpentait à travers un bosquet de saules. Miranda se demandait où Naim pouvait bien les amener. Brusquement, il n'y avait plus d'arbres et ils se retrouvèrent sur les rives du lac Léanora. Ils enlevèrent leurs souliers, ils coururent le long de la plage de sable rose et barbotèrent dans l'eau. Le druide marchait à grands pas vers une maison blanche qui se trouvait un peu plus loin. Miranda remarqua que la maison était munie d'une véranda et qu'une grande silhouette aux cheveux blonds s'y trouvait.

Ils s'enfoncèrent dans de confortables chaises en osier et firent leurs adieux au roi Elester en sirotant du thé glacé. Ils rirent tous à la vue de Muffy lapant goulûment son breuvage dans un petit bol en cristal posé sur le sol.

« Sans votre aide, je ne serais pas roi aujourd'hui », dit Elester. « Et beaucoup plus d'Elfes seraient morts. »

« Mais, sire », dit Nicholas. « Et Indolent ? Il est encore vivant. »

« Et Malcolm et Mathus ? » ajouta Arabella. « Ils s'en sont sortis, eux aussi. »

« N'oubliez pas cette chose, le Tug, qui a fait du mal à Muffy », dit Pénélope.

« Ce n'est pas tout », dit Miranda, qui avait la chair de poule. « L'oracle a mentionné 'cinq serpents capables de marcher'. Il y a Malcolm, Mathus, Dauthus et cet Elfe qui disait être mon père. Cela fait quatre. Il y a un autre œuf quelque part. »

Pendant un instant, personne ne dit un mot. Mais le regard rapide que s'échangèrent le roi et le druide montrait qu'ils étaient inquiets.

« Je n'aurais de cesse que nous leur ayons mis la main au collet », dit Elester. « Vous pouvez donc retourner chez vous sachant que nous serons particulièrement vigilants. »

« J'ai une question », dit Miranda. « Naim ne pouvait entrer dans les contrées des ténèbres sans les pierres de sang. Comment êtes-vous entré ? »

Elester rit. « C'était facile. Je t'ai suivie. »

Avant de partir, Elester demanda à Nicholas, Arabella et Pénélope de se lever. Puis, il en fit des citoyens d'Ellesmere et plaça un médaillon en argent — sur lequel on voyait deux chênes sous la couronne d'or — autour de leur cou. Ensuite, il se tourna vers Muffy qui, pour une fois, était immobile comme une statue. Elle remuait quand même ce qui restait de sa queue. « Cette petite est aussi intrépide qu'un dragon et aussi courageuse qu'un lion. Je te fais un chien elfique. » Il accrocha un des médaillons autour du cou du caniche. Finalement, il se tourna vers Miranda. « Tu n'as pas besoin de médaillon pour te rappeler que Béthanie est ta patrie, Miranda D'Arte Mor. »

« C'est mon vrai nom ? » demanda Miranda, émerveillée.

Elester hocha la tête. « Toi et moi avons le même nom de famille, jeune Elfe. »

Une foule énorme les attendait à l'extérieur du Hall du Conseil. Miranda gloussa en voyant le roi Gregor et Emmet assis sur une souche. Elle se tourna vers le druide. « Je ne peux pas croire que vous ayez fait cela », dit-elle.

« Qu'aurais-tu voulu que je fasse d'autre avec ce type déplaisant ? » demanda le druide.

« Hé ! les copains, qu'est-ce qu'on fait de Mini ? » demanda Miranda.

« Il faut y penser », dit Pénélope.

« Pendant au moins dix ans », dit Arabella.

« On devrait laisser la petite fouine ici », dit Nicholas.

C'est ainsi qu'ils laissèrent Mini à Béthanie.

Dire adieu à tout le monde prit du temps. Le roi Gregor donna aux compagnons de solides tapes dans le dos. « Revenez. Rester. Dunmorrow. » Puis, il les quitta pour aller rejoindre l'armée des Nains et les dragons pour le long voyage de retour jusqu'au mont Oranono. Nicholas fut content d'apprendre qu'Emmet retournait à Ottawa avec eux.

Juste au moment où Miranda s'apprêtait à faire un pas entre les deux grands chênes, elle s'arrêta net, se retourna et se précipita vers le druide. « Qu'est-ce que nous allons faire des Ku-kus ? Vous avez dit que vous alliez demander aux autres druides... »

« J'en ai parlé avec mes collègues », dit Naim. « As-tu un objet, n'importe quoi...? Nicholas ! Viens ici, petit. » Lorsque Nicholas se joignit à eux, Naim lui demanda ce qu'il avait dans son sac.

« Des pierres de drom », dit Nicholas. « Les trolls nous ont envoyés en chercher et nous en avons gardé. Les trolls étaient excités chaque fois qu'on en ramenait à la surface. Elles doivent avoir beaucoup de valeur. »

Le druide leva la tête et se mit à rire. « Elles ont de la valeur pour les trolls, Nicholas, mais j'ai bien peur que tu n'aies pas trouvé une fortune. Les trolls s'en servent comme du charbon, parce que le bois ne prend pas feu dans le Marais. »

Nicholas rougit et chercha autour de lui un endroit où jeter les pierres noires.

« Ouvre ton sac », dit Naim. Puis, il mit sa main à l'intérieur et murmura des mots que ni Nicholas ni Miranda ne comprirent. Retirant sa main, il donna une petite tape dans le dos du garçon. « J'avais besoin d'un récipient pour la magie druidique », expliqua-t-il. Les pierres de drom étaient parfaites. Vous n'avez qu'à les déposer parmi les symbiotes, je crois. Avec le temps, ils devraient arrêter de se reproduire et s'apaiser. »

« Ouf » Nicholas et Miranda échangèrent un regard de soulagement. « Merci », dirent-ils, de tout cœur. Puis,

Miranda toucha le bras de Naim. « Vous n'oublierez pas votre promesse ? »

Le druide hocha la tête. Ses yeux s'embuèrent en voyant les jeunes amis se tenir la main et faire un pas entre les deux chênes. Ensuite, il se dirigea vers l'écurie où l'étalon, Avatar, attendait impatiemment.

Ils laissèrent Emmet et les Nains d'Ottawa et se dirigèrent vers le tunnel où se trouvaient les Ku-Ku-Fun-Gi. Ils étaient surpris par l'étendue des dommages causés par le champignon en si peu de temps. Le plafond et les parois du tunnel s'étaient écroulés et effondrés en un tas de débris. Ils éparpillèrent rapidement les pierres de drom et firent un pas en arrière, espérant voir un signe que la magie du druide fonctionnait. Miranda se sentait triste. Elle avait encore de la difficulté à croire qu'elle et ses amis étaient responsables de ce que les Ku-Kus avaient fait.

Nicholas regardait les symbiotes, fasciné. « Mais, comment les Nains ont fait pour nous les enlever ? » murmura-t-il, en secouant la tête.

« Je suis désolée Nick », dit Arabella, sur le chemin du retour.

« Pourquoi ? »

« Pour ce que je t'ai dit dans le Marais. »

Nicholas glissa son bras autour de ses épaules. « Ce n'était pas toi, Bell. »

« Peut-être pas, mais je suis tout de même désolée. » De retour à la maison, le docteur D'Arte mentionna que quelqu'un était entré par effraction dans une écurie, avait pris deux chevaux et avait laissé une grosse pierre. « Il se trouve que la pierre était en fait un rubis non taillé valant cinquante chevaux », dit-elle.

Miranda éclata de rire. « Attends que Nicholas apprenne celle-là », pensa-t-elle.

« Qu'est-ce qu'il y a de si drôle ? » demanda le docteur D'Arte. « Est-ce que tu sais quelque chose à ce
sujet ? »

« Laisse tomber, maman », dit Miranda en riant.
« Crois-moi, tu ne veux pas en savoir plus long. »

Caché dans un boqueteau sur le côté d'une colline
donnant sur la capitale elfique, Malcolm, le Nain, siffla
doucement. Dauthus avait échoué à mettre en œuvre les
plans du Démon. Il était mort maintenant. Il n'y avait
rien pour montrer qu'il avait existé, si ce n'est quelques
écailles calcinées. La créature cligna ses yeux rouges et
déforma le visage du Nain pour qu'il fasse un sourire
malicieux. Pauvre Dauthus. Pauvre idiot. Il se croyait tellement important pour les plans de la Haine. Il était tellement occupé à donner des ordres qu'il n'a jamais pour
un instant envisagé que le Démon avait un autre plan.

Le Nain donna une petite tape sur une de ses poches
et sentit le petit œuf noir. Ensuite, sifflant avec plaisir, il
donna un coup de pied à l'énorme créature à ses côtés. Il
était temps de rencontrer Mathus et de trouver un
moyen de sortir d'Ellesmere.

L'histoire se poursuit dans

LA LAME TORDUE

Pour obtenir une copie
de notre catalogue,
communiquez avec :
AdA
1385, boul. Lionel-Boulet
Varennes, Québec
J3X 1P7
Téléc : (450) 929-0220
info@ada-inc.com
www.ada-inc.com

Pour l'Europe, voici les coordonnées :
France : D.G. Diffusion   Tél. : 05.61.00.09.99
Belgique : D.G. Diffusion   Tél. : 05.61.00.09.99
Suisse : Transat   Tél. : 23.42.77.40